WAS SIND MIR MEINE GEDICHTE?

Gedankensplitter aus
einem Mosaik von
bunten Farben,
schillernd im Silberglanz.

Ein Wasserfall, kristallklar
sprühend aus Felsgestein.
Fein und zart wie das Säuseln
des Südwindes durch Pinien.

Oder das Rauschen durch
alte Kastanienbäume.
Ein Spiegel der Selbsterkenntnis;
Lebensader, Antenne
fiebrig, geistiger Wesen.

Tote Gegenstände,
wie Asche im Phönixflug.
Freude, Glück, Frohsinn,
Trauer und Leid,
Laune und Lust!

Und doch immer ich selbst
im Spiegel des Augenblicks.

Das sind meine Gedichte.

In mir wuchs ein Sehnen,
etwas von dem, was geistig,
seelisch in mir lebt,
als menschenverbindendes
Mittel weiterzugeben.

LEBEN BLEIBT TRAUM

Vieles hab ich aufgeschrieben,
was mir auf dem Herzen lag,
für die Freunde, für die Lieben,
dachte an sie Tag für Tag.

Was wird bleiben, überleben?
Lag soviel mir doch im Sinn;
wollte allen Hilfe geben,
Liebe ohne Selbstgewinn.

Ja, der Versuch allen Schreibens,
lebt in mir wohl immer fort;
mit der Absicht des Bleibens,
im Buch, lebendigem Wort.

Möcht' mit euch mich unterhalten,
auch über den Tod hinaus;
möchte alles so behalten,
wie es war in diesem Haus.

Doch alles Wünschen und Hoffen
bleibt Phantasie, steht im Raum;
wir stehn da, schauen betroffen,
denn alles Leben bleibt Traum.

WARUM GERADE ICH?

Warum habe gerade ich
den Drang zu Schreiben
von allen meinen
Jugendfreunden?

Es muß doch einen Sinn haben,
warum gerade ich! –

Es kann nur sein, weil ich
vom Frieden schreibe!
Vom Frieden und der Liebe
unter den Menschen
aller Völker und Rassen!

Und ich werde nie aufhören,
den Frieden zu preisen,
Liebe unter die Menschen
zu tragen, Hilfe nach
meinen Möglichkeiten zu geben.
Sei es auch nur ein lieber Blick,
ein warmer Händedruck,
der den Nächsten spüren läßt,
hier ist ein Mensch
der Frieden bringt,
der Liebe sucht und
Wärme und Freundschaft
durch die Welt tragen möchte.

Und wenn das zur Lehre wird,
Frieden und Liebe,
Lebensweisheit als Hauptfach,
weil es einfach das
Wichtigste im Leben ist,
habe ich nicht
umsonst geschrieben.

GEWIDMET MEINEN ELTERN

Das Leben, Wesen,
was wir sind,
ist von den Eltern
uns gegeben;
der Gang, die Sprache,
das Gesicht,
die Seele, ja
das ganze Leben.

Ich hab erkannt es
viel zu spät.
Heute möcht' ich sein,
wie Mutter war,
lieb, gütig. –
geistreich, mutig wie
mein Vater, wär das
nicht wunderbar!

O, MUTTER, DEIN SPRUCH

Laßt uns auf Gottes Hilfe bauen!
Dabei mußtest du Leid ertragen,
als Vater starb und Bruder Hans;
oft wollte ich dich danach fragen:
Du hattest soviel Gottvertrauen!

Bevor wir gingen aus dem Haus,
gabst du uns täglich deinen Segen
und sprachst dazu ein Kurzgebet:
„Mit Gott auf allen euren Wegen,
so laß ich euch getrost hinaus!"

Als Kind konnt ich dies nicht verstehen.
Die Zeit verging, doch jetzt als Frau,
als Mutter, spüre ich die Wandlung,
und plötzlich ich auf Gott vertrau;
will den Weg zu dir nun gehen!

MEINEM VATER

Vater, wie war doch die Zeit mit dir schön!
Wie gern möcht' ich mit dir noch einmal gehn
durch blühende Wiesen, Felder und Wald, –
Wie doch die Jahre vergingen so bald –

wo wir gesungen, gescherzt und gelacht!
Du hast uns fürs Leben so stark gemacht.
Hast uns Ehrlichkeit und die Pflicht gelehrt,
und daß Fleiß die Lebensgrundlage mehrt.

Ein tüchtiger Mensch tut gern seine Pflicht,
und zeigt dabei stets ein fröhlich Gesicht.
Das Frohsinn und Lachen dazugehört,
war deine Meinung, hast fest drauf geschwört.

Dabei war dein Leben sicher oft hart,
die Zeit mit Hunger und Sorgen gepaart.
Doch wir Kinder spürten nicht viel davon,
daß wir tüchtig geworden, ist dein Lohn.

So denk' ich gern' in Liebe zurück,
hast uns geleitet durchs Leben ein Stück.
Heut' weiß ich, was ich persönlich verlor,
deine Worte klingen mir stets im Ohr:

„Sei fleißig, ehrlich, tue deine Pflicht,
und zeige den Menschen ein lachend Gesicht!"

AN MEINE TOTE MUTTER

Als ich's am wenigsten erhofft,
gingst du von mir, ganz einfach still,
ganz ohne Tränen, als wär's dein eigner Wunsch
nicht mehr zu leben, zu streben, arbeiten;
für mich zu beten, wie's dein Brauch.
Du gingst, als hättest du genug gegeben
der Liebe, Freude, Güte, Lust;
genug der Leiden, Schmerzen von mir genommen.
Ich war nun groß, erwachsen schon.
Dir hatte die Welt nichts mehr zu bieten,
warst ohne Aufgabe, arbeitslos.
Grau war dein Haar und faltig dein Gesicht,
dein Gang gebeugt, und müde war dein Blick.
Für mich, warst du doch stets die Größte,
ein Schatz der Liebe, den man nie vergißt!
Ich stehe nun vereinsamt, ohne Schutz.
Mich friert ums Herz, da du mir fehlst.
Möcht' immer noch meine Leiden,
meine Sorgen zu dir tragen,
und hoffen auf ein Lächeln, ein Verstehn.
O Mutter, Einmal noch möcht' ich dich fragen:
Tu ich Recht, ist gut so mein Betragen?

HEIMATLIEBE

Als ich zog in die Welt hinaus,
ein leichtes, junges Blut,
glaubt ich im jugendlichen Sinn,
die Ferne sei mir gut.

Wollt' sehen Stadt und Länder viel,
bekam wohl nie genug;
bis ich erkannt, da liegt kein Ziel,
alles ist Selbstbetrug!

Heut' denk' ich gar viel zurück,
ans liebe Heimatland;
bei meinen Eltern liegt das Glück,
das hab ich längst erkannt.

Ach, könnte ich nur einmal noch,
die lieben Eltern seh'n;
mit ihnen durch die bunte Pracht
der Blumenwege geh'n.

Sie leben heute gar nicht mehr,
sind auf dem Friedhof drauß:
und wohnen tun seit langer Zeit,
Verwandte in dem Haus.

Ja, oft tut mir mein Herze weh,
da bitte ich die Sterne:
seid so lieb und grüßet mir
die Heimat in der Ferne.

GEWIDMET MEINEN KINDERN

Dem neuen Leben

O süßes Kind,
dem Paradies enthoben,
ein Lächeln, engelsgleich,
du bist der Unschuld
wahres Himmelreich.

O schlafe Kind
den Traum des neuen Lebens,
laß dich nicht stören
von der Hast und Gier,
die dich zerstören.

O liebes Kind,
mög' doch dein Lebensweg,
voll Sonnenschein,
in zarter Liebe von
Gott gegeben sein.

SCHLAFE MEIN KIND

Schlafe mein Kindlein, schlaf ein,
es wachen für dich Englein;
draußen ging alles zur Ruh,
schlafe mein Kindlein, schlaf du.

Sternlein am Himmel schon stehn,
sie funkeln und leuchten so schön;
der Mond sie alle regiert,
den nächtlichen Reigen führt.

Er lächelt durch Wolken sacht,
bringt Ruhe und Frieden der Nacht;
leise und zart singt der Wind,
schlafe süß, schlafe mein Kind.

SEI GLÜCKLICH

Guten Tag, mein Kind!
nimm dir Zeit,
das Leben ist kurz
und die Zeit fliegt im Wind.

Du lebst
und du lebst nur einmal,
unverwechselbar,
einzigartig.

Weißt du das?
Denke immer daran,
du bist ein Wunder!

Bewundernswert,
drum freue dich,
daß du Leben darfst.

Sei glücklich!
Nimm nicht alles für
selbstverständlich;
aber singe, tanze, lache
und sei glücklich!

Glück ist der Anfang
zum Himmelreich.

AUGENSTERNE

Zwei Sterne kenn ich sonnenklar,
d'rin all mein Glück ich finde;
sie strahlen hell und wunderbar,
am Himmel als Gebinde.

Kein Mensch sie hier erkennen kann,
im Wolkenmeer der Winde;
nur ich entwirre diesen Bann,
geh' ich zu meinem Kinde.

Da wird mein Herz mir offenbar,
voll Liebesglück benommen;
du sollst, noch lange, viele Jahr,
in meine Arme kommen.

Wenn Sorge, Leid auch drücken sehr,
und trüb des Tages Stunden;
hab ich die Augen nebelschwer,
von meinem Kind empfunden.

Sie sind so stark und krafterprobt,
mögen nie traurig werden;
so dank ich Gott, er sei gelobt,
als Hüter hier auf Erden.

MUTTER, LIES MIR VOR

Da ich noch klein, nicht lesen konnte,
bat ich die Mutter, lies mir vor!
Und sie tat's mit recht viel Liebe,
und ich schaute zu ihr empor.

Sah in ihre blauen Augen,
streichelte ihre zarte Hand,
und ich war unendlich glücklich,
ging sie mit mir durchs Märchenland.

Oh, wie schön waren die Stunden,
die Mutter machte Träume wahr!
Heute bin ich selber Vater.
Wie schnell vergeht doch Jahr um Jahr!

Mutter werde ich nie vergessen,
denn oftmals kommt es bei uns vor,
daß meine Kinder zu mir sagen:
Bitte Vater, lies uns vor!

WAS BLEIBT IST LIEBE

Die Zeit, sie fliegt wie Sand im Wind,
bedenk es stets mein liebes Kind;
was zählt ist nur der Augenblick,
nur er ist wichtig, dein Geschick.

Sei froh und glücklich, lebe frei,
so zeigt die Welt dir vielerlei;
doch wisse: Leben heißt lernen,
verstehst du's, leuchten dir Sterne.

Und kehre nie den Stolz hervor,
hab für die Menschen stets ein Ohr;
teile beglückend Gaben aus,
sie kommen dir zurück ins Haus.

Wo du auch bist, sei's hier, sei's dort,
zu jedem hab' ein freundlich Wort.
Wo du bist im Weltgetriebe,
Zeit sie eilt, was bleibt ist Liebe!

WIE DOCH DIE ZEIT VERGEHT

„Wenn ich einmal groß bin!"
sagte der kleine Junge
voll Träume, Hoffnung
in eine Märchenwelt,
die nie bestehen wird,
die er nie erleben kann,
in unserer von Technik
und Automation verseuchten
irrationalen Welt.

„Wennn ich einmal groß bin!"
Der Traum vom groß sein,
ist schon ein Märchen.
Was weiß ein Kind von
Pflichten, Verpflichtung,
von Liebe und Haß nach
Ruhm und Reichtum!
Wie schnell die
Kinderträume welken, –
Vernichtung.

Wie doch die Zeit vergeht!

Alles hat Grenzen,
ist eingezwängt in
Tage und Jahre.
Und alle Hoffnung
und Märchenträume
der Kindertage,
ziehn mit der Zeit dahin.
Wie schnell sie doch vergeht –
– die Zeit –

EIN LICHTPUNKT IM GRAU

Graue Straßen, hohe Mauern,
alles grau, kein Lichtstrahl fällt;
Menschen tragen graue Larven,
Grau in Grau ist diese Welt.

Doch am Ende dieser Straße
blauer Himmel, sonnenglanz;
grüne Wiesen, Blumen drinnen,
Lachen, Scherzen, Kindertanz.

DREI DINGE KOMMEN NICHT ZURÜCK:

Das gesprochene Wort,
das vergangene Leben
und die versäumte Zeit!

Darum merke dir:

Sprich wahr und überlege,
eh du das Wort im Munde nimmst,
daß du nicht kränkst und den verletzt
der doch dein Bruder ist!

Und lebe so, daß jeder Tag
voll Freude, Harmonie;
ein Lachen dir Gesundheit bringt
und deines Nachbarn Sympathie.

Die Zeit, teil sie dir rechtlich ein,
laß sie nicht nutzlos fliehn;
sie ist des Lebens Rahmenspiel,
und du bestimmst das Ziel.

Sie bringt dir Gut und Geld und Ruhm,
wenn du es recht verstehst;
doch auch die Armut liegt in ihr,
wenn Arbeit du verschmähst.

So merke die drei Dinge dir,
und denke stets daran:

Was du versäumst,
kehrt nie zurück,
Vergangenheit, sie liegt so weit,
drum nütze deine Zeit!

LIEBE KINDER

Wie glücklich dürft ihr sein,
die ihr euren bunten Kindertraum
malen durftet auf den grünen Hintergrund
eines alten, schattigen Bergwaldes
mit dem mächtigen Vierbrüderbaum.

Noch weht durch eure Gedanken
der Duft der alten Tannen und Fichten.
Alle Herrlichkeiten eurer Träume,
alle Wunder eurer Kinderphantasie
lagen in diesem Revier.

Ihr seid groß geworden,
das Schicksal hat euch
andere Wege geführt.
Alles ist vergessen.
Doch ich werde warten.
Ihr werdet wiederkommen. –

Schon jetzt in Gedanken,
in euren heimlichsten Stunden,
gläubig wie einst!

PASS AUF MEIN KIND!

Paß auf, hör gut zu!
Du mußt für's Leben lernen,
wo du auch bist;
man lernt nie aus.
Halt Augen und Ohren offen.
Deinen Geist, dein Wissen,
kann man dir nicht nehmen.
Mütter sind immer in Sorge!

Es ist uns angeboren,
das mußt du verstehn.
Paß auf, daß nichts passiert!
Geh' nur den rechten Weg.
Du erreichst dein Ziel,
ohne ein schlechtes Gewissen
zu haben.
Laß dich nicht verleiten!
Unrecht Gut bringt kein Glück!
Mütter sind immer in Sorge!

Das verliert sich nie.
Paß auf, wenn du Auto fährst!
Fahr nicht zu schnell,
gib acht auf den Verkehr!
Es ist so schnell etwas geschehn,
was nicht mehr gut zu machen ist.
Und solltest du schuldig sein?
Nicht auszudenken!
Mütter sind immer in Sorge!

Es ist uns eben angeboren
und läßt sich nicht verjagen.
Wir spüren die Gefahr,
eh' du sie sehen kannst!
Paß auf, mein Kind!
Das Leben birgt so viele Gefahren.

MEIN SOHN

Du bist meine Freude,
mein einziges Glück.
Aus Liebe geboren,
warst Du mein Geschick.

Du warst mir Sonnenschein
in schweren Stunden,
darum fühle ich mich
mit Dir verbunden.

Du willst es nicht wissen,
gehst dagegen an,
bist heute ja doch schon
ein erwachsener Mann.

Gehst eigene Wege, die
ich nicht immer versteh,
ja manchmal da tut mir
mein Herz ziemlich weh!

Gibst Du mir ein Lachen,
ein freundliches Wort,
da jubelt die Seele,
möcht singen sofort. –

Sei Dein Leben glücklich,
darum bitte ich sehr,
danke Gott dem Vater;
was brauche ich mehr!

Dich geboren zu haben,
war mein größtes Glück;
darum bist Du, für mich
auch, das „Beste Stück!"

MEINE OMA

Wenn ich die Omama nicht hätte,
es ging mir halb so gut, ich wette!
Sie macht mir immer frohen Mut,
drum geht es mir auch wirklich gut.

Sie sorgt für gesundes Essen,
auf Vitamine wird nicht vergessen.
Ob rein und sauber mein Gesicht,
schaut Omama bei Tageslicht.

Auch Fingernägel und die Zähne,
brauch ich wohl gar nicht zu erwähnen.
Damit die Kleider immer sauber,
verbringt die Oma oft ein Zauber.

„Sei fleißig, übe mit Verstand,
so bist im Leben du gewandt!"
sagt Oma mir fast alle Tage,
sie muß es wissen, ohne Frage!

Sie singt und lacht, ist voll Humor
und lebt mir so ein Leben vor,
voll Liebe, Güte, Sauberkeit,
wie's üblich war zu ihrer Zeit.

Drum hab ich meine Oma gern.
Sie zeigt mir oft den Abendstern,
dann bitt' ich Gott um seine Gnade,
daß ich noch lang die Oma habe.

MUSS DAS SO SEIN?

Omi, fragt das Enkelkind,
kannst du mir sagen warum wir sind,
auf der Erde in Trübsal und Schmerz,
du mit deinem so kranken Herz,
Mutter, die nie Zeit hat für mich,
sag' wirklich, ist das nicht fürchterlich?

Vater, der nur nach Reichtum jagt,
und ständig mit seinem Magen klagt,
sag' ist das richtig, muß das so sein,
kein Friede, nur Unruh und Hasten allein?

Mein liebes, Kleines, es ist die Zeit
die niemals stille, die immer schreit,
die niemals verweilen kann am Ort,
muß ziehen zu neuen Taten fort.

Auch du wirst einmal im Lebensrad,
streben nach Ruhm und großer Tat,
keine Zeit haben für deine Kinder.
Auch sie werden spüren nicht minder,
das Hasten, Eilen und keine Ruh,
sie werden fragen, wie heute du:

Muß das so sein?

Ist der Abend auch zu Ende,
reichen froh wir uns die Hände.
Es war gemütlich! Sorgenlos
haben wir gelacht, getanzt. Groß
ist der Abschiedsschmerz, wir gehn,
und freuen uns auf ein Wiedersehn.

ERINNERUNG

So schnell vergehn die Tage
im lichten Sonnenschein,
und Wolken werfen Schatten,
dir tief ins Herz hinein.

Der Sommer ist so kurz nur,
du spürst sein Scheiden kaum,
auf einmal fühlst du redlich:
war alles nur ein Traum!

Dahin sind Frohsinn, Freude,
die Zeit alles vertrieb;
im Herzen doch die Treue
zu deinen Lieben blieb.

Erinnerung – die bleibt dir.
Was einst dein Leben war,
ist in dir fest verankert,
ist Seele hell und klar.

Laß leuchten sie im Alter,
so hat dein Leben Sinn
und bringt nicht nur den Deinen,
dir selber auch Gewinn!

ICH MÖCHTE EIN SCHMETTERLING SEIN

Ja, ich möchte ein Schmetterling sein, mit bunten Flügeln!
Zart, schillernd beschwingt im Gleiten und Schweben über
eine duftende, sich im Windhauch wiegende, Blumenwiese.
Frei von allen Zwängen der ungewissen Zukunft.
Nur so fliegen in die Freiheit, in den azurblauen Äther.
Befreit leben im Gutsein, im brüderlichen Miteinander.
Freunde finden und Freundschaften binden, ohne Grenzen
durch Zeit und Raum.
Träumen von der Jugend, von der Liebe und vom Glück!

WUNDER WERDEN WAHR

Ein Mensch, der gern alleine ist, mit sich selbst zufrieden, tief und fest im
Glauben steht, dem öffnen sich die Weiten des Himmels. Poesie und
Phantasie heben den Schleier zur unsichtbaren Welt. Wo die Luft vergoldet,
durch unzählbare Leuchtkerzen strahlt und glitzert, wie Brillant und
Diamant im Sonnenlicht.
Ein überirdisches Alpenglühn, das Gefühle berauscht,
Gedanken weitet und das Leben verdichtet. Das die Liebe
spürbar werden läßt. Die Seele wärmt und die Glieder
beben macht im traumhaften Begehren.
Da öffnen sich die Tore der Unendlichkeit, und Wunder werden wahr!

DURCH REIFE ZUM LEBEN

Brandung überschwemmt mein Herz und zieht es in die Tiefe der
Verzweiflung.
Ohne Zärtlichkeit, ohne Liebe ist das Leben tot, ohne Sinn.
Bangend suche ich nach Halt.
Laufe durch einen Irrgarten, finstere Höhlen.
Stelle mich wieder und wieder, trotzend der aufschäumenden Flut.
Denn nur der Verstand hat Kraft, er bestimmt das Leben,
bewegt die Welt und gibt mir die Stärke, alle Widerstände
zu durchbrechen. Wandelt die Nacht zum Tag und läßt mich
gereift leben.

ERKENNTNIS

Im Reich des Geistes gibt es keine Einsamkeit. Ein Wort,
ein Buch, läßt dich so viele Wege gehn und bringt dir
immer wieder neues Land und Phantasie.
Bringt Menschen dir ganz nah.
Du hast sie nie gesehn und kennst sie doch.
Siehst tief bis auf der Seele Grund und spürst, durch
der Gedanken Kraft, daß du nicht mehr alleine bist!
Hier ist ein Freund! Ein Gott des Geistes, der dir
nahe steht. Der alles weiß.
Und ein Gefühl des Glücklichseins wird dich die Größe
deines Selbstwertes erkennen lassen.

WAHRE FREUNDSCHAFT

Freundschaft, wahre Freundschaft, ist das höchste Gut, das
man erhoffen kann. Ein Paradies auf Erden, das dir alle
Sicherheiten und alle Freiheiten erlaubt.
Freundschaft ist unbegrenzt.
Ein wirklicher Freund steht immer dir zur Seite.
Er hilft und hofft und glaubt an dich, wenn alle dich
verlassen haben.
Liebe kann schnell vergehn, doch eine innige, ehrliche
Freundschaft besteht ein Leben lang.
Wahre Freundschaft geht bis zum Tode!

IM UNENDLICHEN DER SEELE

Im Unendlichen liegt unsere Seele!
Jeder existiert durch sich selbst. Hat auch die Verantwortung
für sich selbst.
Im Unendlichen liegt das Ganze. Wenn wir auch die Vollkommenheit
nicht bejahen können, so liegen doch alle Begriffe, alle Existenzen in der
Unendlichkeit. Das, was wir gewahr werden, was unsere Seele
begreifen kann, ist vielfältig.
Wie kalt, arm und leblos wäre das Leben, wäre nicht in uns
eine schöpferische Kraft.
Wenn wir das erkannt haben, haben wir auch die Kraft, uns
auszubreiten. Wir müssen in uns unsere Natur, die Art zu
denken, zu fühlen, begreifen lernen; erst dann erkennen wir
die Unendlichkeit unserer Seele!

ALPHA UND OMEGA

Gott, der Herr und Schöpfer, hat eine Vielfalt von Formen
in die Welt gelegt, daß wir sie nur zum Teil erfassen können. Trotzdem ist
es uns auferlegt, Alpha und Omega zu verbinden. Wir haben unser Leben
so einzurichten, wie es uns vorgeschrieben ist. Denn alles ist in uns
beschlossen.
Wir müssen die Zeit, die uns bleibt, mit Werken der Liebe,
des Geistes und der Gefühle ausfüllen. Frei von allem Zwang,
im Selbstbewußtsein gefestigt den Frieden leben.
So bekommt unser Leben Sinn. So liegt Harmonie zwischen uns
und der Schöpfung.
Und nur so haben wir unseren Beitrag zum Frieden in der Welt
geleistet.

JEDER ERKENNT JEDEN ANDERS

Unser Wesen, unsere Anlagen, haben wir in unsere Nachkommen gelegt.
Beglückend ist für mich, ein Glied dieser Kette zu sein.
Ob unsere Kinder das glauben wollen oder nicht. Ob sie es erkennen
können, bleibt ihnen vorbehalten. Denn:
Jeder erkennt jeden anders!
Würde ich die Bruchstücke, die meine Kinder über mich gesammelt haben
zusammenfügen, ich würde mich nicht erkennen.
Ein mir fremder Mensch stünde vor mir.

EIN WUNDER

Glaube, und Gott ist dir so nahe, daß du anWunder glaubst!
Der Himmel ist unendlich, und unzählige Lichter leuchten, vergolden die Nacht. Du versinkst im Rausch der Poesie.
Deine Gedanken malen Bilder, setzen Zeichen. Dein Leben läuft lautlos, wie von Winden getrieben, vor dir ab. Da ist Angst, Tod und Bangen! Alles gehört zum Leben.
Nur der Liebe gelingt es, die verwirrenden Nebelschleider zu heben. Liebe macht schön, verwandelt. Du fühlst in dir Leben in höchster Form!
Da wird das Unmögliche Erfüllung.
Du weißt, Liebe ist ein Wunder!

TROST

Jeder hat sein Leben zu leben, hat sein Schicksal zu tragen und zu meistern.
Der eine nimmt es schwer, der andere leicht.
Oftmals ist es so, daß man es nicht zu tragen glaubt. Zu schwer für schwache Schultern.
Höre ich dann der Sache Grund, legt wer sein Herz vor mir aus, stürzen Tiefen mir entgegen, und manche wehe Wunde reißt da auf.
Mir ist, als hätte ich dies alles selbst erlitten in diesem oder einem anderen Leben und weiß doch keine Antwort darauf.
Denn: Tröstung mit seichten, unwahren Worten, bekommt man
im Alltag genug. Doch Reife, der wahre Trost, der stark macht,
kommt nur aus dir selbst.

WERDEN, KOMMEN UND GEHEN

Unser Leben ist ein Tag mit Höhen und Tiefen, mit Kummer,
Leid, Hoffnung und Glück!
Ein strahlender Morgen ergießt sich in den Höhepunkt der goldenen
Mittagssonne und verbrennt in Dunkelheit und Nacht. So dreht sich das
Leben im ewigen Reigen, ist Werden, Kommen und Gehen.
Ein neuer Tag beginnt mit oder ohne uns.
Wer kann es wissen!
Alles liegt in der Gesamtheit der Natur!

TOD

Dein Schatten hängt mir an den Fersen.
Ich spüre dich kalt durch meinen Körper ziehn.
Mal hier mal dort zwickst du gewaltig an den Nerven,
und mahnend rührt Dein Hauch mein Herz an.
Was willst Du den von mir, Du Schlächter allen Lebens?
Ich will doch nicht Dir folgen in die Nacht!
Will nicht die Stunde wissen, die Du für mich erdacht.
Noch hat mein Leben Sinn. Hab' liebe Menschen, die mir
gütig sind und frohe Stunden wohl bereiten!
Doch muß es sein, so komm geschwind. Laß mich nicht
lange leiden. Ich geh' mit Dir, wohin Du willst, in
alle Ewigkeiten. –
Wird Gott mich dann geleiten und führen in ein Paradies?
Ich hoffe, glaube an des Himmels Herrlichkeiten und
weiß, daß unser Herrgott gnädig ist.

WISSEN IST MACHT

Darum lerne und strebe nach Weisheit.
Gib nicht vorzeitig auf. Halbheiten zählen nicht.
Sie gehen im täglichen Alltag unter.
Dabei ist nicht die Kraft, der Wille ist ausschlaggebend.
Doch gib acht: – nicht Macht ist Weisheit!
Das Wort Macht schließt Gewalt und Unterdrückung nicht aus.
Oft ist es nur Vorspielung falscher Tatsachen.
Jedoch Wissen, Weisheit macht frei.
Befreit von allem Druck und Angst der Belastung im Leben.
Wissen ist eine Macht, die dich selbstbewußt und unabhängig macht.
Du fühlst dich sicher, ruhig und zufrieden.
Geist und Verstand, gepaart mit einem gütigen Herzen,
wäre der Weisheit letzte Vollendung.

WEGE ZU MIR SELBST

Manchmal rührt mich ein Zauber an, und meine Phantasie geht mit mir auf die Reise. Er kommt von ungefähr.
Ich weiß nicht Ursache noch Grund.
Es könnte ein Sonnenstrahl sein, der sich in meine Seele verirrt und ein Widerschein von bunten Farben aus mir leuchten läßt.
Meinen Tag vergoldet. Dann bin ich glücklich und finde Wege zu mir selbst.
Es kann aber auch ein Mollton sein, eine dumpfe, schwere
Musik, die mich berührt, melancholisch macht.
Wie auch immer, der Zauber bleibt.
Die Ursache läßt sich nicht ergründen.
Nur: Ob Dur oder Moll, die sanfte Stille läßt mich glücklich sein!

EIN BUCH

Ein Buch ist Unterhaltung mir in jeder Lebenslage.
Ist Lehrer, bester Freund. Gibt Antwort mir auf allzuviele Fragen, hat
mich noch nie enttäuscht.
Mit einem Buch fühl ich mich niemals einsam. Es weiß
so vieles zu erzählen mir. Sind die Worte auch nur
stumme Reden, ich lern davon. Es gibt mir Wissen,
Kraft und Mut. Hat mir so manche leere Stunde ausgefüllt,
mein Herz aufgewühlt und Traurigkeit daraus verbannt.
Drum bin ich glücklich, viele Bücher zu besitzen.
Ein jedes ist ein ganz besonderer Freund.
Ich möchte keines davon missen.
In dieser Gesellschaft fühle ich mich wohl, bin nie
allein!

HINGABE –

sich selbst geben ist Opferung seiner selbst.
Das Schönste und Tiefste, was ein Mensch geben kann.
Sich opfern einem Menschen aus Liebe, aus Dankbarkeit.
Wie immer auch, einer Idee, einer Besonderheit wegen.
Sich verschenken ist Selbstfindung, ist Größe und
Höhepunkt im Leben.

FARBENSPIEL

Ein Bild, mein kleines Enkelkind, ein buntes Farbenspiel,
hast du mir heute gemalt.
Es zeigt ein Meer von Phantasie, die in dir steckt.
Unwissend noch, so unschuldsrein; doch ineinanderfließend
zeigt es Harmonie und wohl Talent.
Ich seh' in diesen Farben deine kleine Seele. Seh' stumme
Worte, sie erzählen mir deinen Kindertraum.
Ich will dies Kleinod hüten. Es soll für immer eine
innere Verbindung unserer Seelen sein.

AUS DER VERGANGENHEIT

erkennen wir die Gegenwart, und aus der Gegenwart formt sich die
Zukunft!
Ein komischer Tanz, der sich zum Reigen schließt.
Wer in die Stille geht, findet Phantasie und erkennt die geistigen Werte
seiner Gedanken.
Doch vieles bleibt im trüben, unerforscht, in einem Reifen der eisigen
Atem umschließt
Jedoch die innerliche Sammlung, Einstellung zur Sache, führt zur
Vollendung.
Denn nur wenn die Lebensströme geweckt, ist der Körper gestärkt und in
Harmonie zum Leben. Er weiß seine Wege zu gehen und kann am Ende
das Buch des Lebens schließen.

DIE SPRACHE DER NATUR

Ich liege auf einer bunten Blumenwiese. Über mir der azurblaue Himmel. Der Duft der Erde, des Mooses und der zarten Blüten hat mich berauscht. Da höre ich der Bienen Summen. Grillen zirpen und der Vögel lustigen Gesang.
Ich bin beschwingt von all dem Singen, laß mich fallen in der Natur-Gewalt.
Da seh ich um mich her, die Elfen tanzen. So grazil, so unbeschwert, den Boden kaum berührend. Wie Schmetterlinge, die im Kreise schwingen und mir die Vielfalt, die Größe der Natur näher bringen.
Man muß sie lieben, hüten, achten, nicht verderben durch Unrat, Mist und allzuviel Benzin, so denke ich!
Da wach ich auf aus meinen Träumen und spüre der Freiheit unbegrenzte Weite in mir, bin gestärkt durch gute, frische Luft.
Muß man ein Liebling Gottes sein, um die Sprache der Natur zu verstehen!

DUNKLE NACHT

Dunkle Nacht, mit Schicksalsfäden eingewebt, die Anfang und Ende bedeuten. Mit Sternen und mit Silbermond am Himmelszelt. Ein Wunderteppich, märchenhaft ausgestickt. Geheimnisvoll und unergründlich. Wo Schatten ziehen, die Angst und Grauen oft gebracht. Und doch auch sanfte Stille, die neue Kraft in uns gelegt. So vielfältig und gegensätzlich wie Tag und Nacht. Doch wohlbegehrt im erholsamen Schlaf, der uns dem neuen Tag entgegenträumen läßt.

WOLKEN UND WIND

Wolken ziehn mit den Winden im Äther, durch die Unendlichkeit. Der Sonne kommen sie näher und streifen Mond und Sterne im Silberschein. Oft jagen sie wie die Reiter des „Lützowschen Freikorps" bedrängend, wild und verwegen im Sturmgebraus dahin.
Unheil bringend, mit Sonne und Blitz, daß die Erde bebt.
Dann wieder zärtlich, schmeichelnd wie ein Kätzchen, das Liebe sucht.
Wolken sind Elixiere, die jede Pflanze, jedes Lebewesen braucht. Wie Blumen, Gräser, Bäume den Tau, Tiere und Menschen das Wasser, das aus den Wolken kommt.
Wolken und Winde sind Elemente, die immer zusammengehn.
Die zum Weltall gehören wie Sonne, Mond und Sterne. Sie bilden die Atmosphäre, in der Pflanzen und Tiere entstehen und in der der Mensch leben kann. Weil er sich eingliedert im Kreislauf der fließenden Schwingungen von Kommen und Vergehen und durch magische Kräfte wiedergeboren wird.

HINDERNISSE

Steine, Stolpersteine, sind wohl sehr wichtig für's Leben.
Ein gerader Weg würde zu schnell, mühelos ans Ziel führen. Doch Hindernisse packen den Ehrgeiz, führen immer wieder zu einem neuen Anfang. Dabei wird der Geist lebendig.
Denn. Hürden stärken die Glieder!

FREMDSEIN

Fremdsein, sich nicht zu Hause fühlen, ist eine drückende Belastung!
Es gibt Menschen, die ein Leben lang miteinander leben und sich doch fremd bleiben. Die versuchen, auf den Nächsten einzugehen, aber eine spürbare Eiseskälte zwischen ihnen steht. Obwohl sich beide bemühen, bleibt das Gefühl des Fremdseins, weil es keine geistige Verbindung gibt. Wenn man nicht ausbrechen kann, jedoch genug Verständnis füreinander hat, wird man beisammen bleiben. Dazu braucht man, von beiden Seiten, Mut und einen standhaften, gutmütigen Charakter.
So kann jeder sich auf seine Weise entfalten.
Den Weg wird jeder in der Stille gehen müssen.
Diese Stille ist ein Reich für sich, aus dem der Mensch die Stärke schöpft, die er für sein Leben braucht!

EINE GUTE TAT

Warum suchen wir das Glück immer dort, wo es nicht zu finden ist? Glück läßt sich nicht zwingen.
Suchen wir in der Stille, dort, wo wir es selbst hineingelegt haben. In einem freundlichen Wort aus dem Liebe zurückstrahlt. Am Wiegenbett unserer Kinder!
Die Liebe zahlt sich aus. Sie wird zum bewußten, bejahenden Glück.
Eine gute Tat, ein Lachen bringen dir Glück.
Suche also bei dir selbst. Denn in uns ist alles beschlossen!

ZU SCHÖN, UM WAHR ZU SEIN

Wieder einmal stritten sich Länder und Staaten um den Frieden. In Wirklichkeit ging es allen nur um Macht und Reichtum. Es gab verbitterte Kämpfe, und böse Worte fielen. Einmal im Kampf, gab niemand auf. Jeder wollte den Frieden für sich persönlich beanspruchen. Alle schrien: „Mein ist der Friede, nur mir gehört das Recht!"
Als der Friede diese Zwietracht hörte, wurde er sehr traurig und zog sich zurück.
„Sollen sie sehen, wie sie mit ihrem Recht um den Frieden fertig werden", meinte er, „Friede ist weder Streit noch Kampf!"
Hätten sich alle Länder vereinigt, am grünen Tisch die Hände zur Zusammenarbeit gereicht und gesagt: „Der Friede sei unser, für alle Menschen der Welt!", gäbe es heute den Weltfrieden! Zu schön, um wahr zu sein!

WEGE ZUR HEIMAT

Manchmal spüre ich einen Zauber in mir. Ich weiß nicht, von wo er ausgeht, und von welchen Dingen er kommt, er ist unberechenbar.
Oft ist es nur ein lieber Blick, ein gutes Wort, das meine Seele rührt. Ein andermal die Stille, die Einsamkeit, die mich umgibt, die mich zu mir selber finden läßt, die mir die oft unverständliche Welt begreifen lernt. Dann wiederum die grenzenlose Sicht der unendlichen Meere, der stahlblaue Himmel, der im Mittagsgold glänzt, die ganze Schöpfung.
Ich spüre, wie das Rad der Zeit sich dreht und Hoffnung in mir weckt, die Wege meiner Heimat wiederzufinden. Möge der Fortschritt, diese Wege nie verschütten. Denn ohne Heimat, ohne die Hoffnung zur Heimat, kann der Mensch nicht leben.

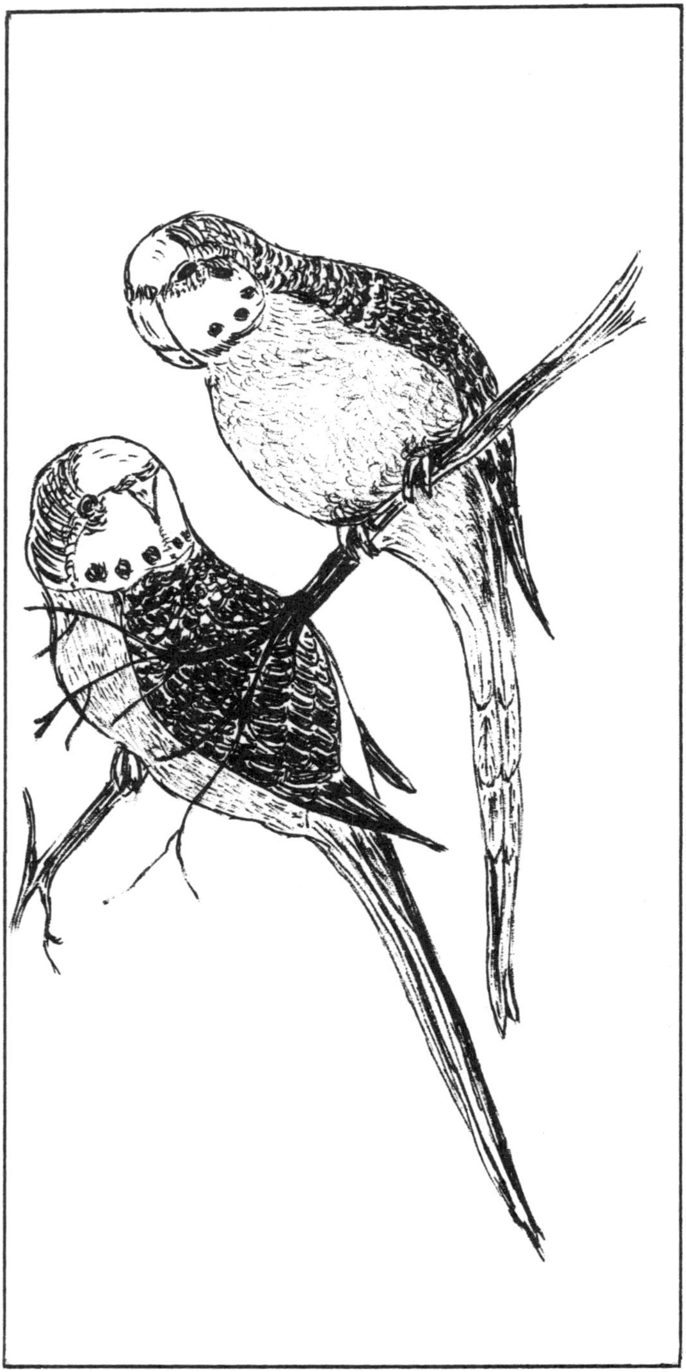

EIN WUNDERSAMES KLINGEN

In mir fühl ich, von Zauberhand,
ein wundersames Klingen;
es zieht durch meinen Körper hin,
ein vibrierendes Schwingen.

So leicht die Weise, zarter Klang,
hält mich beglückt umfangen;
hüllt mich verklärt, zufrieden ein,
mit liebendem Verlangen.

So märchenhaft die Melodie,
daß an meines Herzens Tor,
ein Tongebilde inspiriert,
aus Dur, Moll ein Engelchor.

Selig, verträumt schlafe ich ein,
voll geistiger Harmonie,
die alle Schwere von mir nimmt; –
so glücklich war ich noch nie!

ALLE MEINE WÜNSCHE

Mein Ziel liegt auf dem
Berg im klaren Licht,
nicht Wind und Wetter
stören mein Gleichgewicht.

Ich möchte durch Fleiß
an Weisheit gewinnen,
nicht im Schattenspiel
einer Nacht zerrinnen.

Ich möchte, meiner
Seel', im Leben stehen,
nicht vor der Zeit als
Träumer untergehen.

Möcht' meistern, was mir
auferlegt im Leben,
und viel Gutes an
Menschen weitergeben.

Alle möcht' ich in
Freude ehrlich lieben,
kämpfen – mit Einsatz –
für Freiheit und Frieden.

Ist mein Sehnen so
geläutert und gestillt,
haben sich alle
meine Wünsche erfüllt!

IM SCHWEIGEN

Wenn böse Menschen
das Leben dir verdrießen,
geh' durch Wald und Feld
die schöne Gegend genießen.

Da wird dir Natur in
allen Phasen offenbar,
du spürst neben dir,
ganz bewußt, Gottes Gegenwart!

SANDUHR

Wenn meine Sanduhr sich geleert,
möcht' ich vom Blitz getroffen,
zu Boden sinken.

Nicht einsam und vergessen sein,
dem Siechtum nah, verlassen
von Träumen trinken.

Ich möchte Sterne vom Himmel,
in eine grüne Wiese
mit Blumen binden.

Möcht' Liebe, Ruhe, Frieden,
die ewig mir versagt,
im Tode finden.

SONNE ÜBER DEN BERGEN

Ich seh' die Sonne hoch im All,
wie ein Glutball stehn im Raum;
wie Diamant funkelt sie, bricht
sich stark am Felsensaum.

Seh' das Strahlen auf der Wiese,
bei Enzian und Edelweiß;
und in den großen Spalten, Rissen,
wo glitzernd liegt das ewige Eis.

Über den Wolken, wo die Blitze
jäh zucken wie ein Flammenmeer;
bist du, Sonne der größte Herrscher,
Urvater, allgewaltig und hehr.

Du strahlst entfesselt tausend Farben,
der Größe Gottes kommst du gleich;
begleitest mich durch das Leben,
ich fühle mich unendlich reich.

Du gibst Leben dieser Erde,
Ebbe, Flut, den Tag und die Nacht;
was immer geschieht im Weltenraum,
ist Kraft durch Urgewalt entfacht.

ZEITMASS

Wieder ein Jahr
ins Zeitmaß gepreßt,
verpackt und abgerundet.

Hoffnungen,
Illusionen,
alles ist Utopie.
War alles verloren!

Die Zeit läuft,
wie Sand von der Hand.
Ich möcht' sie halten,
zum Frieden gestalten,
ihr Inhalt, Freude geben. –

Ohne Wertmaß
werde ich alt!
Soll ich vergessen?

Doch so schnell
gebe ich nicht auf.
Hoffnung
ist Salbung
der Seele!

STRASSE DES LEBENS

Irgendwann läuft die
Straße des Lebens,
die wir unbekümmert
und achtlos gehen,
einer endlosen Brücke zu,
von der es kein
Zurück geben wird.

Das Leben, das aufblüht,
ist von Beginn an
ein Schritt zum Tode.

Darum lebe bewußt
jede Stunde.
Tue Gutes an dir selbst
und an deinem Bruder.

Denn: jede Sekunde
kann der Paukenschlag
des Todes sein!

FRIEDE ALLEIN

Wenn du auf Erden
dein Glück nicht gefunden,
strahlende Sonne
dir niemals gelacht,
gieße nicht Öl noch
auf blutende Wunden;
Trauer durchbricht nicht
das Dunkel der Nacht.

Gab dir das Leben
auch vieles zu tragen,
war Herz und Seele
verbittert und wund;
gäb es zur Umwelt
manches zu sagen,
verschließ ohne Groll
den wissenden Mund.

Hebe die Augen
zum Lichtparadiese,
Düfte von Rosen
ein Hauch dich umkost;
Liebe und Freude
dein Leben genieße,
Freude allein dir
bringt Frohsinn und Trost.

LICHT DER LIEBE

Trage das Licht der Liebe,
wahre Freundschaft in die Welt;
laß alle Wärme spüren
unter dem weiten Himmelszelt.

Kommen auch Not und Dunkelheit,
zweifle nicht, die Liebe hält;
das Licht wärmt und leuchtet noch,
wenn Eis und Schnee durch Wolken fällt.

Es gibt keine Einsamkeit.
Wenn Liebe in Herzen wacht,
läuten Glocken den Frieden,
durch Sturm und kalte Winternacht.

LIEBESKUMMER

Wenn Herzen auseinandergehn,
die sich einmal geliebt,
bleibt oft ein wundes Narbenspiel,
das keine Ruhe gibt.

Ja, Kummer macht die Zeit dir schwer,
und trüb' und grau den Tag:
weil du es nicht verstehen kannst,
daß Liebe brechen mag.

BITTERER SCHMERZ

Kennst du jene Traurigkeit,
wo im Auge keine Träne;
weil das Leid sie hat erstickt,
abgeschnitten wie 'ne Strähne?

Kennst du jene Traurigkeit,
die bei jeder Mimik zittert;
und doch ausdruckslos verbraucht,
durch der Seele Not verbittert?

Kennst du jene Traurigkeit,
wo die Augenlider brennen,
heiß wie Feuer, Seelenpein,
und du kannst dich doch nicht trennen?

Das ist wohl ein bitt'rer Schmerz!
Und doch wird er zugemutet.
Ohne Anteil sieht man zu, wie
tropfenweis ein Herz verblutet.

WÜNSCHE

Ich wünsche mir Gelassenheit,
Dinge so zu nehmen, wie sie sind.
Liebe in die Welt zu tragen,
damit ich Liebe empfangen kann.

Ich wünsche mir Kraft und Mut, Dinge
zu ändern, die ich ändern kann;
nur dann werde ich im Glücklichsein
die Liebe erleben dürfen.

Ich wünsche mir die Weisheit,
den Unterschied zwischen Gut
und Böse zu erkennen und
nach bestem Gewissen zu handeln.

Ich wünsche meiner inneren
Seele Harmonie, Geborgenheit.
Allen Menschen dieser Welt
wünsche ich Eintracht und Frieden.

Gott, schütze uns vor Terror und Krieg!

IN MIR IST FREUDE

Wenn ich den Tag beschlossen,
dann kehr ich bei mir ein;
ins Innerste der Seele,
da gibt's kein Traurigsein.

Denn in mir lebt die Freude,
sie macht mir frohen Mut;
gibt Zuversicht und Ruhe,
alles wird wieder gut.

Was auch im Tag geschehen,
es ist vorbei, dahin;
denn in mir lebt die Freude,
sie bringt allein Gewinn.

Durch Freude hat das Leben,
den rechten Stellenwert;
nicht Krankheit, Leiden, Sorgen,
es kummervoll beschwert.

Die Freude strahlt von innen,
aus dem Gemüt sie fällt;
drum lebe ich zufrieden,
in Eintracht mit der Welt.

29. MÄRZ 1991

Heute Nacht fiel Schnee auf die aufgebrochenen Blüten der Märzenbecher. Die Strahlen der Straßenleuchte ließen die leichten Flocken wie Brillanten auf den Blumengesichtern funkeln, die wohl erschrocken dem Unbill des Wintereinbruches sich beugen mußten.
Still war die Nacht, alles lag im Schlaf, und mancher träumte wohl vom Frühlingssonnenschein, der noch auf sich warten läßt!

MARGERITEN

Wie ein Sommerfeld schmückt ihr die Äcker und Wiesen.
Ihr seid begehrt von Jung und Alt, die gerne lieben.
Ein jeder möchte das Mirakel Euch entlocken:
Liebt er mich?
Liebt sie mich?
Und so fliegt ein Blütenblatt dem anderen mit dem Wind!
Ist wirklich eine Weisheit drin?
Oder liegt sie in der Verwandlung, dem Vergehn!

VEILCHEN

Kein größerer Dichter verehrte das Veilchen so sehr wie Goethe!
Es war seine Lieblingsblume. Er wollte Weimar zur „veilchenumkränzten Stadt" machen. Auf seinen Spazierwegen streute er deshalb häufig Veilchensamen aus.
Das Veilchen ist eine Besonderheit!
Man hat es, durch seine Zartheit noch nicht entdeckt, so spürt man den lieblichen Durft durch die Frühlingslüfte wehn.
Von dem würzig süßen Nektar lassen sich die Bienen berauschen.
Deshalb umschwärmen sie diese kleine Blume mit liebenswerter Hingabe.
Veilchenhonig ist eine besonders aromatische Schleckerei.
Und welche Dame ist nicht entzückt im Frühling, wenn noch keine Rosen blühn, einen Veilchenstrauß von ihrem Liebsten zu bekommen?

NELKE

Mit dem Feuer der Hochsommerglut hat die Nelke ihre Zeit bis in den Herbst. Ihre Wandlungsfähigkeit erblüht in Weiß, Rosa, Rot und Gelb. Zart in Blatt und Halm hat sie doch Ausdruck genug, um Tochter des Feuers zu sein. Der würzig-aromatische Zimtduft gab der Nelke den Namen.
Kaum eine andere Blume kann mit so wenig Pflanzenstoff soviel Wirkung entfalten. Im zeitlos kleinen liegt ihre größte Macht.
Die Heimat ist Arabien.
Schon Ovid erzählte, sie sei von Diana, der Göttin der Jagd, geschaffen worden. Napoleon I. wählte für seine Ehrenlegion die rote Nelke als Rosette im Knopfloch. Und auch heute noch tragen wir die rote Nelke als Zeichen der Freundschaft im Knopfloch.
„Was kann größer sein, als Sinnbild der Freundschaft zu gelten!"

ROSE

Nichts ist vergänglicher als Schönheit!
Doch Du bist der Schönheit Inbegriff.
Dein Duft berauscht!
Du bist allumfassend Phantasie. Bist Widerspruch in reinster Form. Bringst Freude im Leben und Trost im Tod. Bist immer ein beliebter Gast. In Dir sind Glück und Schmerz, Leben und Tod gleichnishaft gepaart.
Keine andere Blume kann neben Dir bestehen. Keine diese seelische Verbindung für sich in Anspruch nehmen.
Du bist einmalig, Rose!

CHRYSANTHEMEN

Blumen des Herbstes. Gleichsam Nachgedanken der Blumenwelt, mit einer Farbenskala, reich an Tönungen von Weiß, Rosa, Rot, Lila, Orange und Gelb. Eine Blumenzier von Größe und Pracht eigener Art, durch den ganzen Herbst, bis in den Advent!
In aller Fülle rafft sich noch einmal die ganze Kraft des Blumenjahres zu einer Feierstunde zusammen. Ihre Härte kommt aus den hochgelegenen japanischen Berglandschaften.
Das Ursprungsland der Chrysanthemen.
Erst die scharfen Nachtfröste beenden ihren Flor.
Totenblume nennt man sie deshalb auch, weil sie die Gräber unserer lieben Verstorbenen ziert!

BLUMEN UND LIEBE

Blumen sind Geschenke der Jahreszeiten, die uns Menschen beglücken. Jede Zeit hat ihre eigenen Blumen. Ob Veilchen, Rosen oder Chrysanthemen.
Das Maß der Beglückung kann nicht gemessen werden. Wahres Glück ist gleich Liebe ohne Maß. Unfaßbar in Güte und Reinheit. Liebe und Fröhlichkeit kommen aus dem Herzen. Also sollten wir in uns hineinhören, in unser absolutes Ich.
Liebe ist Licht, leuchten aus dem Innern. Wo Liebe ausstrahlt, da ist Verstehen, da ist Versöhnung Einheit in grenzenloser Verschmelzung. Augen sind Spiegelbilder der Seele. Viele Erinnerungen werden hier bewahrt. Ein Paradies, aus dem man nie vertrieben werden kann.
Liebe schenken, Frohsinn verbreiten ist das größte Wunder der Welt!
Möge allen Menschen dieses Wunder offenbar werden.

REGENBOGEN DES LEBENS

Das Leben gleicht einem Regenbogen, bunt. leuchtend, mit einem seidenen Anfang, zart und schmal. Zur Mitte entfalten sich alle Farben. Strahlend, breitgefächert liegt es vor uns. Zu mächtig, um alle Einzelheiten zu erkennen. Überdimensional ist man nicht fähig, den Umfang des Lebens zu begreifen. Für jeden Menschen ist es anders und immer wieder neu. Oft ein Traum, der sich hinter täglichem Geschehen versteckt, ohne Realität, dann wieder brutal in den Alltag gelegt, mit Traurigkeit, die keine Wärme spüren läßt.
Wie es auch kommen mag, zeige trotzdem Mut und Kraft die Zeit, den Tag, die Stunde in Harmonie zu leben und schenke Liebe.
Die Saat bringt Frieden. Dann ist es gut, das Leben.
Hab nur Mut und versuch es!

WEISSE LILIE

Lichtgeist aus
Salomons Zeiten!
Unvergänglich in
Form und Farbe.
Balsamischer Duft
versprüht weihevoll
dein Blütenkelch.
Du Blume der Reinheit,
der Hoffnung,
Symbol der Unschuld,
der Mildheit und
Erhabenheit,

wir verehren dich!

Und weil du,
in deinem Ich
mit uns verbunden,
vergänglich bist
so wie wir,
doch in deiner
zarten Reinheit
und märchenhaften
Schönheit, uns die
Liebe des Lebens in
Erinnerung bewahrst; –
auch im Bewußtsein
der verlorengegangenen
Unschuld, –

lieben wir dich!

ROSEN DER LIEBE

Es gibt so viele Menschen
auf dieser Welt,
alle Wünsche und Träume
sind gleichgestellt.
Und doch werden sie meist
verschieden ausgelegt.
Es kommt darauf an,
wie du dich bewegst
und wie deine Farbe
schwarz, gelb oder weiß.
Ob du Kartoffeln speist,
Brot oder Reis,
ob Nudeln, ob Knödel
deine Hauptspeise ist;
daran stellt man fest,
woher du nun bist!

Doch Liebe, ihr Menschen,
ist überall gleich,
ob Süden, ob Osten,
ob Natoreich.
Schenkt Rosen der Liebe,
es ist nie zu spät;
und zeigt in der Gemeinschaft
Solidarität!
Schenkt Rosen der Liebe,
sie bringen Frieden
in alle Welt;
Liebe und Freundschaft,
die ewig hält.
Schenkt Rosen der Liebe,
und ihr werdet verstehn,
schenkt Rosen der Liebe,
das Leben ist schön!

ALLTÄGLICHE DINGE

Ein Lächeln dem Nächsten,
ein paar liebe Worte,
ein Händedruck.
Ein bißchen Hilfe,
wenn die Not am größten!

Das alles sind alltägliche Dinge,
für einen freien, in sich festen,
selbstbewußten Menschen.
Jedoch: „Niemand ist frei,
der nicht über sich selbst
Herr ist!"

Schau in die Unendlichkeit,
in die grenzenlose Weite der Natur!
Sie gibt uns Aufschluß,
da ist Einheit,
da ist Freiheit!

Betrachte das Wundersame,
das Blühen einer Blume
mit Farbenpracht und Duft.
Das Werden einer Kreatur!
Das helltönende Singen
einer Nachtigall im
frühen Morgengrau.

Alles selbstverständliche,
einfache Dinge und doch
ein Zauber der Allmacht!
Verbinde dein Leben mit
den einfachen, alltäglichen
Dingen der Natur, und
du wirst glücklich sein!

unser
Peterskirchen

TERNITZ IM ADVENT

Zum vierten Advent,
wenn's draußen bitter kalt,
geh'n viele von uns,
hinauf den Weg zum Wald.

Zum Peterskircherl,
wenn's noch so stürmt und schneit;
gibt's Gelegenheit
stiller Besinnlichkeit.

Es singt der Stadtchor
frohe Weihnachtslieder;
wie Engelsingen
strömt es auf uns nieder.

Die Partituren,
sakrale Melodien, –
dieser Chor berauscht,
mit reinen Symphonien.

Jetzt sind wir bereit,
Weihnacht kehrt bei uns ein;
Frieden auf Erden
soll allen Menschen sein!

MEIN HERZ IST ALT GEWORDEN

Nicht an der Jahreszahl
möcht ich es messen,
da hätte es noch Zeit genug.

Doch Kränkung, Kummer,
Leid und Krieg;
haben Stück für Stück
es nun zerrissen.

Es möchte Ruhe, Frieden.
Der Hoffnung hab ich stets gelebt
alles recht und gut zu machen.

War etwas falsch im Leben?

Ich tat aus Liebe alles,
was mir möglich war.
Den rechten Sinn,
die leichte Strenge
die aus Liebe und Sorge
ums Wohlergehen kam,
hat keiner je erkannt. –

Doch hab ich Mut!

Hoffe, wenn auch Schmerz
und Gram geplagt,
der einen Stunde zu,
die leicht sich hebt,
den Wolkensaum zu brechen
und dann erlöst,
durch Gottes Vaterland,
in einer neuen Weise,
belebend, wie frischer Tau
vom Himmel auf die Erde fällt.

VERMÄCHTNIS

Wenn ich dereinst muß gehen
den Weg, den jeder geht allein,
da möcht ich keine Tränen, –
Freude soll mein Begleiter sein!

Ich will auch keine Kränze;
ein kleiner Strauß Vergißmeinnicht –
den würd' ich mir schon wünschen,
auf den vergeßt doch bitte nicht!

Und nur nicht schwarz, in Trauer,
das Leben lag solang in Nacht;
ich wünsch mir eine Feier,
wo alles singt und fröhlich lacht!

Denn wer schon von „Euch allen",
hatte im Leben Zeit für mich?
Will nicht von Liebe reden,
die braucht ein jeder nur für sich!

Am Grab steht ihr beisammen,
für mich ist das nicht wunderlich!
Kann nicht mehr mit Euch reden,
doch dreht sich alles da um mich.

Man predigt Menschenliebe,
ein leeres Wort von Wahn und Schein, –
was anderes ich suchte,
etwas mehr Zeit, Verstehn, Verzeih'n.

Allein, hier möcht ich Ruhe
von allem Zwist, von allem Leid;
Freude war mir im Leben
nicht viel, nur eine kurze Zeit.

Doch bin ich ganz zufrieden;
darf stolz auf meine Kinder sein,
sie verstehen zu leben,
und das entscheidet ganz allein!

Lieg' ich bei Mutter Erde
in einem Grab, im Bretterschrein,
da möcht' ich meinen Frieden
und einmal wirklich glücklich sein!

ABSCHIEDSSTIMMUNG

Statt Birken und Mimosen,
blühn jetzt Herbstzeitlosen;
es schwebt schwarzgrau durch die Au,
drückend oft die Nebelfrau.

Bald werden Flocken fallen
und Kinder den Schnee ballen;
lustig, froh zur Schneeballschlacht
wird gesungen und gelacht.

Trüb und kühl liegt die Natur,
dumpf verhallt die Glockenuhr;
und der Tag ist bald vorbei,
alles wird zum Einerlei.

Abschiedsstimmung löscht das Licht.
Nur mehr die Erinnerung spricht!
Wie zum Träumen liegt die Welt,
da das Jahr die Tage zählt.

Das Ziel unserer Sehnsucht
sollten Werte von Bestand sein:
Zufriedenheit, Glück in uns selbst,
im Wunder des Lebens.
Liebe aber ist:
„Sich auflösen im Du!"

Roter Mohn! –
Doch schenke duftende Rosen,
sie sind Lohn
für zartes Liebeskosen!

AUF GEWISSE JOURNALISTEN

Eigene Großspur macht noch
lange keinen Blitz,
vernichtende Grobheit noch
lange keinen Witz!

POSITIVES DENKEN

Positv denken, nach Freude streben, läßt alle Angst
und Unsicherheit auf der Strecke.

Begeisterung, das Streben nach innerer Einkehr darf nie aufhören.
Solche Einstellung bringt doppelten Gewinn.

„Wille ist magisches, kräftiges Denkvermögen", sagt Novalis.

Wollen verkrampft, zieht zuviel Konzentration auf sich, die auf die Sache gerichtet sein sollte.

Nietzsche meint: „Etwas wollen ist ein Experiment,
um zu erfahren, was wir können."

Wille ist eine Funktion, die durch Wunsch und Ausdauer zum Ziele führt.

Nur in der dynamischen inneren Kraft der eigenen Gedanken liegt Macht.

„Not lehrt denken, macht erfinderisch!"

Der Wunsch etwas zu erreichen, setzt Kräfte zur Konzentration frei.
Wunschdenken, Interesse zur Sache mit Ausdauer ist Konzentration und führt sicher zum Ziel.

Glaube an sich ist Selbstvertrauen, Einsicht und Sicherheit.
Mithin ist Glaube auch Konzentration!

Andere beherrschen, zeigt wenig Gefühl, sich selbst beherrschen, sei unser Ziel!

DAS PIANINO

Die Sonne war schon längst versunken. Kühl und schwer die Nacht nun Einzug hält. Alle sind schon lang zur Ruh' gegangen, doch mir gefiel's, noch einmal durch die Straßen hinzugehen.
Kein Laut, so still, ganz einsam, und im Dunkel liegt die Stadt. Ein Glitzern nur vom hohen Himmelsbogen, der Sterne ewig leuchtend' Licht.
O Gott, ich weiß, Du bist dort oben, und mit Dir alle Herrlichkeit und Pracht. Du gibst mir Kraft, die Einsamkeit zu leben, Du bist bei mir, bei Tag und in der Nacht.
Von fern hör' ich berauschend zart ein feines Klingen.
Mich zieht es förmlich hin zu diesem Klang. Piano nur, doch hör' ich jeden Ton.
Beschwingt, wie schwebend ist mein Gang, den Rhythmus, Melodie in mir gelegt. Ich lausche, und ich weiß, ein Pianino ist's , das mich belebt. So feierlich, so leicht, so zart die Hände die es streicheln, daß in mir neues Hoffen und liebendes Gefühl erweckt. Hingebungsvoll das piano-dolce, das Andante bis zum Allegro, daß jauchzend mir die Seele übergeht.
Musik zu dieser Stunde wirkt traumhaft auf mein Gemüt, weckt Gefühle, die tief im Innern schlummern, wird zur romantischen Phantasie.
So klangvoll rein kann nur die Muse sein.
Mir wird bewußt, nicht ich allein bin einsam, bin alleine, irgendwo ist helles Licht, ein Mensch mit seiner Muse, irgendwo ist das Glück!

WERTE DES LEBENS

Ein alter Mann ging lächelnd seiner Wege. Sein Blick war offen, und er strahlte eine beglückende Zufriedeheit aus, die viele Menschen nicht verstehen konnten.
Da kam ihm eine sehr schöne, sicher auch reiche, vornehm elegante Dame entgegen. Der Mann grüßte freundlich im Vorübergehen.
Die Dame konnte dieses fröhliche Lächeln und den offenen Blick des Mannes nicht begreifen und fragte: „Woher kommt Deine Zufriedenheit, wieso bist Du so glücklich, wo Du doch unscheinbar und offensichtlich sehr arm bist!"
Da lachte der Mann aus frohem Herzen. Er wirkte auf einmal jugendlich und sagte: „Oh, nein, gnädige Frau, arm bin ich nicht, ich habe alles, was

ich brauche und Werte des Lebens dazu!"
Die Dame, neugierig geworden, fragte: „Wo sind Deine Werte, Deine Reichtümer, ich möchte sie sehen!"
„Es tut mir leid, verehrte Dame, meine Reichtümer sind von anderer Art, ich kann sie nicht in Sachwerten zeigen."
„Wenn Du nichts vorzeigen kannst, besitzt Du nichts, Du bist nicht nur arm, sondern ein Schwindler dazu!"
Sie tun mir Unrecht! meinte der alte Mann gekränkt.
„So zeige Deinen Reichtum!" sagte die Dame.
„Wie soll ich anfangen! Meine Lebenswerte sind unschätzbar, man kann sie nicht sehen, nicht angreifen. Es sind innere Werte: die Nächstenliebe, die mir Zufriedenheit bringt, der Glaube, der mich stärkt, die Hoffnung, die mir Mut macht, die Treue, die mir Sicherheit und Ruhe gibt und immer wieder Liebe und Frieden, Liebe und Frieden..."
Die Dame war verblüfft, sie begriff diesen Reichtum nicht, schüttelte den Kopf und ließ den, für sie ungewöhnlichen Menschen stehen. Nicht nur arm ist er, sondern ein Narr dazu, dachte sie bei sich. Doch die Worte, Liebe und Frieden hallten nach, ließen eine klangvolle Seite in ihrer Seele erklingen, und plötzlich ging ihr ein Licht auf, und die reiche Dame fühlte sich sehr arm.

VALENTINSTAG

Weißt du warum man am 14. Februar Blumen schenkt?
Nein! Es ist der Tag des heiligen Valentin.
Valentin war Bischof zur Zeit Kaiser Claudius.
Das ist über 1700 Jahre her. Damals war das Christentum im Römischen Weltreich verboten. Wer zuwider handelte, wurde verfolgt, eingesperrt, getötet oder den Löwen zum Fraß vorgeworfen.
Bischof Valentin war ein furchtloser Mann, er kümmerte sich nicht um dieses Verbot. Er handelte im Sinne der Gebote Christi. Spendet den Neugeborenen die Taufe, den Gläubigen das Abendmahl, den Liebenden das heilige Sakrament der Ehe.
Valentin war ein lebenslustiger, heiterer Mensch. Er strahlte Glück, Friede und Freude aus. Sein Glaube machte ihn stark, gegen alles Böse. Er liebte alle Menschen, wie Tiere und Pflanzen, besonders aber die Blumen in seinem Garten. Und da er Freude verbreiten wollte, verschenkte er an alle

Menschen seine Blumen. Er machte dabei keinen Unterschied, ob sie arm oder reich waren, ob jung oder alt, ob Christen oder Heiden, ihm waren alle gleich.
Am 14. Februar des Jahres 186 starb Bischof Valentin den Märtyrertod. Um ihn zu ehren, und zum Gedenken wurde der Valentinstag geschaffen. Um Zuneigung und Liebe den Menschen sichtbar zu machen.

FRÜHLINGSERWACHEN

Über Nacht hat sich der Frühling auf die Forsythienbüsche vor dem Haus gelegt. Nun stehen sie da in einem flammenden, goldenen Blütenmeer. Wie ein Osterfeuer leuchten die strotzenden Blütenzweige gegen den jungen Morgen.
Auch der Magnolienbaum hat seine herrlichen porzellanhellen Blütenschalen geöffnet. Gestern noch waren die violettroten Blütenknospen verschlossen, heute heben sich die ineinandergefalteten Blütenschalen wie betende Hände gegen das Licht. Im blassen Wiesengrün sehe ich die ersten Frühlingsblumen, Schneeglöckchen. Sie heben ihre weißen Köpfe, fast unsichtbar, aus letzten Schneeresten. Im zarten Grün, besonders da, wo die warmen Sonnenstrahlen die junge Erde küßt, gelb, blau und weiße Krokusblüten. Auch Tulpen und Narzissen zeigen sich.
Es ist noch früh am Tag. Ich gehe hinaus, den Frühling zu schauen.
Im Stadtpark stehen stolze schlanke Birken. Wie weißseidiger Bast glänzt ihr Stamm. An den dünnen, hängenden Ästen sitzen zarte, herzförmige, lindgrüne kleine Blätter. Ich setze mich, ganz abgelegen der Hauptwege, auf eine Bank. Die frische, noch kühle Morgenluft hüllt mich ein. Ich bewundere den hohen Himmel und die Weite des Horizonts, Ruhe, heilige Ruhe. Und doch ist die ganze Natur im Erwachen, Bäume und Sträucher, Vögel und all die Erd- und Wiesenkäfer. Nach einer Weile sind Amsel und Drossel aufgewacht, und ein schneller Jubelruf von Baum zu Baum beginnt.
Ich gehe weiter durch den Park. Inmitten einer Grünanlage hat die große, stämmige Weide schon schmale, zarte Blätter angesetzt. Wie Tränen rieseln die dünnen Fäden vom Baum, mit denen der milde Frühlingswind spielt, sie wie ein wogender Schleier auf und nieder bauscht; und wenn man ganz still ist, hört man leise Musik, melodisch durch die Schleierfäden ziehen.
Neben der Weide steht ein Lärchenbaum. Von weitem sieht er aus, als seien in kleinen Abständen Perlen an den Ästen gefädelt. Vereinzelt entfalten sich

die hellgrünen Nadelbüscheln, die sich wie kleine Pinsel keck zum Sonnenlicht recken. Ein gesunder, wohlriechender Duft wird von den Nadeln ausgeschwitzt. Und da sitzen im Geäst flügelschwirrend die Meisen und Finken und tun sich gütlich an den Samenkörnern der Zäpfchen.
Es jubelt die Natur, alle Lebewesen, Menschen, Tiere und Pflanzen. Wer könnte bei diesem Wunder beiseite stehen?
In mir wird es warm: froh und weit öffnet sich mein Herz.
Das ist der Frühling, der Führer, der ewig neues Leben schenkt, Hoffnung und Glauben in jedem Neubeginn setzt, und durch die Harmonie der Farben Ruhe und Frieden verbreitet.

SONNE ALS URKRAFT, LIEBE UND FRIEDEN

Herrlich diese Sonne, die uns der Schöpfer seit Jahrmillionen gegeben hat, damit sich Menschen, Tiere und Pflanzen daran erfreuen können. Ob Sommer oder Winter. Ohne die Ernergie der kraftspendenden Sonne hätte der Mensch, die ganze Welt, keine Lebensgrundlage. Das hatten die Menschen schon im Altertum erkannt. Sie machten die Sonne zu ihrem Gott. Es war Amenophis der IV. der im Alter von zwölf Jahren, 1376 vor Christi, den Thron bestieg und Aton als den einzigen Gott der Sonne, der lebensspendenden Kraft der Wärme und des Lichtes, ernannte. Die Sonne war Urkraft in der alles Leben lag. Heute ist alles anders geworden. Wer sieht noch die Sonne? Wer sucht wirklich den Sinn der Wahrheit zum Leben in der Sonne und in sich selbst! Wer lebt die Liebe und hält Frieden mit sich und seinem Nächsten?
Täglich hört man von Revolutionen, Geiselnahmen, Verfolgung, Mord und Totschlag.
1945 hatten wir alle das Gefühl, jetzt ist die Zeit, die ganze Welt zu verändern. Nach der überstandenen Katastrophe war Aufbruchstimmung, eine Zeit schöpferischen Aufschwungs. Wir hatten so viele Pläne, wollten ein Paradies schaffen mit einer neuen Generation. Und waren es auch nur utopische Hoffnungsziele, es mußte aber irgendwas geschehen, so dachten wir damals.
Wieder schaut es düster aus. Man bemüht sich zum Teil und kann die Lage doch nicht entwirren.
Muß sich alles wiederholen? Haben die Menschen nicht aus der Geschichte gelernt?

1992 Bruderkrieg in Jugoslawien. Krieg kann nicht der Weg in die Zukunft sein. Krieg ist ein Katastrophen-Weg. Er ist ein Symbol für die Unmenschlichkeit, ein Weg in eine apokalyptische Weltsituation. Darum sollten wir den Sinn des Lebens zu unseren Mitmenschen in der Offenheit, Wahrheit und der Liebe sehen. Die Liebe ist das Allerhöchste, sie ist Herz, Seele, das Innerste vom Menschen. Liebe ist eine Dimension der Vergangenheit, der Gegenwart und der Zukunft. Liebe ist immer unzerstörbar, sie gleicht der Sonne, strahlt Leben aus, ist treu in Zeit und Ewigkeit.
Wenn wir das erkannt haben und danach leben, wird Frieden auf Erden sein.

HERBST IN DER STADT

Die Höhe des Jahres ist überschritten, der Sommer geht seinem Ende zu. Schon lastet Morgennebel auf der Stadt, Er liegt in den Straßen, auf Häusern und Dächern, setzt sich auf die Blätter der Alleebäume, dick und zäh und fällt gegen Mittag wie Tautropfen zur Erde. Schemenhaft die Landschaft, kaum dreißig Schritt weit kann man sehen. Man hört Autos und Straßenbahnen in der Ferne, aber man sieht sie nicht. Erst wenn sie verschwommen, allmählich sichtbar, vorsichtig aus dem Nebel hervortreten, sind sie zu sehen. Alles ist trüb und grau. Die Menschen gehen nicht mehr so leicht beschwingt, frohgemut, sommerlich. Sie tragen Jacken, oft Mäntel und bleiben nicht überall stehen, sitzen nur mehr vereinzelt auf Bänken in den Anlagen. Die romantischen Schanigärten, die im Sommer vor den Gasthäusern in der Stadt zu einem vergnüglichen Plausch, zu einem erfrischenden Eis oder einem kühlenden Getränk einladen, sind zum großen Teil abgebaut. Es ist ungemütlich, feucht, und der Wind läuft, wenn er sehr übermütig ist, gar manchmal mit den Hüten der Menschen um die Wette. Kein Vogel singt da mehr lustig sein Tirili! Doch gibt es auch Tage, da leuchtet durch den Nebelschleier die Mittagssonne. Siegreich verjagt sie die feuchten Nebelwolken und grüßt mit ihren letzten Goldstrahlen die Stadt. Dann lassen die Kinder in den Wiesen der Vorstadt ihre Drachen steigen. Jagdhörner hallen durch Wald und Feld. Eine letzte Freude vor den unberechenbaren Tagen, die der Herbst mit sich bringt.
Im Stadtpark stehen bunt gefärbt Bäume und Sträucher. Leise rauscht der Wind durch die Baumkronen. Da bricht ein Blatt nach dem anderen von den Zweigen, tänzelnd wirbelt es durch die Luft.
Wieviel Schönheit sinkt da zur Erde!

Ich möchte malen können und all die Farbenpracht in ein Bild bannen, allen Gefühlen Ausdruck geben. Da den gelbverfärbten Lindenbaum, der, wenn ihn die Sonne liebkost, in strahlendem Gold schimmert. Und der japanische Ahornbaum, wie dankbar er im feuchten Purpur glänzt, der Sonne entgegen, deren Pracht und Glut in leuchtender Leidenschaft er widerspiegelt, und dann verschwenderisch, trunken, mit letzter Kraft zu einer flammenden Schönheit wird, vor einem grauen Sterben.
Die bunte, farbenprächtige Zeit geht langsam zur Neige und mit ihr alle unerfüllten Sommerträume. Alle Hoffnungen, alle Wünsche, alles ungestillte Sehnen vergeht, verweht wie Nebel im Wind, wie Sand im Meer.

LANGE NÄCHTE

Der Herbst ist ins Land gezogen. Kühl weht der Wind, und die letzten braunen Blätter fallen. Das morsche Laub raschelt unter den Füßen. Novembernebel hängt in der Luft. Trüb und grau liegt die Natur. Vergänglich alle Buntheit der Farben, sterbensnah. Das Leben scheint Tod. Traurig – wie ein Abschiednehmen von etwas Schönem.
In den Gärten und Anlagen blühen noch letzte Blumen. Winterastern, kräftig und satt in den Farben lila und rostbraun. Stiller wird es auf den Straßen. Die Menschen ziehen sich in ihre Häuslichkeit zurück. Die Hektik der heißen Sommertage ist verblaßt, und man hat mehr Zeit über den Sinn des Lebens nachzudenken. Nur ein paar Minuten der Erbauung, der Ermunterung. Schließe die Augen in stiller Betrachtung bis auf den Grund der Seele. Aus dieser Stille kommen Kraft und Zuversicht. Das ist wichtig im Leben. Aller aufgestaute Alltagsstreß löst sich langsam. Alle Probleme werden mit mehr Distanz behoben. Man sieht seine Umwelt durch eine andere Brille.
Befreit, mit mehr Phantasie, laß die Gedanken fliegen und träume von Sehnsüchten, die wahr werden. Jeder Tag soll eine Bestätigung sein.
Es liegt in der Freiheit der Gedanken, in sich zu kehren und aus sich selbst zu schöpfen.
„Was du denkst, das bist du!" Diese Einsicht Buddhas wird durch wissenschaftliche Erkenntnisse bestätigt!
Je intensiver ein Mensch lebt, je tiefer empfindet er die Vielfalt des Lebens, und es offenbart sich ihm die Urkraft des Daseins.
Schon unsere germanischen Vorfahren, das Göttergeschlecht der Asen, kämpfte gegen die Mächte der Finsternis.

Hat man nur ein bißchen vom Sommersonnenschein in sich aufgenommen, ist Zufriedenheit in uns. Zufriedenheit, die das Leben lebenswert und glücklich macht für lange, dunkle Nächte. Am Ende der langen Nächte steht doch ein Licht!

STIMMUNGSVOLLE ZEIT

Es war Sommer. Lange lag ich mit einer Virusgrippe im Krankenhaus. Da ich nach bestem Bemühen der Ärzte und Schwestern nicht gesund wurde, brachte man mich, nach vier Monaten Behandlung, zur weiteren Gesundung und Erholung ins Krankenhaus nach Hochegg. Das Haus, ein alter Bau, steht mitten im Wald in über 800 Meter Seehöhe.
Und das war das Besondere an diesem Haus! Eine gute ärztliche Betreuung und die würzige Luft von Tannen und Birken, die ich hier so richtig genossen habe. Sie läßt alle Kranken aufleben, gesund werden.
Ich hatte ein Zimmer für mich alleine mit Balkon. Drei Wochen war dieser Balkon die einzige Verbindung nach draußen. Die Zweige der hohen, alten Tannen und die inzwischen kahlen Äste der großen Birken ragten bis zum Fenster herein.
Auf das breite Fensterbrett streute ich jeden Morgen Vogelfutter. Unzählige Meisen, Stare, Rotkehlchen, Buchfinken, Goldammer, wieselflinke Spatzen und die gierig fressenden Raben tummelten sich um das Futter. Mit einer behänden Schnelligkeit war das Fenstersims bis auf das letzte Körnchen sauber geputzt. Ein für mich unterhaltsamer Morgenspaß, der mir viel Freude bereitete und mit einem munterem Gezwitscher belohnt wurde.
Mittlerweile war es Dezember geworden. An manchen Tagen blies der Nordwind mit Eiseskälte durch das morsche Geäst. Trotzdem ging ich jeden Tag zwei Stunden spazieren. Aufgetankt mit Frischluft und roten Wangen kehrte ich zurück. Das war Erholung für den Körper, und ich konnte wieder gut schlafen. Mitte des Monats hatte es zum ersten Mal geschneit.
Ein ganz neues Bild hatte die Landschaft vor meinem Fenster bekommen. Nun erst hatte der Winter, mit allem, was dazugehört, seinen Einzug gehalten. Es fielen die Flocken im dichten Schneegestöber vom Himmel.
Wie gewohnt machte ich meinen Spaziergang durch wohlbekannte Wege im tief verschneiten Winterwald. Uralte Baumriesen standen schwer beladen mit dicken, weißen Polsterhauben und neigten die schneebedeckten Äste tief zur Erde nieder.

Geheimnisvoll im silberweiß glänzte der Winterwald wie im Märchenzauber.
Am Weg sah ich frische Spuren von Rehen. Und da – eins, zwei, drei, – nein sechs Rehe sprangen behende, grazil von links über den Weg ins dichte Unterholz. Einer Fata Morgana gleich war alles wie ein Traum verflossen.
Tiefe Stille ringsum. Ich blieb stehen, ließ dieses Bild der Verzauberung auf mich einwirken.
Stimmungsvoller Advent!
Ich war gerührt, hatte Tränen in den Augen. Dieser unvergleichlich schöne Augenblick war mir Offenbarung. Öffnete mir das Herz. Ich wußte plötzlich, daß nach all den vielen trostlosen Tagen im Krankenhaus ein neuer Tag, eine neue Zeit erstehen würde. Ein Leben mit mehr Sinn für das Reale, das Wirkliche, das, was Glück und Freude im Leben ausmacht. Was mich an Körper, Geist und Seele gesunden läßt. Ich muß meine Vergangenheit annehmen und im Rückblick der Zeit, das Leben anders bewerten. Insbesondere den äußeren Frieden und die innere Zufriedenheit!
All das, habe ich in der beeindruckenden, gesunden Landschaft in Hochegg erlebt und wurde gesund!

MEINE UMGEBUNG

Ich habe mich lange mit meiner Umgebung beschäftigt.
Dieses Gebiet um Semmering, Rax und Schneeberg hat in meinem Leben eine große Rolle gespielt. Immerhin lebe ich hier schon über fünfundvierzig Jahre.
Freude, aber auch sehr viel Leid mußte ich erfahren.
Menschen, gute und böse, gerade hier kamen sie mir so nahe, daß ihre Nähe oft unerträglich war, und ich krank wurde.
Doch die herrliche Gegend, die wunderschöne Natur, die Wiesen und Wälder und die majestätisch anmutenden Berggipfel des Semmerings und des Schneebergs, der mit einer Höhe von 2075 m von meinem Wohnzimmerfenster aus zu sehen ist, ließen mich immer wieder zur Ruhe kommen. Hier ist Schönheit, Stille und Einsamkeit Labsal der Seele; man fühlt sich mit der Natur innig verbunden.
Aller Streß, alle Unbill verlieren sich in der Größe der Bergwelt. Ich spüre, daß mein Leben, all mein Streben nach Heimat, Moral, Harmonie, nach

Liebe und Verbundenheit, mit allen Menschen in Frieden zu leben, gerade hier sich erfüllt.
„Freiheit ist ein Paradies". Diese Ruhe birgt ein Hauch von Gottesnähe, die in dieser Umgebung umso stärker sich auf die Psyche des Menschen legt.
Gedanken, die ich bei vielen Wanderungen in mich aufnahm, möchte ich meinen Freunden und den Freunden dieser Gegend nicht vorenthalten.
Es soll ein Gruß sein für die, die mich kennen.
Und ein Bedürfnis, Dank zu sagen an dieses heile Stückchen Welt, das mich zu mir selber finden ließ.

WELTBILD ANFANG 1991 ALS METAMORPHOSE DES MENSCHEN

Ob Norden – Baltische Länder, ob Osten – Rußland, ob Westen – Jugoslawien, ob Süden – Iran – Israel, aber auch in amerikanischen Staaten, überall. Auf der ganzen Welt liegt eine schwelende Glut, die brodelt, zischt bis zum Zerreißen gespannt die Menschen, das kleine Volk, in Angst und Schrecken hält. Was ist mit dem so lang ersehnten Frieden, wo ist er?
Tausend Jahre hoffen wir auf eine friedliche Zeit, beten wir um Frieden!
Habt ihr nicht Leid genug erfahren, aus Krieg gelernt, Frieden zu halten!
Ich möchte es laut in die Nacht schreien, immer, alle Tage, „Frieden ist ein auf Sitte und Recht begründeter Zustand des Ausgleichs und der Harmonie unter den Menschen und zwischen den Völkern."
So steht es geschrieben.
Alle sollten wir Brüder und Schwestern sein. Doch wie sieht es in der Welt aus! Gewalt, Bomben, Seuchen, Gas, das zum Wahnsinn treibende Atom geistert ständig im Raum!
Was sind wir für Menschen geworden?
Neid, Haß und Gier nach Wohlstand, Ansehen, nach dem verruchten Geld lassen den Menschen ohne Scham, ohne Gewissen zum Tier, zum irrationalen Mörder werden!
Wie kann ein so mißratener, verwandelter Mensch auch nur im entferntesten an Frieden denken!
Trotzdem gebe ich die Hoffnung nicht auf. Nur ein bißchen Verstehen, ein Händereichen ist Anfang zum Frieden.
Ich rufe durch die ganze Welt: „Salem aleikum,

Friede sei mit euch!"

EPILOG

Ein Buch, das mit den Worten „Friede sei mit euch“ endet, kann nur positives Denken enthalten! Alle Themen, ob es sich um das eigene Ich, um die Familie, um die Natur und die Heimat handelt, tragen einen Schimmer von Hoffnung, Mut und Trost.

In gereimt-metrischer und in freirhythmischer-reimloser Form spricht die Dichterin in Gedicht und Kurzprosa zu uns. Sie erzählt von der Familie, die Geborgenheit und Sicherheit bietet, von den eigenen Kümmernissen und leidvollen Erfahrungen, von bitterharter Zeit, von Krieg und Krankheit, aber es bleibt immer die Hoffnung, und der Blick ist offen für die Schönheit der Welt und für die Möglichkeiten, die sich dem Menschen bieten. Der Spruch des lang verstorbenen Vaters „Sei fleißig, ehrlich, tue deine Pflicht und zeige den Menschen ein lachend Gesicht“ wird zum Motto für das eigene Auf und Ab des Lebens.

Die Gedankenlyrik in diesem Buch berührt alle Themen, die den Menschen prägen; Freundschaft, Erkenntnis um die eigene Seele und um die der Mitmenschen, Anfang und Ende, Werden und Vergehen.

Traurigkeit und Wünsche und Freude werden einbezogen, und die Natur wird in Blumen und Landschaften zum Symbol unseres eigenen Denkens und Tuns. Darum wird Zeitkritik nicht in häßlichen Worten geübt, sondern im Gespräch mit den Kindern und im Gebet zu Gott, der ja in allem ist: In Liebe und Leid.

Die Kurzprosa, die sich besonders mit den Werten und Gegebenheiten des täglichen Lebens und den Gedanken darüber auseinandersetzt, ist klar und gipfelt in den Sprüchen über die Umwelt, zum Beispiel im Vierzeiler auf die Journalisten.

Hier ist die Weisheit des Menschen, der lange und mit offenen Augen gelebt hat. Es ist auch ein Hohelied auf die Liebe in jeder Form, auf das Verstehen des Nächsten, auf die Güte und als Ausweg und Krönung des Lebens überhaupt.

Aber nicht zu vergessen die Parabel von dem alten Mann und der eleganten Dame und die Legende vom Valentinstag, die gemeinsam mit Naturbildern aus der Heimat und der Suche nach dem Frieden einen würdigen Abschluß dieses Buches bilden, eben in dem Spruch

„Friede sei mit euch!“

Johanna Jonas-Lichtenwallner

MARLIES MULAC

DIE LETZTEN SONNENSTRAHLEN

Illustrationen: Walter Mulac

EPILOG

Frau Prof. Johanna Jonas-Lichtenwallner

INTERNATIONALER
LITERATUR UND LYRIK
VERLAG

Satz und Druck: Druckerei Hawelka, Seeböckgasse 41, 1160 Wien
ISBN 3-85438-279-0
Gesetzt aus der Schriftart Times mager, Schriftgrad Garmond
Printed in Austria – Imprimé en Autriche

Ruthellen Josselson

DER WEG ZU MIR

Zur Autorin:

Ruthellen Josselson promovierte 1972 in klinischer Psychologie an der Universität von Michigan. Sie arbeitete als außerplanmäßige klinische Psychiatrieprofessorin an der medizinischen Fakultät der Harvard University, als wissenschaftliche Mitarbeiterin der John Hopkins University und als Lehrbeauftragte für Psychologie an der Universität von Toledo. Im Augenblick arbeitet sie als Psychotherapeutin und außerdem als Lehrbeauftragte an der Towson State University. Ihre Forschungsarbeiten und Aufsätze beschäftigen sich mit der Klärung normaler Entwicklungsprozesse im Jugendalter.

Ruthellen Josselson

DER WEG ZU MIR

— Frauen beschreiben ihr Selbst —

Edition Humanistische Psychologie
— 1991 —

Die Originalausgabe erschien unter dem Titel »Finding herself — Pathways to Identity Development in Women«

Authorized translation from the English language edition published by Jossey-Bass Inc. Publishers, San Francisco-London.

Übertragung aus dem Amerikanischen: Irmgard Hölscher

Lektorat: Suzanne Legg

Redaktion: Klaus Eckhardt

Herausgeber: Anna und Milan Sreckovic

Die Deutsche Bibliothek — CIP-Einheitsaufnahme

***Josselson, Ruthellen:** Der Weg zu mir: Frauen beschreiben ihr Selbst / Ruthellen Josselson. [Übertr. aus dem Amerikan.: Irmgard Hölscher. Hrsg.: Anna und Milan Sreckovic]. — Köln: Ed. Humanistische Psychologie; Einheitssacht.: Finding herself <dt.>*
ISBN 3-926176-34-2

Umschlagentwurf: Robert de Zoete — unter Verwendung des Bildes »Limes« von Dieter Teusch

Vertrieb: Moll & Eckhardt
Zülpicher Straße 174, 5000 Köln 41

Satz: R. Birkhölzer Electronic Publishing, Köln

Gesamtherstellung: Agentur U. Himmels, Heinsberg

ISBN 3-926176-34-2

Inhaltsverzeichnis **Seite**

Vorwort

Eine Untersuchung des Lebens von Frauen, wie ich sie hier beabsichtige, läßt keinerlei vereinfachende Aussagen zu; grundsätzlich ist bei Vereinfachung Vorsicht geboten. Mit dieser Arbeit geht es mir darum, die Unterschiede aufzuzeigen, die es zwischen Frauen gibt, deutlich zu machen, welche Aspekte weiblichen Lebens jede angemessene Theorie weiblicher Entwicklung berücksichtigen muß.

Bis heute stützt sich ein Großteil des Wissens über Frauen auf Untersuchungen von Patientinnen aus der Psychiatrie, deren Erkenntnisse dann auf die Gesamtheit der Frauen übertragen wurden. Nicht alle Frauen werden krank, aber kranke Frauen repräsentieren mittlerweile alle Frauen. Die Literatur, die sich nicht auf klinische Befunde beruft, basiert trotz aller Einsicht und Klugheit häufig zu sehr auf den persönlichen Beobachtungen der Autorinnen oder auf Erfahrungen ihrer Freundinnen und Kolleginnen.

Meiner Meinung nach repräsentieren auch Psychologinnen, selbst wenn sie mehr über weibliche Erfahrungen wissen als Psychologen, nicht die Gesamtheit der Frauen. Wer einen wesentlichen Teil seines Lebens dem Verständnis psychischer Erfahrungen widmet, unterscheidet sich in wichtigen Bereichen deutlich von denen, die das nicht tun. Wir graben in der Tiefe, unter der Oberfläche der Wirklichkeit, stellen die äußeren Erscheinungen in Frage und sind schnell bereit, Phänomene nicht dem Anschein nach einzusortieren. Die meisten von uns neigen aufgrund persönlicher wie ausbildungsspezifischer Vorlieben zu fortwährender Selbstanalyse und machen sich Gedanken über das allgemeine und theoretische Einbeziehen der persönlichsten Erfahrungen. Es gibt keinerlei Belege dafür, daß wir besser mit unserem Leben zurechtkommen, aber wir sind anders. Und je mehr wir uns in unser Fachgebiet vertiefen, desto stärker umgeben wir uns mit

Menschen, die so denken wie wir. Schließlich verlieren wir die Verbindung zu anderen Erfahrungs- und Denkweisen und isolieren uns immer mehr von genau den Menschen, von denen wir behaupten, sie mit unseren Theorien zu verstehen.

In der zeitgenössischen Psychologie gibt es keine Theorie über die »normale« Entwicklung von Frauen. Es gibt statistische Arbeiten, die untersuchen, wie eine Variable zu einer anderen paßt, und repräsentative Erhebungen mit eindrucksvollen Prozentzahlen, hinter denen die Menschen verschwinden. Es gibt Untersuchungen über die Lebensgeschichten von Patientinnen, aber ausführliche Daten über ganz normale Frauen, auf die sich jede Theorie stützen müßte, gibt es nicht. Psychologinnen, die sich mit normalen Frauen beschäftigen wollen, suchen sich meist in Romanen die Charaktere, die ihren Standpunkt illustrieren sollen.

Mit diesem Buch will ich nun einen Teil des Materials zur Verfügung stellen, das zur Entwicklung einer solchen Theorie notwendig ist.

Ich untersuche die Identitätsentwicklung einer repräsentativen Auswahl von Frauen mit College-Ausbildung. Die Anordnung der Untersuchung stützt sich auf Erikson und die Objektbeziehungstheorie, aber der Rahmen der Interviews und die Analyse der Daten lassen Raum für neue Erkenntnisse. Ich wollte, daß die Testpersonen mir das sagen, was in ihren Augen für ihr Selbstgefühl und ihre Identität am wichtigsten war.

Sobald Psychologinnen und Psychologen sich mit Menschen beschäftigen, die nicht in therapeutischer Behandlung sind, verlieren die üblichen Klassifizierungsschemata ihren Nutzen. Es gibt in der Psychologie nur wenige theoretische Maßstäbe, anhand derer sich gelebtes Leben messen und bewerten ließe. Eine Beschreibung des Lebens alltäglicher Menschen ist ohne eine alltägliche Sprache nicht möglich; hier schleichen sich aber leicht Vorurteile und Befangenheit ein. So habe ich mich zwar bemüht, bei der Betrachtung des Lebens dieser Frauen so objektiv wie möglich zu bleiben, aber totale Objektivität läßt sich nie erreichen. Deshalb ist es am besten, wenn ich gleich zu Beginn meinen persönlichen Hintergrund darstelle.

Ich bin in klinischer Psychologie und Entwicklungspsychologie (in der psychoanalytischen Tradition) ausgebildet, aber mein Menschenbild trägt auch humanistische und existentialistische Züge. Meiner Meinung nach prägt die Vergangenheit die Gegenwart, überwiegend durch unbewußte Kräfte. Ich bin ebenfalls davon überzeugt, daß sich Menschen durch optimale Umwelteinflüsse, zu denen unter anderem auch die Psychotherapie gehören kann, aus vergangenen Konflikten lösen können. Entwicklung und

Selbstverwirklichung haben für mich einen hohen Stellenwert. Mein Entwurf der menschlichen Persönlichkeit gehört in einen Entwicklungsrahmen, der psychische Anforderung und innere Wandlung für den Prozeß des persönlichen Wachstums vorsieht. Deshalb sind für mich höhere oder reifere Formen der psychischen Entwicklung gesund und wünschenswert, auch wenn ich zugebe, daß viele Menschen glücklich und produktiv auf Entwicklungsebenen leben, die ich nicht als fortgeschrittene betrachten würde. Aber ich würde gerne ohne Werturteile von höheren und niedrigeren Entwicklungsebenen sprechen können.

Es geht mir in diesem Buch um eine Beschreibung von Phänomenen, und ich will begreifen, was ihnen zugrunde liegt. Als Psychologin weiß ich nicht besser als andere, wie ein Leben gelebt werden sollte, und falls ich gelegentlich den gegenteiligen Eindruck erwecke, ignorieren Sie es bitte.

Der Aufbau des Buches

»Der Weg zu mir« ist eine Längsschnittstudie über weibliche Identitätsentwicklung. Zwischen 1971 und 1973 habe ich ausführliche Interviews mit sechzig zufällig ausgesuchten Studentinnen aus Abschlußklassen von vier Colleges und Universitäten durchgeführt. Damals wurden Aspekte der Entwicklungsgeschichte erhoben und die Formulierung der Identität bei den einzelnen Frauen bewertet. Zwölf Jahre später konnte ich 34 dieser Frauen wieder ausfindig machen und interviewen, um festzustellen, welchen Einfluß die Identitätsbildung in fortschreitendem »Erwachsenwerden« auf ihr weiteres Leben hatte (zu Einzelheiten der Methodik vgl. Anhang). Bei den Interviews wie bei der Analyse der Daten wurden Methoden der klinischen Psychologie zur Untersuchung von Frauen benutzt, die nicht in klinischer Behandlung sind.

In dieser Arbeit gibt es zwei Grundlinien, die miteinander in Beziehung stehen. Einmal soll das theoretische Verständnis des für die Entwicklung entscheidenden Prozesses der Identitätsbildung erweitert werden, in Reaktion auf Erik Eriksons Feststellung: »Um die allgemeingültige Entstehungslehre der Identität darzustellen, wäre zu wünschen, daß man ihre Entwicklungsgeschichte im Verlauf der Lebensgeschichten 'gewöhnlicher' Individuen verfolgen könnte« (1968/1988 S. 150) Die »gewöhnlichen« Menschen, die ich für meine Untersuchung ausgewählt habe, sind Frauen, und damit ist die zweite Grundlinie bezeichnet.

Trotz allem, was über Frauen geschrieben wurde, haben sich nur wenige Autorinnen und Autoren phänomenologisch mit Frauen beschäftigt oder sich für ihre Selbstdefinition interessiert und ihnen ermöglicht, ihre Geschichte zu erzählen. In diesem Sinne ist diese Arbeit zutiefst heuristisch; sie versucht, die »ganze Frau« zu portraitieren, die in der statistischen Analyse verloren gegangen ist.

Im Einleitungskapitel beschäftige ich mich mit einigen der Fragen, die sich bei dem Versuch, eine adäquate Psychologie von Frauen zu entwickeln, immer wieder stellen. Meiner Meinung nach umfaßt das ganzheitliche Konzept der Identität alle wesentlichen Themen, die Frauen im Übergang von der Jugend zum Erwachsenenalter beschäftigen.

Das zweite Kapitel ist der theoretischen Untermauerung gewidmet. Hier werden Eriksons richtungsweisende Beiträge überprüft und in die Konzeption der Objektbeziehungstheorie von Loslösung und Individuation integriert. Diese Theorien werden daraufhin überprüft, in wie weit sie sich auf Frauen anwenden lassen.

Ich habe für diese Untersuchung das empirische Modell der Forschung zum Identitätszustand benutzt, das die Nuancen und Feinheiten von Eriksons Arbeit bewahrt. Wie im dritten Kapitel ausgeführt, lassen sich mit dieser Methode vier verschiedene Wege zur Identitätsbildung identifizieren, deren Merkmale die An- oder Abwesenheit von Krise bzw. Festlegung bei bestimmten Identitätselementen sind.

Der größte Teil des Buches beschäftigt sich mit dem Leben der interviewten Frauen, die je einem der vier Wege folgen. Das Material wird detailliert dargestellt, zum einen, um einen umfassenden Überblick über die Entwicklung der Frauen zu geben, zum anderen, um die Gemeinsamkeiten der Frauen in den jeweiligen Gruppen zu illustrieren.

Im vierten Kapitel geht es um Frauen, deren Identitätsbildung ohne Krise verlaufen ist: sie haben die Selbstdefinitionen der Kindheit übernommen und die Neuorientierung vermieden, die die Adoleszenz in der Regel fordert. Die Längsschnittdaten zeigen, ob sie später eine Krise erlebt haben.

Das fünfte Kapitel beschäftigt sich mit den Frauen, die eine Phase der Identitätskrise durchlebt und sich eine eigene Identität erarbeitet haben. Hier werden sowohl die entwicklungsmäßigen Stärken, die auf die Lösung des Identitätsproblems hinweisen, als auch die Konsequenzen einer selbstbestimmten Identität für das Erwachsenenleben untersucht. Einige der interviewten Frauen waren auch am Ende der Collegezeit noch in einem Zustand der Identitätskrise.

Das sechste Kapitel untersucht, welche Lösungen sie schließlich gefunden haben.

Im siebten Kapitel geht es um Frauen, die am Ende ihres Studiums keine Identitätsentscheidungen getroffen hatten und auch nicht damit rangen, die also weder Krise noch Festlegung erlebten. Die beiden letzten Gruppen sind die, mit denen die Psychotherapie am meisten vertraut ist.

Im letzten Kapitel geht es um die Bereiche, die sich im Zuge der Untersuchung als wesentlich bestimmend für die weibliche Identitätsbildung herausgestellt haben. Ich habe die Frauen umfassend kennengelernt, die an dieser Untersuchung beteiligt waren. Sie haben mir gezeigt, worüber Entwicklungspsychologinnen und Therapeutinnen noch nachdenken müssen, wenn sie die weibliche Psyche verstehen wollen.

Während der Arbeit an diesem Buch haben mich immer wieder Freundinnen und Kolleginnen mit glänzenden Augen gefragt: »Na, was hast du herausbekommen?« Die glänzenden Augen sollten mich wohl zu unüberlegten Aussagen verleiten, über die wir heiß hätten diskutieren können. Aber ich kann nicht mehr sagen, als daß Frauen kompliziert sind. Zweifellos sind Männer das auch. Das Buch soll jene Menschen, die sich für die weibliche Entwicklung interessieren, dazu einladen, den Frauen zu begegnen, die ich untersucht habe, und sie zu weiterem Nachdenken anregen.

Danksagung

Sehr viele Menschen haben im Lauf der Jahre ihre Zeit und ihr Wissen in diese Arbeit eingebracht. Ein Großteil der Daten zum ersten Teil der Untersuchung stammt aus meiner Dissertation. Dabei hat mich mein Doktorvater Joseph Adelson entscheidend unterstützt. Auch andere Mitglieder der Doktorandenkommission, vor allem Frederick Wyatt und die mittlerweile verstorbene Selma Fraiberg, haben mir geholfen, vor allem beim theoretischen Unterbau. Ich danke June Price und Susan Schenkel für ihre wertvollen Kommentare zu den einzelnen Protokollen der College-Interviews.

Das Faculty Research Committee der Towson State University hat mir für den zweiten Teil der Datenerhebung großzügig Mittel für Reisekosten zur Verfügung gestellt. Davon abgesehen, wurde das Projekt ohne größere Stipendien zu Ende geführt. Ohne die Sorgfalt und das Engagement meiner Studentinnen hätte die Follow-up-Untersuchung nicht stattfinden können.

Mit detektivischem Geschick haben sie die Frauen der ersten Untersuchung aufgespürt, die Daten geordnet, mir geholfen, den Fragebogen für die Follow-up-Untersuchung zu entwerfen und eine Voruntersuchung durchzuführen, an den Interviews teilgenommen und bei der Durchsicht der Literatur geholfen. Mein besonderer Dank gilt Megan Bell, Priscilla Dorsey, Ana de la Macorra, Pattrice Maurer, Stephanie Saunders und Sharon Weiss. Bei Janis Carlos bedanke ich mich für ihren engagierten Einsatz im Sekretariat, der weit über ihre Pflichten hinausging.

Die Unterstützung von Freundinnen und Freunden, Kolleginnen und Kollegen verhalf mir zu der Inspiration und Motivation, die für die Fertigstellung der Arbeit notwendig waren. Ihre fachkundigen Kommentare nach der Lektüre der ersten Fassungen des Manuskripts waren äußerst hilfreich. Mein Dank gilt Judith Armstrong, Jerrold Post, Barbara Sadick, Pam Sheff und Irvin Yalom, die mich fachlich und moralisch unterstützt haben.

Aber am meisten bedanke ich mich bei den Frauen, die Gegenstand des Buches sind. Sie haben mit mir, der Fremden, offen und mit großem emotionalem Einsatz gesprochen und ihre Zeit und Energie ohne jedes Entgelt zur Verfügung gestellt. Ich hoffe, daß ich ihnen mit diesem Buch gerecht geworden bin und daß andere aus ihren Lebensgeschichten einen Teil dessen lernen, was ich von ihnen gelernt habe.

Ruthellen Josselson

Anmerkung der Redaktion:

Obwohl dies ein Buch über weibliche Identität ist, spricht die Autorin überwiegend von »Psychologen«, »Psychotherapeuten« etc. in der männlichen Form. Wir legen (wie die Autorin) Wert auf den Hinweis, daß dies keine inhaltlich diskriminierenden, sondern rein praktisch vereinfachende Gründe hat. Das ständige Nebeneinanderstellen der männlichen und weiblichen Form würde die Flüssigkeit des Textes erheblich behindern.

Widmung:
Für meine Mutter, Anne Lederman Lefkowitz, in Liebe.

Was du innig liebst wird dir leicht weggerafft
Was du innig liebst ist dein wahres Erbe
Wessen Welt? Meine? Ihre?
Oder ist sie von niemand?

Ezra Pound, Canto LXXXI
(Aus: E. Pound Lesebuch, Hrsg. und übersetzt von
Eva Hesse, Zürich, Die Arche 1985)

1. Kapitel

Die Frau: Eine moderne Sphinx

»Wollen Sie mehr über die Weiblichkeit wissen, so befragen Sie Ihre eigenen Lebenserfahrungen oder Sie wenden sich an die Dichter, oder Sie warten, bis die Wissenschaft Ihnen tiefere und besser zusammenhängende Auskünfte geben kann.«

Sigmund Freud, Die Weiblichkeit[1]

Isabel, Katherine und Jane haben in den späten sechziger und frühen siebziger Jahren an derselben Universität studiert. Obwohl sie sich nie begegnet sind, haben sie gemeinsam den Zerfall der gesellschaftlichen Barrieren erlebt, die die Lebensentscheidungen von Frauen eingeschränkt hatten. Als sie volljährig wurden, predigte ihnen die immer stärker werdende Frauenbewegung, den Frauen stünden alle Möglichkeiten offen. Die Entscheidung über ihren Lebensweg wurde zur schwerwiegenden, komplizierten Aufgabe; die Grenzen, die das Leben früherer Frauengenerationen bestimmten, gab es für sie nicht mehr.

Als ich Isabel im College interviewte, steckte sie mitten in einer Identitätskrise: »Ich stehe zwischen zwei Gesellschaften, einer liberalen und einer sehr, sehr strikten. Ich glaube nicht, daß ich mich je entscheiden kann.« Zwölf Jahre später, mit 33, hat Isabel die Seelenqualen ihrer Adoleszenz so gut wie vergessen und lebt glücklich mit einem Ehemann, den sie als »besten Freund« bezeichnet, und ihren zwei Kindern und arbeitet halbtags als Krankenschwester. Sie hat aus der Überfülle an Möglichkeiten, die sich ihr boten, die gewählt, die am besten zu ihr paßte, kurz, sie hat sich eine Identität geschaffen.

Katherine war im College stolz auf ihre intellektuellen Leistungen und gleichzeitig ein rebellisches Hippiemädchen; jetzt, mit 34 Jahren, bedauert sie, daß sie nie einen Ehemann gefunden hat, aber sie widmet sich ihrer juristischen Karriere, ihrem Freundeskreis und ihrem Papagei und ist ebenfalls glücklich.

Jane hatte der soziale Aufruhr, der sie im College umgab, unberührt gelassen. Sie blieb den religiösen Werten ihrer Familie verpflichtet und ist heute Grundschullehrerin, wie sie es sich als Kind erträumt hatte. Mit dreiundreißig Jahren lebt sie glücklich mit ihrem Beruf, ihrer Religion und ihrer neuen Familie, die sie zusammen mit ihrem Mann gegründet hat.

Drei Frauen, die im selben historischen Augenblick am selben Ort waren, haben drei verschiedene Lebensweisen gewählt. Die großen Unterschiede zwischen ihnen mahnen zur Vorsicht vor der gegenwärtigen gesellschaftlichen Tendenz, von »allen Frauen« zu sprechen. Ihre »Alltäglichkeit« steht in scharfem Kontrast zu dem Bild der modernen Frau, das die Medien zeichnen. Der Versuch, zu begreifen, wie diese Frauen zu ihren jeweiligen Entscheidungen gekommen sind, ist ein kompliziertes Unterfangen und hat mich 17 Jahre lang beschäftigt.

Vor einigen Jahren wären Frauen, die sich den Entscheidungen ihres Ehemannes unterwarfen, die Kinder großzogen, Obst einmachten, das Haus sauberhielten und regelmäßig ihren Orgasmus hatten, dem Idealbild der Psychologie (und der Gesellschaft) von Weiblichkeit sehr nahe gekommen. Frauen, die sich durchsetzen oder persönlich verwirklichen wollten, galten oft genug als Neurotikerinnen, denen Penisneid und mangelnde Akzeptanz der weiblichen Rolle zugeschrieben wurden.

Jetzt sind wir ins andere Extrem verfallen: heute wird von Frauen Selbstverwirklichung und Unabhängigkeit erwartet. Unsere populären Heldinnen sind Frauen, die jenseits der Ehe im Berufsleben Erfolg haben. Heute steht im Mittelpunkt der Literatur die Frage, wie man Frauen zu mehr Durchsetzungsfähigkeit und Unabhängigkeit verhelfen kann. Beziehungen sind out, Leistung ist in. Viele Frauen streben dem Idealbild der »Superfrau« nach: erfolgreich im Beruf, vorbildliche Mutter und Ehefrau und körperlich topfit.

Im Laufe der Geschichte ist der Ort der Frau immer von der jeweiligen Gesellschaft definiert worden. Selbst da, wo diese Definitionen eher implizit als explizit festgelegt sind, bleiben Frauen empfänglich für kulturelle Definitionen, die festlegen, wie sie sein sollten. Sie sind sensibel für soziale Richtlinien, die ihnen deutlich machen, ob sie »wahre« Frauen sind. In der

Mitte der sechziger Jahre reichten die Reaktionen auf den Wunsch einer Frau nach einer beruflichen Karriere von »unrealistisch« über »neurotisch« bis zu »avantgardistisch«. Ich erinnere mich noch, wie ich 1968 in einem Einführungskurs in Psychologie einige »neue« feministische Gedanken vortrug. Die Studentinnen brachen bei der Vorstellung, Frauen könnten ernsthafte berufliche Ziele verfolgen, in schallendes Gelächter aus. »Und wer erzieht dann die Kinder?«, wollten sie wissen.

In den späten Siebzigern fühlten sich Frauen, die ihre Kinder erzogen, statt außer Haus gegen Bezahlung zu arbeiten, abgelehnt und in der Defensive. Für heutige Studentinnen ist klar, daß sie mit Protesten rechnen und sich rechtfertigen müssen, wenn sie sich nicht für einen Beruf entscheiden. Keine junge Frau würde zuzugeben wagen, sie sei im College, um einen Ehemann zu finden, obwohl das für manche zutrifft. Mittlerweile wird aber in auflagenstarken Zeitschriften auch berichtet, daß Frauen, die Beruf, Ehe und Kinder verbinden, dafür mit Angst, Schuldgefühlen, Streß und Erschöpfung bezahlen. Frauen geben leitende Positionen auf, um mehr Zeit für die Kinder zu haben. Anscheinend schwingt das Pendel wieder zurück.

Trotzdem entscheidet innerhalb der vom gesellschaftlichen Klima diktierten Parameter jede Frau, was zu ihren eigenen Lebenszielen und -wünschen paßt. Selbst in der repressivsten Gesellschaft findet sich immer eine Möglichkeit, die eigene Persönlichkeit auszudrücken. Aber wohl keine Frauengeneration hat soviel Spielraum für individuelle Entscheidungen gehabt wie die, die nach dem zweiten Weltkrieg in den Vereinigten Staaten geboren wurde. Frauen werden nicht mehr von Männern definiert; das schwer faßbare Ziel der Selbstdefinition liegt in ihrer Reichweite. Die Frage: »Was will ich?« beantwortet jede Frau selbst. Der Entscheidungsprozeß über ihre tiefsten Wünsche fällt zeitlich mit der Identitätsbildung zusammen.

Identitätsbildung ist heute die wichtigste Entwicklungsaufgabe für Frauen, weil das Selbstgefühl und die Vision von der Struktur des eigenen Lebens im Bereich der Identität begründet liegen. Identität umfaßt die Entscheidungen einer Frau über sich selbst, ihre Prioritäten und die Leitlinien, mittels derer sie sich entscheidet. Auf welchen Wegen entwickeln Frauen ihre Identität? Wie bestimmen sie, was sie zutiefst wollen?

Freud hat nie eine befriedigende Antwort auf die Frage gefunden, was Frauen wollen, weil sie für ihn zu fließend, wechselhaft, ungreifbar, amoralisch, prinzipienlos und unentschlossen waren. Seit Freud haben Frauen einigen Generationen von Psychologen das Konzept verdorben, weil deren saubere, ordentliche Theorien über vorrangige Entwicklungsabläufe und Entwicklungsstadien angesichts weiblicher Unerforschlichkeit in sich zusammenfielen.

Und ebenfalls seit Freud hat die gesamte psychoanalytische Theorie die menschliche Entwicklung immer als männliche Entwicklung begriffen; weibliche Entwicklung wurde ignoriert, nachträglich behandelt oder in parallele Argumentationslinien gepreßt. Die bisherige Forschung hat in ihrem Bemühen, das Verständins von Frauen aus dem vorhandenen Verständnis von Männern abzuleiten, die dominanten Bereiche weiblicher Entwicklung übersehen: z. B. den Bereich der interpersonalen Bezogenheit, oder auch die Rolle der Zugehörigkeit für die Suche nach einem sinnvollen Leben. Erst seit kurzem beschäftigen sich Wissenschaftlerinnen mit dem weiblichen Bedürfnis nach Bindung und Verbindung und zeigen einen Weg auf zu neuen Konzepten, mit denen sich der Entwicklungsverlauf von Frauen begreifen läßt (Chodorow 1978; Gilligan 1982; Miller 1976; Belenky u. a. 1986).

Frauen und andere Frauen

Psychologen und Soziologen sind begeistert der Frage nachgegangen, wie und warum sich Männer und Frauen unterscheiden. Die Antworten ergeben ein Amalgam von manchmal klugen, manchmal überflüssig doppelten und manchmal falschen Verallgemeinerungen über Frauen. (Über die Literatur zu den Unterschieden der Geschlechter geben Macoby, Jacklin 1974 und Bernard 1974 einen kritischen Überblick.)

Geschlechtsunterschiede festzustellen ist eine der leichtesten Übungen psychologischer Forschung. Geschlechtsunterschiede lassen sich bei praktisch jeder Persönlichkeitsvariablen in statistisch signifikantem Maße nachweisen, vorausgesetzt, die Stichprobe ist breit genug angelegt. Das liegt zum einen daran, daß es Unterschiede zwischen Männern und Frauen gibt, aber zum anderen daran, daß es auch Unterschiede in den statistischen Methoden gibt. Wenn man z.B. eine Persönlichkeitsmaßzahl für Unabhängigkeit konstruiert und die Stichprobe groß genug ist, stellt sich etwa heraus, daß 52% der Männer und 48% der Frauen hohe Unabhängigkeitswerte erreichen. Dieser Unterschied ist groß genug, um Zufallsfaktoren auszuschließen. Man kann dann daraus folgern, Männer seien signifikant unabhängiger als Frauen. Das Ausmaß der Überlappung, d.h. der Prozentsatz von Männern und

Frauen mit den gleichen Ergebnissen, wird in der psychologischen Literatur fast nie erwähnt. Es lassen sich also Aussagen formulieren, wie sich die durchschnittliche Frau vom durchschnittlichen Mann unterscheidet. Allerdings wird dabei versäumt, die enorme Varianz all dieser Merkmale innerhalb des jeweiligen Geschlechts in Betracht zu ziehen.

Ob sich Jungen und Mädchen bzw. Männer und Frauen unterscheiden, darüber wird auch weiterhin debattiert werden. Allerdings setzt schon die Formulierung dieser Frage zwangsläufig voraus, daß die Gruppe der Männer und die Gruppe der Frauen jeweils eine innere Gemeinsamkeit besäße. Ich beschäftige mich in dieser Arbeit nicht weiter mit dem Thema der Geschlechtsunterschiede, weil man aus meiner Sicht darüber nicht mehr über Frauen erfahren kann. So sagt z.B. das Ergebnis, Frauen seien weniger aggressiv und weitaus abhängiger als Männer (Bernard 1974) kaum etwas über die wichtigen Dimensionen oder Strukturen weiblicher Persönlichkeit aus. Es ermöglicht keine Einsichten in Isabel, Katherine und Jane.

Es gilt seit langem als selbstverständlich, daß sich Männer in wichtigen Bereichen voneinander unterscheiden und daß diese Unterschiede einer gründlichen Untersuchung wert sind. Aber bei Frauen ging man im Grunde von einer fundamentalen Ähnlichkeit aus. Dem Verständnis weiblicher Entwicklung fehlte die Perspektive der verschiedenen Wege, auf denen die Entwicklung zur Frau verlaufen kann, die verschiedenen Möglichkeiten für ein Mädchen auf dem Weg zum Frausein. Dabei sind gerade die Unterschiede in den Persönlichkeiten und Lebensläufen von Frauen wohl die wichtigsten Beweisstücke für ein Verständnis der entscheidenden Dimensionen weiblicher Entwicklung. Wir brauchen aussagekräftige Methoden, mit denen sich Frauen untereinander vergleichen lassen. Gleichzeitig können wir aber noch nicht einmal sagen, welche Dimensionen die entscheidenden sind, besonders auf dem Hintergrund einer in diesem Punkt so unklaren Kultur.

Die vorhandenen vergleichenden Untersuchungen von Frauen beschäftigen sich in der Regel mit Variablen, die nach ihrer politischen Bedeutung ausgewählt wurden. So gibt es Vergleiche zwischen Hausfrauen und berufstätigen Frauen (z. B. Stewart 1980; Mellinger, Erdwins 1985; Hall, Gordon 1973; Ferree 1984), berufstätigen und nichtberufstätigen Müttern (z. B. Lortie-Lussier, Schwab, de Koninck 1985), Feministinnen und Nichtfeministinnen (z. B. Johnson et al. 1981), lesbischen und heterosexuellen Frauen (z. B. Oberstone 1976). Aber wenn man diese Bereiche als spezifische Inhalte einer umfassenderen Identität sieht, dann können sie durchaus oberflächlich oder vorübergehend sein. Sie repräsentieren nicht zwangsläufig die Integrität der einzelnen Frauen, sie sagen uns nicht, wer eine Frau im tiefsten Inneren ist oder wie sie sich als ganze Person strukturiert. Die bisherige Forschungstradition hat also zu Erkenntnissen über einzelne Aspekte des Weiblichen geführt, aber wenig darüber in Erfahrung gebracht, wie sich die Einzelteile zu einem aussagekräftigen Ganzen zusammensetzen.

Klinische Psychologinnen und Psychoanalytikerinnen haben eine weitere wesentliche Informationsquelle über Frauen erschlossen. In dem Bemühen, ihren Patientinnen zu helfen, haben sie die Gelegenheit zur Definition von Schlüsselbereichen ergriffen, die sich bei vielen Frauen finden (Eichenbaum, Orbach 1983; Kaplan, Klein 1985; Stiver 1984; Kaplan 1986).

Feministische Therapeutinnen haben die Männerzentriertheit der psychoanalytischen Theorie korrigiert und ausgeglichen und Aspekte weiblicher Entwicklung zugänglich gemacht, die außerhalb des Blickfelds psychoanalytischen Denkens geblieben waren.

Aber wenn man eine normative Theorie der Weiblichkeit aus psychopathologischen Daten ableitet, wird nur die oft kritisierte Behauptung der Psychoanalyse festgeschrieben, das Leiden im Sprechzimmer und die Muster kontinuierlichen, normalen menschlichen Wachstums seien gleichartig. Ein adäquates Verständnis von Frauen muß die Tiefe der psychoanalytischen Tradition mit der Beobachtung von Menschen verbinden, die ihr Leben in einer für sie befriedigenden Weise leben.

Frauen sind nicht alle gleich, auch wenn sie sich in vieler Hinsicht ähneln können. Sie unterscheiden sich auf Ebenen, die jenseits ihrer Rollen liegen. Die wichtigsten Unterschiede liegen in der Persönlichkeitskonfiguration der Frauen selbst begründet; es dreht sich nicht um Unterschiede zwischen »Nur«-Müttern und Managerinnen. Die Betrachtung der Identitätsbildung bietet eine Möglichkeit, zwischen Frauen zu unterscheiden. Wenn man, wie Erikson, die Entwicklung der Identität als Prozeß und nicht als Zustand begreift, lassen sich verschiedene Wege zu unterschiedlichen Formen von Identität erkennen. Hier geht es nicht um die Unterschiede zwischen Frauen, die sich für eine berufliche Laufbahn oder für die Familienarbeit entschieden haben, sondern um die Unterschiede zwischen Frauen mit einem soliden und verläßlichen Identitätsgefühl und denen mit einer problematischeren Identität. Die Identitäten einer Hausfrau und einer Aufsichtsratsvorsitzenden können beide gut ausformuliert sein. Der Blick auf den Prozeßcharakter der Identitätsbildung macht es möglich, sich außerhalb der gesellschaftlichen Debatten über die Rolle der Frau zu stellen und sich auch von Einflüssen des politischen Bewußtseins freizuhalten. Die Konsolidierung der Identität ist ein Aspekt guter, gesunder Persönlichkeitsentwicklung, unabhängig von ihren Inhalten. Wenn man untersucht, wie Frauen mit dieser Aufgabe umgehen, gewinnt man Einblicke in weibliche Entwicklungsprozesse und erschließt gleichzeitig aussagekräftige Dimensionen, die den Unterschieden zwischen Frauen zugrundeliegen.

Frauen unterscheiden sich in vielerlei Hinsicht, so z.B. in ihrer Bereitschaft oder Fähigkeit, eigene innere Möglichkeiten zu erkunden, so in dem Ausmaß, in dem sie ihre Individualität und Einzigartigkeit für sich realisieren oder auch in der Frage, inwieweit sie sich von anderen definieren lassen. Das vorliegende Buch geht diesen Unterschieden im Leben einzelner Frauen nach. Manche übernehmen Lebenspläne, die ihre Familien für sie entworfen haben. Um der Kürze willen werden sie im folgenden Frauen mit übernommener Identität genannt (für eine umfassende Darstellung der Definitionen der Gruppen und der Abweichungen vom vorgegebenen Muster vgl. Kapitel 3). Andere, die hier Frauen mit diffuser Identität genannt werden, gehen mit sich um, als seien sie Tonklumpen, die allem und jedem zur Verfügung stehen, das oder der ihnen eine Form geben will. Wieder andere probieren aktiv und bewußt mögliche Daseinsformen aus, um eine Identität zu entdekken, die zu ihrem inneren Selbst paßt - dies sind die Frauen im Moratorium. Frauen, die schließlich eine Identität formulieren, die kulturelle Wege suchen, um ihr Selbstgefühl auszudrücken, und sich auf Seins- und Erfahrensweisen festlegen, werden als Frauen mit erarbeiteter Identität bezeichnet. Anhand der Geschichten dieser Frauen soll die psychische Entwicklung von Frauen allgemein exploriert oder, genauer, eine Entwicklungstheorie in einer Sprache und aus einer Perspektive entwickelt werden, die für ein Verständnis von Frauen sinnvoll ist. Ausgangspunkt ist die Suche nach der Phänomenologie, die die Basis für eine weibliche Psychologie sein muß.

Es geht in diesem Buch aber auch um eine spezielle Übergangszeit in der Entwicklung, den Übergang von der Kindheit zum Erwachsenenalter, in der wesentliche Entscheidungen für die Identität getroffen werden. Ich verfolge das Leben der interviewten Frauen von der Jugend zum frühen Erwachsenenalter, um die Wege aufzuzeigen, die zur Identitätsbildung führen. Nach Eriksons psychosozialer Definition ist die Identitätsbildung die Entwicklungsaufgabe der Adoleszenz, die das nunmehr autonome Individuum an die Gesellschaft bindet. Identität ist die Nahtstelle zwischen dem Individuum und der Welt, weil sie definiert, wofür das Individuum stehen und als was es erkannt werden wird. Während die Untersuchung der Identitätsbildung bei Männern relativ unkompliziert vonstatten ging, war die Untersuchung der Identitätsbildung bei Frauen von Uneindeutigkeiten und Frustration belastet. Männer pflegen sich über ihre Berufe oder ihre charakteristischen Eigenheiten zu definieren, die sie von anderen unterscheiden, und deshalb läßt sich ihre Identität leichter benennen. Die Orientierung von Frauen verläuft dagegen komplizierter; sie wollen viele Beziehungen und Sehnsüchte in Einklang bringen, wobei die Verbindungen zu anderen im Mittelpunkt stehen. Von daher ist weibliche Identität komplizierter und schwieriger zu formulieren.

Die am Ende des Jugendalters vollbrachte Identitätsarbeit hat allem Anschein nach tiefe Auswirkungen auf den weiteren Lebenslauf - ganz besonders wohl für Frauen. Entscheidungen über Ehe, Karriere und Kinder z.B. schränken spätere Entscheidungen ein oder beschwören sie herauf (Stewart 1980; Rossi 1980). Die Adoleszenz ist deshalb eine entscheidende Phase für den Entwurf der Parameter, die die Rollen als Erwachsene bestimmen. Die Entwicklung in der Jugend aber hängt wiederum von vorangegangenen Persönlichkeitsentwicklungen ab. Ich-Entwicklung und Konfliktlösungen in der Kindheit sind wichtige Vorläufer für die Identitätsbildung.

Für diese Untersuchung wurden Studentinnen des letzten Collegejahres ausgewählt, Frauen an der Schwelle des Erwachsenenalters, deren Entwicklungsaufgabe in der erfolgreichen Lösung fundamentaler Identitätsfragen lag. Zur Zeit der ersten Untersuchung ging es mir darum, die psychodynamischen und entwicklungsgeschichtlichen Wurzeln der unterschiedlichen Identitätslösungen bzw. -nichtlösungen zu begreifen. Die Forschung zur Identitätsbildung bei College-Studentinnen und -Studenten nimmt generell an, das weitere Leben derjenigen, die am Ende der Collegezeit die Probleme der Identität gelöst haben, verlaufe unproblematisch, während auf diejenigen, die die Identitätslösung nicht erreicht haben, weitere Schwierigkeiten warten. Bis jetzt hat sich nur eine einzige Untersuchung, anhand einer männlichen Stichprobe, mit den längerfristigen Auswirkungen der Identitätslösung in der Collegezeit beschäftigt (Marcia 1976).

Zur Überprüfung dieser Annahme habe ich zehn bis zwölf Jahre später wieder Kontakt zu den Frauen aufgenommen, um zu untersuchen, welche Auswirkungen die Identitätslösungen kurz vor dem Erwachsenenalter auf die jetzt erwachsenen Frauen hatten. Durch intensive Interviews in zwei wichtigen Lebensphasen ließ sich beobachten, wie sich ihre Lebenseinstellungen im Lauf der Zeit verändert hatten, denn das Gedächtnis hat die

Tendenz, bei der kontinuierlichen Anpassung der eigenen Autobiographie Vergangenheit und Gegenwart in Einklang zu bringen. Die Untersuchung junger Frauen unmittelbar vor dem Erwachsenenalter und dann als Erwachsene wirft ein Licht darauf, wie die wichtigen Entscheidungsprozesse der Identitätsbildung in der späten Jugend Form und Rhythmus der frühen Erwachsenenjahre prägen. Untersuchungen an diesen beiden Punkten der Entwicklung zeigen die Wirkung von Faktoren, deren sich die Frauen selbst nicht bewußt sind oder die sie nicht artikulieren können. Damit wird uns zugänglich, was in ihrem Leben und ihrer psychischen Ausstattung Bestand hat und was sich verändert.

Es geht in diesem Buch um glückliche Frauen, Frauen, die mit ihrem Leben in der Regel mehr als zufrieden sind, die es »geschafft« haben, d.h., die sich jedenfalls selbst nicht als Menschen mit psychischen Problemen definieren. Die klinische Psychologie ist daran gewöhnt, die Wurzeln von Störungen zu begreifen, aber sie weiß wenig darüber, was zu harmonischer Anpassung führt. Die Frauen, um die es hier geht, sind aber gleichzeitig auf recht verschiedene Weise glücklich. Unterschiedliche Entscheidungen bringen jeweils unterschiedliche Befriedigungen, Herausforderungen und Kämpfe mit sich.

[1] S. Freud, Die Weiblichkeit, Neue Folge der Vorlesungen zur Einführung in die Psychoanalyse, 1933, Studienausgabe Bd. 1, Frankfurt, S. Fischer, S. 565

2. Kapitel

Selbstfindung: Identität, Individuation und Intimität

»Doch das ganze Leben einer Frau ist eine Geschichte der Liebe.«
Washington Irving

Der Begriff der Identität wird mittlerweile so häufig und in so unterschiedlichen Zusammenhängen verwendet, daß es notwendig geworden ist, ihn genau einzugrenzen. Erik Erikson (1950, 1956, 1958, 1968, 1975) hat sich am gründlichsten mit diesem Thema beschäftigt. Er hat den Begriff der Identitätskrise geprägt und in seinen Arbeiten die Bedeutung dieses Persönlichkeitsaspekts herausgearbeitet. Vor allem aber verdanken wir ihm die Erkenntnis, daß Identität ein im wesentlichen unbewußter Prozeß ist, der die Persönlichkeit zu einer Einheit gestaltet und den Einzelnen mit der sozialen Welt verbindet. Identität ist ein entscheidender Aspekt des Selbst mit vielfältigen Funktionen.

Identität ist das stabile, unbeirrbare und zuverlässige Gefühl dafür, wer man ist und was man in der Welt repräsentiert. Identität integriert, was man für sich selbst und für andere bedeutet; sie bringt die Person, für die man sich selbst hält, mit der Person in Deckung, für die man von wichtigen anderen Personen gehalten wird.

Identität ist also eine Möglichkeit, die Kontinuität des Selbst zu bewahren, die eigene Vergangenheit mit der eigenen Gegenwart zu verknüpfen. Im Zustand diffuser Identität weiß man nicht, wer man ist, ist Teilen des Selbst ausgeliefert, also Trieben, Erinnerungen und Charakterzügen, die keinen

Sinn ergeben und nicht kohärent mit dem Kernselbst verbunden sind. Identität hat im wesentlichen die Funktion, die eigenen Erfahrungen zu strukturieren und zu begreifen und die eigenen Bedeutungssysteme auf tiefer Ebene mit anderen auszutauschen. Die Entscheidung zur Übernahme oder Ablehnung von Werten, das eigene System ethischer Grundsätze, bilden den Kern des Identitätsgefühls.

Einerseits ist die eigene Identität zutiefst mit der Identität anderer verwoben und bekommt darüber Bedeutung, andererseits schärft der Gegensatz zu anderen das Gefühl für die eigene Individualität. Häufig erfährt man, wer man selbst ist, durch die Entdeckung, daß man sich von anderen unterscheidet, daß man Merkmale aufweist, die die Menschen nicht besitzen, denen man sich am ähnlichsten fühlt. Eine junge Frau erzählte mir, wie sie von ihrer außergewöhnlichen musikalischen Begabung erfuhr: Als sie im zweiten Schuljahr war, erklärte die Musiklehrerin die musikalischen Intervalle. Das Mädchen nannte aber einfach die Noten: »Das ist ein G und ein D«. Die überraschte Lehrerin spielte ihr daraufhin andere Noten vor, die sie alle korrekt bezeichnete. Die Lehrerin sagte ihr, sie hätte das absolute Gehör. Jetzt war das Mädchen verblüfft und fragte: »Kann das denn nicht jeder?«

Identität ist also ein Prozeß der eigenen Einschätzung entlang einer Typologie oder einer Reihe von Werten, die für andere, mit denen man sich identifiziert, Bedeutung haben. Jedes Mitglied einer beruflichen Gemeinschaft z.B. hat eine gewisse Vorstellung von seinem Platz, kennt die Nuancen in der Einschätzung, mit der die Gruppe Leistung, Anerkennung und Status beurteilt und weiß, daß die Kolleginnen und Kollegen darauf genauso reagieren wie sie. Aber außerhalb einer solchen Gemeinschaft gilt man z.B. einfach als Ärztin, und Reaktionen und Einschätzungen richten sich nach anderen Kriterien.

Identitätsbildung

Im Laufe des Lebens, vor allem, wenn sich der Kreis wichtiger Menschen und bedeutungsvoller Aktivitäten erweitert, differenziert sich die Identität kontinuierlich weiter aus. Der Prozeß der Identitätsbildung durchzieht den ganzen Lebenszyklus. Er beginnt direkt nach der Geburt mit der allmählich entstehenden Bewußtheit eines eigenen Selbst und geht weiter bis ins hohe Alter, wo man sich mit der Bedeutung arrangieren muß, die das eigene Selbst im umfassenderen System des Lebens gehabt hat.

Psychodynamisch betrachtet ist Identität weder Struktur noch Zustand, sondern Merkmal des Ichs, das die Erfahrung strukturiert. Laut Erikson handelt es sich dabei um ein Amalgam konstitutioneller Gegebenheiten, charakteristischer libidinöser Bedürfnisse, psychischer Abwehr gegen innere Konflikte, siginifikanter Identifizierungen mit wichtigen anderen Personen, Interessen und sozialen Rollen. Die Identitätsbildung läßt sich in gewissem Sinne mit einem Puzzle vergleichen, das bei jedem Menschen aus etwas verschiedenen Teilen besteht. Natürliche Begabungen, Intelligenz, Klassenzugehörigkeit, körperliche Attraktivität, genetische Aspekte wie Temperament und physische Grenzen, frühe Deprivation und traumatische Erfahrungen - durch all das bekommt die Aufgabe der Identitätsbildung ihren individuellen Charakter.

Identität wird zwar durch Identifizierung mit anderen gebildet, die für den einzelnen Bedeutung bekommen, aber sie ist, wie Erikson gezeigt hat, mehr als die Summe der bisherigen Identifikationen. Erwachsene und Kinder identifizieren sich gleichermaßen mit Aspekten von Menschen, die ihnen wichtig sind, die sie bewundern oder die Macht haben. Identitätsbildung ist der Prozeß, in dem diese Identifikationen zu einem kohärenten Ganzen mit einem tragfähigen Zentrum verwandelt und zusammengesetzt werden. Als Mechanismus hat Identifikation nur einen begrenzten Nutzen, weil sich ein Kind nur mit Anteilen anderer identifiziert und sich diese Teilidentifikationen nicht zu einer voll funktionsfähigen Person addieren lassen. Eine Frau kann z.B. so gerne kochen wie ihre Mutter und so fußballbegeistert sein wie ihr Vater, aber diese zwei Interessen ergeben keine Identität. Sie sind Teile des Selbst; über die Identität dieser Frau wissen wir nichts, solange wir nicht wissen, wie diese Teile in das ganze von ihr geschaffene Bild passen.

Die Identität schließt alle vorangegangenen Identitäten ein und ersetzt sie gleichzeitig. Die Entscheidung für eine Identität läßt sich nicht mit der Entscheidung für eine Universität z.B. vergleichen, weil es keinen datierbaren Moment für diese Entscheidung gibt. Das Selbst wird vielmehr nach und nach modifiziert, so daß man eines Tages zurückblickt und erkennt, daß man sich unerbittlich verändert hat, daß man anders ist, als man war, und doch im Grunde man selbst geblieben ist.

Demnach ist Identität das dynamische Zusammensetzen von Persönlichkeitsanteilen und gesellschaftlichen Realitäten, das zum Gefühl innerer Kohärenz und gleichzeitig bedeutungsvoller Bezogenheit auf die reale Welt führt. Wenn jemand z. B. sagt: »Ich bin Psychologin«, dann ist das eine Aussage zur beruflichen Identität, definiert aber nicht die umfassende Identität, es sei denn, man hätte seine ganze Person unter das »Psychologin-sein« subsumiert. Selbst die Aussage: »Ich bin eine Frau, eine Mutter und eine Psychologin« definiert die Identität nicht, weil sie nur Aspekte der Identität aufzählt und keine Auskunft darüber gibt, wie diese Teile verbunden sind oder wie sich diese Frau selbst erfährt.

Die soziale Rolle ist nur ein Aspekt der Identität, wenn auch der sichtbarste, und damit einer Untersuchung am ehesten zugänglich. Wir wissen noch nicht, ob sich Identität durch die Fluktuation der gesellschaftlichen Rollen verändert oder ob sich diese aus der Identität herleiten lassen. Es hat immer Menschen gegeben, die gesellschaftliche Rollen für sich haben schaffen können, weil sie genau wußten, wer sie sein wollten. Sie haben, wie Erikson es ausdrückt, die Gesellschaft dazu gebracht, sich ihnen anzupassen. Aber die meisten Menschen wählen ihre Rolle aus dem Angebot aus, welches die Gesellschaft für sie bereithält.

Anders als die soziale Rolle ist die Identität überwiegend unbewußt. Wenn wir sie erst formuliert haben, können wir praktisch automatisch funktionieren, ohne die unzähligen Entscheidungen eines jeden Tages neu erwägen zu müssen. Eine gut funktionierende Identität ermöglicht es, die eigene Person als gegeben anzunehmen. Erikson hat sich mit diesem Paradox beschäftigt und kam zu dem Schluß, daß man sich der eigenen Identität dann am stärksten bewußt wird, wenn man beginnt, sie kennenzulernen. Er hat die Zeit der Begegnung mit der eigenen Identität *Moratorium* genannt, besser bekannt als Identitätskrise. In dieser Phase ist man sich der eigenen Entscheidungen am bewußtesten und experimentiert am meisten mit alternativen Selbstentwürfen oder imaginiert sie. Man erkennt, daß man nicht zwangsläufig bleiben muß, wer man war, denkt über Korrekturen nach und testet die neuen Möglichkeiten an anderen, um ihre Reaktionen kennenzulernen. Sobald die Identitätsentscheidungen getroffen sind, verblassen die Fragen und Probleme, die an diesen Prozeß gebunden waren. An ihre Stelle tritt ein Zustand innerer Ruhe, der sich aus dem Gefühl von Zielbewußtheit und aus der Erwartung an den gegenseitigen Austausch mit uns wichtigen Personen speist.

In Eriksons Darstellung des Lebenszyklus ist die Lösung der Identitätsfrage eine entwicklungsspezifische normative Krise der Adoleszenz. Seine schematische Darstellung des Lebenszyklus und die Behandlung der Lebensabschnitte zeigen, daß in der Adoleszenz Identitätsfragen im Mittelpunkt stehen, auch wenn verwandte Themen vor der Adoleszenz vorbereitet und auch danach weiter differenziert und bearbeitet werden. In der Zeit vor der Adoleszenz hat es viele Zuschreibungen von Identitätsbereichen gegeben: welcher gesellschaftlichen Schicht man angehört, mit welchen Menschen man leben und zurechtkommen muß, welche Schule man besucht, welche Religion man praktiziert. In früheren, weniger komplizierten Zeiten oder in einfacher strukturierten Gesellschaften war die Identität ein für allemal festgelegt. Man hatte von Geburt an einen vorbestimmten Platz in der Gesellschaft, und Entwicklung bestand darin, die dieser vorbereiteten sozialen Nische angemessenen Rollen zu lernen und dem Selbst die entsprechende Form zu geben. In unserem gegenwärtigen hochdifferenzierten gesellschaftlichen Umfeld, in dem man vieles tun und werden kann, muß man Entscheidungen treffen, um die eigene Identität zu formulieren. Die ersten Entscheidungen werden am Ende der Adoleszenz getroffen. Mit dem Ende der Adoleszenz schafft sich der junge Mensch seinen Platz in der Welt, und die Gesellschaft betrachtet ihn als eine Person, die für ihre Entscheidungen verantwortlich ist. Die Probezeit, die die Gesellschaft Studentinnen und Studenten einräumt, macht den Etiketten (z.B. Lehrerin, verheiratet, konservativ) Platz, die den jungen Erwachsenen verliehen werden.

Weil sie die Bedeutung dieses Wachstumsprozesses erkennen, gewähren komplexe Gesellschaften jungen Menschen ein Moratorium, eine Übergangsphase, in der sie nach allgemeiner Übereinkunft noch nicht ganz ernstgenommen werden. Die Gesellschaft gibt den Adoleszenten die Erlaubnis, mit dem Erwachsensein zu spielen, Rollen auszuprobieren, mit dem Selbst zu experimentieren. Danach wird Festlegung erwartet, für die ein gewisses Ritual geschaffen wird, das die Bereitschaft der Gesellschaft bekunden soll, dem jungen Menschen ernste Absichten zuzugestehen.

Adoleszente sind sich heute der Notwendigkeit von Entscheidungen zutiefst bewußt. Sie experimentieren mit vielen Möglichkeiten, probieren Rollen aus und testen ihre Fähigkeiten, um die ihrem Selbst entsprechenden Alternativen zu finden. Wenn die Entscheidungen getroffen und in eine Synthese gebracht worden sind, wird die daraus erwachsene Identität zur Schablone für die Entscheidungen des Erwachsenenalters. Im weiteren Lebenszyklus wird die Identität erweitert und differenziert, oft auch grundlegend modifiziert, aber sie kann nie rückgängig gemacht werden. Die Entscheidungen werden Bestandteil der individuellen Geschichte; jede vorangegangene Identität muß in die neue integriert werden. Die Zeit der Identitätsbildung ist also eine äußerst wichtige Phase; man könnte sie als die Zeit bezeichnen, in der der Erwachsene »ausschlüpft«.

Obwohl das Drama der Identitätsbildung die wesentliche Entwicklungsaufgabe der (späten) Adoleszenz ist, läßt es sich oft nur schwer beobachten. Der Prozeß der Identitätsbildung verläuft meist in einzelnen Schritten, allmählich und absichtslos. Er ist aristotelisch, allerdings nicht in seiner Dramatik, sondern in seiner Unvermeidlichkeit. Die Identität umfaßt unscheinbare und bewußte Entscheidungen. Mit wem man sich befreundet, was man liest oder nicht liest, ob man Tennis oder Oboe spielen lernt, ob man Drogen nimmt oder nicht, das alles spiegelt ein kontinuierliches Identitätsgefühl und beeinflußt gleichzeitig die Identität, die sich schließlich ergeben wird. Selbst die Protagonisten des Dramas der Identitätsbildung, die jungen Menschen selber, kennen das Skript des Stückes nicht. Im Moratorium verpflichten sie sich ernsthaft auf etwas, sind felsenfest davon überzeugt, daß sie es »ernst meinen«, stellen aber später fest, daß es nur ein kurzes Experiment, nur eine Zwischenstation auf ihrem Weg war.

Eriksons Konzept der Identität war nicht nur wegweisend für die Psychologie, sondern lieferte auch den Anstoß, sich mit den Entwicklungsstadien nach der Kindheit zu beschäftigen. Der Begriff der Identitätskrise wurde zum Allgemeingut und diente immer mehr zur Beschreibung sämtlicher Probleme ab dem 12. Lebensjahr, wobei viele der Nuancen und Feinheiten von Eriksons Arbeit verloren gingen. Aber er hat jedenfalls deutlich gemacht, daß durch den Prozeß der Identitätsbildung viele Ereignisse der Adoleszenz das weitere Leben beeinflussen, und seine Arbeit hat das Interesse an diesem Prozeß verstärkt.

Für Erikson liegt der Impetus für die adoleszente Identitätsbildung in der Konvergenz epigenetischer und sozialer Kräfte. Allerdings verbindet er diese Entwicklung nicht mit einer umfassenderen psychodynamischen Betrachtung des adoleszenten Wachstums. Sein Identitätsbegriff enthält implizit Peter Blos' (1962) Konzepte der Konsolidierung, Integration und Ich-Kontinuität und Kernbergs (1976) Betonung der Fähigkeit zu totalen Objektbeziehungen als wesentliche Aufgaben adoleszenter Entwicklung.

Blos (1976) sieht Loslösung und Individuation als zentrale Vorläufer der Identitätsbildung. In der adoleszenten Entwicklung werden die Grenzen schärfer und die Eigenschaften des Selbst deutlicher, die sich von denen anderer unterscheiden. »Individuation impliziert, daß die heranwachsende Person die Verantwortung für das, was sie tut und ist, nicht auf die Schultern derjenigen abwälzt, unter deren Einfluß und Vormundschaft sie herangewachsen ist, sondern zunehmend selbst übernimmt«

(S. 168). Blos' Konzept erfolgreicher Individuation in der Adoleszenz hat große Ähnlichkeiten mit Eriksons Identitätsbegriff.

Der Prozeß der Loslösung und Individuation ist also wichtig für ein Verständnis der Identitätsbildung. Individuation, Autonomie und Identitätsbildung sind miteinander verbunden. Wenn Aspekte des Selbst von primitiven, narzißtischen und totalistischen Identifikationen befreit werden, stehen autonome Ich-Funktionen für die Identitätsbildung zur Verfügung. Die individuelle Identität läßt sich deshalb nur begreifen, wenn die psychische Masse berücksichtigt wird, aus der diese Identität hervorgeht.

Loslösung und Individuation

Die frühesten Bemühungen, das Faktum der Getrenntheit mitsamt den dazugehörigen Konflikten zu bewältigen, bilden die Basis für die Identitätsbildung in der Adoleszenz. Das Ich, das diese adoleszente Aufgabe in Angriff nimmt, ist aus der Lösung des frühkindlichen Konflikts zwischen Symbiose und Autonomie entstanden. Die paradoxen Bedürfnisse nach Selbstbehauptung und Symbiose mitsamt den dazugehörigen Gefahren von Isolierung und Vernichtung sind das ganze Leben hindurch vorhanden.

Die von Mahler (Mahler, Pine, Bergman 1975) entwickelte Theorie der Loslösung und Individuation zeichnet die frühesten Anzeichen des Identitätsgefühls nach. Zu Beginn des psychischen Lebens gibt es kein Selbst. Soweit wir das nachvollziehen können, erlebt ein neugeborener Säugling Freude und Schmerz, hat aber nicht das Gefühl, es gäbe ein "Ich", das das alles erlebt. Mit drei Jahren hat das Kleinkind ein stabiles Gefühl für seine Ich-Grenzen, weiß genau, daß es eine eigene Person ist, losgelöst von anderen, mit eigenen Gedanken und inneren Erfahrungen.

Die ersten Lebensmonate sind eine Zeit, in der aus Sicht des Säuglings Mutter und Kind verschmolzen sind. Diese symbiotische Masse ist manchmal angenehm und manchmal schmerzlich, aber der Säugling ist sich nicht bewußt, daß es eine von ihm getrennte und einzelne Mutter gibt, die seine Bedürfnisse befriedigt oder nicht befriedigt. In der ersten Subphase der Loslösung und Individuation, der *Differenzierungsphase*, ahnt das Baby zum ersten mal dunkel, daß es ein Selbst (Subjekt) und ein anderes (Objekt) gibt. Das ist, in Mahlers Worten, die »Brutzeit«, in der der Säugling allmählich wahrzunehmen beginnt, daß bestimmte Erfahrungen ihren Ursprung *im* Körper und andere ihren Ursprung *außerhalb* des Körpers haben.

Die Fähigkeit, sich fortzubewegen, und damit die Fähigkeit, sich von der Mutter wegzubewegen, leitet die zweite Subphase, die *Übungsphase*, ein. In dieser Phase ist das Baby berauscht von seinen wachsenden kognitiven und motorischen Fähigkeiten, möchte alles erkunden, und ist von seiner magischen Allmacht überzeugt. Die Kinder erkunden ihre Welt meist in optimaler Nähe zur Mutter, sie brauchen die Nähe der Mutter, wollen aber gleichzeitig beweisen, daß sie die Mutter überhaupt nicht brauchen. Gegen Ende der Subphase des Übens haben sie sich weit von der Verschlingung der ersten Lebensmonate entfernt, aber sind noch nah genug, um die Wiederholung der Verschmelzung zu fürchten. Bewußtheit und die Erfahrung des eigenen Selbst sind noch neu und brüchig, sie müssen bestätigt und vor der Gefahr eines erneuten Verschlungenwerdens durch die Mutter geschützt werden.

Mit achtzehn Monaten werden sich Kleinkinder allmählich ihrer Getrenntheit von der Mutter bewußt, und diese Bewußtheit führt dazu, daß sie sie stark in Anspruch nehmen. Mahler nennt diese dritte Subphase *Wiederannäherung* (Rapprochement), weil die Kinder jetzt versuchen, das Bedürfnis nach der Nähe zur Mutter und das Bedürfnis nach Unabhängigkeit von ihr zu integrieren: »Auf dem Höhepunkt seiner Meisterschaft gegen Ende der Übungsperiode begann dem Kleinkind bereits zu dämmern, daß die Welt ihm nicht gehört, daß es mit ihr mehr oder weniger 'aus eigener Kraft' fertig werden muß, sehr oft als ein relativ hilfloses, kleines, getrenntes Individuum, das Erleichterung oder Hilfe nicht einfach dadurch herbeirufen kann, indem es das Bedürfnis danach fühlt, ja, nicht einmal, indem es dieses Bedürfnis lautstark äußert« (Mahler, Pine, Bergman 1975, S. 78/ dt.1989, S. 103). In anderen Worten: In der Subphase der Wiederannäherung wird das Kleinkind von der vollen Bedeutung der Loslösung überwältigt. Loslösung bedeutet nicht nur Freude und Freiheit, wie es bis dahin angenommen hatte, sondern impliziert auch Alleinsein, Hilflosigkeit und überwältigende Gefahren. In dieser Phase fordert das Kind die Anteilnahme der Mutter an der Autonomie, die es in der Übungsphase erlebte. Es will die neuen Erfahrungen mit ihr teilen und hat ein gesteigertes Bedürfnis nach der Liebe der Mutter.

Für die Mutter wie für das Kind ist die Wiederannäherung eine der wichtigsten und schwierigsten Phasen der gesamten frühen Entwicklung. Die Kinder haben widersprüchliche Bedürfnisse nach Autonomie und Einheit und sind deshalb sehr anfällig für schwere Verzerrungen in der psychischen Entwicklung, falls die Intensität des Bedürfnisses oder die Reaktionen der Mutter die zerbrechliche Ich-Organisation überwältigen. Wenn die Mutter die Symbiose der frühen Kindheit unbedingt wieder erleben möchte, entmutigt sie die Autonomie ihres Kindes und fördert neues Klammerverhalten. Und wenn die Mutter allzu erleichtert das Ende der relativen Verschmelzung der Säuglingszeit begrüßt, entzieht sie sich möglicherweise der erneuten Bedürftigkeit, der ihr Kind Ausdruck gibt.

Die Subphase der Wiederannäherung beginnt ungefähr mit 18 Monaten und endet mit drei Jahren. Das ist die Zeit der wichtigsten Internalisierungen, die die Bausteine für die gesamte spätere Entwicklung bilden. Um die Komplexität der Wiederannäherungsphase zu bewältigen, macht das Kind mehr und mehr das zum Teil des Selbst, was außerhalb ist. Introjektion, d.h. das Aufnehmen eines Anteils der Eltern als Teil des Selbst, befreit das Kind auch von übermäßiger Abhängigkeit von den Eltern. Wenn sich ein kleines Mädchen selbst so beruhigen und trösten kann, wie es seine Mutter immer getan hat, hat es sich ein wenig von seiner Abhängigkeit von der Mutter befreit. Der beruhigende, tröstende Aspekt der Mutter wird durch den Introjektionsprozeß zum Teil seines Selbst. In dieser Subphase tritt auch die Angst vor Liebesverlust in Erscheinung, und deshalb machen die Kinder auch die elterlichen Gebote zum Teil ihres Selbst, um sich vor möglichen Übertretungen zu schützen. Psychoanalytisch ausgedrückt, bilden diese Gebote oder Regeln die Grundlage für das Über-Ich: eine internalisierte Elterninstanz, die das Kind davor bewahrt, »böse« zu sein und bestraft zu werden. In ähnlicher Weise schützen Identifikationsmechanismen (d.h. so zu werden wie die Eltern) das Kind gegen wachsende Verletzbarkeitsgefühle in diesem Stadium. Die Eltern werden als allmächtig wahrgenommen, das Kind hingegen wird sich der eigenen Verletzbarkeit zunehmend bewußt. Das Bemühen, so zu werden wie die Eltern, dient also der Wiedergewinnung eigener Allmacht.

Am Ende der Subphase der Wiederannäherung steht die Fähigkeit, eigenständig zu funktionieren, die durch die allmähliche Internalisierung von Aspekten der Außenwelt erreicht wurde. Wenn die Entwicklung in diesem Stadium angemessen verläuft, hat das Kind eine konstante, positive Mutterimago internalisiert, so daß es sich die Mutter auch dann vorstellen und sie spüren kann, wenn sie nicht anwesend ist. Mit einer konstanten und verläßlichen Mutterimago kann das Kind die Loslösung von ihr trotz Spannung oder Bedürftigkeit aushalten. Mit den abschließenden Schritten zu Loslösung und Individuation entwickelt das Kind ein Gefühl für seine Individualität, einen Kern des Selbst, auf dem die gesamte spätere Identitätsbildung basiert.

In der Latenzphase, der Zeit zwischen Kindheit und Adoleszenz, die ungefähr vom 6.bis zum 12. Lebensjahr reicht, werden die Früchte der Konfliktlösungen der frühen Kindheit geerntet. In dieser Phase ist das Kind sowohl real wie emotional von den Eltern abhängig, hat aber ein eigenes Selbstgefühl. Das Über-Ich, das sich überwiegend aus Elterninstanzen zusammensetzt, steht in Einklang mit den wirklichen Eltern. Kind und Eltern haben dieselbe Auffassung darüber, was gut und böse, wertvoll und wertlos ist. Selbstachtung wird überwiegend aus elterlichem Beifall und wachsenden Fähigkeiten bezogen, im allgemeinen solche, die von den Eltern ausgewählt oder zumindest unterstützt werden. Die Überzeugung von der elterlichen Allmacht bleibt in diesem Stadium intakt, und ein Großteil des weiteren Wachstums des Kindes beruht auf der wachsenden Identifikation mit den elterlichen Ich-Funktionen.

Die Harmonie der Latenzzeit wird durch die Triebschwankungen der Pubertät und die gesellschaftlichen Forderungen nach weiterer Ablösung von den Eltern zunichte gemacht. Wie in der früheren Entwicklungsphase der Wiederannäherung wollen sich die Adoleszenten gleichzeitig von den Eltern wegbewegen und in ihrer Nähe bleiben, um sich sicher fühlen zu können. Wachsende Autonomie und Mobilität ziehen sie tiefer in die außerfamiliäre Welt. Gleichaltrige und andere bewunderte Personen absorbieren allmählich einen Teil der emotionalen Energie, die vorher für die Eltern reserviert war.

Die frühen Theorien zur Adoleszenz haben diese als eine Zeit definiert, in der durch Distanzierung von den Eltern und Ersetzen der Eltern durch wichtige Objekte psychische Unabhängigkeit erreicht wird (A. Freud 1958; Fountain 1961; Blos 1962). Aber neuere Untersuchungen haben gezeigt, daß diese Theorien nicht haltbar sind: Das Verlassen oder Verleugnen der Eltern ist für Adoleszente keine notwendige Entwicklungsvoraussetzung (Douvan, Adelson 1966; Offer 1969; Offer, Ostrov, Howard 1981). Loslösung und Individuation in der Adoleszenz erfordern eine Revision der Beziehung zu den Eltern, aber diese Revision bewahrt die Verbindung zu ihnen.

Bei vielen Adoleszenten ist eine Individuation von den internalisierten Eltern nicht möglich, weil sie nie fähig waren, den Erwartungen zu entsprechen, die die Eltern ihrer Meinung nach an sie gestellt haben. Selbst wenn sie im Zorn das Elternhaus verlassen, können sie ihm doch nicht entkommen, weil sie die Eltern in sich tragen. Sie bleiben ewig unzufrieden mit sich selbst, gefangen im unaufhörlichen Versuch oder der unaufhörlichen Weigerung, den internalisierten Eltern zu gefallen, von denen sie sich nicht emanzipieren können.

Loslösung ist also nicht gleichbedeutend mit Individuation, genausowenig wie räumliche Trennung. Viele Jugendliche werden zu eigenständigen Personen, ohne das Elternhaus je verlassen zu haben. Entscheidend ist vielmehr, daß Aspekte des Selbst in der Adoleszenz überarbeitet werden, damit die jungen Menschen Entscheidungen über die Schaffung ihres Selbst treffen können, ein Selbst, das sowohl autonom als auch in Beziehung zu den Eltern funktioniert.

Auch hier ist ein Wiederannäherungsprozeß wichtig. Ein neues Element des Selbst wird in der Regel im Kontext mit den Eltern getestet, von denen sich die Jugendlichen individuieren, wenn nicht real, dann zumindest auf der Phantasieebene (Josselson 1980). Sich vorzustellen, wie ihre Eltern sie sehen werden, ist für eine junge Frau beim Aussuchen des ersten Ballkleides meist wichtiger als die Meinung des jungen Mannes, mit dem sie ausgeht. Wirkt sie darin erwachsen und weiblich? Reagieren die Eltern auf ihre beginnende Weiblichkeit oder halten sie sie für ein Kind, das sich als Frau verkleidet hat?

Und auch die Studentin, die einer neuen, ihren Eltern fremden Religionsgemeinschaft beitreten will, fragt sich, was die Eltern davon halten werden. Soll sie ihnen von ihren Aktivitäten erzählen? Was soll sie machen, wenn sie ihren Entschluß mißbilligen? Hier läuft eine innere Auseinandersetzung ab, eine Diskussion mit den Eltern in sich selbst, die darauf zu bestehen scheinen, daß man sich nicht ändern, sich nicht unterscheiden darf, wenn man weiterhin geliebt werden will. Es geht in dieser Entwicklungsphase darum, ein Gefühl von Individualität im Kontext der kontinuierlich weitergehenden Beziehung mit den Eltern zu erreichen.

Individuation in der Adoleszenz kommt durch einen stufenweisen Zuwachs von Kompetenz zustande; die Jugendlichen übernehmen immer mehr Funktionen, die vorher die Eltern für sie übernommen haben. »Rites de Passage«, also z.B. der Führerscheinerwerb, sich Taschengeld selbst zu verdienen und zu verwalten, sich emotionale Unterstützung von Gleichaltrigen zu holen usw. führen dazu, daß sich die Jugendlichen zunehmend auf ihre eigenen Fähigkeiten verlassen, wobei die Eltern mehr oder weniger im Hintergrund stehen bleiben als zuverlässige Stützen in Problemsituationen. Wenn sich die Jugendlichen individuieren und von den Eltern unabhängig werden, können die freigesetzten Persönlichkeitsaspekte zu neuen Kombinationen mit neuen Möglichkeiten der Selbsterfahrung zusammengesetzt werden.

Loslösung und Individuation heben also die Beziehung nicht auf, sondern machen eine Revision erforderlich. Um die Entwicklung im Stadium der

Identitätsbildung wirklich zu begreifen, müssen beide Seiten des Prozesses berücksichtigt werden: der sich individuierende, autonome Anteil und das verbindende/sich beziehende Selbst.

Identität hängt immer mit dem Gefühl der Verbindung zu anderen zusammen. Von den frühesten Wurzeln an bildet sich Identität aus dem, was an Unterschieden zu anderen ausdifferenziert wird, existiert aber weiterhin in Zusammenhang mit anderen. In der Identität verschmilzt das Gefühl für die Person, die man (mit jemandem) war, und die Person, die man (mit jemandem) sein wird, zu einem kreativen, neuen Ganzen. Die Identitätsbildung vollzieht sich nicht notwendig im Umbruch; sie kann genauso gut Ergebnis von Regulierung und selektiver Akzeptanz kontinuierlicher Persönlichkeitsaspekte sein (Schafer 1973). Ablehnung und Verhaltensänderung sind nur dramatischer als Regulierung.

Identität ist also weder die Summe aller Rollen noch ein rein innerpsychischer Prozeß. Sozialisationstheorien konzentrieren sich meist auf die sozialen Rollen, die unabhängig von der Persönlichkeitsentwicklung vorhanden sind, und schildern von daher wurzellose Wesen, die ihren Platz in der Welt einnehmen.

Die Psychoanalyse wiederum betrachtet ausschließlich die innere Persönlichkeitsentwicklung, ohne Berücksichtigung des größeren psychosozialen Umfelds, und kann deshalb nicht erklären, welche Anstrengungen für die Entwicklung des Erwachsenen zentral werden. Der gleichzeitige klare Blick auf die innerpsychischen Entwicklungsaspekte und auf die psychosozialen Anforderungen und Interessen stellt eine große Herausforderung dar. Weil die Konvergenz der beiden Strömungen bei der Identitätsbildung am sichtbarsten ist, soll hier versucht werden, sowohl den innerpsychischen als auch den psychosozialen Aspekt dieses Prozesses in Augenschein zu nehmen.

Bis jetzt ging es um die Definition der Identität und die Darstellung der Entwicklungsprozesse an der Basis von Loslösung und Individuation sowie um die Konvergenz dieser Konzepte in der Vorstellung, daß Identität immer aus einer Matrix vergangener »Selbste« entsteht, wobei sich das früheste Selbstgefühl aus der verschmolzenen, symbiotischen Bindung an die Mutter herauskristallisiert. Im Verlauf der Entwicklung und im Kontext kontinuierlicher Beziehungen werden Aspekte des Selbst freigesetzt, die bislang an die internalisierten Eltern gebunden waren, und nun für neue Festlegungen zur Verfügung stehen. Die Strukturierung und Überarbeitung dieser Festlegungen bilden die Eckpfeiler der erwachsenen Identität.

Intimität

Erikson (1950, 1956, 1968) hat den Lebenszyklus in acht Phasen eingeteilt. Nach dieser Einteilung müssen die Aufgaben der Identität gelöst sein, bevor man sich den Aufgaben der nächsten Phase, Intimität vs. Isolation, zuwenden kann. Man muß entschieden haben, wer oder was man ist und sein wird, bevor man die wechselseitige Verbindung von Identitäten versuchen kann, die die Intimität ausmacht.

Schaut man sich die Werke Eriksons genauer an, dann wird gerade hier besonders deutlich, daß er wie Freud und andere führende Psychologen über Männer schreibt. All seine Psychobiographien beschäftigen sich mit der Analyse der Entwicklung männlicher Identität, und fast alle Fallgeschichten handeln von männlichen Patienten. Zu Frauen konnte er nicht mehr sagen, als daß ein Großteil der weiblichen Identität sich an der Wahl der Männer festmache, von denen eine Frau gewählt werden möchte (1968). Damit deutet er an, daß bei Frauen die Intimität der Identität vorangeht, d.h., daß eine Frau erst dann definieren kann, wer sie ist, wenn sie entschieden hat, wer sie in bezug auf ihren zukünftigen Partner sein will.

Unter dem Einfluß von Eriksons Begriffsbildung sind andere Wissenschaftler ebenfalls davon ausgegangen, daß Intimität bei adoleszenten Mädchen und jungen Frauen tatsächlich der Identität vorangeht oder gleichzeitig damit auftritt (Douvan, Adelson 1966; Orlofsky 1977; Josselson, Greenberger, McConochie 1977; Marcia 1980; Hodgson, Fischer 1981; Morgan 1982). Dies war eine Annahme, die vor allem seit den Anfängen einer feministischen Psychologie zu heißen Diskussionen und Auseinandersetzungen geführt hat.

Das Problem läßt sich vor allem deshalb so schwer lösen, weil sich bis jetzt niemand ernsthaft mit der Strukturierung der weiblichen Identität befaßt hat. Neuere Untersuchungen legen den Schluß nahe, daß es die falsche Frage ist, ob die Identität entwicklungsgeschichtlich der Intimität vorangeht, ihr folgt oder sich mit ihr vermischt. Es ist durchaus möglich, daß die ganze Entwicklungstheorie der Psychologie eine Theorie der Loslösung und Autonomie und nicht der Verbindung und Beziehung gewesen ist (Miller 1976; Surrey 1984), und vielleicht ist ja die Verpflichtung auf ein Selbst in sozialer Bindung der zentrale Aspekt der Identität und nicht ein Selbst, das allein einer abstrakten Welt gegenübersteht. Dann ließe sich auf unterschiedliche Lebensphasen bei Frauen und Männern schließen.

Wir wissen wenig über weibliche Adoleszente, weil die Theorie der Adoleszenz zur Beschreibung männlicher Phänomene entwickelt wurde (Adelson, Doehrman 1980). Wir wissen aber, daß interpersonale Kompetenz für adoleszente Mädchen wichtiger ist als Autonomie und daß die Wahrscheinlichkeit einer radikalen Ablösung von den Eltern bei Mädchen geringer ist als bei Jungen (Coleman 1961; Douvan, Adelson 1966; Josselson, Greenberger, McConochie 1977). Mit einem Satz: Adoleszente Mädchen formulieren die Identität eher in Verbindung zu anderen und in geringerer Distanz zu ihrer Familie als Jungen.

In den letzten Jahren hat die empirische wie die theoretische Forschung immer wieder festgestellt, daß sich die zentralen Punkte heranwachsender Frauen mit den Begriffen Autonomie, Unabhängigkeit und abstrakte Leistung nicht beschreiben lassen. Gilligans bahnbrechende Untersuchung zur moralischen Entwicklung von Frauen (1982) hat gezeigt, daß Frauen die Welt in einer »anderen Stimme« begreifen und erleben, eine Stimme, die personenzentrierter und empathischer, stärker emotional gebunden und weniger abstrakt ist als die männliche. Gilligan kommt zu dem Schluß, daß Männer und Frauen unterschiedliche innere Modelle besitzen. Bei Männern dominiert das hierarchische Modell, der Wettbewerb um den alleinigen Platz an der Spitze, während das Modell für Frauen eher einem Gewebe, einem Verbundensein mit anderen entspricht.

Die typische Angst von Männern, die allein an der Spitze sein wollen, ist die Angst vor Nähe, die Angst, eingeholt und abgesetzt zu werden. Die dominante Angst von Frauen, die im Zentrum dieses sozialen Gefüges stehen wollen, ist die Angst, weit weg von anderen allein und isoliert zu stranden. Diese durchgängigen, fundamentalen Unterschiede führen unter anderem dazu, daß Männer und Frauen die Bereiche Leistung und Zugehörigkeit unterschiedlich erfahren, auch wenn sie die gleichen Verhaltensweisen zeigen.

Aus diesen Beobachtungen haben andere (Belenky et al. 1986) auf eigene, intuitive Formen weiblichen Wissens geschlossen, die zum Schweigen gebracht werden, wenn nur Wert auf Logik und Symbole gelegt wird. Das epistemologische Gefühl von Frauen wurzelt in der Anbindung der Realität an ein kontinuierliches Selbstgefühl; das Subjektive durchdringt das Objektive. Wissen bedeutet dann weniger Beherrschung als vielmehr Verbundensein.

Nach Chodorow (1978) bilden Frauen, weil sie dasselbe Geschlecht wie die Mutter haben, ein anderes inneres Beziehungsmuster aus, das die starke

Loslösung verhindert, die bei Männern üblich ist: »Weil sie die präödipale Liebe zur Mutter weiterführen, definieren und erleben sich die Mädchen im Verlauf ihres Heranwachsens als kontinuierlich mit anderen verbunden; ihre Selbsterfahrung ist durch flexiblere und durchlässigere Ich-Grenzen bestimmt. Knaben hingegen definieren sich mehr als separate und verschiedene Wesen und entwickeln ausgeprägtere Ich-Grenzen und stärkere Differenzierungen. Das grundlegende weibliche Selbstgefühl ist Weltverbundenheit, das grundlegende männliche Selbstgefühl ist Separatheit« (Chodorow 1978/1985, S. 220). Empirische Ergebnisse (Aries, Olver 1985) bestätigen Chodorows Auffassung, daß bei der Entwicklung weiblicher Säuglinge die Loslösung von der Mutter eine geringere Rolle spielt.

May (1980) ist in einem ganz anderen Kontext und mit ganz anderen Daten zu ähnlichen Ergebnissen bekommen. Bei der Suche nach universell gültigen Mythen, die dem männlichen und weiblichen Bewußtsein zugrunde liegen, fand er praktisch dieselben Phänomene wie Chodorow und Gilligan. Er hat die Phantasieproduktionen von Männern und Frauen untersucht, um die zentralen Motive oder Themen zu begreifen, die in den strukturierenden inneren Mythologien repräsentiert sind. Bei Männern ist der archetypische Mythos die Geschichte des Phaeton, eine Geschichte von Ehrgeiz, Anstrengung und Scheitern. Der archetypische Mythos bei Frauen ist die Geschichte von Demeter und Persephone: Liebe, Verlust und Wiedervereinigung. May hat daraus geschlossen, daß Männer sich auf tiefer psychischer Ebene an der Achse von Leistung und Scheitern einrichten (er nennt dieses Muster Stolz), während Frauen sich um den Themenkomplex von Trennung und Verbindung gruppieren (Fürsorge).

Miller und ihre Forschungsgruppe (Miller 1976; Kaplan, Klein 1985; Surrey 1984) behaupten die Existenz eines für die Entwicklung zentralen »Beziehungsselbst« (relational self) bei Frauen: »Das männliche Modell persönlicher Entwicklung übersieht, daß die Entwicklung der Frauen weitergeht, nur eben auf einer anderen Grundlage. ... Das weibliche Selbst strukturiert sich sehr stark um Herstellung und Aufrechterhaltung von Zugehörigkeit und Beziehungen« (Miller 1976, S. 83).

Die Gemeinsamkeit all dieser Autorinnen und Autoren besteht in der wachsenden Erkenntnis der Bedeutung sozialer Bezogenheit für Frauen und der Notwendigkeit, psychologische Konstrukte zu finden, die Wachstum und Veränderung dieser Bezogenheit beschreiben können.

Erikson hat sich mit dieser Frage in seinem vieldiskutierten Aufsatz »Die Weiblichkeit und der innere Raum« (1968/1970) auseinandergesetzt. Unter der - modifizierten - Verwendung von Freuds Diktum: »Anatomie ist Schicksal«, lenkt Eriksons Metapher des inneren Raums die Aufmerksamkeit auf weibliche Modi der Realitätswahrnehmung. Obwohl der Aufsatz von feministischen Autorinnen meist negativ zitiert wird (vgl. Erikson 1975), fokussiert er in seinem charakteristischen, komplexen Stil auf das einzigartig Weibliche, ohne die Möglichkeit eines weiblichen Beitrags zur Gesellschaft einzuschränken. Tatsächlich kommt er zu ähnlichen Schlußfolgerungen wie später Gilligan (1982). Über die Identität von Frauen sagt er: »Auch wenn man zugibt, daß etwas in der Identität der jungen Frau sich für die Sonderheiten des Mannes, mit dem sie sich vereinigen wird, und der Kinder, die aufgezogen werden sollen, offenhalten muß, glaube ich doch, daß ein großer Anteil der Identität der jungen Frau schon in ihrer Art von Anziehungskraft und in der selektiven Art ihrer Suche nach dem Mann (oder nach Männern), von dem (denen) sie gesucht werden möchte, bestimmt ist. Das ist natürlich nur der psychosexuelle Aspekt ihrer Identität und sie kann darin weit gehen, deren Abschluß hinauszuschieben, während sie sich selbst als Arbeitende und als Bürgerin erzieht und als Person innerhalb der Rollenmöglichkeiten ihrer Zeit entwickelt« (1968/dt. 1988 S. 280) Im folgenden kommt er einer Definition weiblicher Identität so nahe wie nirgendwo sonst: »Die Fraulichkeit tritt ein, wenn es Anziehungskraft und Erfahrung gelungen ist, das auszuwählen, was 'auf Dauer' zur Bewillkommnung durch den inneren Raum zugelassen werden soll.« (S. 281)

Entwicklungsmodelle

Eine Theorie zur Beschreibung weiblicher Entwicklung ist deshalb so schwierig, weil es kein umfassendes Paradigma gibt, auf das sich zurückgreifen und aufbauen ließe. Die klassische psychoanalytische Theorie wurzelt in der Vorstellung der genitalen Minderwertigkeit von Frauen und leitet daraus dann deren moralische Minderwertigkeit ab. Mittlerweile hat die Betonung der Bedeutung präödipaler Aspekte für die weibliche Entwicklung den klassischen psychoanalytischen Fokus auf die ödipale Entwicklungsstufe ersetzt (Eichenbaum, Orbach 1983).

Im Rahmen der Psychoanalyse hat die *Objektbeziehungstheorie* vielversprechende Möglichkeiten für die Grundlagen eines Verständnisses weiblicher Entwicklung aufgezeigt. Fairbairn (1952) und Winnicott (1958, 1965) haben Freuds zentralen Gedanken radikal neu gefaßt, daß für die Triebbefriedigung Objekte (andere Menschen) notwendig seien und daß der Trieb der Motor des sozialen Lebens sei. Für die Objektbeziehungstheorie ist das menschliche Bedürfnis nach anderen Menschen unabhängig von den Trieben, Menschen sind danach von Geburt an Objektsuchende. Bereiche der sozialen Bezogenheit, darunter auch Loslösung und Individuation, ersetzen die Libido als strukturierenden Aspekt der Ich-Entwicklung. Die Grundkonflikte haben mehr mit der Komplexität des Liebens als mit sexueller Befriedigung zu tun. Selbstdefinition und Objektbeziehung sind unlösbar miteinander verbunden.

In traditionell männlicher Begrifflichkeit wird die Entwicklung selbst als Bewegung von Abhängigkeit zu Autonomie gesehen, vergleichbar der Entfaltung einer Schmetterlingslarve. Das Endresultat ist der unabhängige Held, der allein, ohne fremde Hilfe dem zustrebt, was er leisten möchte. Die umfangreichsten Untersuchungen männlicher Entwicklung im Erwachsenenalter (Vaillant 1977; Levinson et al. 1978) haben gezeigt, daß Karriere, Leistung und Unabhängigkeit strukturierende Prinzipien der männlichen Identität sind. Beziehungen zu anderen sind sekundär, ihr Leben rotiert um die Achse von Sein und Werden in bezug auf berufliche Ziele. Das Leben dieser Männer zeigt kohärente, ziemlich gleichmäßige Kurven, ob sie nun ihren Weg weitergehen oder Rückschläge erleben.

Entwicklungs- und klinische Psychologinnen und Psychologen haben festgestellt, daß die vorhandenen Entwicklungsmodelle ein sehr unzureichendes Licht auf weibliches Leben werfen (Rossi 1980; Unger 1983; Lerman 1986; Peck 1986). Über den Ruf nach einer Theorie hinaus, die die Bedeutung von sozialer Bezogenheit und Bindung im Leben von Frauen miteinbezieht, haben sie auch darauf hingewiesen, wie notwendig eine Theorie ist, die die Vielzahl der Rollen und Lebensumstände im weiblichen Lebenslauf berücksichtigt. Weder ein fixiertes Stufenmodell, wie es Levinson für Männer entwickelt hat, noch ein Lebensereignismodell (Neugarten, Datan 1973) kann die Komplexität weiblicher Lebensumstände adäquat beschreiben.

Es hat bis jetzt noch keine Längsschnittuntersuchung von Frauen gegeben, aber wir wissen genug über Frauen, um einige wesentliche Fragen zu formulieren. Dieses Buch versucht, weibliche Identität so zu betrachten, wie Frauen sie selbst formulieren. Das läßt die Möglichkeit offen, daß beides, Leistung und interpersonale Lebensbezüge, wichtig sein kann. Es geht mir darum, zu begreifen, wie Frauen ihre Identität konsolidieren und welche Unterschiede es zwischen Frauen gibt.

3. Kapitel

Vier Wege zur Identität

»Identität« und »Identitätskrise« sind im allgemeinen wie im wissenschaftlichen Sprachgebrauch zu Ausdrücken geworden, die einmal etwas so umfassendes und scheinbar so Selbstverständliches umschreiben, daß die Forderung nach einer Definition fast kleinlich erscheint, während sie zu anderen Malen etwas bezeichnet, das zu Messungszwecken so eng definiert worden ist, daß die Allgemeinbedeutung verlorengeht und es ebensogut anders genannt werden könnte.«

Erik Erikson, Jugend und Krise (S. 11)

Erikson hat sein Konzept der Ich-Identität bewußt deskriptiv und konnotativ gehalten, um die Vielfalt der Bedeutungsebenen berücksichtigen zu können, die darin ausgedrückt werden sollen. Das wirft aber für die Forschung die Frage auf, wie sich das vage erlebte subjektive Phänomen der Identität konkretisieren läßt. Wenn Identität sozusagen das ganze Gewebe ist, bringt es nicht viel, die einzelnen Fäden zu betrachten. Nach Erikson betrachten wir dann nämlich etwas anderes. Der Begriff der Identität ist ein prozeßhaftes, sich gestaltendes Phänomen und damit größer als die Summe seiner Einzelteile. Dieses Rätsel stellt die Psychologen, die ja daran gewöhnt sind, Einzelphänomene genau zu analysieren, bei der Untersuchung der Unterschiede in der adoleszenten Identitätsbildung vor ein großes Problem.

Identität ist nicht meßbar. Es ist zwar möglich, daß ein Identitätsgefühl fehlt, aber man kann nicht »viel« oder »wenig« Identität haben. Identität ist eine Konfiguration von Persönlichkeitsaspekten, und deshalb geht es darum, qualitative Unterschiede zwischen Identitäten und ihrer Formulierung festzustellen, dabei aber immer den ganzheitlichen Charakter der Identität zu bewahren.

Das Paradigma der Forschung

Es hat zahlreiche Bemühungen gegeben (vgl. die Übersicht von Bourne 1978a, 1978b), aus Eriksons Konzept der Ich-Identität eine Methodologie zu entwickeln. Der am meisten benutzte Ansatz ist der von Marcia (1966), der den umfassenden Charakter der Eriksonschen Formulierung beibehält. Marcia sieht die Identitätsbildung als einen dynamischen Prozeß. Er hat Eriksons Theorie für die Forschung zugänglich gemacht, indem er auf die Elemente Krise und Festlegung bei der Identitätsbildung abhebt. In Übereinstimmung mit Erikson argumentiert er, daß für die Identitätsbildung eine Krise in bezug auf Vorstellungen nötig ist, die aus der zugewiesenen Kindheitsidentität abgeleitet werden. Ein junger Mensch muß berufliche und ideologische Optionen in Betracht ziehen und sich nach Abwägung der Möglichkeiten und nach eventuellen Experimenten mit verschiedenen Alternativen am Ende der Adoleszenz darauf verpflichten, was er werden und glauben soll. Diese Festlegungen bilden den Kern der neu geschaffenen Identität. Wer die Krise mit Erfolg durchlebt und sich dann festlegt, hat vermutlich zumindest eine phasenspezifische Identität erreicht. Wer den Prozeß vermeidet, keine Krise erlebt und keine Identitätsverpflichtungen eingeht, bleibt im Zustand diffuser Identität.

Aber Marcia sieht zwischen diesen beiden Möglichkeiten noch zwei weitere: Ein junger Mensch kann die Identitätsphase umgehen, indem er früher verinnerlichte, von den Eltern abgeleitete Standards und Ziele einfach weiterführt, dann wäre seine Identität eine übernommene. Oder er verbleibt in einer Phase des Moratoriums, immer noch auf der Suche, immer noch bemüht, identitätsverwandte Probleme zu lösen und sich verbindlich festzulegen.

Auf der Basis von An- oder Abwesenheit von Krise und Festlegung in beruflichen und ideologischen (religiösen und politischen) Bereichen hat Marcia vier Typen der Identitätsbildung definiert. Diese Typologie der Entwicklungsprogression läßt sich objektiv untersuchen.

Der erste Typ ist die übernommene Identität. Hier verpflichten sich die Jugendlichen ohne eine Phase des Suchens oder der Krise. Sie führen elternabhängige Erwartungen oder Pläne und Überzeugungen der Kindheit weiter, ohne sie in Frage zu stellen oder zu überprüfen. Ihre Identitätsbildung ist verfrüht, sie wurzelt in früheren (präadoleszenten) Entwicklungsphasen.

Der zweite Typ ist die erarbeitete Identität. Die Jugendlichen haben sich auf bestimmte Lebensweisen festgelegt, nachdem sie verschiedene Alternativen ausprobiert haben.

Der dritte Typ der Identitätsbildung ist das Moratorium. Solche Menschen stecken aktiv in einer Phase der Krise oder der Exploration. Sie bemühen sich um Festlegung, haben aber noch nicht das Richtige für sich gefunden.

Beim vierten Typ, der diffusen Identität, erleben die Jugendlichen weder Krise noch Festlegung. Sie haben die Lösungen der Kindheit aufgegeben, aber bemühen sich nicht um neue. Sie lassen sich treiben und vermeiden die Aufgabe der Identitätsbildung.

Sicher sind die Bezeichnungen dieser vier Gruppen nicht besonders glücklich gewählt und wirken teilweise eher herabsetzend. Aber sie sind seit 1966 in der Forschung eingeführt, und es würde nur zu Verwirrung führen, wenn man sie jetzt ändern wollte. Marcia (1980) hat betont, daß es in allen Gruppen gesunde und krankhafte Aspekte gibt: Menschen mit übernommener Identität (von übernommenen Möglichkeiten) lassen sich als loyal oder rigide, kooperativ oder konformistisch betrachten; Menschen im Moratorium (nach Eriksons Bezeichnung der Identitätsprüfungsphase) können als flexibel oder unentschieden, philosophisch oder angstvoll bewertet werden; Menschen mit diffuser Identität (ebenfalls nach Eriksons Terminologie) mögen als unbekümmert oder verantwortungslos, kreativ oder unzufrieden gelten. Aber der irreführendste Ausdruck ist wohl der der erarbeiteten Identität, weil Identität nie abgeschlossen ist. Die Bezeichnung »Festlegung-durch-Krise« wäre allerdings wohl zu umständlich. Auch wenn Menschen mit erarbeiteter Identität in der Regel als unabhängig und selbstbestimmt gelten, muß man doch fragen, ob sie flexibel genug bleiben, ob sie sich nicht vorzeitig festgelegt haben. Die Namen für die vier Gruppen sind also nicht als Wertung, sondern als Beschreibung zu verstehen.

In Übereinstimmung mit Eriksons Theorie geht Marcia davon aus, daß zu Beginn der Phase der Identitätsbildung die Jugendlichen eine übernommene oder eine diffuse Identität besitzen, d.h., sie sind entweder in einer Kindheitsidentität verwurzelt oder fühlen sich bindungs- und ziellos. Der Höhepunkt der Identitätskrise liegt zumindest bei Studentinnen und Studenten zwischen 18 und 22 Jahren; in dieser Zeit wird ihnen eine Moratoriumsphase zugestanden, um Identitätsmöglichkeiten zu explorieren, auszuprobieren und neu zu bearbeiten. Aus dieser Phase des Suchens und Ausprobierens sollten dann die persönlichen Festlegungen erwachsen, die den Kern der erarbeiteten Identität bilden.

Aber nicht alle Jugendlichen gehen diesen Weg zur erfolgreichen Lösung von Identitätsproblemen. Manche bleiben in permanenter Unentschiedenheit stecken (Moratorium), andere scheuen zugunsten unreflektierter Entscheidungen vor ihren Möglichkeiten zurück (übernommene Identität), wieder andere lassen sich von äußeren Bedingungen tragen (diffuse Identität). Durch die Definierung dieser vier Gruppen ist es möglich geworden, die Unterschiede zwischen den Jugendlichen zu erforschen, die dem einen oder dem anderen Weg folgen.

Marcia und seine Mitarbeiterinnen und Mitarbeiter haben mit umfangreichen Interviews gearbeitet und festgestellt, daß sich College-Studenten mit bemerkenswerter Zuverlässigkeit in diese vier Identitätskategorien einteilen lassen. Bei den Unterschieden zwischen diesen Gruppen handelt es sich nicht um Unterschiede in der Intelligenz, sondern in der Entwicklung und im Persönlichkeitsbild (Marcia 1966, 1976; Marcia, Friedman 1970; Schenkel 1975)[1].

Dieses Forschungsparadigma, bekannt als Identitätsstatus-Forschung, ist mittlerweile maßgeblich für die Forschung zur Identitätsbildung geworden (Bourne 1978a; 1978b). Die konsistenten Ergebnisse dieser Forschung haben einen wichtigen Beitrag zur Erklärung des Prozesses der Adoleszenz geleistet (vgl. Bourne 1978a, 1978b; Marcia 1980; Waterman 1982 für einen vollständigen Überblick). Angst z.B. ist erwartungsgemäß bei Jugendlichen im Moratorium am stärksten und bei Jugendlichen mit übernommener Identität am geringsten. Jugendliche mit erarbeiteter Identität und im Moratorium haben die größte Selbstachtung (Marcia 1976; Marcia, Friedman 1970), sind weniger impulsiv (Waterman, Waterman 1974) und kulturell anspruchsvoller (Waterman, Waterman 1971).

Die Forschung entlang dieser Linien war sehr fruchtbar, bis versucht wurde, die selben Resultate bei Frauen zu erzielen. Wie so häufig bei Untersuchungen, deren Prämissen sich auf Männer beziehen und die dann auf Frauen übertragen werden, brachen auch hier Konsistenz und Vorhersagbarkeit von Ergebnissen zusammen (Schenkel, Marcia 1972).

Marcia hatte Eriksons Kategorien Beruf und Ideologie, letztere unterteilt in religiöse und politische Gesichtspunkte, als Bereiche ausgemacht, in denen sich Krise und Festlegung bestimmen lassen. Aber erst als Schenkel eine vierte Kategorie, nämlich sexuelle Werte und Standards aufstellte, konnten Frauen mit derselben Zuverlässigkeit und vohersagbaren Gültigkeit wie in dem kurzen Interview mit ausschließlich männlichen Gesprächspartnern in die selben vier Gruppen eingeteilt werden (Schenkel, Marcia 1972).

Schenkels Untersuchungen haben gezeigt, daß bei Frauen Identitätsentscheidungen in bezug auf religiöse und sexuelle Werte größeren prognostischen Wert für den generellen Identitätsstatus besitzen als Entscheidungen über Beruf oder politische Ideologie.

Mit diesem Zusatz konnte jetzt der Identitätsstatus von Frauen zuverlässig bestimmt werden. Aber dann zeigte sich ein anderes erstaunliches Ergebnis. Während für Männer die theoretisch »hohen« Identitätszustände, nämlich erarbeitete Identität und Moratorium, wiederholt bei den gesünderen, reifer entwickelten Personen gefunden wurde, tauchte bei Frauen ein anderes Muster auf: Hier waren die Werte in den psychologisch positiv bewerteten Bereichen wie Selbstachtung, geringe Angst und Feldunabhängigkeit bei der Gruppe der Frauen, die sich festgelegt hatte, also bei denen mit erarbeiteter und übernommener Identität (Marcia, Friedman 1970; Schenkel, Marcia 1972; Toder, Marcia 1973; Prager 1982). In anderen Worten: übernommene Identität war bei Männern ein »unerwünschter« Status, aber bei Frauen positiv besetzt. Und während das Moratorium einen »gesunden« oder »hohen« Status für Männer bedeutete, schätzten die Frauen es als »niedrigen« Status ein, der mit unerwünschten Charakteristika assoziiert wurde. Diese Ergebnisse warfen die ernüchternde Frage auf, ob unsere Gesellschaft die Exploration von Identitätsmöglichkeiten bei Frauen in irgend einer Form verhindert. Es könnte sein, daß Frauen für Identitätsfestlegungen, wie verfrüht auch immer, anders belohnt werden (Marcia, Friedman 1970; Schenkel 1975; Orlofsky 1978; Marcia 1980; Prager 1982).

Daß die Moratoriumsphase für Frauen in der Spätadoleszenz so problematisch sein sollte, war beunruhigend und schwer zu erklären. Man nahm an, diese Frauen würden sicherlich ihre Identitätsfragen allmählich lösen und schließlich die Ich-Stärke zeigen, die für Männer im Moratorium charakteristisch ist. Und auch die Position der Frauen mit übernommener Identität schien unhaltbar; sie würde diese jungen Frauen im Erwachsenenalter schließlich noch einholen (Ginsburg, Orlofsky 1981; Josselson 1982).

Zu dieser Untersuchung

Meine eigene Arbeit in diesem Bereich begann 1971 mit dem Versuch, die inneren und entwicklungsmäßigen Wurzeln weiblicher Identitätsbildung zu begreifen. Ich wollte die inneren Unterschiede zwischen den vier Gruppen von Frauen untersuchen, um zu erklären, warum manche die

Identitätskrise lösen und Identitäten integrieren, während andere entweder die Aufgabe der Identitätsbildung vermeiden oder unfähig werden, die Krise erfolgreich zu bewältigen.

Über einen Zeitraum von drei Jahren führte ich Intensivinterviews mit sechzig zufällig aus Listen vier verschiedener Colleges und Universitäten ausgewählten Collegestudentinnen durch und faßte die Ergebnisse in kurzen Portraits aus jedem der vier Identitätstypen zusammen (Josselson 1973).

Diese Arbeit hat gezeigt, daß sich die Frauen in den vier Identitätsstatus-Gruppen konsistent unterscheiden und verschiedene Modi des Umgangs mit den Herausforderungen der Zeit der Adoleszenz spiegeln. Die Frauen gingen die Aufgabe der Identitätsbildung mit den Selbstentwürfen an, die sie in die Adoleszenz mitbrachten. Frauen mit erarbeiteter Identität konnten ihre Kindheits-»Selbste« auf unproblematische, akzeptable Weise bearbeiten und einen Weg für sich definieren, der ihrem Gefühl nach eigenständig gewählt war. Frauen im Moratorium dagegen verließen ihre Heimat, manchmal auf dramatische Weise, aber immer mit Schuldgefühlen, auf der Suche nach einem Gefühl absoluter Richtigkeit, das sich ihnen aber entzog. Für sie war das Leben am kompliziertesten. Diese sehr sensiblen und nachdenklichen Frauen waren sich so im Unklaren darüber, wer sie sein und was sie glauben sollten, daß sie sich nicht für einen Weg entscheiden konnten.

Die Frauen mit übernommener Identität konnten sich psychisch überhaupt nicht von zu Hause lösen. Für sie stand die Sicherheit, die in einer intensiven, frühen Bindung an ein Elternteil begründet lag, so sehr im Mittelpunkt, daß es ihnen nicht möglich war, die Befriedigung durch Liebe und Zuwendung aufzugeben, was aber für ein unabhängiges Selbst unumgänglich ist. Sie waren rigide und moralistisch, gleichzeitig aber fleißig und leistungsorientiert, blieben sicher eingebettet im Netzwerk ihrer Familie und vermieden eine Exploration der Identität. Bei den Frauen mit diffuser Identität verhinderte eine Reihe pathologischer Probleme und früher Entwicklungskonflikte die Arbeit an den Aufgaben der Identitätsbildung. Sie besaßen in der Adoleszenz nicht das erforderliche psychische Rüstzeug, mit dem sie Identitätsentscheidungen ernsthaft hätten angehen können.

Nachdem ich zehn Jahre lang die Ergebnisse meiner Untersuchung verschiedenen Gruppen vorgestellt hatte, beschäftigte mich allmählich der Gedanke, daß diese Frauen, die zwischen den Buchdeckeln erstarrt waren, weiter ihr Leben lebten. Ich wollte wissen, was aus ihnen geworden war.

Und ich wollte wissen, ob meine Voraussagen über ihr weiteres Leben zutreffend gewesen waren. War der Identitätsstatus im College für den Lebenslauf der jeweiligen Gruppe wichtig gewesen? Hatten die Frauen im Moratorium ihre Identitätskrise gelöst und sich eine Identität erarbeitet? Hatten Rigidität und mangelnde Differenzierung der Persönlichkeit in der späten Adoleszenz bei den Frauen mit übernommener Identität im weiteren Leben zu Problemen geführt? Waren die Frauen mit erarbeiteter Identität ihren Festlegungen treu geblieben oder hatten sie neue Krisen erlebt? Und was war aus den problembeladenen Frauen mit diffuser Identität geworden? Die Antworten auf diese Fragen sollten, so hoffte ich, auch die dominanten Bereiche weiblicher Entwicklung erhellen und die verschiedenen Wege deutlich machen, die zur weiblichen Identität führen.

Bei der ursprünglichen Untersuchung hatte ich aus Listen von vier Colleges und Universitäten die Namen von Studentinnen zwischen 20 und 22 Jahren nach dem Zufallsprinzip herausgesucht. Die Studentinnen wurden brieflich und mittels nachfolgender Telefongesprächen kontaktiert und eingeladen, sich an der Untersuchung zu beteiligen. Insgesamt wurden Intensiv-Interviews mit 60 Frauen durchgeführt. Die Daten wurden von klinischen Psychologen gesammelt; jede Studentin wurde zwei bis drei Stunden interviewt. Die mitgeschnittenen Interviews wurden schriftlich festgehalten und analysiert (Anhang A enthält die komplette Methodologie).

34 Frauen konnten für die Nachfolge-Untersuchung lokalisiert werden und waren mit der Teilnahme einverstanden. Sie bekamen einen umfangreichen Fragebogen geschickt sowie Tonbandkassetten, auf die sie ihre Antworten zu offen gelassenen Fragen sprechen konnten. Nach der Niederschrift der Tonbänder nahmen meine Assistentinnen und ich erneut Kontakt mit den Frauen auf, um in telephonischen oder persönlichen Interviews die Daten solange zu klären und zu vertiefen, bis wir die wichtigen Aspekte im Leben jeder der Frauen verstanden hatten. Die meisten Interviews dauerten drei bis vier Stunden.

Bei den ersten Interviews im Collegealter beantworteten die Frauen die Fragen des Identitäts-Status-Interviews (vgl. Anhang B), anhand dessen ihnen einer der vier Identitätstypen zugeordnet werden konnte. Wie beschrieben, erfolgte die Zuordnung durch die Einschätzung von Krise und Festlegung in allen vier Bereichen: Beruf, religiöse Einstellung, politische Einstellung und sexuelle Werte und Standards. Der Identitätsstatus, der der jeweiligen Studentin am besten entsprach, galt als die Zuordnungsgruppe für die vergleichende Nachfolge-Untersuchung.

Alle Namen und identifizierbaren Daten wurden geändert, um die Privatsphäre der Befragten zu schützen. Da aber identifizierbare Informationen die Identität ausmachen, habe ich mich bemüht, bei den Änderungen atmosphärisch so weit wie möglich bei der Wahrheit zu bleiben.

Die Frauen dieser Untersuchung

Die Frauen in diesem Buch sind in vieler Hinsicht alltäglich. Sie wurden nicht aufgrund irgendwelcher besonderer Leistungen ausgesucht, und es handelt sich auch nicht um Studentinnen von Spitzenuniversitäten. Andererseits habe ich sie auch nicht aufgrund möglicher Abweichungen ausgewählt, d.h., es handelt sich weder um Patientinnen noch politisch besonders radikal denkende Frauen. Es sind »normale« Frauen, die zufällig in durchschnittlichen Colleges studierten, zufällig ausgewählt und gebeten wurden, mir ihr Leben zu erzählen. Es gab keine statistisch signifikanten Unterschiede bei möglicherweise relevanten sozialen oder kognitiven Variablen, d.h., es gab keine Unterschiede in der Klassenzugehörigkeit oder Intelligenz der vier Identitätsstatus-Gruppen. Eine vorbereitende Beschreibung der gesamten Gruppe scheint deshalb sinnvoll, bevor die vier Gruppen einzeln betrachtet werden sollen.

Alle Frauen waren intelligent und ehrgeizig genug, um ein College zu besuchen, aber sie kamen aus unterschiedlichen sozialen Schichten. Einige kamen aus dörflichem Milieu, andere aus privilegierten gesellschaftlichen Kreisen. Die Hälfte hatte Väter mit Collegeabschluß, aber nur 17 Prozent der Mütter hatten ein College besucht. Die meisten waren in ihrer Familie die ersten Frauen, die zum College gingen; darauf waren sie selbst und ihre Familien stolz, bedeutete es doch die Erfüllung des Ehrgeizes, den ihre Familien in sie gesetzt hatten sowie die Möglichkeit zum gesellschaftlichen Aufstieg.

Obwohl die Eltern ihre Töchter oft unter Druck gesetzt hatten, ein College zu besuchen, lenkten sie sie selten in eine bestimmte berufliche Richtung. Die meisten Frauen sagten am Ende ihres Studiums, ihre Eltern seien mit ihren beruflichen Plänen zwar zufrieden, aber mehr an einer Ehe als an ihrem beruflichen Erfolg interessiert. Für die Eltern schien die Collegeausbildung ihrer Töchter überwiegend ein Mittel, daß diese eine bessere soziale Stellung erreichten oder einen Ehemann fanden.

Viele der Frauen hatten im letzten Studienjahr seit Jahren eine feste Beziehung zu einem Mann, einige waren verlobt oder hatten kurz zuvor geheiratet. Aber die meisten hatten kein unmittelbares Bedürfnis nach der Ehe, obwohl fast alle »irgendwann« heiraten wollten. Insgesamt gab es in der Gruppe kaum romantische Vorstellungen von der Ehe. Sie bedeutete für die meisten vielmehr die Möglichkeit, das Bedürfnis nach langanhaltender Gemeinschaft und vielleicht nach einer eigenen Familie zu erfüllen. Die Mehrzahl der Frauen sagte allerdings, sie wollten erst noch eine Weile allein leben, obwohl es in vielen Fällen zu Spannungen mit den Eltern führte, daß am Ende des Colleges keine baldige Heirat zu erwarten war.

Auf die Frage, ob sie Kinder wollten, sagten die 21jährigen fast geschlossen: »Das ist noch so weit weg.« Bis auf zwei wollten alle »irgendwann« Kinder. An der Schwelle zum Collegeabschluß stellten sich die meisten ihr zukünftige Leben so vor: ein paar Jahre unverheiratet und berufstätig, danach mehrere Jahre verheiratet und ohne Kinder, wobei beide Partner berufstätig sind, danach einige Jahre Kindererziehung ohne Berufsarbeit und anschließend die Rückkehr zu irgendeiner Form beruflicher Karriere, Teilzeitarbeit oder unbezahlten Engagements. Keine der interviewten Frauen plante ein Leben als Vollzeit-Hausfrau und -Mutter.

Die Wahl des Hauptfaches differierte bei den einzelnen Gruppenmitgliedern. Einige, aber bei weitem nicht alle, wollten ein Graduiertenstudium aufnehmen. Die meisten studierten soziale Fächer und hatten idealistische Vorstellungen über ihre Möglichkeiten, anderen zu helfen. Die Mehrzahl hatte bereits eine Gruppe identifiziert, z.B. Kinder, Kranke, Unterprivilegierte, die ihrer Hilfe bedurften, wie sie glaubten. Diese Frauen machten sich Gedanken darum, ob sie genügend erreichen könnten, um helfen zu können.

Zur Zeit der ersten Untersuchung waren die Frauen gespannt auf den Collegeabschluß, die erste »richtige« Arbeit und die finanzielle Unabhängigkeit. Nachdem sie jahrelang gejobbt und gespart hatten, um das College zu finanzieren, war die erste Vollzeitstelle gleichbedeutend mit der eigenen Wohnung oder dem eigenen Auto, mit Kleidung oder Reisen, und das beschäftigte sie beim Herannahen des Abschlusses am meisten.

Die Frauen wurden in den frühen siebziger Jahren volljährig und waren von daher alle mit feministischen Gedanken in Berührung gekommen. Aber im Vordergrund ihrer Phantasien standen private Wünsche: Liebe und Familie, gute Anstellungen und materielle Sicherheit. Die meisten waren unpolitisch, selbst während des Aufruhrs in ihrer Studienzeit in den späten sechziger und frühen siebziger Jahren. Ich war oft erstaunt, wie viele der

Frauen unfähig waren, eine aktuelle politische Frage zu finden, zu der sie überhaupt irgendeine Meinung hatten. Einige hatten sich an Protesten gegen den Vietnamkrieg oder an den Studentenstreiks beteiligt, die es an manchen Universitäten gab, manche hatten sich mit dem damals wichtigen politischen Thema des Equal Rights Amendment (Gleichheitszusatz zur amerikanischen Verfassung) beschäftigt.

Viele der Frauen waren tief religiös. In der Stichprobe waren Katholikinnen, Protestantinnen und Jüdinnen vertreten, einige waren religiös nicht gebunden. Für die meisten war in der Adoleszenz die Frage nach der Existenz Gottes so wichtig und schwerwiegend gewesen, daß sie sich intensiv damit beschäftigt und sie schließlich für sich gelöst hatten.

In bezug auf sexuelle Standards und Werte gab es viele Unterschiede unter den Frauen. Zwar war der Schlachtruf ihrer Generation »Make love, not war«, aber ein Viertel war zum Zeitpunkt der College-Interviews noch Jungfrau, und weniger als ein Achtel hatte mit freier, nichtdiskrimierender Sexualität experimentiert. Für die Mehrheit war Sex eine Begleiterscheinung der Liebe, ein Ausdruck von Liebe, dem man mit Achtung zu begegnen hatte und der nur nach sorgfältiger Auswahl und nachgewiesenen Gefühlen der Partner praktiziert werden sollte. Aber fast alle Frauen glaubten, ihre Eltern würden ihnen Sex verbieten. Einige sagten, ihre Mütter würden einen Herzanfall bekommen, wenn sie vom sexuellen Verhalten ihrer Töchter erführen. Die Frauen, die während ihrer Collegezeit sexuell aktiv waren, hatten das Gefühl, etwas Verbotenes zu tun.

Fast alle kamen aus intakten Familien, in denen nur die Väter berufstätig waren, zumindest in der Zeit, in der die Kinder heranwuchsen. Viele arbeiteten, um die Studiengebühren zu bezahlen, und hatten früh gelernt, Verantwortung zu übernehmen.

Bei den Interviews sprachen die Collegestudentinnen lebendig und mit viel Ausdruck über die Aspekte ihres Lebens, bei denen sie besonders engagiert waren. Als sie definieren sollten, was ihnen am wichtigsten war, lag der Fokus sofort auf den unmittelbarsten Lebensbereichen: Seminararbeiten, Prüfungen, Freunde, Freundinnen, Geld. Ihre Identitäten, wenn man hier einmal von einer zusammengesetzten Identität ausgeht, waren phantasielos und konventionell. Sie lehnten es überwiegend ab, sich selbst als Teil der Geschichte zu sehen; generell herrschte das Gefühl vor, als Individuen seien sie zu unbedeutend, um mehr als das Leben einiger weniger ausgewählter Personen beeinflussen zu können. Sie entschieden sich bereitwillig zwischen vorhandenen gesellschaftlichen Alternativen, anstatt neue zu schaffen, obwohl innovative Möglichkeiten zu dieser Zeit durchaus realistisch schienen. Schließlich gehörten sie einer Generation an, die erklärtermaßen aussteigen und sich einmischen wollte. Ihre Generation wollte die Welt verändern, lehnte Materialismus und Imperialismus ab und traute niemandem über Dreißig; zumindest waren das die damaligen Schlagworte und Kampfrufe. Wenn je für eine Generation der neueren Geschichte alles möglich schien, dann für diese. Ich selbst war nur ein paar Jahre älter als meine Interviewpartnerinnen, und ich hatte mich gemäß der damals herrschenden Ideologie engagiert. Von daher war ich ziemlich überrascht, bei den Frauen dieser Gruppe so viel Konventionalität vorzufinden.

Die meisten konnten sich nicht vorstellen, wie ihr Leben fünf Jahre später aussehen würde, noch nicht einmal in bezug auf den geographischen Ort. Ihre Identität besaß von daher eine Art eingebauter Flexibilität. Sie waren auf alles vorbereitet, was auf sie zukommen mochte. Ihre Ideologien waren interpersonal: Sie wußten, was für eine Art Mensch sie sein wollten, nämlich offen, ehrlich, fürsorgend. Wie sie dieser Identität Ausdruck verleihen würden, hing von den zukünftigen Umständen ab.

Als sie zehn bis zwölf Jahre später (1982-1984) wieder interviewt wurden, divergierten sie sehr viel stärker, waren weit weniger homogen als im College. Damals waren sie Studentinnen in zwei Großstädten. Jetzt lebten sie in 14 verschiedenen Staaten der USA; eine im Ausland. Die meisten leben in Klein- oder in Vororten von Großstädten. Nur wenige führen das großstädtische Leben, das die Medien so populär gemacht haben.

Schaut man sich die Berufe an, so gibt es in der Gruppe eine Rechtsanwältin, eine Richterin, eine Ärztin, eine Psychologin, Heilgymnastikerinnen, Krankenschwestern, Lehrerinnen, Sozialarbeiterinnen, Schriftstellerinnen, Geschäftsfrauen und Hausfrauen. Generell sehen sie ihre beruflichen Ziele sehr viel weniger idealistisch als im College. Die Realität hat sie eingeholt, und alle geben einer gewissen Desillusionierung über die Arbeitswelt Ausdruck. Diejenigen, die hoffnungsvoll die Gesellschaft verändern wollten, sind mit der mangelnden Veränderungsbereitschaft der Gesellschaft konfrontiert. Andere, die nur bestimmten Gruppen helfen wollten, haben festgestellt, wie wenigen sie tatsächlich helfen können. Fast alle, die in Institutionen oder großen Organisationen arbeiten, sind unzufrieden mit der Bürokratie, die ihre Arbeit behindert, wie sie meinen.

Auch auf persönlicher Ebene sind die Unterschiede sehr viel größer geworden. Einige haben sich gegen Kinder entschieden, andere haben bereits zwei oder drei. Es gibt ledige, verheiratete, geschiedene und wiederverheiratete Frauen unter ihnen. Manche haben, wie geplant, direkt nach dem College geheiratet, andere erst in den letzten zwei oder drei Jahren.

Die Frauen sind eher unpolitisch geblieben. Wenn sie über politische Themen sprechen, dann sind es fast immer lokale Probleme, die sie direkt berühren, in der Regel durch ihre Kinder. Einige der Frauen, die sich während des Vietnamkriegs aktiv an Antikriegs-Protesten beteiligt hatten, sagen jetzt, sie seien enttäuscht von der Politik und wollten nichts mehr damit zu tun haben. Nur zwei der Frauen bezeichnen sich als Feministinnen und arbeiten in feministischen Organisationen mit. Die anderen erwähnen feministische Themen meist in Zusammenhang mit persönlichen Fällen von Diskriminierung auf dem Arbeitsmarkt oder der Hoffnung, ihre Kinder würden ohne sexistische Vorstellungen über die Möglichkeiten von Männern und Frauen aufwachsen.

Insgesamt gesehen sind die Frauen etwas weniger religiös als im College. Ein Drittel von ihnen ist tiefe religiöse Verpflichtungen eingegangen, die einen zentralen Aspekt ihres Lebens bilden; die Hälfte hat keinerlei religiöse Bindung.

Ein Drittel ist in irgendeiner Weise in den letzten 15 Jahren mit Psychotherapie in Berührung gekommen. Im allgemeinen waren die therapeutischen Erfahrungen kurzfristig; meist ging es um Beziehungsprobleme. Einige gingen zur Eheberatung, andere brauchten Unterstützung nach einer abgebrochenen Beziehung. Mehrere Frauen waren wegen alter Persönlichkeitsschwierigkeiten länger in psychotherapeutischer Behandlung, aber sie sind in der Minderheit.

Es ist möglich, daß Leserinnen und Leser, die mit klinischer Literatur vertraut sind, diese Frauen als fremd und eventuell als oberflächlich empfinden. Der Diskurs der psychischen Gesundheit und adäquaten Anpassung unterscheidet sich wesentlich von dem, was man gewöhnlich in der psychotherapeutischen Praxis hört. Es handelt sich hier um Frauen, die Unzufriedenheit nicht verstärken und sich nicht auf ihre Schwierigkeiten konzentrieren. Probleme werden als Hindernisse betrachtet, die so schnell wie möglich beiseite geräumt werden müssen, damit das Leben ungestört weitergehen kann. Diese Frauen sind an tiefer Einsicht und Selbsterkenntnis nicht sehr interessiert. Im großen und ganzen nehmen sie das

Leben anderer, die ihnen ähnlich sind, zum Maßstab für ihr eigenes Leben. Als Gruppe sind sie recht zufrieden mit ihrem Leben. Sie halten sich für glücklich.

Aber überrascht dürften auch die Leserinnen und Leser sein, die die populäre Literatur kennen. Keine dieser Frauen steckt in den Konflikten, die integraler Bestandteil des Frauenbilds der Medien sind. Diejenigen, die sich Beruf und Familie wünschten, haben Wege gefunden, ihren Wunsch zu verwirklichen und haben relativ wenig Probleme damit. Sie interessieren sich nicht für gesellschaftliche Veränderung.

Was diese Frauen interessiert, abgesehen von den Menschen, die sie lieben, sind ihre Freizeitbeschäftigungen. Die meisten treiben irgendeine Art von Sport und trainieren regelmäßig. Viele haben Hobbies, z.B. Sticken, Kochen, Gartenarbeit. Fast alle engagieren sich stark für ihr Zuhause und pflegen und dekorieren mit viel Freude ihre Häuser oder Wohnungen. Alle sind in einer Entwicklungsphase, in der es um materielle Anschaffungen geht, und ökonomische Dinge sind von überragender Bedeutung bei ihren Entscheidungsprozessen. Das größte Problem vor allem der Mütter ist nach eigener Aussage, daß sie nicht genügend Zeit haben, um alles zu tun, was sie tun möchten, und ihnen keine Zeit für sich selbst bleibt.

Obwohl mehrere Frauen durch ihre Berufe örtlich recht bekannt geworden sind, ist die Gruppe als ganze nicht bemerkenswert. Sie läßt sich eher als typisch oder durchschnittlich bezeichnen, zumindest für Frauen mit College-Abschluß (es bleibt der Zukunft überlassen, die Identität bei Frauen ohne College-Ausbildung zu untersuchen). Eine so kleine Stichprobe kann nicht als repräsentativ für alle Frauen gelten. Trotzdem repräsentiert diese Auswahl eine Gruppe von Frauen, die nicht oft untersucht, über die wenig geschrieben und die selten verstanden wird. Sie leben meist still und ruhig vor sich hin und erregen deshalb nur selten Aufmerksamkeit. Sie hätten sich im College nicht freiwillig für eine solche Untersuchung zur Verfügung gestellt, aber sie waren neugierig und konnten sich außerdem zu einem Zeitpunkt, als sie es gut gebrauchen konnten, ein bißchen Geld damit verdienen. Zur Nachfolge-Untersuchung habe ich sie gedrängt, habe gebettelt und ihnen gut zugeredet, sie daran erinnert, daß sie bereits einmal teilgenommen hatten und deshalb unersetzlich seien. Einige zögerten zu Beginn der zweiten Interviews, aber dann waren sie froh über die Möglichkeit, in Anwesenheit einer interessierten Zuhörerin über ihr Leben nachzudenken. Sie sprachen offen und klar über ihr Leben, ihre Gedanken und Gefühle, und einigen fiel die Intensität auf, die in Gesprächen mit interessierten und kritiklosen Fremden manchmal möglich wird. Die Interviews im College und die Interviews mit den jetzt erwachsenen Frauen waren für mich beide Male eine reine Freude. Jede Frau hatte eine einzigartige Geschichte zu erzählen. Jede hat auf ihre Weise Freude und Leid erlebt.

[1] Die Validität der Konstrukte wurde dadurch demonstriert, daß die Identitätsstatus-Kategorien die Jugendlichen theoretisch konsistent anhand von Variablen wie Zielsetzung, Autoritarismus und Anfälligkeit für Manipulation der Selbstachtung unterscheiden konnten (Marcia 1966).

4. Kapitel

Die Erbschaft annehmen: Übernommene Identität

»Du sagst, jeden Morgen blühen neue Rosen am Hang,
aber wo sind dann die Rosen vom vergangenen Tag?«
Edward FitzGerald, The Rubáiyát of Omar Khayyám

Fern und Felicia haben sich ein Leben geschaffen, wie sie es sich in ihrer Kindheit erträumt haben. Schon in sehr jungen Jahren hatten sie ein klares Bild, wie sich ihr weiteres Leben entfalten sollte, und dieses Ziel haben sie entschlossen verfolgt. Sie stehen stellvertretend für die Gruppe von Frauen mit übernommener Identität, Frauen, die am Ende der Collegezeit ohne eine Krisenphase Identitätsverpflichtungen eingegangen sind. Ihre Entscheidung für bestimmte Ziele und Werte basierten überwiegend auf Annahmen oder Identifizierungen aus der Kindheit, die sie bruchlos und ohne Modifizierungen weiterführten.

Typische Reaktionen von Frauen mit übernommener Identität z.B. auf Fragen zu ihren beruflichen Entscheidungen lauteten etwa, sie hätten seit ihrer Grundschulzeit gewußt, daß sie Lehrerin werden wollten, oder sie hätten Jura studiert, weil ihr Vater meinte, das sei das richtige für sie. Dasselbe gilt für den Bereich der Religion, wo sie die religiösen Überzeugungen und Praktiken ihrer Kindheit ohne Zweifel und Fragen fortsetzen. Auch die sexuellen Moralvorstellungen der Eltern wurden von den meisten blind übernommen; in der Regel sagten sie dazu, sie seien eben nach diesen Maßstäben erzogen worden oder sie könnten es nicht riskieren, die Eltern zu enttäuschen.

Die Gruppe der Personen mit übernommener Identität hat in anderen Untersuchungen stets viele Fragen aufgeworfen. Während bei Männern mit diesem Identitätsstatus »geringe« Ich-Identität sowohl angenommen als auch empirisch nachgewiesen wurde und sie deshalb als fehlangepaßte Form der Identitätslösung betrachtet wird, gilt allem Anschein nach für Frauen das Gegenteil. Objektiven Messungen zufolge verhalten sich Frauen mit übernommener Identität im großen und ganzen wie Frauen mit erarbeiteter Identität. Sie zeigen die gleiche Zähigkeit, die gleiche Widerstandsfähigkeit gegen Konformitätsdruck, die gleiche hohe Selbstachtung und darüber hinaus sogar geringere Angst (Marcia, Friedman 1970). Verschiedene Autorinnen haben sich gefragt, ob der Grund darin zu suchen sei, daß Autonomie bei Frauen weniger belohnt wird als bei Männern, weil unsere Kultur weniger Autonomie von ihnen fordert (Schenkel 1975; Prager 1982). Unter dieser Voraussetzung würde die relative Abhängigkeit der Frauen mit übernommener Identität nicht zu gesellschaftlichen Problemen führen und ließe sich deshalb auch nicht als Fehlanpassung bezeichnen. Es ist allerdings unklar geblieben, ob die Rigidität und das mangelnde Persönlichkeitswachstum in der Adoleszenz bei dieser Gruppe später zu psychischen Störungen führt.

Die Daten der Follow-up-Untersuchung zeigen, daß diese Frauen ihre früh formulierten Identitätsentscheidungen auch weiter beibehielten. Sie leben einen aktuellen weiblichen Lebensstil auf der Basis von Tradition und Überzeugung vor, der in psychischen Bedürfnissen nach Sicherheit und Beständigkeit verwurzelt ist. Sie sind weiterhin gut an ihr Leben angepaßt und haben ihre Selbstachtung und Stärke behalten. Sie haben klare Vorstellungen darüber, wie ihr Leben verlaufen soll, und sie versuchen unbeirrt, ihr Leben nach diesen Vorstellungen zu leben.

Fern

Fern im College. Fern besuchte ein großes staatliches College; ihr Hauptfach war Krankenpflege. Sie war streng katholisch und hatte nie einen einzigen Glaubenssatz dieser Religion angezweifelt. Vorehelichen Geschlechtsverkehr lehnte sie kategorisch ab, weil sie das so in der Schule gelernt hatte. Für politische Fragen hatte sie keine Zeit und vertraute »den Männern, die das Land regieren«. Damit gehörte Fern also in allen vier Bereichen der Entscheidungsfindung, die den Identitätsstatus definieren, eindeutig in die Gruppe der übernommenen Identität. Sie hatte nie eine Phase der Exploration oder des Ausprobierens erlebt, sondern war fest auf einen Lebensplan verpflichtet.

Seit den frühesten Jahren ihrer Kindheit spürte Fern viel Sympathien für Menschen, denen es schlechter ging als ihr. Ihr Vater litt an einer schleichenden Krebserkrankung; solange sie zurückdenken konnte, war er krank gewesen. Eine signifikante Erinnerung aus ihrer frühren Kindheit betraf ein verkrüppeltes Nachbarkind. Die anderen Kinder wollten mit dem Mädchen nicht spielen, aber Fern, der sie leid tat, unterhielt sie stundenlang, anstatt sich an den Spielen der anderen Kinder zu beteiligen. Darin wird eine Parallele zu ihrer Mutter deutlich, die ebenfalls viel Energie für die Pflege ihres Mannes aufwandte. Das Muster des Helfens war in ihrer Familie tief verankert, und Fern fühlte sich als geborene Krankenschwester.

Fern, die in einem irisch-katholischen Stadtteil von Boston aufwuchs und dort auch in ihrer Collegezeit lebte, betonte den außerordentlichen Zusammenhalt ihrer Familie. Für sie selbst, ihre Mutter und ihren Bruder stand die Sorge um den Vater im Mittelpunkt. Dieser starb, als sie 11 Jahre alt war. Durch die finanziellen Probleme nach dem Tod des Vaters wurde diese Nähe noch stärker: »Weil er krank war, konnten wir nie weit von zu Hause weggehen. Als er gestorben war, hatte ich viele Pflichten, viel Verantwortung. Dadurch hatte ich früh sehr erwachsene Ansichten. Ich war anders als die Kinder in der Schule, und ich hatte keine Zeit für die Dinge, die sie interessierten.«

Ein starker religiöser Glaube hielt Fern ihr Leben lang aufrecht und gab ihr Hoffnung. Aber die Religion brachte auch Konflikte mit sich. Ferns Vater war nicht katholisch, und die Familie wollte, daß er konvertierte, weil sie fürchtete, ihn sonst nach dem Tod auf ewig zu verlieren, ohne die Hoffnung auf eine Wiedervereinigung im Himmel. Jeden Abend beteten Fern und ihre Mutter für seine Genesung - und für seine Konvertierung. Ferns katholische Schulbildung verstärkte ihren Fokus auf die Religion; als Kind träumte sie lange davon, Nonne zu werden.

Ihren Vater beschrieb Fern als freundlich und extrovertiert, warm und immer verfügbar, um den Problemen und Sorgen seiner Kinder zuzuhören. Ihre Mutter war introvertierter und hatte außerhalb ihrer Familie keine Freundinnen. Fern hatte ein idealisiertes Bild von ihren Eltern. Emphatisch sagte sie: »Ich glaube nicht, daß andere Eltern ihren Kindern mehr hätten geben können, als meine mir gegeben haben.« Streit gab es in der Familie nie. Pflichten im Haushalt und Geldfragen wurden bei Familienkonferenzen gelöst. Fern stellte sich als vorbildliches Kind dar, stets bereit, den Eltern Freude zu machen, und immer überzeugt, sie hätten letztlich recht.

Fern war bei dem Interview nur mit Mühe dazu zu bringen, über ihr Leben und ihre Erfahrungen außerhalb von Kirche und Familie zu sprechen. Bei fast allen Fragen brachte sie die Familie ins Spiel, deren Überzeugungen und Ziele für ihr eigenes Leben. Den Wünschen ihrer Familie zufolge sollte sie ihr Bestes geben, hart arbeiten, hohe Ideale haben. In schwierigen oder traurigen Situationen betete Fern zu ihrer Schutzpatronin, um Hilfe oder Rat zu bekommen, und wenn sie sehr frustriert war, ging sie in die Kirche und sprach direkt mit Gott.

Das Leben außerhalb der Familie war voller Schwierigkeiten. Die erste Freundschaft der Achtjährigen mit einem Mädchen aus der Nachbarschaft wurde abgebrochen, weil die protestantische Mutter der Freundin nicht wollte, daß ihre Tochter mit einer Katholikin spielte. Sie erinnerte sich daran, daß sie damals weinend nach Hause kam und ihr »bewußt wurde, was es alles gibt«. Die Mutter tröstete sie und sagte, es gebe gemeine Menschen und im Endeffekt könne man nur der eigenen Familie wirklich trauen. Ihre Mutter drängte sie nie, draußen in der Nachbarschaft zu spielen oder Freundinnen nach Hause einzuladen. Fern zog sich in die Sicherheit und Geborgenheit ihrer Familie zurück. Selbst im College noch sagte sie: »Ich habe viele Bekannte, aber wenig Freundinnen.« Ihre strikten moralischen Grundsätze machten es ihr schwer, an den Aktivitäten der anderen teilzunehmen. Sie konnte z.B. nicht verstehen, warum ihre Klassenkameradinnen Alkohol tranken oder Haschisch rauchten; sie konnte sich »vom Leben berauschen lassen«. Und die beginnende Freundschaft mit einer Kommilitonin beendete sie, als diese anfing, Seminare zu schwänzen. Ihre Freundschaften bzw. Bekanntschaften waren von ihrer Fürsorge geprägt, sie hörte sich die Probleme der anderen an, tat etwas für sie, half ihnen, wenn sie in Schwierigkeiten waren und versuchte gelegentlich auch, Unterstützung von ihnen zu bekommen. Aber sie war vorsichtig im Umgang mit Freunden, reagierte empfindlich auf Ablehnung und war leicht beleidigt.

Über ihren Erfolg im Krankenpflegekurs hinaus hatte die College- Erfahrung auf Fern keinen besonderen Eindruck gemacht. Die Lehrerinnen, fand sie, seien unpersönlich und interessierten sich nicht für sie, und die Kommilitoninnen seien zu sehr mit ihren eigenen Angelegenheiten beschäftigt. Wenn sie nicht arbeitete oder studierte, spielte sie mit kleinen Kindern aus der Nachbarschaft oder kümmerte sich um versorgungsbedürftige Mitglieder der Kirchengemeinde.

Der Tod des Vaters war ein traumatisches Ereignis für Fern und führte dazu, daß sie nach einem idealisierten Ersatzvater suchte. In der Schulzeit war die wichtigste Person in ihrem Leben ein Englischlehrer, der sie aus ihrer Isolation und ihrer Zurückgezogenheit befreite und dazu brachte, sich beim Schultheater zu engagieren: »Wenn er nicht gewesen wäre, dann wäre ich jetzt wohl ein sehr langweiliger Mensch«, sagte sie. »Er hat mir geholfen, Selbstvertrauen zu bekommen und mit anderen Leuten umzugehen.«

Beziehungen zu Männern ihres Alters waren problematischer. Sie wurde selten eingeladen, und die einzige kurze Beziehung, die sie einging, endete, als der Mann ihre ständige Kritik nicht mehr ertragen konnte. Sie zweifelte im College an ihrer Weiblichkeit und hatte Angst, eine alte Jungfer zu werden. Sex war ihr ein Rätsel. Sie war zwar der Meinung, Sex sei vermutlich nötig, sogar vor der Ehe, glaubte aber auch, sie wäre von sich selbst enttäuscht, wenn sie sexuelle Beziehungenen eingehen würde. Wenn sie mit jemandem schlafen wollte, meinte sie, würde sie ihre Mutter bitten, ihr die Pille zu besorgen. Aber ihre Mutter sei fest davon überzeugt, daß ein Mann sie nach vorehelichem Geschlechtsverkehr »einfach fallenlassen« würde. Obwohl sie Angst davor hatte, unverheiratet zu bleiben, sagte Fern, sie würde ihre Prinzipien nicht für einen Mann aufgeben, und sie könne keinen Mann lieben, der ihre Skrupel nicht respektiere: »Ich bin nicht bereit, mich zu verändern. Man muß mich so mögen, wie ich bin, und meine Prinzipien und Überzeugungen respektieren.«

Für die Zukunft wünschte sich Fern sehr stark eine Ehe und Kinder. Aber sie ging davon aus, weiter zu arbeiten, zumindest in Teilzeit. Sie wußte aus bitterer Erfahrung, wie schwer es Frauen wie ihre Mutter haben, die ohne Berufsausbildung niedrige Arbeiten verrichten müssen, um ihre Familie zu ernähren. Sie wollte auf jeden Fall einen Beruf haben, auf den sie zurückgreifen konnte, und darüber hinaus keinesfalls ihre helfenden Fähigkeiten verschwenden, die anderen zugute kommen könnten.

Tief im Inneren wollte Fern eine Heilige werden. In dem Interview versuchte sie, sich als quasi vollkommen darzustellen, und sie bemühte sich, diesem Ideal im Leben gerecht zu werden. Das war zum Teil an den unbewußten Wunsch gebunden, sich des idealisierten Vaters würdig zu erweisen, der starb, bevor sie sich innerlich von ihm lösen konnte. Einer ihrer Träume zeigt dieses unbewußte Motiv: »Ich träumte, ich traf B. (ihren Freund) wieder, und ich war sehr kühl zu ihm. Ich sagte ihm, ich ginge spazieren, und er kam mit. Wir gingen an den Strand, und wir redeten darüber, was geschehen war. Als er mir sagen wollte, wie es ihm dabei gegangen war, wachte ich auf. Jetzt werde ich nie erfahren, was er gesagt hätte.« Dieser Traum drückt symbolisch aus, was zwischen Fern und ihrem Vater geschehen ist. Allerdings ist das, »was er gesagt hätte«, ein fester Bestandteil ihrer selbst, und auf diese Ideale hin hat sie ihr Leben ausgerichtet.

Eine zentrale Dynamik ihres unbewußten Lebens war die Angst vor Kontrollverlust. Ihre Stimme klang selbstsicher, und Fern wirkte entspannt (obwohl sie mich unbedingt von ihrem Wert überzeugen wollte), aber das unbewußte Material verriet eine massive Angst vor Hilflosigkeit und ein intensives Bedürfnis, diese Angst abzuwehren. Einen häufig auftretenden Traum aus dieser Zeit beschrieb sie so: »Leute rennen chaotisch hin und her, brüllen und schreien. Ich stehe in der Mitte und weiß nicht, was los ist. Ich beobachte, wie all diese Menschen herumrennen, und ich weiß nicht, warum ich da stehe, anstatt mit den anderen mitzurennen. Und ich weiß nicht, wohin sie alle gehen oder warum sie sich so fürchten, und ich will da raus.«

In diesem schmerzhaften und erschreckenden Traum zeigt sich das Chaos der Triebe, das Fern erlebt. Das verzweifelte Gewühl ist die dunkle Seite der sauberen, ordentlichen und vorsichtigen Existenz, die sie in ihrem wachen Leben aufrecht erhält. Der Traum spiegelt einige ihrer Erfahrungen mit der Welt außerhalb der Familie, einer Welt, die sie nicht versteht und in der sie keinen Ort für sich findet. »Da raus wollen« war für sie ihr Leben lang gleichbedeutend mit dem Rückzug in die Sicherheit und Geborgenheit der Familie, der Religion und der Ideale, die sich für sie daraus ergeben haben. Die Neuorientierung und die Lockerung der Kontrolle, die zum Identitätsbildungsprozeß gehören, hätten sie wahrscheinlich überwältigt. Sicherheit und Kontrolle, Organisation, Planung und Rechtschaffenheit waren von höchster Wichtigkeit. Hilfe für andere bot die Möglichkeit, den beängstigenden inneren Widersprüchen des Selbst zu entfliehen.

Am Ende der Collegezeit war Fern eindeutige Identitätsverpflichtungen eingegangen. Ihre Entscheidung für den Beruf der Krankenschwester und ihre klaren religiösen und moralischen Werte banden sie an die Welt und halfen ihr auch, mit bewußten und unbewußten Persönlichkeitskonflikten umzugehen. Durch die Art der Beziehung zu ihrem Vater waren bei ihr Ideale von Nächstenliebe entstanden, aber auch tiefe Konflikte in Hinblick auf Beziehungen zu Männern.

In vieler Hinsicht war Fern im letzten Collegejahr der Prototyp einer Frau mit übernommener Identität. An ihrem Beispiel ließ sich die Basis für die positiven Persönlichkeitsattribute nachvollziehen, die die Forschung bei diesem Identitätszustand festgestellt hatte. Quasi einzementiert in ein Wertesystem und verwurzelt in familiärer Abhängigkeit, war Fern selbstsicher, angstfrei, konnte dem Konformitätsdruck durch Gleichaltrige widerstehen und hatte eine hohe Selbstachtung. Aber auf all den psychologischen Tagungen, auf denen ich diesen Fall im Lauf der Jahre vorgetragen habe, wurde immer als erstes auf ihre Neurotizismen hingewiesen: Sie verdrängt zu viel, ist psychisch auf dem Stand eines kleinen Mädchens geblieben, ihre zwischenmenschlichen Beziehungen sind eingeschränkt, ihre Beziehung zum Vater nicht gelöst. Andere verwiesen auf die mögliche Paranoia der Mutter, auf Ferns tiefsitzende Depression, die sie kaum unter Kontrolle halten kann, auf die verborgene Wut, die sie spüren muß, weil sie von den Eltern wirklich nicht allzuviel bekommen hat. In der übereinstimmenden Meinung der Psychologen hatte sie eine schlechte Prognose. Und ihre beruflichen Ziele galten den Fachleuten nicht als Identität, sondern als Symptombildung.

Die Daten der Nachfolge-Untersuchung haben zusätzliche Informationen gebracht, aber sie geben keine Antwort auf die Frage, ob Fern neurotisch ist oder nicht. Sie hat sich seit dem College nicht wesentlich verändert und es gibt keine Anzeichen für Depression oder andere Symptome. Wie es aussieht, hat ihre Identitätsbildung funktioniert.

Fern mit dreiundreißig. Fern hat ihren lebenslangen Traum, anderen zu helfen, verwirklicht und ist Krankenschwester geworden, wie sie es geplant hatte. Sie hat sich hochgearbeitet und ist mittlerweile Oberschwester in der Kinderstation einer großen Klinik, eine Position, in der sie große Verantwortung für Patienten wie Angestellte trägt.

Fern ist streng katholisch geblieben. Wenn sie Sorgen hat, betet sie, und sie glaubt, ihre Gebete würden oft erhört. Sie geht regelmäßig zur Messe und hält auch sonst alle Rituale ihrer Kirche ein. Sie hat einen Mann geheiratet, der nicht katholisch ist, und hat insgeheim darauf gehofft, ihn zur Konvertierung zu bewegen; hier hat sie also die Erfahrungen wiederholt, die ihre Mutter mit ihrem Vater gemacht hat. Es hat Jahre gedauert, bis sich ihre Hoffnung erfüllt hat und sie kirchlich heiraten konnten. Mittlerweile gibt sie gemeinsam mit ihrem Mann Kommunions- und Brautunterricht unter der Schirmherrschaft der Kirche.

Fern engagiert sich in der Gemeinde und auf lokaler politischer Ebene, vor allem im Erziehungsbereich, und hat einen Politiker aktiv unterstützt, der ihre Ansichten teilt.

Ihre Ansichten über Sexualität unterscheiden sich nicht wesentlich von denen in ihrer späten Adoleszenz. Sie ist nach wie vor davon überzeugt, daß vorehelicher Geschlechtsverkehr Beziehungen ohne langanhaltende Verbindlichkeit fördert, und das kann sie nicht akzeptieren.

Fern ist also 12 Jahre später im Grunde dieselbe geblieben wie im College, trotz aller äußerlichen Veränderungen. Sie hat die Entwicklungsaufgaben des frühen Erwachsenenalters dadurch gelöst, daß sie sich Menschen und Situationen gesucht hat, die entweder zu ihrem Identitätsgefühl paßten oder die sie dazu bringen konnte, sich ihr anzupassen.

Roger traf sie gleich nach dem Ende ihres Studiums. Seine Ziele und Werte paßten zu den ihren; sie liebten sich, und ein Jahr später heirateten sie. Roger arbeitet als Atemtherapeut und unterstützt Ferns Berufsziele. Ihre Ehe basiert auf der Verwirklichung ihrer gemeinsamen Ziele und verlief so lange glatt, bis Fern fürchtete, sie könne ihn nicht zum Katholizismus bekehren. Damals suchte sie Unterstützung bei einem Priester, und nach der Geburt ihres ersten Kindes ließ sich Roger schließlich überzeugen und konvertierte.

Fern findet Roger ein wenig vergnügungssüchtig, und ab und zu gibt es Auseinandersetzungen wegen ihrer starren moralisch begündeten Ablehnung einiger seiner Aktivitäten. So kann sie es z.B. kaum aushalten, daß Roger gerne Poker spielt. Am meisten ist sie darüber enttäuscht, daß er ihrer Meinung nach nicht so fürsorglich und zärtlich ist wie sie. Aber sie weiß es zu schätzen, daß er ihre beruflichen Ziele fördert und ihr Zeit für ihre ehrenamtlichen Tätigkeiten läßt. Der wichtigste Bestandteil ihrer Beziehung ist das Wissen, »immer füreinander da zu sein«. Fern sagt, sie habe sich sexuell gut angepaßt. Ihr Sexualleben sei befriedigend, aber sporadisch. Sie fühlt sich von Roger so akzeptiert und geliebt, wie sie ist, und hält sich für glücklich verheiratet.

Die Zärtlichkeit, die sie bei Roger nicht zu bekommen glaubt, holt sie sich bei ihren zwei Kindern. Sie beschreibt ihre Töchter, jetzt fünf und zwei Jahre alt, als »Erweiterung meines Lebens«. Sie hat immer Kinder gewollt, aber sie haben damit gewartet, bis Roger seine Ausbildung abgeschlossen hatte. Es hat sie ungeheuer frustriert, daß ihr Körper sich ihrem sorgfältig ausgearbeitetem Lebensplan nicht unterwarf und sie erst ein Jahr später schwanger wurde. Nach der Lektüre von Ratgebern zur Kindererziehung beschloß sie, daß ein Abstand von drei Jahren bei Geschwistern optimal sei, und diesmal gehorchte ihr Körper. Die Säuglings- und Kleinkindphase ihrer Kinder, also die Zeit, in der sie sie am stärksten brauchten und in der die Veränderungen so deutlich sind, genoß sie am meisten.

Schwierigkeiten mit der Mutterrolle hatte sie in der Zeit, die sie das »Trotzalter« ihrer Kinder nannte. Die ganze blinde Liebe, mit der sie Roger so gern überschüttet hätte, richtet sie jetzt auf ihre Töchter. Eigentlich hatten Fern und Roger beschlossen, zwei Kinder seien genug, aber im vergangenen Jahr hatte Fern gespürt, wie gern sie einen Sohn und vor allem wieder einen Säugling hätte, und jetzt wollen sie nach Möglichkeit noch ein Kind bekommen.

Fern hat den Großteil der Kindererziehung übernommen, hält allein das Haus sauber, arbeitet ganztags und arbeitet außerdem unentgeltlich in mehreren sozialen Projekten mit. Auffallend ist, daß sie weder eine stärkere Beteiligung ihres Mannes an der Hausarbeit erwartet noch den leisesten Zweifel an ihren Fähigkeiten hegt, die Verantwortung für ein drittes Kind zu übernehmen. Manchmal hat sie unter intensiven Schuldgefühlen gelitten, weil sie nicht immer da war, wenn die Kinder sie brauchten, aber sie stellt ihre Entscheidung für die Arbeit nicht in Frage.

Auf finanziellem Gebiet mußten sich Fern und Roger nach der Decke strecken. Sie sind stolz auf ihr eigenes Haus, haben aber nur wenig Geld für Vergnügungen oder Reisen. Wenn Geld übrig bleibt, machen sie damit meistens den Kindern eine Freude.

Trotz ihrer vielen Arbeit und Belastungen ist Fern immer noch kerngesund. Sie hat kaum einmal einen Tag bei der Arbeit gefehlt, raucht nicht, trinkt nicht und nimmt keine Medikamente. Streßsituationen bewältigt sie im Gebet, und das Gebet unterstützt ihren Glauben, alles, was geschieht, habe einen Sinn, auch wenn man ihn nicht immer erkennen kann.

Fern hat in ihrem gegenwärtigen Leben ihren Traum von einer vollständigen Familie verwirklicht, die ihr selbst als Kind verwehrt geblieben war. Obwohl sie sich als desillusioniert bezeichnet, weil ihre Ehe nicht so perfekt ist, wie sie es sich erträumt hatte, sagt sie auch, sie habe gelernt, daß »das Leben nun einmal so sei«, und sie befriedigt ihre unerfüllten Bedürfnisse durch ihre Kinder und ihre Arbeit.

Die enge Beziehung zu ihrer Mutter hat sie aufrechterhalten; vier Monate im Jahr lebt die Mutter bei ihr. Sie ist seit ihrer Pensionierung depressiv, und Fern hat das Gefühl, sie könne ihr jetzt die Unterstützung zurückgeben, die sie in schweren Zeiten von ihr erhalten hat. Ihre Mutter hilft ihr bei der Arbeit mit den Kindern, aber Fern betont, daß es ihr bei diesen Aufenthalten hauptsächlich darum gehe, die Mutter zu unterstützen und zu ermutigen. Sie sieht jetzt noch mehr Gemeinsamkeiten mit ihr als während ihres Studiums.

Im Rückblick auf ihr Leben sieht sich die Dreiunddreißigjährige als schüchternes, einsames Kind, das es zwar geschafft hat, von Erwachsenen anerkannt zu werden, aber nicht mit Gleichaltrigen umgehen konnte. Die Krankheit und der Tod ihres Vaters gelten ihr immer noch als die einschneidendsten Ereignisse ihres Lebens. Die Dankbarkeit gegenüber dem Lehrer, der sie »aus ihrem Kokon herausholte«, ist ein zentraler Teil ihrer Autobiographie geblieben. Von diesem Ausgangspunkt aus sieht sie ihre Collegeausbildung als wesentlichen Faktor zur Überwindung ihrer Unsicherheiten und ihres Minderwertigkeitsgefühls. Seit der Collegezeit hatte sie zwei wichtige Mentoren in ihrem Beruf, die sie zur Leistung anspornten und ihr halfen, ihre beruflichen Fähigkeiten auszubauen und zu steigern.

Obwohl sie sich nach dem College darauf gefreut hatte, selbständig zu leben, hatte sie ein tiefes Bedürfnis nach einem Menschen, mit dem sie ihr Leben teilen konnte. Trotz aller Desillusionierung und Enttäuschungen in ihrer Ehe bezeichnet sich Fern als zufrieden und hat das Gefühl, sich verwirklicht zu haben. Sie glaubt, sie sei reifer geworden, laufe nicht mehr dem Unerreichbaren hinterher, aber bemühe sich immer noch um ein wenig mehr.

Im Rückblick auf ihre College-Zeit bereut sie, daß sie sich so ausschließlich nur auf das Studium konzentriert hat. Sie findet, sie hätte mehr an den College-Aktivitäten teilnehmen, mehr Freundinnen haben und sich intensiver auf das Leben vorbereiten sollen. Auch heute hat sie nicht viele Freundinnen, weil sie von Familie und Beruf so sehr in Anspruch genommen ist.

Auf die Frage nach ihren Vorstellungen für die Zukunft sagt Fern, daß sie weiterhin für andere da sein möchte. Sie will weiter in ihrem Beruf arbeiten, in der Aus- und Weiterbildung tätig bleiben und Einfluß auf die Entwicklung ihrer Station nehmen. In bezug auf ihre Familie wünscht sie sich, weiterhin gemeinsam mit allen leben zu können (eindeutig der Wunsch, das Schicksal ihres Vaters möge sich nicht wiederholen), und sie möchte ihren »Kindern alles geben, was sie brauchen, sei es materiell oder idell, um liebevolle, fürsorgliche Menschen werden«.

Bei Fern zeigt sich eine stabile, ja starre Identität, die auf frühen Konfliktlösungen der Kindheit aufgebaut ist. Ihre Anpassung weist viele, zum Teil bewundernswerte Stärken auf. Sie hat einen ungeheuer verantwortungsvollen Beruf, erzieht zwei Kinder und bringt es gleichzeitig fertig, sich noch sozial zu engagieren. Obwohl ihr Leben immer noch vom Tod ihres Vaters überschattet ist, war sie nie weniger depressiv und verzweifelt als jetzt. Sie hat sich ein Leben geschaffen, in dem sie ihr Ideal der Fürsorge verwirklichen kann, und sie ist nicht mehr so dogmatisch wie im College. Ihre Entwicklung verlief in kleinen Schritten. Ihre moralischen Grundsätze beherrschen nach wie vor ihr Leben und sie hat ihre innere Verpflichtung auf die Fürsorge für andere beibehalten. Für sie stehen ihre eigenen unmittelbaren Bedürfnisse, falls sie sich ihrer überhaupt bewußt ist, immer noch an letzter Stelle. Trotz ihres beruflichen Aufstiegs und Engagements sind Familie, private Werte und Fürsorge der Mittelpunkt ihres Lebens.

Die düsteren Prognosen über Ferns Leben sind also allem Anschein nach nicht eingetreten. Sie hat in den Grenzen ihrer möglicherweise neurotischen Anteile ein produktives Leben aufgebaut. Experimente oder Lebenserfahrung sind weiterhin kein Thema für sie, aber sie hat sich in dem Rahmen, der durch ihr Pflichtgefühl abgesteckt wird, selbst verwirklicht.

Felicia

Felicia im College. Felicia wuchs in einer Vorstadt von Los Angeles als Tochter wohlhabender Eltern auf; ihr Vater war Akademiker und erfolgreicher Geschäftsmann, die Mutter hatte eine zweijährige College-Ausbildung und arbeitete halbtags in der Firma ihres Mannes mit, nachdem die drei Kinder das Schulalter erreicht hatten. Felicia entschied sich für ein College in New York, weil ihr älterer Bruder in diese Stadt gegangen war. Ihr Hauptfach, Vorschulpädagogik, hatten die Eltern für sie ausgesucht; da sie immer gerne mit Kindern zu tun gehabt hatte, glaubten sie, dieses Fach entspräche ihren Anlagen.

Für Felicia, die im jüdischen Glauben erzogen worden war, bot die Beachtung der religiösen Regeln die Möglichkeit, den so weit entfernt wohnenden Eltern nahe zu bleiben. Während des Studiums ging sie häufiger in die Synagoge als zu Hause, um dadurch die Verbindung zu ihrer Familie aufrecht zu halten. Wie sie sagte, hatte sie die Glaubensinhalte ihrer Religion nie in Zweifel gezogen.

Politisch engagierte sich Felicia ausschließlich im Rahmen des Engagements ihrer Kommilitoninnen, und auch dieses Engagement war minimal. Ihre Eltern waren Mitglieder bei den Demokraten, aber sie interessierte sich wenig für Politik.

Felicia sagte, ihre sexuellen Werte und Standards seien mittlerweile etwas freier und lockerer geworden als früher. Durch ihre Erziehung sei sie zu vorehelichem Geschlechtsverkehr nicht fähig, könne es aber bei anderen mittlerweile akzeptieren. Früher war sie schockiert, wenn ihre Freundinnen die ganze Nacht bei einem jungen Mann blieben, und sie konnte mit niemandem über Sexualität sprechen. Sie war stolz darauf, daß sie noch Jungfrau war. Bei ihren Antworten zu Fragen aus dem Bereich der Sexualität zitierte sie immer wieder die Lehren ihrer Mutter.

Das Interview am Ende der Collegezeit zeigte, daß Felicia sich sehr stark mit ihren Beziehungen zu anderen beschäftigte. Ihrer Meinung nach »haben Freunde entschieden, was ich bin«. Im Vordergrund standen bei ihr die Frage, wie andere auf sie reagierten, und die Suche nach ihrem Ort im zwischenmenschlichen Bereich. In der Schule konnte sie sich den anderen Mädchen nicht anschließen; sie schienen ihr selbstbezogen und nicht bereit, sich für andere zu öffnen. Damals hielt sie ihre Schulkameradinnen für Angeberinnen, die eher Bewunderung als Freundschaft suchten. Ihre alten Freundinnen von der Grundschule hatten sich verändert, tranken und rauchten Haschisch, aber sie wollte damit nichts zu tun haben. Damals war sie lange sehr einsam und entwickelte ein feines Gespür dafür, wenn sie in Beziehungen abgelehnt wurde.

Felicia glaubte, sie habe mit ihrer Zimmergenossin im College Glück gehabt, die intelligent und zuverlässig war und zu der sie aufsehen konnte. Durch sie hatte sie gelernt, wie man von Gleichaltrigen akzeptiert wird, aber sie machte sich weiterhin Gedanken über ihre Wirkung auf andere, obwohl sie im College beliebter war als in der Schule.

In der Schule war Felicia nie mit jungen Männern ausgegangen, fand aber kurz nach dem Eintritt ins College einen Freund. Sie beschrieb ihn als »netten Kerl, manchmal ein bißchen still, intelligent«. Ihre Mutter hatte ihr den Rat gegeben, noch mit anderen jungen Männern auszugehen, um festzustellen, ob er »der Richtige« sei, und sie glaubt mittlerweile, daß das ein guter Rat sei.

Die Mitglieder von Felicias Familie hatten immer ein sehr enges Verhältnis zueinander gehabt, und sie erzählte stolz, daß das Verhältnis zu ihrer Mutter während ihrer Studienzeit noch enger geworden sei. Sie beschrieb ihre Mutter als eine vernünftige und praktische Frau, die ihr vertraute und für sie nur das beste wollte. Ihr Vater aber könne sie nur schwer loslassen. Er behandele sie mehr denn je als Kind, was sie verwirre, aber gleichzeitig auch glücklich mache. Bei dem College-Interview sprang ihre Idealisierung der Familie ins Auge. Sie sagte, ihre Eltern hätten sie und ihre zwei Brüder absolut gleich behandelt. Die Familie erschien als wundervoller Ort, warm und harmonisch. Zu kritisieren gab es an den in jeder Beziehung vollkommenen Eltern für sie nicht das geringste. Sie hatte zu Anfang ihres Studiums Heimweh gehabt, glaubte aber, es täte ihr gut, neue Situationen bewältigen zu lernen und so ihr Selbstvertrauen zu stärken.

Aus dem, was sie bei ihrer Selbstdarstellung am Ende des Colleges alles nur indirekt gesagt hatte, ließen sich viele Schlüsse über Felicia ziehen. Zweifellos war sie ein »braves« Mädchen, das zögernd einen Schritt von den Eltern wegzugehen versuchte, ohne es jedoch wirklich zu tun. Das Bedürfnis, von anderen anerkannt zu werden, war bei ihr sehr stark, aber die wichtigste Anerkennung blieb die Achtung ihrer Eltern. Die Freundinnen, von denen sie sprach, schienen merkwürdig blaß, ebenso ihr Freund; sie wirkten eher wie Statisten, über die sie Erfolge in Beziehungen erleben konnte, die sie wiederum ihren Eltern berichtete. Felicia rief gerne zu Hause an und erzählte ihrer Mutter von ihren Verabredungen. Gleichzeitig konnte sie ihre Eltern nicht wirklich als Personen beschreiben. Sie differenzierte sie danach, welche Probleme sie mit wem besprechen konnte: Beziehungsprobleme mit der Mutter, akademische Probleme mit dem Vater. Aber aus ihrer engen Beziehung zu den Eltern bezog Felicia auch sehr viel Kraft. Wenn ihre Freunde etwas taten, was ihre Eltern nicht billigen würden, wie sie wußte, wurde sie von den Eltern mit Lob überschüttet, weil sie sich von der Meinung der Menge nicht hatte verführen lassen. Sie beschäftigte sich bewußt mit dem Konflikt zwischen ihren inneren Verhaltensmaßstäben und dem Bedürfnis nach Anerkennung durch andere. Sie wollte von ihren Freunden nicht abgelehnt werden, konnte aber auch ihren inneren moralischen Code nicht verletzen, der auf den Maßstäben der Eltern beruhte.

Dieser Konflikt zeigt sich auch in dem Traum, den sie erzählt: »Eine Freundin von mir, die jetzt verlobt ist, hat sich aus der Hintertür gestohlen und ist mit jemand anderem als ihrem Verlobten ausgegangen.« Sie interpretierte diesen Traum als Strafe für die Freundin, die sie selten wissen ließ, wohin sie ging. In diesem Traum finden sich die Motive ihrer beiden wesentlichen Persönlichkeitskonflikte: Individuation und Schuld. Auf der bewußten Ebene will sie die Freundin für deren Individuation, d.h. etwas einfach zu tun, ohne es anderen mitzuteilen, bestrafen. Aber in dem Traum geht es auch darum, etwas »Schlechtes« zu tun, etwas, das Felicia nicht tun kann, aber unbewußt tun will.

Felicia wollte nach ihrer Abschlußprüfung zurück nach Los Angeles gehen und dort als Lehrerin arbeiten. Ihre Zukunftspläne sahen so aus:

Innerhalb der nächsten fünf Jahre wollte sie als Lehrerin arbeiten und heiraten, in den folgenden fünf Jahren Kinder haben und nicht mehr berufstätig sein.

Felicia präsentierte sich in dem Interview als eine vollkommene, sehr selbstbewußte junge Frau, die ihr Ziel genau kennt und stolz auf ihre Leistungen ist. Ihre gelegentlichen Schwierigkeiten waren für sie Ergebnis der Probleme anderer Leute, Selbsteinsicht besaß sie kaum. Sie wirkte zu diesem Zeitpunkt wie jemand, die sich ihrer selbst sicher ist, weil sie genau so ist, wie ihre Eltern sie haben wollten. Anzeichen für persönliches Wachstum gab es kaum, aber darauf legte sie auch keinen Wert.

Felicia mit vierunddreißig. 12 Jahre später ist Felicia Lehrerin, wie sie es im College geplant hatte. Seit 11 Jahren arbeitet sie an derselben Schule und hat zwischendurch noch ihren Magister gemacht. Die Arbeit macht ihr viel Freude, und sie stellt sich oft vor, die Kinder, die sie unterrichtet, seien ihre eigenen. Ihre religiöse Identität ist stabil geblieben, aber sie geht jetzt seltener in die Synagoge, wo sie wieder in der Nähe ihrer Familie lebt.

Bis zu ihrer Verlobung vor einem Jahr bestand ihr größtes Problem darin, einen Ehemann zu finden und so den zweiten wichtigen Pfeiler ihres Lebensplans aufzubauen. Sechs Jahre lang hatte sie eine ambivalente Beziehung zu Len gehabt, der sich nicht verbindlich festlegen wollte, ihr aber ein gewisses Gefühl von Sicherheit gab. Sie hoffte weiterhin, daß er sie schließlich heiraten würde. »Selbst wenn ich mit anderen Männern ausging, fühlte ich mich relativ sicher, weil ich wußte, daß jemand da war, der sich um mich kümmerte.« Das Gefühl, zumindest für einen Mann wichtig zu sein, machte sie unfähig, die Beziehung zu beenden. »Wenn ich eine gute, enge Beziehung zu jemandem habe, fällt mir Unabhängigkeit leichter, weil diese Sicherheit im Hintergrund steht. Dann kann ich auch andere Sachen machen, weil ich ja mit jemandem verbunden bin. ... Ich habe Angst davor, ganz allein zu sein. Wem würde es wirklich etwas ausmachen, wenn mir etwas zustößt? Len mußte schwören, mich zu suchen, wenn es eine Art nationalen Holocaust gäbe. Ich brauchte die Gewißheit, daß es einen Menschen gibt, dessen wichtigstes Ziel darin bestand, mich in Notzeiten zu suchen und für mich sorgen.«

Schwere sexuelle Probleme waren ein unüberwindliches Hindernis in ihrer Beziehung zu Len. Sie konnte mit seiner häufig auftretenden Impotenz nicht umgehen: »Ich fühlte mich sehr unsicher in bezug auf meine Weiblichkeit. In fast all meinen Beziehungen hatte ich mich vom

Sex ferngehalten.« Sie brach die Beziehung ab, als diese Schwierigkeiten für sie unerträglich wurden.

Kurz darauf traf sie Harvey und entschloß sich nach dreimonatiger Bekanntschaft, ihn zu heiraten. Sie beschrieb ihn als »sehr geeignet« und sagte, die Beziehung habe ihr Trost und Sicherheit gegeben: »Er gibt mir das Gefühl, eine tolle Frau zu sein.«

Die Suche nach Sicherheit hat sich als dominierendes Motiv in Felicias Leben herausgestellt: Sie will sich die Sicherheit, die sie in der Kindheit gehabt hatte, als Erwachsene bewahren. »Ich muß wissen, daß jemand für mich da ist, wenn ich ihn brauche. Ich bin ein starker Mensch, ich bin daran gewöhnt, daß andere von mir abhängig sind, und ich muß wissen, daß ich zusammenbrechen kann und jemand da ist, der mich dann auffängt.« Sie war vor einigen Jahren einmal krank geworden, als Len nicht da war, und ihre Eltern hatten ihre Ferienpläne rückgängig gemacht, um sie zu pflegen: »Gott sei Dank hatte ich meine Eltern.« Sie erinnerte sich fröstelnd daran, daß ihr ihre Mutter während des Studiums einmal gestanden hat, ihre Hauptverantwortung sei ihr Mann, und die Kinder kämen erst an zweiter Stelle. »Ich war absolut platt. Das konnte doch nicht sein, daß ich nicht an erster Stelle kam!« Der Schock über dieses Geständnis begründete ihr dringendes Bedürfnis nach einem Menschen, für den sie an erster Stelle steht.

Bei dem zweiten Interview sagte Felicia, sie wolle unbedingt Kinder haben (ein Jahr später hatte sie eins). Sie hätte immer das Gefühl gehabt, sie könne sich erst als Mutter und Ehefrau wirklich erwachsen fühlen. Sie hatte sich zwischen zwanzig und dreißig oft immer noch als junges Mädchen gefühlt, weil sie nicht verheiratet war und keine Kinder hatte. Und tatsächlich ist Felicia anscheinend lange ein junges Mädchen geblieben. Die intensive Beziehung zu ihrer Mutter hielt an, als sie nach Kalifornien zurückkehrte, und sie hat erst vor kurzem begonnen, diese fast symbiotische Bindung in Frage zu stellen und sich aus ihr zu lösen. »Es tut mir leid, daß ich so ein Tugendbold war. Ein großer Teil meines Lebens war darauf ausgerichtet, meiner Mutter zu gefallen. Ich glaube, ich habe das erst in den letzten zwei Jahren überhaupt gemerkt. Ich weiß noch, daß ich mich als Kind manchmal mit meiner Mutter darüber gestritten habe, was ich anziehen sollte. Ich sollte das eine Kleid anziehen, wollte aber nicht, und sie sagte dann: 'Gut, mach was du willst', und dann habe ich immer das angezogen, was sie wollte.«

Wegen Len war es zu Auseinandersetzungen mit ihrer Mutter gekommen, die ihr dauernd Ratschläge gegeben hatte und ihr sagte, was sie tun oder nicht tun sollte: »Ich konnte mich nur ganz selten gegen meine Mutter durchsetzen, und wenn, dann ging es immer um Len. Aber ich hatte immer Angst, etwas zu tun, was sie nicht gut fand, und schließlich habe ich erkannt, daß ich zwar immer auf ihre Unterstützung hoffen werde, aber nicht in allem ihren Beifall finden kann. Es hat lange gedauert, bis ich soweit gekommen bin. Ich konnte mich erst in den letzten zwei Jahren gegen sie behaupten.« Trotzdem ruft sie ihre Mutter fast jeden Abend an und bezeichnet sie auch noch nach ihrer Verlobung mit Harvey als den Menschen, der ihr am nächsten steht. Für Felicia war es kein Problem, ihren Beruf zugunsten des neuen, wenn auch lange ersehnten Traums von Ehe und Familie aufzugeben. Sie ist der Meinung, eine eng verbundene Familie, wie sie sie gekannt hatte, gebe dem Leben eine Richtung, und sie möchte diese enge Verbindung wieder erleben und auch ihren Kindern bieten.

Seitdem Felicia einen Ehemann gefunden hat, hat sie auch angefangen, ihren Vater zu kritisieren. Sie glaubt jetzt, er sei zu passiv gewesen und hätte ihr nicht genug verbale oder körperliche Zuwendung gegeben. Sie sagt mit sichtlicher Freude, sie habe den Mann gefunden, den ihre Mutter immer gewollt hat - einen Mann, der offen zärtlich ist und ihr emotional nahesteht. Und sie spricht davon, was sie als Mutter besser machen kann und will als viele der Mütter, deren Kinder sie unterrichtet. Sie ist wieder ganz von ihrem alten Idealismus erfüllt. Sie wünscht sich, eine gute Ehefrau und Mutter zu werden und nie mehr ganz allein sein zu müssen.

Beim Rückblick auf ihr Leben betont Felicia erneut ihr Bemühen, anerkannt zu werden und sich sicher zu fühlen. In ihrer Erinnerung sieht sie eine glückliche Grundschulzeit, in der sie Freunde hatte und gute Leistungen brachte, dann eine unglückliche Zeit in der Highschool, als sie zu prüde war und von den Gleichaltrigen nicht akzeptiert wurde. »Damals weinte ich jeden Abend, weil ich so unglücklich war.«

Das Studium war eine glückliche Zeit, weil sie sich »nicht als Außenseiterin fühlte«. Sie hatte angefangen, sich anderen zu öffnen, fand Freundinnen und ging mit jungen Männern aus. Danach zentrierte sich ihr Leben um Len und um ihre Schülerinnen und Schüler. Erst jetzt, an der Schwelle zur Ehe, fängt sie an, sich als Teil der Erwachsenenwelt zu sehen.

Felicia hat sich von ihrer intensiven, symbiotischen Mutterbindung kaum distanzieren und lösen können. Sie ist sich bis zu einem gewissen Grade ihres Wunsches bewußt, ihre Mutter durch einen Ehemann zu ersetzen und damit auch in Zukunft eine Mutter behalten zu können. Die Versuche, der Mißbilligung ihrer Mutter standzuhalten, zeigen zwar einige Bemühungen um Individuation, aber ihre Phantasie des Einsseins mit einem anderen ist davon nicht berührt worden. Sie hat das Alleinsein immer noch nicht konfrontiert. Felicia ist äußerlich kompetent und beruflich erfolgreich. Innerlich aber möchte sie vor allem anderen den Trost der Mutter, den sie überall gesucht hat. Im Augenblick glaubt sie, ihn gefunden zu haben.

Wenn Felicia über die Kinder spricht, die sie haben möchte, wird der Wunsch deutlich, ihre Sehnsucht nach Symbiose in die nächste Generation zu übertragen. Sie stellt sich vor, daß ihre Kinder ihr Zuneigung geben und für sie sorgen, wenn sie bedürftig ist. Mutterschaft macht auch ihren Beruf überflüssig, dessen wesentlichste Befriedigung anscheinend in der Phantasie bestanden hat, für ihre Schüler von zentraler Bedeutung zu sein. Außerdem kann sie durch die Mutterschaft schließlich auch verwirklichen, was ihre Mutter für sie erträumt hat, nämlich im Leben alles zu haben.

Die Gruppe der Frauen mit übernommener Identität

Das Leben der Frauen mit übernommener Identität war bei den Interviews am Ende der Collegezeit von dem Wunsch geprägt, geliebt und versorgt zu werden. Die Frauen betonten ausnahmslos die enge Verbundenheit mit ihrer Familie und ihr Bedürfnis nach der Sicherheit, die ihre Familien ihnen geboten hatten. Ihr weiteres Leben bis zu den Nachfolge-Untersuchungen war überwiegend durch den Versuch bestimmt, die warme Zuwendung wiederzufinden, die sie als Kinder erlebt hatten.

Alle acht Frauen wurden 12 Jahre später erneut in diese Gruppe eingeordnet, was auf relativ geringe Veränderung in ihrer Identität hinweist. Auch die ausführlichen Daten zeigen geringes persönliches Wachstum und wenig innere Veränderung. Es scheint, als würden diese Frauen einen Traum ausleben, den sie in der Kindheit geträumt und seitdem nie mehr in Frage gestellt oder wesentlich verändert haben.

Von den acht Frauen der Gruppe sind oder waren alle in sozialen oder juristischen Berufen tätig. Sieben waren zum Zeitpunkt des zweiten Interviews noch berufstätig, alle in den Berufen, die sie im College gewählt hatten. In ihrer beruflichen Laufbahn zeigte sich ihre Konzentration auf die Fürsorge für andere, aber der wesentliche Fokus ihres Lebens war der private Bereich. Vier sind verheiratet, Felicia ist verlobt, eine ist geschieden, zwei leben allein. Alle verheirateten Frauen dieser Gruppe haben Kinder.

Das Schicksal der Frauen mit übernommener Identität hängt offensichtlich davon ab, ob sie einen Lebensgefährten finden, der zu ihrem Traum von der idealen Familie paßt. Die fünf verheirateten oder verlobten Frauen haben eine sehr ähnliche emotionale Struktur. Einmütig betonen sie die zentrale Rolle von Familienzusammenhalt und -harmonie, so wie sie früher diese Aspekte in ihrer Ursprungsfamilie betont haben. Sie sind hingebungsvolle Ehefrauen und Mütter, haben wenig oder keine Konflikte mit ihren Ehemännern und konzentrieren sich meist auf ihre Kinder. Eine der beiden ledigen Frauen ist eine schüchterne, begrenzte, fundamentalistische Christin, deren Leben um Bibelstunden und gleichgesinnte Freunde kreist. Mit 34 Jahren ist sie noch Jungfrau, hofft aber immer noch, einen Mann zum Heiraten zu finden. Die Geschichte der anderen unverheirateten Frau ähnelt stark der von Felicia. Obwohl sie eine sehr erfolgreiche Rechtsanwältin ist, wird sie immer mutloser, weil sie keinen passenden Ehemann findet.

Die größte persönliche Reife fand sich ironischerweise bei der geschiedenen Frau in dieser Gruppe. Ihr Ehemann hatte sie plötzlich verlassen und damit ihren Traum zerstört. Das führte zwar zu innerer persönlicher Entwicklung, aber nicht zu einer Revision der grundsätzlichen Orientierung. Sie ist nicht fähig, ihren eigenen Anteil am Scheitern der Ehe zu erkennen und sucht weiterhin nach einem Mann, obwohl sie mit dem Alleinleben zurechtkommt. »Ich halte mich nicht unbedingt für die Sorte Frau, die auf Biegen oder Brechen einen Mann braucht, wie unattraktiv auch immer, nur um nicht allein zu leben. Aber ich möchte meine Hoffnungen auf eine Familie nicht aufgeben.« Obwohl diese Frau die herausragendste berufliche Karriere der ganzen Stichprobe gemacht hat, kann sie sich ein anderes Leben als das, was sie als Kind gekannt hat, nicht vorstellen.

Frauen mit übernommener Identität arbeiten hart, sind verantwortlich und qualifiziert und deshalb sehr erfolgreich im Beruf. Aber es ist ihnen wichtiger, geliebt zu werden, als Erfolg im Beruf zu haben. Sie geben ganz selbstverständlich prestigeträchtige und befriedigende Berufe auf, um Ehemännern oder Verlobten in ein anderes Land zu folgen. Ihr wesentlichstes Ziel, die Sicherheit, finden sie in Beziehungen und nicht im Beruf.

Sie besitzen nicht viel Einsicht und mögen keine emotionalen Aufregungen. Sie gehen alle Aspekte ihres Lebens mit einem verblüffenden Mangel an Ambivalenz an: Für sie ist alles entweder gut oder schlecht. Eine dieser Frauen, die aus einer ländlichen Umgebung kommt, sagte: »Ich liebe ein ruhiges Leben, wie meine Familie. Ich bin ziemlich weltfremd erzogen worden, aber ich halte das für richtig. Ich bin konservativ und hilfsbereit; diese Eigenschaften haben meine Eltern bei mir gefördert. Ich bin anders (als meine Eltern), weil ich offener bin und andere nicht so streng beurteile.«

Das Leben dieser Frauen bringt ein wenig mehr Klarheit in die wissenschaftliche Auseinandersetzung über die Bedeutung des Status der übernommenen Identität für Frauen. Die Ratlosigkeit über die konsistenten Unterschiede zwischen Frauen und Männern bei diesem Status hat zu der Annahme geführt, es müsse sich zwangsläufig um oberflächliche Unterschiede handeln. Die Frage war, ob Frauen mit übernommener Identität trotz ihrer offensichtlichen Stärke und soliden Charakterstruktur ihre Identität nicht doch auf recht infantilen Ich-Strukturen aufbauen und auf tiefer Ebene nur wenig Anzeichen für psychische Gesundheit erkennen lassen (Ginsburg, Orlofsky 1981; Josselson 1982).

Untersuchungen dazu haben ergeben, daß die Betonung von Sicherheit und Geborgenheit bei diesen Frauen Resultat einer Fixierung auf ein frühes Stadium der psychischen Entwicklung ist, was dazu führt, daß sie die adoleszente Aufgabe der Individuation umgehen. Nun besagt aber eine der grundlegende Annahmen der Entwicklungspsychologie, daß Frauen, die diese wichtige Phase umgehen, die Entwicklungsaufgaben des Erwachsenenalters weniger erfolgreich lösen als Frauen mit erarbeiteter Identität oder Moratoriumsstatus. Demnach müßten sie unflexibler und unelastischer sein und die Anforderungen des Erwachsenenlebens schlechter bewältigen.

Bei dieser Untersuchung zeigte sich bei den Nachfolge-Untersuchungen zwar ein einzigartiges Muster in der Persönlichkeitsentwicklung, aber Frauen mit übernommener Identität sind deshalb noch nicht schlechter angepaßt; es gibt bei ihnen auch nicht mehr Symptome oder Hinweise auf psychische Störungen. Sie sind geringfügig häufiger in psychotherapeutischer Kurzzeitbehandlung gewesen, meist wegen Beziehungsproblemen. Sie haben auch etwas häufiger als die anderen Gruppen Hochschulabschlüsse. Diese Ergebnisse decken sich mit denen von Mallory (1983), der in einer psychometrischen Langzeituntersuchung keinerlei Anzeichen dafür gefunden hat, daß Frauen mit übernommener Identität fehlangepaßter oder unreifer seien als andere.

Diese Gruppe läßt sich also nicht vereinfachend charakterisieren. Die Frauen klammern sich an andere, sind aber auch ehrgeizig. Ihre Welt mag in mancher Hinsicht beschränkt sein, aber sie leisten einen Beitrag für die

Allgemeinheit. Ein starkes Pflichtgefühl bestimmt ihr Leben. Sie tun, was man ihnen als richtig beigebracht hat, und verdrängen oder verleugnen ihre eigenen Impulse. Ihr Leben ist geprägt von Familie, Tradition und moralischen Werten.

In den frühen Erwachsenenjahren sind sie ihrer Ursprungsfamilie sehr ähnlich geworden, auch wenn sich schichtspezifische Umstände durch ihren Aufstieg geändert haben können. Sie haben die Werte und Muster ihrer Eltern so stark internalisiert, daß sie sich nicht mehr von ihnen unterscheiden. Frauen mit übernommener Identität repräsentieren eine Form des Wachstums, die weniger durch Individuation als durch Identifikation geprägt ist, d.h., sie entwickeln sich nicht durch Selbstentdeckung und wachsende Differenzierung, sondern durch immer perfektere Internalisierung von Aspekten der angebeteten Eltern.

Welche frühen Faktoren können nun auf ein solches Entwicklungsmuster hindeuten? Betrachtet man die retrospektiven und klinischen Daten aus der ersten Untersuchung, wird deutlich, daß Frauen mit übernommener Identität ausnahmslos auf die enge Verbundenheit der Familie und die Geborgenheit, die sie dort fanden, fokussiert waren. Ihre Entwicklungsprobleme konzentrierten sich darauf, sich mit jemandem zu verbünden, der alles konnte und ihnen Schutz gab. Mit anderen Worten: Das Interesse galt einem Menschen, der einem oder beiden Elternteilen ähnlich war. Für sie bestand der Prozeß des Lebens darin, sich einer anderen mächtigen Person angenehm zu machen, um sich so die emotionale Unterstützung bewahren zu können, die sie zum Leben brauchten. Praktisch von Anfang an bezogen diese Frauen ihre Selbstachtung daraus, ihren wunderbaren Eltern eine wunderbare Tochter zu sein. Allmählich internalisierten sie diese wunderbaren Eltern, und solange sie diesem inneren Ideal entsprachen, konnten sie sich weiterhin sicher, geliebt und geborgen fühlen.

Eine solche Abfolge gilt als universales Entwicklungsmuster; sie beschreibt die Internalisierung des Über-Ichs, also einen Prozeß, den jedes normale Kind in seiner Entwicklung durchläuft. Aber bei Frauen mit übernommener Identität wird diese Konstellation der Persönlichkeitsstruktur nie mehr überarbeitet. Die meisten Adoleszenten ändern das Gleichgewicht zwischen Ich und Über-Ich und internalisieren dabei andere Ideale, werfen Verbote der Kindheit über Bord und verringern die Dominanz ihres Über-Ichs zugunsten des Ichs. Bei Frauen mit übernommener Identität ist das anders. Sie vermeiden gewissermaßen die Adoleszenz und gehen mit dem »Selbst« ihrer Kindheit ins Erwachsenenalter.

Diese »Selbstentwürfe«, also diese Identitäten, werden ihnen im Verlauf der Kindheit durch die Familie, die Schule, die mannigfaltigen Erwartungen von Eltern und Lehrern zugewiesen. Man kann sich fügen oder rebellieren, aber wirklich ändern läßt sich diese Zuweisung nicht. Kinder können sich auch nicht vorstellen, diese Gegebenheit zu verändern; sie vertrauen darauf, daß die Welt so ist, wie sie sein soll. Erst in der Adoleszenz mit ihren erweiterten kognitiven und emotionalen Fähigkeiten kann durch den Prozeß von Loslösung und Individuation die schwerwiegende Frage gestellt werden, wie man mit Aspekten der Identität umgeht, die von früheren, kindheitsbestimmten Seinsweisen befreit sind.

Kinder beziehen ihre Selbstachtung daraus, daß sie den Eltern und den internalisierten Eltern (Stichwort:»brav sein«) gefallen. Adoleszente hingegen können zunehmend eigene Maßstäbe setzen und ihnen gerecht zu werden versuchen, unabhängig von den Reaktionen des sozialen Umfeldes. Wenn das rigide, moralistische Über-Ich der Kindheit der flexibleren, realitätsorientierten Ich-Kontrolle der späten Adoleszenz und des Erwachsenenalters weicht, kann die Selbstachtung immer stärker von innen heraus reguliert werden.

Für die traditionelle psychoanalytische Theorie besteht die zentrale Entwicklungsaufgabe der Adoleszenz in der Erarbeitung der Autonomie, der Emanzipation von den Eltern. Blos (1962) hat die Adoleszenz als eine Phase charakterisiert, in der Aspekte des Selbst, die immer noch mit den Eltern verknüpft sind, differenziert und zu autonomen Aspekten gemacht werden. Andere haben die Lösung von infantilen Objektbindungen (Josselyn 1952; A. Freud 1958; Spiegel 1958), die Ablehnung elterlicher Ich-Unterstützung (Balser 1957; Blos 1967) und das Ablassen von der Identifizierung mit den Eltern (Josselyn 1954) in den Mittelpunkt gestellt. Für die klassische Theorie sind also Loslösung und Individuation in der Adoleszenz wichtig, das Wachstum weg von den Kindheitsbindungen, das den jungen Menschen frei macht, neue Engagements und neue Objekte zu finden, neue Identifikationen zu entwickeln. Daraus ergibt sich ein Bild, das an das traditionelle amerikanische Heldenbild erinnert: der einsame Grenzgänger ohne Bindungen auf der Suche nach einem neuen Leben und einer besseren Welt.

Untersuchungen normaler Adoleszenter zeichnen allerdings ein anderes Bild (Douvan, Adelson 1966; Offer 1969; Offer, Ostrov, Howard 1981). Die meisten Adoleszenten, ob männlich oder weiblich, behalten eine recht harmonische und warme Beziehung zu ihren Eltern auch in der Adoleszenz bei. Sicher gibt es Streit über Regeln, Kleidung und Musik. Die Individuation macht Fortschritte, indem man die Eltern ärgert, um sich von ihnen abzugrenzen, aber diese Auseinandersetzungen sind in der Regel nicht allzu gravierend. Und es gibt bei normalen Adoleszenten auch keinen Versuch, sich völlig von den Eltern zu entfernen oder sie zu verleugnen. Die gesündesten Adoleszenten möchten eine liebevolle Beziehung zu ihren Eltern aufrechterhalten, rufen meist häufig zu Hause an, wenn sie im College sind, und bemühen sich auch weiterhin, die Beziehung zu ihren Eltern nicht zu gefährden. Bei dem Versuch, die theoretisch notwendige Loslösung und Individuation der Adoleszenz zu begreifen, hat es die Wissenschaft versäumt, eine Begrifflichkeit für die anhaltende Verbindung und soziale Bezogenheit zu finden, die ebenfalls existiert. Adoleszente sind keine einsamen Helden, sondern eher Abenteurer mit internem oder externem Gefolge. Dieses Gefolge kann die Bildung der Identität des jungen Menschen mehr oder weniger stark beeinflussen.

In Eriksons ursprünglicher Begrifflichkeit ist die Position der übernommenen Identität bei allen Adoleszenten der Ausgangspunkt für die Suche nach der Identität. Das ist durch die Forschung bestätigt worden, die eine generelle Abnahme des Status der übernommenen Identität im Lauf des Studiums nachgewiesen hat (Waterman 1982). Wenn man Studentinnen mit übernommener Identität im Collegealter interviewt, wirkt diese Entwicklungsposition wie ein Schwebezustand kurz vor der Veränderung, wie eine Knospe, die das Sonnenlicht erwartet, um sich zu öffnen. Als ich diese Frauen im College interviewte, habe ich mich von meinem klinisch/entwicklungspsychologisch geschulten Standpunkt aus gefragt, welche Ereignisse zu welchem Zeitpunkt sie wohl dazu bewegen könnten, einen neuen Weg einzuschlagen, was Sand in ihr gut funktionierendes Getriebe werfen und sie zwingen könnte, sich selbst zu erkennen und zu begreifen, daß es Alternativen gibt. Aber die Ergebnisse der Nachfolge-Untersuchung verweisen eher darauf, daß das College die entscheidende Phase für die Formulierung der Identität ist. Wer soviel in die Vermeidung der Entwicklungsaufgabe der Adoleszenz investiert hat, um den heterogenen Einflüssen der College-Umgebung widerstehen zu können, wer so stur zur Umgehung jeder Exploration entschlossen ist, daß seine Scheuklappen das College überstehen, trifft wahrscheinlich später kaum auf ähnlich starke Faktoren zur Förderung von Reife.

Jetzt, wo sie auf die Lebensmitte zugehen, erwarten die Frauen keine grundlegenden Veränderungen mehr. Wenn sie sich Veränderungen vorstellen, dann schreckliche: den Tod geliebter Menschen oder Krankheiten.

Unverwirklichte Aspekte ihrer selbst sind kein Thema für sie, und sie sehnen sich jetzt genauso wenig nach Abenteuern wie früher. Ihre gußeisernen Identitäten, die sich am Ende der Collegezeit verfestigt hatten, werden in den Jahren des frühen Erwachsenenalters nur noch starrer. Ein innerer Antrieb zur Veränderung existiert nicht. Man kann sich nur schwer vorstellen, welche äußeren Umstände sie zum Umdenken oder Überarbeiten veranlassen könnten, vor allem, weil sie ihre Art zu leben so perfekt zum Funktionieren gebracht haben. Es hat sich also gezeigt, daß der Status der übernommenen Identität zwar für manche Frauen den Anfang ihrer Entwicklung bildet, aber für die, die am Ende der Collegezeit in diesem Status verharren, zum Lebensstil wird.

Zu fragen bleibt, wie sich der Widerwille gegen ein Explorieren des Selbst erklären läßt, der der Identitätsübernahme vorangeht. Ein wichtiger Aspekt adoleszenter Entwicklung ist die Unterstützung durch Gleichaltrige. Das Bedürfnis nach Ich-Unterstützung durch Gleichaltrige entsteht aus der Lokkerung der Bindungen an die Eltern. Diese Form der Unterstützung ist das Bollwerk, von dem aus man das Über-Ich revidieren, neue Identifikationen entwickeln und sich aus der Abhängigkeit von den Eltern lösen kann. Bei Frauen mit übernommener Identität aber ist regelmäßig jeder Versuch zum Scheitern verurteilt, wichtige Beziehungen mit Gleichaltrigen einzugehen. Sie sind nicht fähig, außerhalb der Familie das nötige Vertrauen für Freundschaften aufzubauen.

Wie Fern und Felicia haben alle anderen Frauen dieser Gruppe in irgendeiner Form immer Schwierigkeiten mit Beziehungen zu Gleichaltrigen gehabt. Sie fühlten sich als Kinder oder frühe Adoleszente anders, abgelehnt oder isoliert und wurden so auf die Familie zurückgeworfen. Viele hatten Eltern, die der Außenwelt mißtrauisch gegenüberstanden und ihnen letztlich beibrachten, man könne Fremden nie vertrauen und nur auf die Familie zählen. So ließ Ferns Mutter z.B. zu, daß sich ihre Tochter nach ihrem ersten Zusammenstoß mit einer feindseligen Außenwelt zurückzog. Felicias Mutter hatte Angst, ihre Tochter könnte von ihren Schulkameradinnen verdorben werden, und förderte ihren massiven Widerstand gegen alles, was ihre Mitschülerinnen in der Highschool taten.

Frauen mit übernommener Identität haben also anscheinend sowohl besitzergreifende als auch ängstliche und isolierte Mütter, die unter Umständen ihre eigene Furcht vor Ablehnung und ihr Mißtrauen gegen andere auf ihre Töchter übertragen. Das sich daraus ergebende Bündnis nach dem Motto: »Ich liebe dich, und du liebst mich, und der Rest der Welt kann zum

Teufel gehen«, liefert dem heranwachsenden Mädchen zutiefst befriedigende narzißtische Angebote, die das Bedürfnis nach anderen Beziehungen überflüssig machen. Viele der Frauen dieser Gruppe hatten die Rolle des »braven« Kindes in einer Familie, in der es ein identifizierbares »böses« Kind gab. Sie glaubten deshalb, doppelt »gut« sein zu müssen: einmal als Entschädigung für die Ungezogenheit des Geschwisterkindes und dann, um die Eltern zu trösten.

Die meisten Frauen sagten darüber hinaus, sie hätten in der Kindheit eine sehr zärtliche Beziehung zu ihrem Vater gehabt. Im Collegealter haben Frauen mit übernommener Identität offenbar das Gefühl, von dem perfekten Mann geliebt worden zu sein, und sie konnten sich nicht einmal ansatzweise vorstellen, ihm nicht gefallen zu wollen.

Der Ausbruch des sexuellen Interesses, das in den harmonischen Familienbeziehungen der späten Kindheit oft einen Mißklang bildet, kommt in der Adoleszenz dieser Frauen nicht vor. Ihr Umgang mit sexuellen Trieben besteht in Schuldgefühlen und Verdrängung. Freude ist für sie das Resultat von Bravheit, nicht von sexueller Befriedigung. Die Sexualität in der Adoleszenz wird als Bestandteil der Neuschöpfung einer geborgenen, sicheren Umgebung gesehen. Frauen mit übernommener Identität experimentieren nicht mit ihrer Sexualität, sondern wählen einen heterosexuellen Partner, der das eine oder andere Elternteil einfach ersetzt, und sie wählen ihn, weil er Sicherheit oder Geborgenheit bietet. So beschrieb eine der Frauen im College ihren Freund, mit dem sie seit drei Jahren zusammen war, mit den Worten: »Er ist einfach jemand, an den man sich klammern kann.« Eine andere Frau, 34 Jahre alt, sagt über ihren Entschluß, ihren Freund, den sie seit acht Jahren kennt, zu heiraten: »Wir waren wie ein paar alter Schuhe.«

Frauen mit übernommener Identität haben Schwierigkeiten, Beziehungen mit Gleichaltrigen beiderlei Geschlechts aufzunehmen, weil sie so hohe moralische Grundsätze, Maßstäbe und Erwartungen haben. In gewissem Sinne tun sie anderen das an, was ihre Eltern ihnen angetan haben: Sie setzen hohe und rigide Maßstäbe und bestehen auf festgelegten Verhaltensweisen. Weil sie sich selbst weder gelöst haben noch sich ihrer inneren Widersprüche bewußt sind, können sie sich auf andere, vor allem auf ihre Männer, nur so beziehen, daß sie versuchen, diese ihren vorgefaßten Vorstellungen anzupassen. Sie sind weniger empathisch als vielmehr bewertend. Eine der Frauen kam in eine schwere Krise, als sie entdeckte, daß ihr Mann eine Affäre hatte, die er allerdings brav und unter vielen Entschuldigungen aufgab. Mit Hilfe des Priesters wurde er »wieder auf Vordermann gebracht«. Aber noch sieben Jahre später kann und will diese Frau seine Motivation nicht verstehen. Er hat etwas Böses getan, sie hat versucht, es zu vergessen und ihm zu vergeben. Aber er hat sie für immer des Gefühls beraubt, eine perfekte Ehe zu führen. Frauen mit übernommener Identität haben klare und kompromißlose Auswahlkriterien für einen potentiellen Ehemann und, nach der Hochzeit, festgelegte Rezepte für das erforderliche Verhalten. Weil sie ihr eigenes, irrationales Selbst nicht verstehen, ihre Wünsche, Ambivalenzen oder inneren Konflikte nicht spüren können, können sie auch die Komplexität eines anderen nur schwer einschätzen. Sie können fordern, sie können lieben und sie können unterstützen, aber was sie nicht können, ist verstehen. Solche Frauen heiraten anscheinend in der Regel eher passive Männer, die ihre Verpflichtung auf das geforderte Verhalten teilen, oder aber Männer, die sich ihrer Identität so unsicher sind, daß sie sich mit Begeisterung ihr Leben von ihren Frauen vorschreiben lassen.

Ein weiteres typisches Phänomen bei den Frauen mit übernommener Identität war, daß sie am Ende des Studiums ihre Eltern in der Regel nicht als einzelne oder differenzierte/abgelöste Personen, sondern nur in idealisierten, »leeren« Begriffen beschreiben konnten. Die folgende Beschreibung der Ursprungsfamilie bei den College-Interviews war typisch: »Meine Familie war immer sehr eng verbunden und familienorientiert. Sie haben nie Druck auf uns ausgeübt, haben uns nicht fertig gemacht und uns nichts vorgeschrieben. Sie waren immer fair und vernünftig.« Für Frauen mit übernommener Identität ist es das Schlimmste überhaupt, Ärger oder Unzufriedenheit mit den Eltern Ausdruck zu geben, als würden sie damit den idealen Beschützer zerstören, den sie so verzweifelt brauchen. Das Eingeständnis, daß die Eltern Fehler und Grenzen haben, birgt die Gefahr, allein in einer feindlichen Welt leben zu müssen, ohne den allmächtigen schützenden Anderen.

Ein weiteres Merkmal solcher Frauen ist die tiefsitzende Vorstellung, daß andere einen zu dem Menschen machen, der man ist. Mit dieser inneren psychischen Schablone konstruieren sie die menschliche Persönlichkeit. Sie haben kaum ein Gefühl für ein Selbst, das sich selbst schafft. Deshalb scheint es ihnen richtig und vernünftig, daß sie Geschöpfe, ja Clone ihrer Eltern sind. Sie glauben, das sei bei jedem so. Es scheint eine Frage der Loyalität zu sein, daß man die kindliche Annahme, eines Tages den Platz der Eltern einzunehmen, beibehält. Wenn sie auf Alternativen stoßen, die ihnen zusagen, haben sie das Gefühl, ihre Eltern zu betrügen oder anzugreifen. Als sie zu einem Bild aus dem Thematischen Apperzeptionstest (TAT) eine Geschichte erzählen sollte, auf dem im Vordergrund ein Mädchen mit Büchern steht, während im Hintergrund ältere Erwachsene bei der Feldarbeit zu sehen sind, lieferte eine der Frauen die folgende Beschreibung: »Vielleicht denkt sie, die Arbeit sei schwer; ich weiß nicht genau, ob sie mutlos ist oder glaubt, es sei zu viel Arbeit. Sie lehnt das Leben ihrer Eltern nicht ab. Sie ist gut angezogen, sie würde sich gerne verbessern, aber sie sieht nicht auf diese Art zu leben herab.« Auffallend ist, daß die meisten Formulierungen in ihrer Geschichte zur Verleugnung von Gefühlen dienen, zur Abwehr nicht akzeptabler Gedanken, die ihr trotz allem sofort einfallen. Hinter dieser Geschichte steht die Angst, Anderssein könne gleichbedeutend sein mit Ablehnung, eine Angst, die mehr oder weniger stark bei allen Frauen mit übernommener Identität auftauchte.

Auch als Erwachsene, mit über dreißig Jahren, beschreiben die Frauen ihre Ursprungsfamilie noch in den leuchtendsten Farben, vielleicht sogar stärker als im College. Die damals gelegentlich vorhandenen Anteile adoleszenter Disharmonie sind mittlerweile vergessen, und die Frauen sind ihren Familien dankbar für ihre stabile Grundlage und fühlen sich ihr verpflichtet.

Daß Frauen mit übernommener Identität ihre Ehemänner auf sehr ähnliche Weise beschreiben, kann nicht überraschen: »Ich kannte ihn, so lange ich denken kann. Er hat viel Sinn für Humor, wir haben viele gemeinsame Freunde, denselben religiösen Hintergrund, er kommt aus einer netten Familie, und er gibt mir das Gefühl, ich sei wunderbar.« Eine andere Frau antwortete auf die Frage, wie sie und ihr Mann einander ergänzen: »Wir arbeiten in der Küche gut zusammen. Wir kochen beide gern, und er hilft im Haus mit. Er erfüllt meine romantischen und sentimentalen Bedürfnisse. Wir achten einander - nehmen die Bedürfnisse des anderen vorweg und sind immer füreinander da.«

Als Erwachsene behalten Frauen mit übernommener Identität ihre enge Beziehung zu ihrer Ursprungsfamilie, besonders zur Mutter. Bei der Aufzählung der Menschen, die ihnen am nächsten stehen, werden in dieser Gruppe in der Regel zuerst der Ehemann, dann die Kinder und danach die Mutter genannt. Wenige hatten oder haben enge Freundschaften außerhalb der Familie. Wer enge Freundinnen oder Freunde gehabt hat, ist enttäuscht über die Vergänglichkeit von Freundschaften, fühlt sich verletzt oder abgelehnt, wenn Freunde sich entfernen, und zieht sich wieder in die Überschaubarkeit und Gewißheit der Familie zurück. Die Frauen dieser Gruppe behalten ihre Sensibilität für Ablehnung ihr Leben lang, und diese Sensibilität bildet eine zentrales strukturierendes Lebensmotiv. Das Sichere und Überschaubare ist für sie deshalb so kostbar, weil sie nicht vergessen, wie es ist, verletzt zu werden.

Frauen mit übernommener Identität sind emotional nicht sehr komplex, was unter Umständen der Grund dafür sein mag, daß die psychologische Literatur zu diesem Thema einen so mißbilligenden Charakter hat. Diese Frauen erleben kaum innere Konflikte oder Ambivalenzen. Sie idealisieren viel und betonen ständig, wie richtig etwas ist. Sie kennen ihr Ziel oder ihre Ziele und gehen geradewegs den von ihnen gewählten Weg, ohne sich umzuschauen oder andere Möglichkeiten ins Auge zu fassen. Ihre Gewißheit und ihre Selbstsicherheit sind beneidenswert.

Ihr erstaunlicher beruflicher Erfolg mag überraschend wirken, bis man sich ihre Ausrichtung auf das »Bravsein« ins Gedächtnis ruft. Sie suchen den Erfolg und stellen ihre beträchtlichen Kraftreserven in den Dienst ihres Erfolgsstrebens. Ihr Stoizismus, ihre Zielstrebigkeit und ihr Selbstbewußtsein lassen sie ihre Ziele nie aus den Augen verlieren. Es scheint ihnen kaum Schwierigkeiten zu machen, daß sie Kinder haben *und* gleichzeitig berufstätig sind, anders als ihre Mütter. Viele betonen, wie stolz ihre Mütter auf sie seien; und damit ist ihre Berufstätigkeit für sie abgesegnet. Einige arbeiten aus finanzieller Notwendigkeit, aber sie jammern nicht darüber. Es gibt für sie keine Konflikte zwischen dem Berufs- und dem Familienleben, weil die Familie für sie sowieso an erster Stelle steht.

Das Entwicklungsmuster der Frauen mit übernommener Identität beschreibt die populäre, aber mittlerweile nicht mehr gängige Vorstellung von Frauen als Kulturträgerinnen. Sie haben die Werte ihrer Eltern zutiefst internalisiert, sind an die Religion gebunden geblieben, in der sie aufwuchsen, haben Männer gefunden, die die Traditionen weiterführen, und jetzt tragen sie die emotionale Wärme und Sicherheit ihrer Kindheit in ihr Leben als Erwachsene. Bei vielen von ihnen zählt das eigene Haus zu den Leistungen, auf die sie zum Zeitpunkt des zweiten Interviews am stolzesten waren. An diesem Punkt ihres Lebens bauen sie tatsächlich Nester, und vom Erfolg ihres Nestbaus hängen Selbstgefühl, Identität und Selbstachtung ab.

5. Kapitel

Wegbereiterinnen: Erarbeitete Identität

»Zwei Wege trennten sich im Wald. Ich wählte den weniger begangenen, und das hat alles verändert.«

Robert Frost: »The Road not taken«

Die Gruppe der Frauen mit erarbeiteter Identität ist längst nicht so homogen und weist sehr viel weniger psychische Gemeinsamkeiten auf als die der Frauen mit übernommener Identität. Während zum Status der übernommenen Identität ein redundantes Muster nötig ist, ist die Formulierung einer selbst erarbeiteten Identität Ergebnis vielfältiger Faktoren und Umstände. Auch wenn sich Alice, Andrea und Amanda, die ich im folgenden vorstellen werde, oberflächlich betrachtet nicht sehr von den Frauen des vorangegangenen Kapitels unterscheiden mögen, haben sie ihre Identität doch auf ganz andere Weise gebildet. Sie haben sich von den Bindungen ihrer Kindheit gelöst und individuierte, charakteristische Identitäten entwickelt.

Zur psychischen Entwicklung in der Adoleszenz gehört nicht nur die wachsende Autonomie von den Eltern, sondern auch die wachsende Individuation von den Aspekten der Eltern, die zum Bestandteil des präadoleszenten Selbst geworden sind. Ein Mädchen an der Schwelle zur Adoleszenz gehorcht den Eltern nicht nur, sondern hat tief im Inneren das Gefühl, sozusagen selbst die Eltern darzustellen, weil es ihre Werte, ihre Verbote, ihre Prioritäten und ihre Seinsweise internalisiert hat. Entwicklung bedeutet also nicht nur, Dinge zu tun, die nicht mehr von den Eltern überwacht werden, sondern das innere Selbst umzugestalten. Das ist der Prozeß der

Individuation. Die physische und emotionale Loslösung von den Eltern sagt für sich genommen noch nichts darüber aus, ob Individuation stattgefunden hat. Studienanfänger z.B., die nicht mehr zu Hause leben, entscheiden sich häufig durchaus bewußt entsprechend den Präferenzen ihrer Eltern, so wie sie sie wahrnehmen. Sie folgen ihrem Gefühl, die Eltern wüßten es schon am besten (vielleicht wünschen sie es sich auch nur). Dieser Prozeß ließ sich bei den Frauen mit übernommener Identität beobachten.

Loslösung tut weh, weil man die vertrauten Annehmlichkeiten gegen unsichere und unvorhersehbare neue eintauscht. Loslösung bedeutet den Verlust dessen, was man geliebt und gekannt hat, und damit ein gewisses Maß an Trauer. Der Preis für die größere Autonomie und Freiheit der Adoleszenz ist der Verlust an Sicherheit und Schutz, wie sie das Kind in der Geborgenheit der Familie erlebt hatte.

Aber nicht nur deswegen ist Individuation schmerzhaft. Die Aufgabe vertrauter Persönlichkeitsaspekte, die als Selbst wahrgenommen wurden, bringt Angst vor Unsicherheit und ein Gefühl der Wurzellosigkeit mit sich. Im Gegenzug wachsen die Möglichkeiten. Aber Freiheit kann auch erschreckend sein. Viele Frauen mit erfolgreicher Individuation blicken in der späten Adoleszenz mit einer gewissen Wehmut auf die Sicherheit ihrer früheren Jahre zurück. Damals, so sagen sie, wußten sie genau, was sie glauben sollten, was richtig und was falsch war, folgten einfach der Lebensbahn, die die Eltern eingerichtet hatten, und waren sicher, daß alles irgendwie gut ausgehen würde. Jetzt aber spüren sie die Relativität und die Risiken, die zu Lebensentscheidungen gehören. Sie sind frei, aber verwundbar.

Genau in diesem Stadium des Entwicklungsprozesses hat die Identitätsbildung ihren offensichtlichsten und dramatischsten Auftritt. Aspekte des Selbst, die von den Elternidentifikationen gelöst werden, stehen für die grundlegende Veränderung und Neuorganisation des Identitätsgefühls zur Verfügung. Wer begreifen will, wie die junge Erwachsene nach der »Brutzeit« der Kindheit »ausschlüpft«, muß sich mit dem Prozeß von Loslösung und Individuation beschäftigen. Wer dagegen beobachten will, was die junge Erwachsene mit den freigesetzten Persönlichkeitsaspekten anfängt, befindet sich im Bereich der Identitätsbildung. Diese beiden Prozesse sind indes unlösbar miteinander verknüpft. Die freigesetzten Aspekte werden umgeformt und modifiziert, neue Elemente kommen hinzu und vermischen sich mit älteren, nichtindividuierten Aspekten des Selbst, mit dem Ergebnis der Integration einer neuen Identität.

Frauen mit einer erarbeiteten Identität haben diesen Prozeß in der Adoleszenz durchlaufen. Sie haben sich eine eigene Identität geschaffen, haben die ihnen als Kindern zugeschriebenen Identitäten geprüft und bearbeitet. Sie sind aber deswegen noch nicht schon erfolgreich in der Arbeitswelt, was diejenigen verwirren mag, die glauben, zur Erarbeitung einer Identität gehöre notwendig die Erarbeitung einer beruflichen Karriere. Es handelt sich hier vielmehr um Frauen, die verschiedene Optionen geprüft haben, Aspekte der Person, die sie waren, mit Aspekten der Person, die sie sein wollten, verschmolzen und damit nun in ihren Augen einem Lebensplan folgen, den sie mit Recht als ihren eigenen sehen.

Die acht Frauen dieser Gruppe unterscheiden sich in ihrem Alltag nicht sehr von den Frauen mit übernommener Identität. Sechs sind verheiratet, vier haben Kinder. Alle sind berufstätig. Die Unterschiede liegen in ihren psychischen Strukturen, nicht in ihrem Lebensinhalt. Sieben sind seit den College-Interviews in der Gruppe mit erarbeiteter Identität geblieben, obwohl sie sich alle weiter verändert haben. Eine ist wieder im Moratorium: Sie stellt ihre bisherigen Entscheidungen in Frage und versucht, neue zu finden.

Trotz aller oberflächlichen Ähnlichkeiten gibt es feine, aber bedeutsame Unterschiede zwischen den beiden Gruppen. Die Gruppe der Frauen mit erarbeiteter Identität ist insgesamt flexibler, offener für Erfahrungen, wurzelt stärker in einem inneren Selbstgefühl und ist von daher weniger auf äußere Stützung ihrer Selbstachtung angewiesen. Auch wenn es sich dabei im wesentlichen um graduelle Unterschiede handelt, beruhen sie doch auf unterschiedlichen psychischen Funktionsmustern.

Alice

Alice im College. Alice war eine attraktive junge Frau aus einer Kleinstadt in Pennsylvania. Sie wollte Krankengymnastin werden und entschied sich für eine große private Universität, deren Ausbildungsprogramm ihren Interessen entsprach. Sie wollte in Philadelphia leben, um »zu sehen, wie das ist«, d.h., sie wollte Erfahrungen außerhalb der Grenzen der Kleinstadt machen, die sie bis dahin selten verlassen hatte. Ihre Eltern hatten keine besonderen Pläne für sie, aber sie selbst hatte sich seit der Kindheit viele Gedanken darüber gemacht, was sie werden könnte. Eine Zeitlang wollte sie Tierärztin werden, später Lehrerin. Eine Berufsberaterin machte sie auf das Gebiet der

Krankengymnastik aufmerksam und nahm sie mit in eine Rehabilitationsklinik, damit sie selbst einen Eindruck von dieser Arbeit bekommen konnte. Alice fühlte sich sofort dazu hingezogen. Die meisten ihrer Schulkameradinnen wollten das staatliche College am Ort besuchen, und auch Alice, die sich im letzten Schuljahr verlobt hatte, hatte das zunächst vor und ging davon aus, Krankengymnastik-Assistentin zu werden. Aber irgendetwas an diesem Plan schien ihr unstimmig. Sie war in der Schule so gut gewesen, daß sie das Gefühl hatte, sich um etwas zu betrügen. Also entschloß sie sich auszubrechen und bewarb sich an einer Universität.

Im religiösen Bereich beschäftigte sie hauptsächlich die Frage, ob sie an Gott glauben sollte oder nicht. Sie blieb unsicher, ob der Gott ihrer Kindheit real sei, wünschte aber weiterhin, daß »es jemanden gäbe, an den man sich um Hilfe wenden könnte«. Sie wußte nicht, was sie glauben sollte, und hielt sich deshalb für eine Agnostikerin. Sie setzte sich aber trotzdem mit verschiedenen Religionen auseinander, um »herauszufinden, ob ich Dinge zusammenbringen kann, die ich akzeptiere«. Im politischen Bereich hatte sie ausgeprägte Meinungen, war aber zu sehr von ihrem Studium in Anspruch genommen, um an politischen Aktionen teilzunehmen.

In ihrer Einstellung zur Sexualität hatte sie eine Reihe deutlich markierter Phasen durchlaufen. Am Ende der Schulzeit gab es für sie klare Maßstäbe in bezug auf Jungfräulichkeit, die sie aber im Sommer nach ihrem ersten Collegejahr total aufgab. Nach der Trennung von ihrem Verlobten aus der Schulzeit lebte sie ausgesprochen promiskuitiv. Damals rationalisierte sie ihr Verhalten, kam aber später zu der Ansicht, diese sexuelle Freizügigkeit ließe sich nicht mit ihren Maßstäben der Selbstachtung vereinbaren. Zur Zeit des ersten Interviews war sie deshalb zu dem Schluß gekommen, Sexualität sei für sie nur im Kontext einer Liebesbeziehung gestattet.

Bei Alice wird das typische Muster für die erarbeitete Identität deutlich, bei dem nach einer Phase der Krise oder des Überdenkens Identitätsverpflichtungen eingegangen werden. Sie hat sich nicht automatisch auf der Basis von Kindheitsüberzeugungen entschieden, sondern sich Möglichkeiten offen gelassen, ihre Meinungen geändert und ein wenig experimentiert. Gleichzeitig wirkte Alice am Ende der Collegezeit festgelegt in ihren Entscheidungen . Sie kannte ihren beruflichen Weg, beschäftigte sich noch mit religiösen Problemen, dachte intensiv über politische Fragen nach und hatte sich selbst in Hinblick auf ihre Sexualität gewisse Maßstäbe gesetzt.

Alice war eine nachdenkliche junge Frau, die erstaunlich reif und selbstbeherrscht wirkte. Sie genoß das College wegen der Lebenserfahrung, die sie dort sammeln konnte. Sie sagte, sie sei schon immer eher Anführerin als Mitläuferin gewesen. Sie hatte immer schon hohe Ansprüche an sich gestellt; als Kind wollte sie unbedingt gute Noten bekommen, bei Theateraufführungen mitmachen und gut Baseball spielen. Ihr einziger Bruder war ebenfalls erfolgreich, und Alice war es immer wichtig gewesen, mindestens genauso gut zu sein wie er. Im Rückblick auf ihr bisheriges Leben sagte sie, seit Beginn ihrer Schulzeit sei ihr die Befriedigung über ihre Leistungen wichtiger als alles andere gewesen. »In der Highschool war ich genau der Typ für Schülermitverwaltung, Majoretten und Ehrengesellschaft. Als ich ins College kam, bin ich ins andere Extrem gefallen, aber ich habe daraus viel gelernt.«

In ihrer Heimatstadt gingen nur wenige Mädchen aufs College. Wie viele ihrer Klassenkameradinnen war Alice im letzten Schuljahr verlobt. Aber weil ihr akademische Leistungen so wichtig waren, überfielen sie Zweifel bei dem Gedanken an sofortige Heirat, und sie schob die Ehe hinaus und schrieb sich an der Universität ein. Ihr Verlobter, den sie seit sechs Jahren kannte, blieb in ihrer Heimatstadt zurück, arbeitete dort und wartete auf sie. Innerhalb eines Jahres hatte sich Alice so verändert, daß es kaum noch eine gemeinsame Basis für die Beziehung gab. Das Trauma, einen Menschen aufgegeben zu haben, der ihr so lange so wichtig gewesen war, ließ Alice »ausflippen« und alle Reste der Person, die sie gewesen war, probeweise abschütteln. Diese Experimente führten sie zu Drogen und in die Promiskuität, bis sie auf den Kern der Dinge stieß, die für sie wichtig waren. Zur Zeit der College-Interviews beschäftigte sie sich mit ihren Berufszielen und mit der Beziehung zu einem Mann, von dem sie glaubte, sie könnte ihn vielleicht einmal heiraten, obwohl ihr damals der Gedanken an eine Ehe Angst machte.

Während ihres Studiums hatte Alice freiwillig und mit großer Befriedigung in einer Rehabilitationsklinik gearbeitet. »Es gibt nichts Schöneres«, sagte sie mit viel Empathie, »als jemanden nach einem schrecklichen Unfall zum ersten Mal wieder auf die Beine zu stellen. Es ist im Grunde eine sehr egoistische Arbeit, aber ich hätte mir keine bessere aussuchen können.« Sie freute sich darauf, eine richtige Stelle zu bekommen, und sagte mit einem Anflug von Erschrecken, wie schrecklich es gewesen wäre, wenn sie nicht zum College gegangen wäre, sich dazu verurteilt hätte, nur Hilfsarbeiten zu machen, und so die Freude verpaßt hätte, wirklich helfen zu können.

Am Ende ihres Studiums war sie gespannt auf ihre zukünftige Arbeit: »Ich will eine Zeit lang selbständig sein, will etwas tun und etwas sehen, bevor ich mich niederlasse.« Ihre Arbeit war ihr das wichtigste, aber sie hatte auch über eine Familie nachgedacht. Sie kannte einige Kommilitoninnen, die ihre Kinder den ganzen Tag bei ihren Müttern ließen. Das lehnte sie ab. Wenn sie selber Kinder hätte, auch wenn das noch lange nicht so weit war, wollte sie ihnen die mütterliche Zuwendung geben, die sie brauchten. Sie wollte nicht arbeiten, solange die Kinder klein waren, und wenn sie später in die Schule gingen, wollte sie eine Teilzeitarbeit annehmen.

Alice beschrieb ihre Eltern als liebevoll, aber distanziert. Ihre Beschreibung erinnerte an Bilder der amerikanischen Gotik: hart arbeitende Menschen, die stolz auf die Leistungen ihrer Tochter waren, aber sich nicht allzusehr einmischten. Sie beschrieb ihre Mutter als passiv und zurückgezogen, und sie wünschte sich eine größere Nähe zu ihr. Der Vater war der Zuchtmeister in der Familie, sie glaubte, er sei sehr vernünftig, setze aber definitive Grenzen. Obwohl sie auch ihm nie besonders nahe stand, hatte sie doch das Gefühl, sie müsse sich ihre Unabhängigkeit von ihm erkämpfen. Dieser Kampf fand im Sommer nach ihrem ersten Collegejahr statt, als sie eine Europareise geplant hatte, die sie gegen den väterlichen Einspruch durchsetzte.

Beim Gespräch über ihre Eltern machte ihre Distanz zu ihnen Alice ein wenig traurig: »Ich habe meine Eltern nie richtig gekannt. Wenn mein Vater von der Arbeit kam, aß er sein Abendessen, las die Zeitung und sah fern. Meine Mutter trifft sich selten mit Leuten oder unternimmt etwas. Es war schon Liebe da, aber wir haben als Familie nicht viel zusammen gemacht. In meinem zweiten Collegejahr kam ich nach Hause und sagte: 'Seid ihr euch eigentlich klar, daß ich nur ganz wenig über euch, über eure Werte, Vorstellungen darüber, was ihr denkt, weiß?' Und vor allem meine Mutter hat darauf so reagiert: 'Na gut, was willst du denn wissen?' Und dann habe ich ein paar Fragen gestellt und sie hat sie mir in kurzen Sätzen beantwortet. Als ich ins College kam und hörte, daß die anderen Mädchen alles mit ihrer Mutter besprachen, habe ich erkannt, daß etwas fehlt, daß ich es nicht kann.« Alice war sich aber bewußt, daß sie den starken Wunsch hatte, ihre Eltern stolz auf sich zu machen.

Die Eltern hatten von ihr anscheinend schon früh Unabhängigkeit erwartet, und das führte bei ihr zu einem Hunger nach Zuneigung. Ihr intensives Bedürfnis nach Perfektion und Bildung stellte zum Teil auch einen Versuch dar, das Interesse und die Liebe ihrer Eltern zu gewinnen. Als ihr das nicht gelang, wandelte sie ihre Leistungen in eigenständige Befriedigung um. Sie wurde zur Anführerin und hatte Erfolg, und damit wehrte sie ihre Sehnsucht nach Abhängigkeit ab. Das Gefühl der Vernachlässigung kompensierte sie durch Freundschaften. Weil es zu Hause nur wenig Aktivitäten gab, holte sie sich Nähe und Anregungen von ihren Freunden. Der einzige Traum, von dem sie erzählte, spiegelte das Motiv, daß andere Menschen für Enttäuschungen entschädigen können: »Es war auf der Geburtstagsparty meiner Freundin, und irgendwie ging ihr Kuchen zu Bruch. Aber dann kam ihr Freund, und sie war wieder glücklich.«

Alice kompensierte ihre Enttäuschung durch die Beziehung zu einem Mann. Mit 12 Jahren begann sie die Beziehung zu ihrem späteren Verlobten, die fast sieben Jahre dauern sollte. Er schuf ihr »einen Schlupfwinkel, in den ich gehörte«, stellte hohe Anforderungen an sie und entsprach so ihren Bedürfnissen. Sie hatte zwar in der Schulzeit noch andere Freunde, aber er war ihr Lebensmittelpunkt und setzte ihr definitive Maßstäbe, an denen sie sich immer wieder ausprobieren konnte. Die Beendigung dieser Beziehung nach dem ersten Collegejahr symbolisierte den Bruch mit dem Selbst, das sie für ihn gewesen war, und die Aufgabe des Bedürfnisses nach der sauberen, ordentlichen und intensiven Autorität, an das sie sich gewöhnt hatte.

Am Ende dieser Lebensphase bezog Alice ihre Selbstachtung aus ihren eigenen Fähigkeiten und aus den Beziehungen zu anderen Freunden. Diesmal bemühte sie sich aber in beiden Bereichen um eine realistischere Haltung. Ihre idealistischen Vorstellungen über ihren Beruf schraubte sie zurück. Früher hatte sie sich gewünscht, »allen umsonst helfen zu können«, aber ihre Erfahrungen zwangen sie zu der Einsicht, daß sie auch selbstsüchtige Züge besaß. Sie versuchte, ihr Ideal von Vollkommenheit, d.h. von totaler Selbstaufopferung, aufzugeben und auch ihre eigenen Bedürfnisse zu akzeptieren und zu integrieren. Auch in Beziehungen war sie nicht mehr so idealistisch. Sie sah ein, daß ihre Erwartungen an den »perfekten Mann« weit überzogen waren. Ihre Beziehung am Ende der Collegezeit ließ beiden Teilen mehr Raum, als sie je erlebt hatte. Beide tolerierten die Wünsche, Interessen und Bedürfnisse des anderen.

Trotz ihrer sehr viel realistischeren Einstellung zu den Eltern spürte Alice auch am Ende ihres Studiums immer noch die alte Sehnsucht nach Nähe, die jetzt allerdings als Hoffnung manifestiert wurde, im Alter gut für sie sorgen zu können. Es gab viele Anzeichen dafür, daß sie über den definitiven Verlust der Nähe zu den Eltern trauerte, obwohl es diese Nähe nie wirklich gegeben hatte; die daraus resultierende Depression zeigte sich relativ offen. Ihr war bewußt, daß die Eltern ein Bild von ihr hatten, das nicht ihrer Realität entsprach, und obwohl sie sich danach sehnte, ihnen von ihren weniger konventionellen Erfahrungen zu erzählen, wußte sie gleichzeitig, daß sie sie nicht verstehen würden. Trotz ihrer Feststellung, daß ihre Eltern keine definitiven Erwartungen an sie gerichtet hatten, war sie doch soweit mit ihnen identifiziert, um es zumindest unbewußt als Verrat zu empfinden, daß sie sich so von ihnen unterschied. Ihre Eltern waren in ihren Augen ruhige Menschen, die trotz aller Alltäglichkeit nichts Falsches taten, und als Kind hatte es ihr gut getan, wenn sie spürte, daß sie stolz auf sie waren und sie vor anderen lobten.

Die Folge war, daß sie am Ende des Studiums ein starkes Schuldgefühl hatte. Das bohrende Gefühl, ihre Eltern irgendwie verraten zu haben, verlieh ihrem ansonsten umsichtigen und optimistischen Wesen einen Anflug von Schmerz. Sie hatte ihre Unabhängigkeit sichtlich mehr durch Verleugnung als durch Integration ihres Bedürfnisses nach Abhängigkeit gewonnen. Sie hatte sich zwar zu sehr verändert, um ihren früheren Freund weiterhin lieben zu können, aber im Grunde vermißte sie ihn. Ihre Reife zeigte sich darin, daß sie sich trotz des daraus resultierenden Leidens weiterentwickelte und Aspekte fallen ließ, die zwar befriedigend waren, aber ihre Entwicklung nicht fördern konnten. Durch das Aufgeben solcher überlebter Quellen zur Erringung von Selbstachtung entstand ein anhaltendes Bedürfnis, sich der eigenen Unabhängigkeit und Kompetenz zu vergewissern, und Alice schien einer neuen Form der Persönlichkeitsorganisation auf der Spur.

Am auffallendsten bei Alice war die Effektivität ihrer Abwehr- und Bewältigungsmechanismen. Manchmal schien sie voller Ängste und eher depressiv, aber sie konnte ihre Fähigkeiten und Beziehungen gegen diese negativen Gefühle mobilisieren. Sie hatte stark das Gefühl, ihr Leben selbst zu bestimmen und für ihre Entscheidungen verantwortlich zu sein.

Alice mit 32. Auch mit 32 Jahren war Alice lebendig und attraktiv. Sie wurde Krankengymnastin, wie sie es geplant hatte, und eine gute noch dazu, wie sie findet. Im ganzen ist sie mit den Herausforderungen und Befriedigungen ihres Berufs zufrieden, findet aber ihre momentane Stelle frustrierend, weil sie dort zuviel mit Verwaltungsangelegenheiten beschäftigt ist. In der letzten Zeit langweilt sie die Arbeit; sie hatte öfter das Gefühl, sie arbeite nur noch wegen des Gehalts. Fünf Jahre lang hat sie versucht, die Arbeitssituation zu verbessern, gab aber schließlich auf, weil die Kollegen nicht mitzogen. Das hat sie so demoralisiert, daß sie jetzt eine Ausbildung für Sprachtherapie begonnen hat und sich auf einen Berufswechsel vorbereitet. Gegenwärtig macht sie Jobsharing und arbeitet wegen ihrer Familie, die für sie an erster Stelle steht, nur drei Tage in der Woche. Sie und ihr Mann überlegen auch, ob sie nicht gemeinsam ein kleines Geschäft aufmachen. »Es wäre schön, autark zu sein und nicht für jemand anderen arbeiten zu müssen.«

Alice ist nicht religiös. Bei besonderen Anlässen geht sie zur Kirche, meist, weil ihr Mann das möchte. Sie will die Kinder katholisch erziehen, weil ihr Mann Katholik ist, hat aber vor, ihnen zu sagen, daß sie eine andere Überzeugung vertritt. Außerdem will sie die Kinder mit verschiedenen Religionen bekannt machen.

Politik interessiert sie immer noch, und sie hat jetzt genügend Zeit, sich für die Bereiche einzusetzen, die ihr wichtig sind. Sie hat aktiv an Umweltprojekten an ihrem Wohnort mitgearbeitet. Sie hält sich jetzt für feministischer, isolationistischer (sowohl bezogen auf die nationale Politik als auch in ihrem persönlichen Lebensstil) und konservativer in Finanzdingen, seit sie Steuern zahlt.

Ihre Ansichten zur Sexualität sind liberal und durchdacht geblieben. Sie ist für alle Möglichkeiten offen. Sie führt eine monogame Ehe, kann sich aber vorstellen, daß sie und ihr Mann in der ferneren Zukunft mit außerehelichen Beziehungen experimentieren.

Alice ist also 12 Jahre nach dem College in ihrer Identitätsbildung festgelegt und klar in ihren Entscheidungen geblieben, aber sie ist nicht blind für Alternativen. Sie legt sich weiterhin »für die absehbare Zukunft« auf etwas fest, ist sich aber bewußt, daß sie und die Verhältnisse sich ändern können. Sie ist voller Vitalität, reflektiert und hat ihr Gespür für ihre Entwicklung behalten.

Ihren ersten Mann, Richard, lernte sie kurz nach ihrem Examen kennen und heiratete ihn zwei Monate später. Nach dem Ende des relativ strukturierten Collegelebens machte ihr die Freiheit mehr Angst, als sie erwartet hatte, also verliebte sie sich. Sie beschreibt Richard jetzt als einen netten Kerl, der im Grunde ein Verlierer war. Er trank viel und war häufig arbeitslos. Als er gewalttätig wurde, verließ sie ihn. Im Nachhinein sieht sie die Jahre dieser Ehe als ungeheuer belastend. Kurz nach der Hochzeit fielen ihr bei Richard die Aspekte auf, für die sie sich vorher blind gemacht hatte, aber sie hoffte, durch ihre Fürsorge Liebe und Stabilität herstellen zu können. Sie konnte ihr Unglück vor Freunden und Familie nicht zugeben, zog sich stattdessen zurück und floh in ihre Arbeit. Drei Jahre lang versuchte sie, eine funktionierende Ehe aufzubauen, weil sie sich nicht eingestehen wollte, daß sie einen Fehler gemacht hatte. Heute glaubt sie, sie sei viel länger geblieben, als nötig gewesen wäre. Während dieser chaotischen Ehe wurde ihre Arbeit zum stabilisierenden Faktor. Wie schon früher griff sie auf ihre Kompetenz zurück, um ihre Selbstachtung zu bewahren. Aber nach der Scheidung war sie wieder einmal allein und voll Angst.

Bei Adam, den sie ein paar Monate danach kennenlernte, war sie sehr vorsichtig. Sie hielt ihn für einen Kameraden, mit dem man schöne Zeiten erleben konnte, und ließ sich nur zögernd auf ihn ein. Aber dann merkte sie, daß er »der Mann war, der am besten zu mir paßte«, und heiratete ihn drei Jahre später in einer privaten Zeremonie, die sie selbst gestalteten. Sie zogen in eine kleine Stadt im Westen von Virginia, arbeiteten dort mit der armen Bevölkerung und genossen die Freuden des Landlebens. Sie sagt über ihre fünfjährige Ehe: »Wir können unsere Energien zusammentun, um gemeinsame Ziele zu erreichen. Wir erziehen die Kinder zusammen, teilen uns die Hausarbeit, verdienen beide den Lebensunterhalt, renovieren das Haus und bauen unsere eigenen Lebensmittel an. Wir können auch gut miteinander spielen. Bis jetzt hat es nur unbedeutende, begrenzte Schwierigkeiten gegeben. Ich habe meinen Frieden gefunden. Ich habe eine wunderbare Familie und mein eigenes Haus, beides waren wesentliche Lebensziele für mich. Ich habe einen Lebenspartner, mit dem ich alt werden möchte.«

Ihr gegenwärtiges Leben wird von den Bedürfnissen ihrer beiden Kinder, beide unter zwei Jahren, bestimmt. Das dreißigste Lebensjahr war für sie eine Krise, in der es um Jetzt-oder-nie für sie ging. Obwohl sie vorher keine Kinder wollte, sieht sie die Mutterschaft jetzt »als kostbare Bereicherung meines Lebens, und ich wäre dumm gewesen, wenn ich das versäumt hätte«. Durch ihre Kinder hat sie ungeheuer viel Freude und Liebe erlebt; aber sie findet auch, daß ihre persönlichen Dinge jetzt schon lange zurückstehen mußten. Sie ist sich der psychischen Kosten der Mutterschaft bewußt, ohne ihre Entscheidung zu bereuen: »Das schwierigste war der Mangel an Zeit - Zeit für Freunde, Zeit zum Lesen, Briefe schreiben, ins Badezimmer gehen usw. Vor allem vermisse ich die Zeit mit Adam. Ich wünschte, ich könnte genausoviel Zeit und Energie in meine Ehefrauenrolle wie in die Mutterrolle stecken. Und dann nochmal genausoviel, um einfach nur Frau zu sein. Na ja. Ich weiß ja, daß das nur vorübergehend ist, deshalb komme ich damit klar.«

Finanziell leben sie etwas kärglich, aber sie findet nicht, daß sie mehr braucht. Sie ist gesund, trinkt und raucht nicht, außer gelegentlich Marihuana, wenn sie in Gesellschaft ist.

Alice engagiert sich hauptsächlich bei der Realisierung ihres Traums vom Landleben, den sie mit Adam teilt. Sie will mehr Zeit für ihren Sohn und ihre Tochter haben, als ihre Eltern für sie hatten. Sie möchte ihre Kinder feministisch erziehen, d.h. sie sollen einsehen, daß Frauen und Männer gleichberechtigt sind. Trotz ihres anstrengenden und schweren Lebens wirkt Alice auf tiefer Ebene zufrieden. Für die Zukunft wünscht sie sich: »Ich hoffe, daß Adam und ich in unserem eigenen Heim gemeinsam und behaglich alt werden können und so autark wie möglich werden. Ich möchte erleben, daß die Kinder gedeihen und zu glücklichen, zufriedenen Erwachsenen heranwachsen. Ich wünsche mir die Möglichkeit, verschiedene persönliche Pläne verwirklichen zu können, mich weiterzubilden, irgendein Handwerk wirklich zu erlernen, so lange wie möglich Ski zu fahren und zu wandern. Abgesehen von ein paar rauhen Ecken und Kanten bin ich glücklich so, wie ich jetzt bin. Ich möchte mich nicht grundlegend verändern. Ich mag mich so, wie ich jetzt bin. Es wäre natürlich schön, klüger, geduldiger und gelassener zu sein - aber das kommt wahrscheinlich noch.«

Zusammenfassend sagt Alice über ihr Leben: »Meine bisher wichtigste Leistung war es, eine 'gute' Ehefrau und Mutter zu werden. Wenn ich der Welt zwei glückliche, gesunde, intelligente Menschen hinterlassen kann, dann wäre das schon ein sehr wichtiger Beitrag. Ich finde es auch sehr positiv, daß ich bei meiner Arbeit Menschen geholfen habe, und ich will das auch weiterhin tun. Ich erwarte nicht, in die Geschichte einzugehen; es geht mir auch gar nicht darum. Ich möchte zufrieden sein. Ich lebe jetzt, und wenn ich achtzig bin, dann lebe ich dann. Und nur darauf kommt es an, oder?«

Beim Rückblick auf ihr bisheriges Leben steckt Alice die einzelnen Lebensabschnitte nach den Männern ab, zu denen sie eine Beziehung hatte. Trotz des weiterhin starken Motivs ihres akademischen und beruflichen Erfolgs hat doch der jeweilige Mann in ihrem Leben sie am stärksten verankert und definiert.

Alice hat also das Muster weitergeführt, das im College evident geworden war. Ihr Ehrgeiz wird ausgeglichen durch ihr Bedürfnis nach Beziehungen. Auch wenn ihre Beziehungen zunehmend unabhängiger geworden und stärker auf ihre individuellen Bedürfnisse zugeschnitten sind, definiert sie

Zufriedenheit doch über die Begriffe Gegenseitigkeit und Liebe. Ihre offensichtlichen Fähigkeiten bringen ihr anscheinend nur dann Freude, wenn sie sie im Kontext einer solchen Beziehung ausdrücken kann.

Die Beziehung zu ihren Eltern ist weiterhin distanziert, aber herzlich. Die Konflikte im Gefolge ihrer Unabhängigkeit von ihnen haben sich offenbar seit langem aufgelöst. Sie glaubt, sie verdanke ihre Intelligenz und ihre Rückzugstendenzen in emotionalen Situationen ihrem Vater, ihre haushälterischen Fähigkeiten und ihr Temperament der Mutter. Sie hält sich für extrovertierter und positiver als beide Elternteile. Sie ist sich sehr bewußt, daß sie durch ihre Collegeerziehung Vorteile gehabt hat, die ihre Eltern nicht hatten, benutzt aber ihr Wissen weniger, um sie zu bewerten, sondern um sie zu verstehen. »Ich bin meinen Eltern nie wirklich nahe gekommen. Nicht, daß es keine Liebe gegeben hätte. Ich wußte nur nie etwas über ihr Leben, ihre Werte, ihre Auffassungen.« Das sind zwar fast dieselben Formulierungen wie damals im College, aber der Ton ist jetzt sachlicher, die alte Sehnsucht schwingt nicht mehr mit. Sie hat die Unterschiede akzeptiert und möchte ihr Leben nach ihren eigenen Maßstäben neu definieren, ohne sich als jemand sehen zu wollen, der die alten Familientraditionen weiterführt. Weil es nicht genügend Nähe zu ihren Eltern gab, hat die Suche nach einem Menschen, dem sie nahesteht, in ihrem Leben immer die Hauptrolle gespielt. Dafür brauchte sie Männer, von ihrem Schulfreund, der »einen Schlupfwinkel für mich baute«, bis zu Adam, der ihren Traum vom Landleben teilt und unterstützt. Kurz, man kann sagen, daß sich Alice eindeutig von ihrer Familie individuiert hat, auch wenn ihre Identitätsbildung von dem Bedürfnis geprägt ist, ihre Identitätselemente mit denen eines Mannes ins Gleichgewicht zu bringen.

Alice hat ihr bei dem College-Interview formuliertes Ziel, etwas zu tun, sich umzusehen und eine Zeitlang allein zu leben, bevor sie sich niederläßt, nie realisiert. Nach dem Examen war ihre Angst so stark, daß sie sich total in Richard verliebte, ohne seine schwierige, problembeladene Seite zur Kenntnis zu nehmen, und sie blieb bei ihm, um ihrem Leben eine gewisse Struktur zu geben. In Adam fand sie einen Mann, der ihre Individualität akzeptierte und förderte. Im frühen Erwachsenenalter vergaß sie ihre Träume von unabhängigen Abenteuern und versöhnte sich endlich mit ihrem Bedürfnis nach einer verläßlichen Beziehung.

In der Gruppe der Frauen mit erarbeiteter Identität ist Alice diejenige, bei der Identitätsprüfung und Identitätserforschung, falsche Anfänge und neu gewählte Wege am klarsten umrissen sind. Bei den anderen ist die Entwicklung der Identität und Individualität weniger leicht zu beobachten und zu identifizieren; Momente eindeutiger Exploration der Identität sind sehr viel schwerer zu erkennen. Wachstum und Entwicklung spielte sich bei den anderen Frauen dieser Gruppe eher innen ab, sozusagen unter der Haut. Im Rückblick stellen sie eines Tages fest, daß sie sich in wichtigen Bereichen von ihren Eltern entfernt haben oder anders geworden sind als früher, aber es gibt wenig Bewußtheit über den Veränderungsprozeß an sich. Bei diesen Frauen bleibt die Bedeutung von Erfahrungen, die die Identität modifizieren, im Erfahrungsprozeß selbst unausgesprochen oder wird nicht wahrgenommen, so als würden sie sagen: »Gut, ich mache jetzt etwas anderes, aber das verändert mich nicht. Ich bin immer noch dieselbe.« Wenn sich solche Veränderungen häufen, schwindet das Bedürfnis, sich auf Vertrautes zurückzuziehen. Die Veränderungen sind verläßlich geworden und bilden einen Teil des Selbst. Das Gefühl einer Veränderung tritt so erst auf, wenn sie vollzogen ist und nicht mehr rückgängig gemacht werden kann.

Andrea

Andrea im College. Andrea wirkte bei den College-Interviews verkrampft und angespannt und sprach offensichtlich nicht gern über sich selbst. Dies war aber wohl weniger auf Zurückhaltung zurückzuführen als auf eine gewohnheitsmäßige Abneigung gegen Selbstreflexion.

Andrea wollte Medizin studieren. Ihr Vater hatte ihr naturwissenschaftliches Interesse gefördert, und sie schätzte dieses Gebiet vor allem, weil es »hart und fordernd« war. Den katholischen Glauben ihrer Kindheit hatte sie nicht ganz abgelegt, sich aber einer neuen, unkonventionelleren Richtung angeschlossen. Im politischen Bereich engagierte sie sich auf lokaler Ebene; ihre politische Ansichten waren sehr ausgeprägt. Sex war für sie im Kontext einer verbindlichen Beziehung erlaubt. Sie wußte, daß ihre Eltern diese Ansicht entschieden ablehnen würden, fand aber: »So sind sie eben, aber ich bin anders.« Andrea hatte sich also nach den Kriterien von Krise und Festlegung in den Bereichen Beruf, Religion, Politik und Sexualität eindeutig eine Identität erarbeitet.

Andrea war sehr zielorientiert und traf ihre Entscheidungen in einem relativ abgestuften Konsolidierungsprozeß ihrer Unabhängigkeit. Ihre Familie beschrieb sie als eng verbunden und überbehütend, aber auch wichtig für sie wegen der vielen gemeinsamen Erfahrungen. Ihr Vater hatte den Boden für ihre intellektuellen Interessen bereitet, und sie erinnerte sich liebevoll an die Stunden, in denen sie besprochen hatten, was sie in der Schule gelernt hatte. Auseinandersetzungen gab es hauptsächlich mit ihrer Mutter, meist ging es dabei um ihre Freiheit, also wann sie zu Hause sein mußte und welche Freunde sie hatte.

Bis zu ihrem Eintritt ins College glaubte Andrea, sie hätte in vieler Hinsicht große Ähnlichkeiten mit ihren Eltern: Sie hatte ihre Moral, ihre Religion und ihre Werte von Leistung und Erfolg übernommen. In der Schule hatte sie wenig Freundinnen, weil die Schulkameradinnen sie für eine Streberin hielten. Da sie katholische Schulen besuchte, gab es keinen äußeren Anstoß, die Werte oder Maßstäbe ihrer Eltern ernsthaft in Zweifel zu ziehen, bis auf eins: Obwohl ihre Eltern für ihren älteren Bruder die College-Ausbildung bezahlten, waren sie fraglos davon ausgegangen, daß Andrea bis zu ihrer selbstverständlich erwarteten Heirat als Sekretärin arbeiten würde. Sie hielten die College-Ausbildung bei einem Mädchen für eine schlechte Investition. Aber Andrea erklärte schlicht und ergreifend, dann würde sie das College eben selbst finanzieren, fand einen Teilzeitjob im Büro und schrieb sich an einer öffentlichen Universität mit geringen Studiengebühren ein. Sie rebellierte nicht gegen die Haltung ihrer Eltern und trug ihnen auch nichts nach. Sie tat einfach, was sie tun wollte.

Aber als sie dann studierte, lernte sie viele Menschen mit ganz anderen Ansichten und Erfahrungen kennen, als sie sie von zu Hause gewohnt war. Das Leben in einer säkularen Welt war ein Schock für sie. Nach und nach erkannte sie, daß die felsenfesten Überzeugungen ihrer Familie und ihrer Religion »nicht notwendig die einzig richtigen« sein mußten. Diese Erkenntnis führte zu Auseinandersetzungen mit ihren Eltern um die Lockerung ihrer Kontrolle. Ihre Mutter war mit einigen ihrer neuen Freundinnen und Freunde von der Universität nicht einverstanden und wollte nicht, daß Andrea mit Leuten ausging, die sie nicht gut kannte.

Andrea interessierte sich sehr für die vielen Varianten im Denken ihrer neuen Freunde; sie suchte nach einem Medium, um sich von den Eltern unabhängig zu machen, und fand es schließlich in einem Mann, mit dem sie in ihrem zweiten Collegejahr eine ernsthafte Beziehung einging. Arnold war ihr in vieler Hinsicht ähnlich, aber er war sehr viel selbstsicherer. Er unterstützte ihren Ehrgeiz und ihren Wunsch nach Bildung und tröstete und ermutigte sie, wenn sie sich unter Druck fühlte und sich Sorgen um ihre Zukunft machte. »Er hat mich selbstsicherer gemacht, mir mehr Selbstvertrauen und mehr Risikobereitschaft vermittelt. Es war wichtig, daß es jemanden gab, der viel von mir hielt. Er hat mir geholfen, erwachsen zu werden.« Durch die Beziehung zu Arnold konnte sich Andrea unabhängig von ihren Eltern als Person definieren; der potentielle Verlust der Liebe der Eltern wurde durch Arnolds Liebe kompensiert. Nach dem Collegeabschluß wollten sie heiraten und sich das Medizinstudium verdienen. Andrea konnte es kaum abwarten, von zu Hause wegzuziehen und ihr neues, vielversprechendes Leben mit Arnold zu beginnen.

In Andreas ganzem Leben, vor allem aber während des Colleges, wurde ein komplexes und mannigfaltiges Identifikationsmuster mit zahlreichen Menschen deutlich. Besonders wichtig waren für sie Lehrerinnen und Lehrer, weil sie ihr halfen, sich für ihr Medizinstudium zu entscheiden. Sie interessierte sich auch sehr für die Meinungen ihrer Freundinnen und Freude, bemühte sich darum, neue Leute kennenzulernen, und dachte viel über die Unterschiede zwischen sich und anderen nach. Ihre Vorbilder waren immer starke, entschlossene Menschen gewesen.

Ihren Vater, den sie früher für stark und aktiv gehalten hatte, nahm sie jetzt als von der Mutter kontrolliert wahr, und das Wissen, daß sich ihr Verlobter in dieser Beziehung von ihm unterschied, war ein wichtiger Bestandteil ihrer Entscheidung für ihn. Ihre Gefühle für ihre Eltern waren differenziert: Bei beiden gab es Züge, die sie bewunderte, und andere, die sie ablehnte. Sie liebte sie, war aber gleichzeitig wütend wegen ihrer allzu starken Fürsorge. Zumindest zum Zeitpunkt der beginnenden Adoleszenz war die Befriedigung durch ihre Eltern also nicht vollkommen. Ihre Mutter schien zu restriktiv und ihr Vater zu passiv, als daß er sich gegen den Einfluß der Mutter für sie eingesetzt hätte. Die Beziehung zu Arnold machte es ihr möglich, ihre Abhängigkeit von den Eltern aufzugeben, ohne ihn zum Elternersatz zu machen und ohne ihre emotionalen Bindungen an sie völlig aufzulösen; sie konnte sich mit seiner Unterstützung weiterentwickeln. Dieses Bedürfnis nach Unterstützung war auch das Thema eines häufigen Tagtraums aus der Kindheit: »Ich dachte mir ein Schloß im Wald aus, mit Verliesen. Es war gruselig, aber aufregend, es gab darin Wesen, die mich angriffen. Aber ich suchte nach dem Schatz. Ich war mit einer Freundin zusammen, und solange jemand bei mir ist, habe ich keine Angst.«

Andrea lachte während des Interviews im College immer wieder nervös auf und schien keinerlei innere Einsicht zu besitzen. Ihre spröde Art nahm ihr jeden Charme. Sie sprach sehr distanziert über die Menschen, mit denen sie zu tun hatte, und sie beschäftigte sich viel allein. Das klinische Team hielt Andrea für eine Frau, die nur schwer Nähe zu anderen herstellen konnte und sich ihrer eigenen Bedürfnisse und Gefühle kaum bewußt war. Trotzdem zeigten die Einzelheiten ihres Lebens innere Kraft und Beharrungsvermögen. Sie wirkte wie eine Frau mit einem Ziel, einem Ziel, das sie sich selbst gewählt hatte und das sie verfolgte, ohne nach rechts und links zu sehen oder sich von anderen Dingen ablenken zu lassen.

Andrea mit vierunddreißig. Das Leben hatte es gut mit Andrea gemeint; bei den Nachfolge-Interviews war sie eine sehr viel wärmere, entspanntere und offenere Frau. Sie ist entschieden und unbeugsam geblieben, aber sie hat auf eine Weise über sich nachgedacht, die ihr im College noch nicht möglich war, und ist jetzt weicher und weniger spröde.

Sie hat ihre medizinische Ausbildung gerade abgeschlossen und dazu noch ihr Diplom in Biochemie gemacht. Sie möchte jeweils halbtags praktizieren und in der Forschung arbeiten. Sie hat in ihrer Assistenzzeit ein Interesse an Hormonstörungen entwickelt und ihre Berufspläne dementsprechend geändert.

Andrea geht nicht mehr zur Kirche, außer wenn sie ihre Mutter besucht. Für Religion gibt es in ihrem gegenwärtigen Leben wenig »Anwendungsmöglichkeit«, und sie meint, ihre religiöse Einstellung hätte sich gewandelt, als sie sich aus dem Einflußbereich ihres Elternhauses gelöst hat. Politisch hält sie sich für liberal, sagt aber, sie sei jetzt elitärer und konservativer als im College.

Auch ihre Auffassungen zur Sexualität haben sich in den letzten Jahren geändert. Jetzt hält sie weder vor- noch außerehelichen Geschlechtsverkehr für falsch; für sie besteht die einzige Grenze in dem Einfluß, den das auf die Beziehung zum Partner hat.

Auch als Erwachsene ist Andrea also eine Frau mit erarbeiteter Identität geblieben. Ihre Festlegungen sind verfeinerter, haben sich erweitert und durch Erfahrung verändert, basieren aber auf einem internalisierten Wertebündel.

Die Anforderungen ihrer Berufsausbildung und die Beziehung zu Arnold, den sie geheiratet hat, haben seit dem Collegeabschluß ihr Leben bestimmt. Die letzte wichtige Entscheidung stand an, als ihr eine attraktive Stelle in einer anderen Stadt angeboten wurde. Weil ihr Mann in Philadelphia arbeitet, wo die beiden leben, haben sie die Vor- und Nachteile einer Wochenendehe diskutiert und sich schließlich dagegen entschieden. Andrea war ein wenig enttäuscht, daß sie eine weniger interessante Stelle annehmen mußte, hält aber die Entscheidung für richtig. Sie erlebt beide Bereiche ihrer Arbeit, ihre Tätigkeit als Ärztin und ihre Forschungsarbeit, als sehr befriedigend.

Andrea hatte zwei wichtige Vorbilder für ihre beruflichen Rollen, ein männliches und ein weibliches. Ihre Mentorin ist »...unabhängig. Sie hat Freude am Leben, trotz aller Probleme. Sie arbeitet schwer, und sie lebt vor, daß man eigene Werte und Ziele haben kann, die sich nicht notwendig mit denen anderer decken müssen. Sie hat mir auch bewiesen, daß es durchaus möglich ist, hart zu arbeiten und sich trotzdem ohne Schuldgefühle zu amüsieren.« Diesen Eigenschaften eifert Andrea nach. Ihr Mentor arbeitet in der Berufskombination, um die sie sich bemüht, und mit seiner Hilfe hat sie ihre beruflichen Präferenzen festgelegt.

Andrea und Arnold haben wie geplant nach dem Collegeabschluß geheiratet. Sie sagt dazu: »Wir glaubten, wir würden gut zusammenpassen, wir liebten uns, wir waren gerne zusammen. Er ist unabhängig genug und hat auch genug Selbstbewußtsein, um das Leben mit einer berufstätigen Frau zu bewältigen, ohne sich bedroht zu fühlen.« Sie hält ihre jetzt zwölfjährige Ehe für gut, sie unternehmen noch immer viel und leben gern zusammen. Beide arbeiten hart und unterstützen sich gegenseitig bei ihren beruflichen Aktivitäten, auch wenn es oft schwer ist, Urlaub zu machen. Andrea glaubt, sie hätten sich beide weiterentwickelt und verändert, aber würden auch weiterhin gut zusammenpassen, nicht nur als Liebhaber, sondern auch als Freunde. Sie scheint positiv überrascht über die gute Entwicklung ihrer Beziehung.

Ihre Ehe ist ziemlich unkonventionell verlaufen, weil Andrea zwei kurze, aber intensive Affären mit Kollegen hatte. Ihr Mann weiß von diesen Affären und findet sie nicht gut, versteht aber Andreas Bedürfnis nach Unabhängigkeit und Freiheit. Die Beziehungen haben die Ehe nicht bedroht und spiegeln aus Andreas Perspektive ihr Bedürfnis, das eigene Leben selbst zu definieren. Andreas Einstellung zu ihrer Ehe ist auffallend objektiv und frei von Idealisierungen. Arnold hatte sich geärgert, daß sie während ihrer Assistenzzeit so viel in der Klinik gearbeitet hatte, und dieser Ärger hatte sie verstimmt. Als sie sich dann für die Promotion und damit für zusätzliche Arbeit entschied, meinte er, es könnte gut sein, daß er nicht mehr da wäre, wenn sie endlich fertig geworden sei. Es sagt einiges über das Ausmaß von Andreas Hartnäckigkeit, daß sie diese Chance auf Biegen oder Brechen wahrnehmen wollte. Sie hält Arnold für nicht so berufsorientiert wie sich selbst und außerdem für den bedürftigeren Teil in der Beziehung. Sie ist oft und gern mit Freunden zusammen, unabhängig von ihm, während er nur schwer andere Gesellschaft findet. Aber sie fühlt sich ihm auch auf ganz besondere Weise nahe, und diese Intimität hat sie mit mit niemand anderem je erlebt: »Wir haben eine lange Geschichte und tiefe Gefühle füreinander, und bis jetzt hat es keine wirkliche Konkurrenz für ihn gegeben.«

Andrea und Arnold sind an ein hektisches Leben mit viel Freiheit gewöhnt und haben sich entschlossen, keine Kinder zu bekommen. »Wenn ich darüber nachgedacht habe, habe ich immer gesagt, jetzt will ich keine Kinder haben. Allmählich habe ich erkannt, daß ich nicht alles machen kann. Ich habe nicht geglaubt, daß ich für Kinder sorgen und gleichzeitig meinen Lebensstil und meinen Beruf beibehalten kann.« Sie ist nicht bereit, die nötige Zeit für die Kindererziehung aufzubringen, und ihr Mann denkt ähnlich. Ihre Unabhängigkeit und Spontaneität sind ihr wichtig, und sie will sich um ihre Karriere kümmern. »Ich habe nicht das Bedürfnis, mich fortzupflanzen«, sagt sie.

Selbst auf dem Hintergrund ihres sehr traditionellen Elternhauses kann die Entscheidung gegen eigene Kinder nicht überraschen, weil Andrea immer wieder Vorreiterin war, ihre eigenen Ziele formuliert und sich dem Druck der allgemeinen Meinung wiedersetzt hat. Seit der Schulzeit, in der sie die isolierte »Leseratte« war, hat sie gelernt, sich auf ihre eigenen inneren Kräfte zu verlassen, sich zu entscheiden und dann dementsprechend zu handeln. Als ihre Eltern gemäß ihren Ansichten über ein angemessenes weibliches Leben ganz selbstverständlich davon ausgingen, sie würde Sekretärin werden, finanzierte sie eben ihr Studium selbst. Im Studium und im Verlauf ihrer Ausbildung hat sie sich immer wieder gegen Gruppenzwänge durchgesetzt und darauf bestanden, das zu tun, was ihr richtig erschien. Ungewöhnlich ist auch ihre Berufskombination, genauso ungewöhnlich wie der Forschungsbereich, in dem sie sich engagiert. Die Konstanten ihres Lebens sind Abenteuerlust und innere Stärke auf der Basis einer bedeutungsvollen Beziehung zu einer notwendigen, liebevollen und unterstützenden anderen Person.

Andreas Vater ist vor sechs Jahren gestorben. Im Gespräch darüber ist sie nur darauf eingegangen, wie sein Tod das Leben ihrer Mutter beeinflußt hat. Ihre Mutter steht Andreas Lebensstil und ihrem Ehemann immer noch kritisch gegenüber, aber Andrea setzt ihr klare Grenzen. Ihre Beziehung ist liebevoll und freundschaftlich. »Ich erzähle ihr nur die Dinge, über die sie sich wahrscheinlich nicht aufregt. Sie sieht ein, daß sie mich wohl nicht mehr zu Gesicht bekommen würde, wenn sie zu weit ginge.« Sie ist zwar nicht ausgesprochen gern mit ihrer Mutter zusammen, erfüllt aber ihre töchterlichen Pflichten mit echter Fürsorge. Es gibt wenig wirkliche Gemeinsamkeiten zwischen ihr und ihrer Mutter, aber sie bemüht sich, Situationen zu schaffen, die ihnen beiden Freude machen.

Andrea findet, was die Sorge um andere betrifft, sei sie ihrer Familie ähnlich, aber in bezug auf Frauenemanzipation und Moral sei ihre Familie sehr viel konservativer orientiert. Dies gelte übrigens auch für Freundschaften, während ihr selbst Freundinnen und Freunde eine große Familie ersetzen. Sie hat in der Regel mehr Freunde als Freundinnen, weil sie mit Männern mehr gemeinsam hat; erst in letzter Zeit hat sie Frauen gefunden, die die für eine Freundschaft nötigen Ähnlichkeiten aufweisen.

Entscheidend ist für Andrea ein Gefühl von Freiheit. Wiederholt kommt sie darauf zurück, wie zentral ihr Lebensstil für sie sei, das Gefühl, frei zu sein, selbst bestimmen zu können, was sie will und was sie tut. Wenn sie nicht arbeitet, kocht sie gern, liest und macht lange Fahrradtouren. Sie genießt es, daß sie ihren Interessen nachgehen und Lebenserfahrung sammeln kann.

Obwohl sie so viel Zeit und Energie in ihren Beruf investiert hat, steht ihre Karriere nicht im Mittelpunkt ihres Lebens: »Für mich ist das Band zu anderen Menschen am wichtigsten, Karriere steht im Mikrokosmos ziemlich unten. Mein Mann, Freunde, Beziehungen zu anderen - das ist das wichtigste. Sich jemandem nahe zu fühlen, mit jemandem sprechen zu können und ihn zu verstehen, Menschen zu haben, mit denen man sich wohlfühlt, die das Leben ähnlich sehen - das ist das wichtigste. Das schlimmste wäre, vollkommen allein zu sein, niemanden zu haben, mit dem man reden kann.«

Für die Zukunft erwartet Andrea Veränderungen. Die Finanzmittel für ihre Forschungsarbeit sind schwer kalkulierbar, und Änderungen in der Finanzierung könnten einen Umzug erforderlich machen. Bis jetzt hat kein anderer Mann ihrem Ehemann ernsthaft den Rang streitig machen können, aber es gibt für sie keine Garantien dafür, daß das so bleibt. Bei der Vorstellung von Veränderungen bekommt sie leuchtende Augen: Ein neues Abenteuer liegt vor ihr. Die Dinge und die Menschen, die ihr Leben ausmachen, sind ihr zwar viel wert, aber sie bleibt nicht dabei stehen und ist offen für neue Möglichkeiten

Andrea wirkt, als hätte sie sich früh von der mütterlichen Kontrolle gelöst. Sie hat sich ihrem Vater zugewandt, der zwar nur distanziert und unregelmäßig verfügbar war, aber sie trotzdem unterstützt und ermutigt hat. Es ist zwar nicht klargeworden, welcher psychische Prozeß dafür verantwortlich ist, aber jedenfalls ist Andrea emotional nicht bedürftig und kann allein sein. Sie ist eine realitätsorientierte Frau, ist zielgerichtet geblieben, schwelgt nicht in ihrer inneren Welt. Sie erkennt die Risiken einer Entscheidung, aber trifft sie trotzdem, aus dem Gefühl heraus, daß sie sich anders entscheiden kann, wenn es nicht klappt. Innere Konflikte zeigen sich höchsten in ihrem Interesse an anderen Männern, aber dazu sagt sie schlicht: »Ich fühle, daß ich das brauche«, und hat für dieses Bedürfnis in der Struktur ihres Lebens eine Nische geschaffen.

Andrea läßt sich also in der Gruppe der Frauen mit erarbeiteter Identität als Vorreiterin bezeichnen. Gemessen an Prestige und Schwierigkeiten hatte sie den größten Berufserfolg in dieser Gruppe, sie ist die größten Risiken in ihren Beziehungen eingegangen und scheut sich nicht, Beziehungen selbst zu definieren. Von ihrer Entscheidung für das College in der Schulzeit bis zu ihrer Entscheidung gegen eigene Kinder hat sie ihre inneren Kräfte genutzt, um das Leben nach ihren Wünschen zu gestalten, und das alles ruhig und undramatisch, ohne »Sturm und Drang«-Zeiten.

Es ist also möglich, sich ohne dramatische Kämpfe in der Adoleszenz, ohne völlig neue Wege zu beschreiten und ohne sich geographisch von zu Hause zu entfernen eine Identität zu erarbeiten. Eine junge Frau kann sich zugestehen, alternative Lebensweisen gründlich kennenzulernen, und sich gleichzeitig frei für Werte und Wege entscheiden, die schon immer die ihren waren. Eine solche Enscheidung basiert nicht auf dem Gefühl reflexiver Notwendigkeit, das so typisch für die Frauen ist, die ihre Identität übernommen haben. Es ist eher eine nachdenkliche Wahl, eine Option auf das, was in der Zeit vor der Entscheidung wertvoll war. Aber wie sich im folgenden bei Amanda zeigt, ist der Abstand zu der Positon der übernommenen Identität gar nicht so groß.

Amanda

Amanda im College. Amanda studierte Psychologie und wollte später mit behinderten Kindern arbeiten. Ihre Eltern förderten zwar, daß sie zum College ging, hatten aber keine bestimmte Berufsrichtung für sie ins Auge gefaßt. Amanda war keine besonders engagierte Studentin, sie fand den Leistungsdruck zu stark und freute sich darauf, fertig zu werden und zu arbeiten. Sie stammte aus einer italienischen Familie und war als Kind streng katholisch gewesen. Am Ende der Schulzeit begann sie, an ihren religiösen Überzeugungen zu zweifeln, fand einige der kirchlichen Regeln »lächerlich« und die Leute in ihrer Kirche bigott und beschränkt. Über den Bruch mit der Kirche und die Befürwortung von Empfängnisverhütung steckte sie ihre eigene Position ab und war auf dem Weg, sich eine Identität zu erarbeiten.

Schon in der Schule hatte sie zum Entsetzen ihrer strengen und den Traditionen verhafteten Familie eine Beziehung mit einem Schwarzen begonnen, die zum Zeitpunkt der College-Interviews seit sechs Jahren bestand. Sie hielt diese Beziehung damals nicht für einen Akt der Rebellion und erwartete von ihrer Familie und ihren Freunden, daß sie den Mann akzeptierten. »Diese Entscheidung mußte ich treffen. Die Kirche sagt doch immer, man soll seinen Nächsten lieben und alle Menschen sind gleich, und das war in Ordnung, bis ich mit ihm ausging. Jetzt, nach sechs Jahren, hat meine Familie es akzeptiert.« Sie hatte vor, diesen Mann zu heiraten. »Ich habe über diese Entscheidung lange nachgedacht, und es macht mir immer noch etwas aus. Aber wenn ich darüber nachdenke, weiß ich, daß es schließlich um mein Leben geht, und ich kann nicht meine eigenen Ansichten verleugnen, um meinen Eltern einen Gefallen zu tun.«

Amanda sprach mit viel Wärme von ihrer Familie, in der es viel Zusammenhalt und zahlreiche Familientraditionen gab. Die Familienmitglieder waren immer füreinander da und unterstützten sich finanziell und emotional, aber es gab keine Privatsphäre. Jeder wußte alles vom anderen. Ihr Vater war sehr streng, und sie kämpfte mit ihm um Regeln und ums Ausgehen; sie fand, sie käme nicht besonders gut mit ihm aus. Die Mutter beschrieb sie als »eine Frau, die sehr viel gibt - sehr viel emotionale Unterstützung. Sie würde alles für ihre Familie tun, und sie hängt sehr an ihrer Familie.« Rückblickend sah sie ihre Familie als »fast ideal«, außer, daß ihre Mutter sich dem Vater zu sehr unterwarf und ihm immer nachgab. Sie hoffte, weniger unterwürfig zu werden als ihre Mutter, und sie war auf dem Weg dahin.

Amanda wuchs in der Enklave einer erweiterten Großfamilie auf: »Es war so, als hätte ich zehn Mütter.« Es gab zahlreiche Cousins und Cousinen und viele Freunde. In der Schule war sie beliebt, sie war bei den Majoretten und arbeitete in der Schülermitverwaltung mit. In der Adoleszenz war sie fest verwurzelt und fühlte sich geborgen. Als sie über ihre Zeit im College sprach, betonte sie, daß sie auf zwischenmenschlichem Gebiet sehr viel hätte lernen müssen. Bei einem Praktikum wurde sie mit ihren Grenzen konfrontiert: »Die Erfahrung hat mich gelehrt, nicht so idealistisch zu sein. Als ich in das Behandlungszentrum für behinderte Kinder kam, dachte ich,

ich könnte alles verändern, wenn ich mich nur genug engagierte. Ich glaubte, viele dieser Kinder hätten einfach nie jemanden gehabt, der sich wirklich um sie kümmerte. Ich kümmerte mich auch wirklich um sie, aber in vielen Fällen hat es einfach nicht geklappt. Ich bin zwar nicht abgestumpft, aber ich habe gelernt, daß es für die Arbeit in bestimmten Strukturen viele Grenzen gibt. Man will so viel tun, aber man kann es nicht.« Glücklicherweise hatte sie einen Supervisor, der sie unterstützte und ihr »die Realitäten verschiedener Situationen zeigte und mich zu einem Hochschulstudium ermutigte.« Er half ihr, trotz der Frustration an ihren Zielen festzuhalten.

Am Ende der Collegezeit wollte Amanda ein Hochschulstudium beginnen, eine Zeitlang arbeiten, dann Kinder bekommen und erneut in die Berufstätigkeit zurückkehren, wenn die Kinder ins Schulalter kämen. Sie sah optimistisch in die Zukunft, wollte sich weiterentwickeln und war gespannt darauf, wie die Welt wirklich aussieht.

In dem College-Interview zeigte sich bei Amanda eine sprühende, emotional ausdrucksvolle Seite. Sie hatte gründlich über sich selbst und andere Menschen nachgedacht, bereitete sich auf die Vorurteile vor, die ihre geplante Heirat bei Fremden auslösen würde und war gespannt darauf, die Arbeits- und soziale Welt zu erforschen. Sie liebte ihre Familie immer noch unbedingt, aber das tat ihrem Ehrgeiz keinen Abbruch. Sie hatte sich ein Gefühl von Individualität erarbeitet, ohne ihre emotionalen Bindungen zu lösen.

Amanda mit dreiunddreißig. Mit dreiunddreißig war Amanda nicht mehr so lebhaft und energisch, und sie hatte fünfzig Pfund zugenommen. Die Belastungen des Leben waren schwerer gewesen als erwartet, und außerdem hatte ihr Leben eine ganz andere Richtung genommen, als sie geplant hatte. Sie sah sehr mütterlich aus, wie sie da in ihrem Krankenschwesternzimmer saß, und Mütterlichkeit stand auch im Zentrum ihres Lebens.

Kurz nach dem Collegeabschluß gab es Anzeichen, daß sich die Beziehung zu ihrem Freund zu lösen begann: Er wurde weniger zuverlässig, nahm immer mehr Drogen und zeigte kaum noch Interesse an seiner Ausbildung. Als er sagte, er wolle nicht mehr heiraten und Kinder haben, beendete Amanda die Beziehung wütend, wenn auch ungern, und »wollte sich umsehen, was es sonst noch gab«. Sie suchte Zuflucht bei einem Kollegen, den sie seit einigen Jahren kannte und der dieselben Werte hatte wie sie. Die Beziehung zu George war emotional nicht so intensiv, es gab kaum Höhen und Tiefen, aber sie »paßten gut zusammen« und heirateten innerhalb eines Jahres. Sie hält George für »sensibel, fürsorglich, er hat dieselben Werte, sieht gut aus, ist ein bißchen schüchtern, verantwortungsbewußt und kinderlieb«.

Seit sie mit George zusammen war, rückten ihre beruflichen Ziele in den Hintergrund: »Familie und Kinder waren für uns beide sehr wichtig.« Gleichzeitig wurden ihre Erfahrungen in der staatlichen Schule für behinderte Kinder, an der sie unterrichtete, immer enttäuschender. Der Papierkram und die Bürokratie machten sie allmählich fertig, und schließlich schrieb sie sich in einen Kursus für Krankenpflege ein, weil sie glaubte, der Beruf der Krankenschwester böte einer arbeitenden Mutter mehr Flexibilität.

Sie bekam ihr erstes Kind drei Jahre nach der Heirat und arbeitete dann vier Jahre lang nicht mehr, besuchte aber Abendkurse in Krankenpflege. Nach der Geburt des zweiten Kindes mußte sie aus finanziellen Gründen wieder arbeiten, hat aber ihre Arbeitszeit so eingerichtet, daß die Kinder so wenig wie möglich im Hort sein müssen. Das Ergebnis sind viele Spät- und Nachtschichten. Sie hat immer noch sehr konservative Ansichten über die Rollenverteilung in der Familie und übernimmt deshalb sämtliche Hausarbeiten und das Kochen.

Amanda konzentriert sich darauf, so viel Zeit wie möglich mit ihren Kindern zu verbringen. »Ich glaube, sie müssen viel Zeit mit beiden Eltern verbringen, quantitativ und qualitativ.« Sie bedauert sehnsüchtig, daß sie körperlich nicht in der Lage ist, weitere Kinder zu bekommen. Auch für George stehen die Kinder im Mittelpunkt des Interesses. George und Amanda haben nur wenig Zeit füreinander, aber sie glaubt, daß sie das nachholen können, wenn die Kinder erst erwachsen und aus dem Haus sind.

Wenn sie es sich leisten könnte, würde Amanda ihren Beruf aufgeben. Sie wünscht sich mehr Zeit für die Kinder, für Handarbeiten und Sport. Aber sie sagt auch: »Ich liebe die Leute, mit denen ich arbeite. Wir sind ein kleines, vertrautes Team.« Und sie ist stolz darauf, daß sie die erste Frau aus ihrer gesamten, großen Familie ist, die berufstätig ist und Kinder hat. In diesem Sinne sieht sie sich als Vorreiterin.

Sie ist immer noch in ihre Familie eingebunden, die in der Nachbarstadt wohnt, und sie genießt die Rolle derjenigen, die ein bißchen anders ist. Sie mußte sich der Familie gegenüber oft rechtfertigen, vor allem weil sie und ihr Mann ein großes, schönes Haus gekauft haben, für dessen Finanzierung sie arbeiten gehen muß. Sie hat stets das Gefühl, »eine große Gruppe beobachtet mich und fragt mich auf subtile, indirekte Weise, ob ich sicher bin, daß ich das Richtige tue.« Es hat sie sehr gefreut, als sie einmal hörte, wie ihre Mutter zu jemandem sagte: »Amanda ist glücklich verheiratet, und ihre Kinder sind in Ordnung.« Sie hatte das Gefühl, den Segen ihrer Mutter erhalten zu haben, was sie sehr erleichterte.

Amanda möchte, daß ihre Kinder so aufwachsen wie sie selbst: in einem warmen, liebevollen Familienverband, mit dem Gefühl, in einer Gemeinschaft zu leben. Deswegen erzieht sie sie auch im katholischen Glauben, so wie sie selbst erzogen wurde. »Ich habe immer geglaubt, Gott sei eine gütige, freundliche und fürsorgliche Person. Ich will, daß sie ein Gefühl von Menschlichkeit bekommen, mir geht es nicht um die Einzelheiten der Religion.« Amanda glaubt, sie sei ihren Kindern gegenüber offener und weniger behütend als ihre Eltern es ihr gegenüber gewesen seien.

Bedenkt man den Traditionalismus ihrer Familie, so hat sich Amanda psychisch ein gutes Stück von zuhause entfernt. Gleichzeitig gründet sie ihr Leben aber auf dieselben Werte. Die Rückkehr zu diesen Werten hat zu einer neuen, harmonischen Beziehung zu ihrem Vater geführt, der jetzt ihre Kinder lieben und sie selbst akzeptieren kann. »Ich war immer sein braves kleines Mädchen, sein leuchtender Stern, wenn es um Erziehung ging.« Aber nichts hat seine Zustimmung so stark gefunden wie ihr Mann und ihre Kinder. Amanda hat immer noch ein enges Verhältnis zu ihrer Mutter und wendet sich in Krisenzeiten zuerst an sie. Sie weiß, daß ihre Mutter zu ihr steht, was immer sie tut.

Amanda hat also einen sehr ähnlichen Weg gewählt wie ihre Mutter, aber sie hat ihn selbst ausgesucht und wußte genau, daß sie anders hätte wählen können. Rückblickend fragt sie sich, ob die Beziehung zu ihrem farbigen Freund wohl eine Art Rebellion gewesen sein könnte, hält diese Frage aber im Grunde für unwichtig. Die Frage, ob sie sich aus Angst für ihre jetzige Lebensform entschieden hat oder weil sie herausgefunden hatte, was ihr wirklich wichtig war, läßt sich nicht beantworten, weder von ihr noch von mir. Sie hat sich in dieser Phase ihres Lebens selbst bewiesen, daß sie wählen konnte, und das half ihr, ihr Gefühl für ihre Eigenständigkeit zu stärken. Sie wollte immer unbedingt ein großzügiger, hilfreicher Mensch werden, und sie hat festgestellt, daß sie dieses Ziel bei ihren eigenen Kindern am besten verwirklichen konnte. Ihre Entscheidungen sind immer noch durchdacht, sie tut nicht einfach automatisch, was man von ihr erwartet. Sie sieht sich als jemanden, der den Boden bereitet und der Familie vorführt, daß er fähig ist, die hochbesetzten familienzentrierten Werte mit Berufstätigkeit und einem aufwärtsstrebenden Lebensstil zu verbinden. Auf dieses Abenteuer ist sie stolz.

Die Gruppe der Frauen mit erarbeiteter Identität

Das zentrale Thema, das diese Gruppe sowohl in der Adoleszenz wie im Erwachsenenalter von den anderen Gruppen unterscheidet, ist das Thema Unabhängigkeit. Allerdings ist Unabhängigkeit ein komplexer und gelegentlich irreführender Begriff, der allzu leicht das Bild des einsamen Grenzgängers heraufbeschwören kann, der sich ohne Verbindung zu anderen seinen Weg sucht. Diese Form von Unabhängigkeit gibt es bei Frauen mit erarbeiteter Identität gerade nicht.

In dieser Gruppe ist die Adoleszenz in der Regel von dem Kampf geprägt, einen Teil der Persönlichkeit freizusetzen, der dann für Exploration, Alternativen und einer flexible Neukombination von Elementen zu einer sehr persönlichen Identität zur Verfügung steht. Dieser Kampf kommt bei der Gruppe von Frauen mit übernommener Identität nicht vor; sie umgehen diese Entwicklungsaufgabe zugunsten der Weiterführung von Lösungen, deren Basis in der Kindheit liegt. Zur Unabhängigkeit gehört also, daß man auf gewisse narzißtische Befriedigungen der Kindheit verzichtet und sich von Bindungen befreit, um neue Bindungen eingehen zu können.

Diese Entwicklungsarbeit stellt vor allem eine innere Befreiung dar, die allerdings nicht immer leicht zu beobachten oder an bestimmte Verhaltensweisen gebunden ist. Wenn man sich die Adoleszenz von Alice und Andrea genau anschaut, werden bei den Frauen mit erarbeiteter Identität im wesentlichen zwei Wege durch die Adoleszenz deutlich, die zu der für die Identitätsbildung notwendigen Unabhängigkeit führen (Amandas Geschichte der Identitätsbildung liegt irgendwo dazwischen). Bei Alice wird ein Weg zur Identitätsbildung deutlich, wie ihn Erikson beschrieben hat, der ja die Bedeutung des Moratoriums betont. In der späten Adoleszenz gab es bei ihr eine deutliche und sichtbare Phase der Unsicherheit, eine Zeit der Prüfung und des Ausprobierens, auf die dann eine Phase der Entscheidung folgte. Sie löste die Bindungen an ihre Familie, experimentierte mit Drogen, Sex und verschiedenen Beziehungsformen; in ihren Worten: Sie »flippte aus«. Bei Andrea verlief der Prozeß verdeckter. Ihre Entwicklung in der mittleren Adoleszenz folgte einem recht charakteristischen Übernahme-Muster; auch wenn ihre Identität nach der Krise selbst formuliert war, war sie doch am Ende der Adoleszenz weniger individuiert als Alice. Sie wurde durch Arnold zu einer in sich differenzierteren Person, hatte aber noch nicht die Mittel gefunden, um dieses neue Selbst auszudrücken. Am Ende der Collegezeit hatte sich Alice weiter von ihrem früheren adoleszenten Selbst entfernt als Andrea, und es schien, als sei sie auf einem kreativeren Weg. Aber als Erwachsene hat Andrea sehr viel stärker ihren individuellen Weg gefunden und ist eine sehr selbstbestimmte Person geworden. Amanda liegt mit ihrer durch die verbotene Beziehung lautstark artikulierten adoleszenten Unabhängigkeit zwischen diesen beiden Mustern. Sobald ihr Recht auf Unabhängigkeit akzeptiert wurde, sobald sie erkannte, daß sie tun konnte, was sie wollte, fühlte sie sich frei genug, sich dagegen zu entscheiden.

Die Dynamik der Adoleszenz, die ja Persönlichkeitskonfigurationen der frühen Kindheit reflektiert, ist zweifellos ausschlaggebend für die ersten wichtigen Lebensentscheidungen. Von daher muß man die inneren Strukturen bei den Frauen mit erarbeiteter Identität in der Adoleszenz genau untersuchen und sie mit denen der Frauen mit übernommener Identität vergleichen.

Im ersten Collegejahr hat sich Andrea in ihrer Einstellung zunächst kaum von der Gruppe der Frauen mit übernommener Identität unterschieden. Wie diese war sie von Gleichaltrigen abgelehnt worden und hatte relativ überfürsorgliche und überbehütende Eltern. Aber anders als die Frauen mit übernommener Identität hat sie sich angesichts der Ablehnung nicht zurückgezogen, sondern konzentrierte sich auf ihre Fähigkeiten und Bemühungen, darauf vertrauend, daß ihre eigenen Taten und ihre Wirkung auf die Welt ihr ein Selbstwertgefühl verschaffen würden. Ein weiterer Unterschied besteht darin, daß bei Andrea das Urvertrauen in ihre Eltern und ihre Liebe zu ihnen Hand in Hand gingen mit einer realistischen Einschätzung der Eltern. Sie konnte die Ambivalenz ihrer Gefühle zu den Eltern zulassen und mußte sie nicht idealisieren, wie die Frauen mit übernommener Identität. Sie sah, daß Vater und Mutter ihr etwas zu bieten hatten, konnte sich mit Anteilen beider identifizieren, ohne sich mit Haut und Haar in die totale Identifikation zu stürzen. In diesem Sinne hatte sie sich am Ende ihrer Studienzeit von ihren Eltern individuiert und nahm beide als Einzelpersonen mit charakteristischen Merkmalen wahr. Dieser Entwicklungsverlauf kündigte bei Andrea und anderen aus dieser Gruppe die Fähigkeit an, zur rechten Zeit und unter den richtigen Umständen die Form der Selbstachtung aufzukündigen, die entsteht, wenn man dem Bild der Eltern entspricht, und stattdessen um die eigene Entwicklung zu kämpfen. Bei Andrea und anderen Frauen mit ähnlicher Struktur entwickelte sich die Reife in einzelnen Schritten und nicht in einem identifizierbaren, intensiven Konflikt. Sie prüften ihre Identitätsmöglichkeiten innerlich und in Ruhe.

Alice und andere ähnliche Frauen der Gruppe konnten anscheinend in den Augen ihrer Eltern nie genug leisten. Alices Eltern waren streng, sie gaben ihr Struktur, aber keine ausreichende emotionale Zuwendung. Mit zwölf Jahren bestand ihre erste Abwehrstrategie darin, sich einen Ersatz für die Eltern zu suchen, die sie nie zufriedenstellen konnte, einen Menschen, der ihr Leben für sie strukturierte und dem sie gefiel. Aber dennoch zeigt sich in ihrem Entschluß, das Elternhaus und den Freund zu verlassen und aufs College zu gehen, ein Vertrauen in ihre eigenen Fähigkeiten, was dann zu ihrer Überraschung dazu führte, daß sich die Bindung an ihren Freund und an ihr Zuhause löste. Wie Andrea hat auch Alice gelernt, ihre Selbstachtung aus der Liebe eines anderen Menschen, aber auch aus ihrer eigenen Kompetenz zu beziehen.

Amanda hat ebenfalls ihre Begabungen und Fähigkeiten schätzen gelernt, was im zwischenmenschlichen Bereich von überragender Bedeutung für sie war. Auch wenn sie mit ihren Fähigkeiten nicht hausieren geht, ist doch klar geworden, welch ungeheure Stärke es brauchte, um mit ihrer aus dem Rahmen des Üblichen fallenden Beziehung umzugehen, zu erreichen, daß die Familie diese Beziehung akzeptiert, die Vorurteile und Ablehnung, die sie hervorrief, auszuhalten - und all' dies, ohne die Beziehungen innerhalb der Familie abzubrechen. Amanda hat das Gefühl internalisiert, in Beziehungen zu Menschen über das Geliebtwerden hinaus kompetent zu sein.

Ich weise in diesem Punkt noch einmal darauf hin, daß Frauen mit erarbeiteter Identität nicht intelligenter oder begabter sind als Frauen mit anderem Identitätsstatus. Sie unterscheiden sich in der Einschätzung ihrer Kompetenz und in der Rolle, die sie ihr in ihrer Persönlichkeitsstruktur zuweisen. Für Frauen mit erarbeiteter Identität gehört es wesentlich zur Selbstdefinition, daß sie der Welt ihren Stempel aufdrücken können. Ihre Taten bringen Belohnungen »von innen heraus« mit sich, d.h., sie wollen nicht andere stolz auf sich machen, sondern selbst stolz auf sich sein. Sie wissen, daß sie einer äußeren Welt, sei sie abstrakt oder persönlich, etwas Wertvolles anzubieten haben, und sie haben Freude an ihren Fähigkeiten, der Welt eine Reaktion zu entlocken. Allerdings klingt das oft leichter, als es ist.

Frauen mit erarbeiteter Identität erzählen als Adoleszente häufiger als Frauen aus den anderen Gruppen von Erfahrungen, bei denen sie allein waren und überlebten, oder von Situationen, in denen sie sich entgegen den Wünschen der Eltern für etwas entschieden und feststellten, daß sie sich trotz Schuldgefühlen auf das eigene Leben festgelegt hatten. Solche Frauen haben ein außerordentliches Talent dafür, die Umwelt dazu zu bringen, daß sie ihre schlummernde Unabhängigkeit unterstützt. Lehrerinnen und Lehrer, Europareisen und Zimmernachbarinnen, alles wird in den Dienst neuer Formen der Selbsterfahrung gestellt, aber die alten werden erst aufgegeben, wenn die neuen konsolidiert sind.

Die Collegezeit ist für Frauen mit erarbeiteter Identität oft eine höchst ambivalente Phase, besonders für die, die sich auf drastische Weise von den Eltern lösen. Es besteht immer die Gefahr, daß das Unternehmen ganz aufgegeben wird und die neue Identitätskonstellation scheitert. Häufig ist der regressive Wunsch nach der Sicherheit, die der Status der übernommenen Identität bietet, schmerzhaft gegenwärtig. Dieser Wunsch zeigt sich deutlich in einem Traum einer anderen Frau aus dieser Gruppe: »Ich fuhr im Traum mit meinem Vater einen Berg hinunter. Dann hielt ich an, ließ ihn aussteigen und fuhr weiter bergab. Ich habe zwischendurch immer mal wieder gedacht, ich würde nur einmal um den Block fahren und ihn bald wieder mitnehmen, aber ich tat es nicht.« Dieser Traum enthält die Quintessenz des Loslösungs- und Individuationsprozesses der Adoleszenz. Es ist wichtig, daß der Vater da ist und mitgenommen werden kann - und es ist nötig, daß sich das adoleszente Mädchen zum Weiterfahren entschließt. Und sie muß sich zwangsläufig schuldig fühlen, weil sie den Vater nicht mitgenommen hat.

Die Fähigkeit, Schuldgefühle zu ertragen, ist während der Adoleszenz ein zentraler Persönlichkeitsaspekt bei dieser Gruppe. Der Schritt über die Grenzen der Kindheit hinaus evoziert in der sich entwickelnden Frau das Gefühl, die Eltern verraten zu haben. Handlungen, über die sie mit ihrer Mutter nicht sprechen darf, haben schwere Gewissensbisse zur Folge. Wie in dem Traum bedeutet Erwachsenwerden nichts anderes, als den Vater am Straßenrand stehen zu lassen. Frauen mit übernommener Identität tun praktisch alles, um diese Erfahrung zu vermeiden, und Frauen im Moratorium werden davon überwältigt, wie das nächste Kapitel zeigt. Aber Frauen mit erarbeiteter Identität sind anscheinend fähig, eine gewisses Maß an Schuldgefühlen zu ertragen und damit zu leben. Das erklärt auch den Eindruck einer gewissen Depression und Trauer, der bei den Frauen dieser Gruppe in den Collegeinterviews entstanden war. Sie wußten, daß sie sich von ihren Eltern abgewandt hatten, und sei es nur geringfügig, und sie fühlten sich schuldig. Aber sie hielten diese Schuld und die daraus entstehende Trauer aus und konnten sich dadurch weiterentwickeln. Als sie vierunddreißig Jahre alt waren, waren die Schuldgefühle mitsamt der Depression verschwunden.

Das wohl typischste Muster für die Erarbeitung der Identität in der späten Adoleszenz bei Frauen ist die Beziehung zu einem Mann, der ihnen hilft, von den Eltern unabhängiger zu werden. Anders als die Frauen mit übernommener Identität, die Ersatzobjekte für Abhängigkeit wählen, d.h. Männer, die so für sie sorgen, wie es die Eltern getan haben, suchen sich diese Frauen Männer, denen sie wichtig sind und die den Teil des Selbstwertgefühls ersetzen, der durch die wachsende Distanz zu den Eltern zwangsläufig verloren geht. Sie wollen von einem Mann Ich-Unterstützung, suchen jemanden, der sie in ihrem Agieren und Existieren in der Welt stützt, der ihnen Halt gibt und sie tröstet, ihnen aber auch Raum für die Selbsterfahrung läßt. So kommt z.B. Andrea immer wieder auf die berufliche Unterstützung durch ihren Mann zurück, auf sein Verständnis für ihre harte Ausbildung, seine Freude über ihre Erfolge und sein Verständnis für ihre Frustrationen. Seit dem letzten Jahr im College macht es ihr nichts mehr aus, daß ihre Mutter sie auf diese Weise nicht unterstützen kann, ja sogar ihren Lebensstil aktiv ablehnt. Und auch Amanda erwartet von ihrem Mann die Unterstützung ihrer Entscheidung für die Berufstätigkeit, obwohl sie kleine Kinder haben. Diese Unterstützung hat ihr die Kraft gegeben, ihrer konsternierten und skeptischen Ursprungsfamilie entgegenzutreten.

Hier zeigt sich ein Paradox bezüglich der »Unabhängigkeit« der Frauen mit erarbeiteter Identität. Im Grunde beruht ihre Unabhängigkeit darauf, daß ein Mann (oder im Fall der zwei unverheirateten Frauen dieser Gruppe wichtige Freundinnen und Freunde) sie in ihrem Recht bestärkt, auf ihre eigenen Leistungen stolz zu sein. Alle verheirateten Frauen dieser Gruppe haben erwähnt, wie wichtig die Unterstützung ihrer beruflichen Aktivitäten durch ihren Mann für sie sei, ganz anders als die Frauen mit übernommener Identität, von denen keine einzige diese Hilfestellung erwähnt hat. Der Beruf hat für die beiden Gruppen eindeutig einen ganz unterschiedlichen Stellenwert, der seinem Rang in den jeweiligen Identitätskategorien entspricht.

Im frühen Erwachsenenalter bedeutet die Berufstätigkeit die Verwirklichung der Aspekte der Identität, die in der späten Adoleszenz für das Selbstwertgefühl zur Verfügung stehen. Frauen mit erarbeiteter Identität fordern also mehr von ihrem Beruf als Frauen mit übernommener Identität. Für letztere ist der Beruf ein Mittel, weiterhin den Erwartungen anderer zu entsprechen; deshalb sind sie so erfolgreiche und beliebte Angestellte. Sie wollen belohnt werden und sind bereit, dafür hart zu arbeiten. Sie werden oft befördert und bewerten ihre beruflichen Leistungen danach, inwieweit andere mit ihnen zufrieden sind. Frauen mit erarbeiteter Identität dagegen wollen in ihrem Beruf erfahren, welchen Einfluß sie auf die Außenwelt nehmen können. Sie sind weniger von der Anerkennung anderer abhängig; zufriedene Vorgesetzte und Erfolg sind für sie nicht zwangsläufig Kriterien für eine befriedigende Berufstätigkeit. Der berufliche Erfolg, also die Beförderung in eine verantwortungsvollere Position und ihr Aufstieg in der Hierarchie, war für Alice z.B. der Grund dafür, daß sie mit ihrer Arbeit unzufrieden wurde. Sie hatte Freude an ihrem Beruf, solange sie anderen direkt helfen konnte, der Kampf mit der Bürokratie dagegen hatte trotz des prestigeträchtigen Titels keinen Reiz für sie.

Die Wahrscheinlichkeit, nach einigen Jahren den Beruf, den sie nach dem Collegeabschluß gewählt haben, zu wechseln, ist bei Frauen mit einer erarbeiteten Identität größer als bei allen anderen Gruppen. Von den acht Frauen dieser Gruppe haben sieben mittlerweile einen anderen Beruf, während von den acht Frauen mit übernommener Identität keine den Beruf gewechselt hat. So fühlte sich eine Frau zu einer Änderung ihrer beruflichen Pläne gezwungen, als sich herausstellte, daß sie ihre Hoffnungen auf eine Auslandstätigkeit in ihrem gewählten Berufsfeld nicht realisieren konnte. Die meisten der anderen wechselten den Beruf, weil sie von den bürokratischen Strukturen ihrer Tätigkeit enttäuscht waren. Wenn ihnen bewußt wurde, daß sich ihre Ziele innerhalb der verfügbaren Strukturen nicht erreichen ließen, durchdachten sie in einer krisenähnlichen Phase ihre Ziele neu. Fast alle lernten aus ihren Erfahrungen und entschieden sich nach realistischeren Kriterien; sie begannen auf der Basis ihres nunmehr reiferen Wissens über die Arbeitswelt eine neue Ausbildung. Alice ließ sich zur Logopädin ausbilden, als sie die Arbeit im institutionellen Rahmen nicht mehr ausfüllte, d.h., sie wählte einen unabhängigeren Beruf. Andrea erarbeitete sich eine individuell auf sie zugeschnittene Karriere, abweichend vom normalen Berufsweg in der Medizin. Amanda war unzufrieden mit einer Bürokratie, die ihrem idealistischen Wunsch nach Hilfe für behinderte Kinder im Wege stand, und entschied sich dafür, ihre Energien in die Erziehung der eigenen Kinder zu investieren. Eine andere Frau dieser Gruppe begann ihre berufliche Laufbahn als Lehrerin, stellte aber fest, daß sie die ihrer Meinung nach eingebildeten Teenager nicht mochte. Sie machte statt dessen ihr Hobby zu einem Vollzeitberuf und wurde Photographin. Und eine weitere beschloß, trotz ihrer zwar erfolgreichen, aber frustrierenden Schulkarriere ihre Möglichkeiten in der Geschäftswelt zu erkunden.

Ein wichtiger Bestandteil der Definition des Status der erarbeiteten Identität am Ende des Colleges war die Festlegung auf Aspekte der psychosozialen Identität einschließlich des Berufs. Angesichts des späteren Berufswechsels vieler Frauen dieser Gruppe wäre die Frage nach der Ernsthaftigkeit dieser Festlegung denkbar. Aber es ginge an der Sache vorbei, würde man diese anzweifeln, weil dabei übersehen wird, was die subtile, aber zuverlässige Basis weiblicher Identitätsbildung ausmacht. Verschiedene Untersuchungen, die zum Teil auf der Befragung der Personen der vorliegenden Arbeit basieren, haben ergeben, daß die berufliche Identität bei Frauen nicht soviel über ihren gesamten Identitätsstatus aussagt wie die ideologische und interpersonale Identität (Schenkel, Marcia 1972; Bilsker, Schiedel, Marcia 1987). Bei Frauen besteht der Kern der Identitätskonstellation aus der Verpflichtung auf die Aspekte des Selbst, die mit dem Überzeugungssystem und mit Beziehungen zu anderen zusammenhängen. Die berufliche Identität erwächst gewissermaßen aus diesem Kern. Hat sich eine Frau erst darauf festgelegt, wer sie in Beziehung zu anderen sein und was sie in die Beziehung zu anderen einbringen will, dient ihre berufliche Identität dazu, Aspekte dieses grundlegenden Selbst auszudrücken. Frauen mit erarbeiteter Identität, deren berufliche Ziele in Beziehung zu ihrer Identität stehen, ohne aber darin verwurzelt zu sein, sind beruflich flexibel und denken auch mit Anfang dreißig noch über Optionen nach.

Die beruflichen Veränderungen in dieser Gruppe sind nicht so sehr Ergebnis impulsiver Entschlüsse, sondern von Nachdenken und Reflexion; sie drücken aus, daß die Frauen Erwartungen an ihren Beruf haben. Die Fähigkeit zur Integration der Identität, die aus der Befreiung von elterlichen Erwartungen und Werten entstanden ist, ermöglicht es ihnen, diesen Integrationsprozeß als Erwachsene zu wiederholen. Frauen mit erarbeiteter Identität sind in der Regel nicht daran gebunden, einen bestimmten Beruf zu »leben«. Amanda zum Beispiel wechselte vom Lehrberuf zur Krankenpflege, weil die Arbeitszeit flexibler war und sich diese Tätigkeit leichter mit der Sorge für ihre Kinder verbinden ließ. Bei einer anderen Frau entfiel mit der Heirat der Zwang zum Geldverdienen; sie konnte so ihr Interesse an Photographie in Ruhe zu einem Beruf ausbauen.

Für die meisten Frauen dieser Gruppe gilt also, daß ihr Beruf eher das ist, was sie tun, als das, was sie sind. Wenn sie über ihre Arbeit sprechen, zeigt sich häufig, daß der Beruf kaum mehr Bedeutung für ihre gesamte Identität hat als ihr Interesse an einem bestimmten Sport oder Hobby. Für sie kann

Jogging genauso Teil ihrer Identität sein wie Krankengymnastik. Ihre Erwartungen an den Beruf sind durch ihre ersten, oft enttäuschenden Erfahrungen in der Arbeitswelt realistischer geworden, und die meisten sagen, ihr größter Wunsch sei, mehr Zeit für Dinge wie Töpfern oder Buchbinden oder Reisen zu haben.

Diese Frauen definieren sich also nicht über ihre Arbeit, aber sie definieren sich auch nicht als Mutter oder Ehefrau. Das Kennzeichen der Frauen mit erarbeiteter Identität ist das Gleichgewicht zwischen Arbeit, Beziehung und Interessen. Für alle Frauen dieser Gruppe ist die Beziehung von primärer Bedeutung. Die beiden Frauen, deren Ehemänner eher ungewöhnlichen Berufen nachgehen, haben ihr Leben innerhalb der Grenzen gestaltet, die der Beruf des Mannes mit sich brachte. So hat die eine, deren Mann viel im Ausland tätig ist, ihren Beruf auf die Notwendigkeit zugeschnitten, alle paar Jahre in ein neues Land zu ziehen. Sie hat eine zweite Ausbildung als Krankenschwester gemacht, weil Krankenschwestern überall gebraucht werden. Zwar kann sie ihren beruflichen Ehrgeiz zu ihrem Leidwesen dadurch nicht befriedigen, hat aber einen Ausgleich für ihr Leistungsbedürfnis in ihren Hobbies und in der hingebungsvollen Erziehung ihrer Kinder gefunden.

Für Frauen mit erarbeiteter Identität stehen erfolgreiche Beziehungen immer noch an erster Stelle. Als Alices erste Ehe zerbrach, konnte sie zwar eine gewisse Zuflucht in ihrem beruflichen Erfolg finden, fühlte sich aber als Mensch erst wieder voll verwirklicht, als sie im Kontext einer funktionierenden Beziehung arbeiten konnte. Frauen dieser Gruppe neigen zu partnerschaftlichen Ehen, die die individuellen Bedürfnisse berücksichtigen. Anders als Frauen mit übernommener Identität sind sie kaum auf traditionelle Auffassungen von Ehe fixiert und strukturieren ihre Beziehungen entsprechend der Bedürfnisse beider Partner und nicht nach vorformulierten Vorstellungen von der idealen Ehe.

Das Bedürfnis, das Selbst-Sein in der Welt (self-in-the-world) und das Selbst-Sein in der Beziehung (self-in-relation) zu verbinden, ist anscheinend ein frühauftretender und tiefer Aspekt bei Frauen mit erarbeiteter Identität. Untersuchungen über frühe Erinnerungen in dieser Gruppe haben gezeigt, daß es hier ein typisches und einzigartiges Muster gibt (Josselson 1982). Frühe Erinnerungen reflektieren persönliche Mythen im Kern des Selbstgefühls. Sie repräsentieren die Erfahrung des vergangenen Selbst, so wie es in der Gegenwart erlebt wird, und spiegeln deshalb zentrale Aspekte der Identitätsstruktur.

Die frühen Erinnerungen bei den Interviews am Ende der Collegezeit zeigen, daß in der Gruppe der Frauen mit erarbeiteter Identität Erinnerungen wahrscheinlicher sind, bei denen Aspekte von Geborgenheit und Abenteuerlust verschmolzen und integriert wurden. Während frühe Erinnerungen von Frauen mit übernommener Identität eher Motive grundlegender Sicherheit und Abhängigkeit widerspiegeln, integrieren die Erinnerungen von Frauen mit erarbeiteter Identität das Bedürfnis nach sozialer Bezogenheit und das Bedürfnis nach Selbstbehauptung (vgl. auch Orlofsky, Frank 1986). Sie sind aktiv, aber im Kontext einer sicheren Beziehung, und die Beziehung ist für sie die Quelle ihrer Leistungen. Andreas Traum hat die zentrale Dynamik in dieser Gruppe auf den Punkt gebracht: »Solange jemand bei mir ist, habe ich keine Angst.« Solange jemand an ihrer Seite ist, kann sie nach außen gehen und ihr Potential umzusetzen versuchen.

Von daher haben sich diese Frauen die Fähigkeit erarbeitet, eine Identität zu bilden, aber das sagt nichts über den Inhalt dieser Identität aus. Frauen mit erarbeiteter Identität sind im Ausdruck ihrer Identität zu großen Verschiebungen fähig: Sie sind flexibel, aber innerhalb eines Kontextes, der Kontinuität verspricht. Sie können sich nacheinander für eine große Bandbreite von Aktivitäten entscheiden, einschließlich beruflicher, aber verpflichtet sind sie ihrer individuellen Art der Welterfahrung und der aktiven Umsetzung ihrer individuellen Werte.

Der Schlüsselbegriff für erwachsene Frauen mit übernommener Identität lautet »Sicherheit«, der für junge Erwachsene mit erarbeiteter Identität »Selbstvertrauen«. Wenn diese Frauen über ihre Erfahrungen sprechen, liegt der Schwerpunkt darauf, wie sie Selbstvertrauen gewonnen oder verloren haben und wie sie ihre eigenen Fähigkeiten erkannten. Der adoleszente Kampf um Unabhängigkeit ist bei ihnen also im Grunde ein Vorläufer des Kampfes um Selbstvertrauen im frühen Erwachsenenalter. Das Aufgeben der beruhigenden Bindungen an die internalisierten Eltern und der Verzicht auf die Form der Selbstachtung, die sich aus »bravem Verhalten« ergibt, zwingt diese Frauen dazu, ihre eigenen Fähigkeiten auszuprobieren und ihre Selbsteinschätzung weniger auf der Basis von Liebe als auf der Basis von Erfahrung zu gründen.

Frauen mit erarbeiteter Identität sind meist weder besonders introspektiv noch besonders selbstreflektierend. Wie die Frauen mit übernommener Identität sind sie überwiegend zielorientiert. Sie schwelgen selten in Gefühlen oder Ambivalenzen, akzeptieren sich unbesehen und verleugnen oder unterdrücken innere Konflikte. Darin erinnern sie an die - männlichen -

Harvardstudenten aus der Untersuchung von Vaillant (1977), bei denen die psychisch gesunden mit den Abwehrmechanismen Verdrängung und Altruismus arbeiteten. Die reifsten Abwehrmechanismen sind für Vaillant die, bei denen man etwas für andere tut und ausbrechende Gefühle bändigt. Diese Abwehrmechanismen finden sich bei Frauen mit erabeiteter Identität am häufigsten.

Trotzdem gehen diese Frauen, anders als die mit übernommener Identität, ihr Leben gelassen an. Zwischen zwanzig und dreißig haben sie gründlich gelernt, was sie kontrollieren können und was nicht, und sie haben sich Mechanismen angeeignet, die ihr Selbstwertgefühl angesichts des Unkontrollierbaren aufrechterhalten. Mit 34 Jahren sehen fast alle Frauen dieser Gruppe ihre Lebensumstände und ihre heutige Situation rückblickend als eine Kombination von Glück und harter Arbeit. »Katastrophen werden durch Glück ferngehalten«, wie es eine von ihnen ausdrückt. Sie finden, sie hätten Glück gehabt, weil sie mit Talent oder Schönheit zur Welt gekommen sind. Erst Glück schafft die Gelegenheit für den Einsatz von Geschick und harter Arbeit. Andrea sagt: »Ich glaube, ich habe Glück gehabt. Ich glaube nicht, daß jemand sein eigenes Schicksal wirklich ganz allein in der Hand hat. Ich habe hart gearbeitet, um in die Lage zu kommen, für bestimmte Positionen in Betracht gezogen zu werden, aber Glück hat bei meiner Karriere eine wichtige Rolle gespielt.«

Ganz anders reagieren die Frauen mit übernommener Identität. Über die Hälfte von ihnen lehnt den Gedanken rundweg ab, Glück könne irgendetwas mit ihrem Erfolg oder ihren Leistungen zu tun haben: »Ich bin selbst dafür verantwortlich, ob ich Glück habe oder nicht«, sagte eine. »Die wichtigsten Entscheidungen habe ich selbst getroffen«, meinte eine andere. Das Bedürfnis nach Gewißheit und Kontrolle, das in der Gruppe mit übernommener Identität so verbreitet ist, taucht bei den Frauen mit erarbeiteter Identität nicht auf. Zur reifen Identitätsbildung gehört allem Anschein nach die Toleranz gegenüber Mehrdeutigkeiten, die Resignation vor dem, was man nicht beeinflussen kann, aber auch das wachsende Vertrauen in die eigene Fähigkeit, Einfluß zu nehmen auf alles, was sich selbst bestimmen läßt.

Wenn die Leistung der Frauen mit erarbeiteter Identität darin besteht, daß sie eine Identität bilden können, dann liegt die Vorstellung nahe, daß sich das Leben dieser Frauen auch weiterhin verändern wird. Man kann bei diesen 34jährigen Lebensweisen erkennen, die für diese Entwicklungsphase geeignet sind, in denen aber wichtige Bedürfnisse und Wünsche schlummern, die auf die Zeit ihrer Realisierung warten. Sie sind nicht unzufrieden mit ihrem Leben, aber sie bleiben der Zukunft verhaftet und antizipieren neue, zukünftige Erfahrungen. Sie wissen, daß sie neue Abenteuer mit einem flexiblen Selbstgefühl willkommen heißen können. Sie werden sich weiter entwickeln und andere Aspekte des Selbst erkunden. Sie haben den Prozeß des Werdens noch nicht abgeschlossen.

6. Kapitel

Töchter der Krise: Frauen im Moratorium

> Hat es Zweck,
> das Weltall aufzustören?
> In Minutenfrist ist Zeit
> für Entscheiden und Vermeiden, wie's Minutenfrist kann kehren.
> (T. S. Eliot: J. Alfred Prufrocks Liebesgesang
> - übersetzt von Klaus Günther Just)

Die Frauen, um die es in diesem Kapitel geht, entsprechen genau den landläufigen Vorstellungen von Adoleszenz: Sie sind aus der Kirche ausgetreten, haben sich an den Antikriegsdemonstrationen beteiligt, sind Feministinnen geworden, kritisieren ihre Eltern, experimentieren mit ihrer Sexualität - und fühlen sich schuldig. Bei jungen Frauen im Moratorium gibt es die scharf umrissenen Utopien, die Bereitschaft zum sozialen Engagement und zur Auseinandersetzung mit genau den großen philosophischen Fragen, die sentimentale Bewunderer der Jugend immer hervorheben. Vor allem aber gibt es bei ihnen die Bewußtheit, wählen zu können, eine Bewußtheit, die sie aber auch oft genug lähmt. Sie sind emotional auf Entscheidungsmöglichkeiten eingestellt, sie wissen, daß sie ihr Leben selbst entwerfen können, sind aber häufig auch entscheidungsunfähig, weil sie zwei sich ausschließende Dinge gleichzeitig wollen. Sie erträumen sich phantastische Berufswege, um der Menschheit zu helfen, wissen aber nicht, wie sie diese Träume in eine realistische Berufswahl übersetzen sollen. Die Möglichkeit sexueller Erfahrung lockt und fasziniert sie, gleichzeitig wollen sie die Sicherheit des unberührten Mädchendaseins nicht aufgeben.

Das Moratorium ist eine Zeit des Ausprobierens und der Suche nach neuen Identitäten; dazu gehört der Mut, Dinge anders zu machen als früher und Unbekanntes zu wagen. Im College waren diese Frauen zweifellos die interessantesten, lebendigsten und gewinnendsten der ganzen Untersuchung. Sie setzten sich mit den großen Fragen des Lebens auseinander und erzählten ihre Geschichte ungeheuer sensibel und mit sehr viel Einsicht. Bei einigen gab es so intensive Gefühlsstürme, daß es herzzerreißend war, ihnen zuzuhören.

Trotz dieses offensichtlichen Charmes hat sich in der gesamten Forschung (Marcia 1980) unerklärlicherweise durchgängig gezeigt, daß Frauen im Moratorium nicht die positiven, zur Anpassung geeigneten Persönlichkeitsmerkmale aufweisenen wie Männer mit diesem Identitätsstatus. Männer im Moratorium reagieren bei Untersuchungen der Persönlichkeit ähnlich wie Männer mit erarbeiteter Identität, Frauen dagegen haben mehr Ähnlichkeiten mit der Gruppe der diffusen Identität. Auffallend ist, daß es bei ihnen weniger Selbstwertgefühl und mehr Angst gibt als bei Frauen mit erarbeiteter und übernommener Identität. Viele Autoren haben darüber spekuliert, ob die Moratoriumsphase für Frauen nicht so gesund und wünschenswert sei wie für Männer (zur Erinnerung: Es sind es die Frauen mit übernommener Identität, die Ähnlichkeit mit der Gruppe der erarbeiteten Identität haben). Es kann sein, daß unsere Gesellschaft die Moratoriumsphase bei Frauen wirklich nicht ermutigt oder unterstützt und Festlegung hier höher bewertet als Exploration (Marcia 1980).

Zwei Untersuchungen (Ginsburg, Orlofsky 1981; Josselson 1982) stellen Material zur Verfügung, daß die Auffassung nahelegt, daß trotz der oberflächlichen Ähnlichkeit zu Frauen mit diffuser Identität Frauen im Moratorium auf tieferer Ebene größere psychische Stärke besitzen, die aber sozusagen schlummert und deswegen noch nicht nutzbar ist. Wenn diese Annahme stimmt, wäre die Moratoriumsphase für Frauen zwar schwierig, aber kein Anzeichen für langfristige Probleme. Erst mit den Längsschnittdaten dieser Untersuchung läßt sich die Frage beantworten, was aus den Frauen im Moratorium wird, d.h. wie sie sich schließlich entscheiden und wie sie mit dieser Entscheidung leben.

An der Nachfolge-Untersuchung beteiligten sich zehn Frauen, die bei den College-Interviews in diese Gruppe eingeordnet worden waren. Bei einigen war der gegenwärtige Identitätsstatus schwer zu bestimmen. Die Definition des Begriffes Identitätsstatus ist so angelegt, daß nach einer Phase des Ausprobierens und der Exploration nur die Kategorien des erarbeiteten oder diffusen Status bzw. des andauernden Moratoriums möglich sind. Die Theorie läßt keinen Raum für ein Phänomen, das überraschenderweise bei dieser Untersuchung auftauchte: den Rückfall in den Status der übernommenen Identität[1]. Folgte man streng den Regeln für die Kategorisierung des Identitätsstatus, müßte man diese Frauen in die Gruppe der erarbeiteten Identität einordnen. Schließlich hatten sie eine Krise durchlebt und sich anschließend festgelegt, auch wenn diese Festlegung ein Schritt zurück zu älteren, sichereren Mustern auf der Entwicklungsleiter war. Ich habe mich deshalb entschlossen, für erwachsene Frauen die neue Kategorie der *übernommenen/erarbeiteten Identität* einzuführen, um sie von den Frauen mit echter erarbeiteter Identität unterscheiden zu können, die sich zu eigenen Bedingungen, nicht zu fremden, festgelegt haben.

Zehn bis zwölf Jahre nach den Erstinterviews waren sieben Frauen verheiratet, eine geschieden und zwei ledig. Nur zwei der vierunddreißigjährigen hatten Kinder. Drei haben den Zustand der Krise mit klar definierten, individuell festgelegten Identitäten gelöst. Eine wußte immer noch nicht, worauf sie sich festlegen sollte. Die sechs anderen befanden sich irgendwo auf dem Spektrum der übernommenen/erarbeiteten Identität: Sie hatten sich festgelegt, waren aber mehr oder weniger selbstbestimmt zu alten Werten und Lebensmustern zurückgekehrt.

Millie

Millie im College. Millie war lebhaft, sah aus wie ein Engelchen und erschien zu dem Interview in der »Hippie«-Kleidung, die zum Symbol der späten sechziger und frühen siebziger Jahre geworden ist. Sie war in einer New Yorker Vorstadt als zweites von drei Kindern aufgewachsen. Ihre Eltern hatten beide kein College besucht, aber sie wollten ihr die bestmögliche Ausbildung geben. Sie entschied sich für eine große private Universität in Philadelphia, weit weg von zu Hause.

Ursprünglich wollte Millie Krankenschwester werden wie ihre Mutter, stellte aber fest, daß sie »nicht den Charakter« dafür hatte. Seitdem wechselte sie ihr Hauptfach dreimal. Nachdem sie die Krankenpflegeausbildung aufgegeben hatte, bewarb sie sich in Krankengymnastik, wurde aber wegen ihrer Noten abgelehnt und entschied sich statt dessen für Psychologie. Aber dann fand sie, durch dieses Studium würde sie sich »zu sehr mit sich selbst beschäftigen«; sie hatte Angst davor, die Psychologie könne sie »verrückt machen« und wechselte wieder, diesmal zur Biologie. Dieser Wechsel schien ihr vernünftig, denn jetzt überlegte sie, in die Krebsforschung einzusteigen. Auf diesen Gedanken war sie gekommen, nachdem sie zweimal den Sommer über in einem Pflegeheim gearbeitet und dort eine enge Beziehung zu einer sterbenden Frau entwickelt hatte; sie hatte sich sehr über die Zerstörungen aufgeregt, die die Krankheit anrichtet, und wollte bei der Entwicklung eines Heilmittels mitarbeiten. Nach einigen Semestern Biologie aber schreckte sie die Vorstellung, daß sie im Physiologie-Kurs Frösche töten mußte, und sie sah ein, daß sie wohl nicht die Nerven für die Krebsforschung besäße. Sie wünschte, sie hätte sich einfach für ein Lehrerstudium entschieden, aber dafür war es zu spät. Über ihren zukünftigen Beruf sagte sie: »Ich glaube, ich würde gern herumzigeunern. Ich habe mich im Studium sehr angebunden gefühlt, und ich würde gern reisen. Ich möchte mich noch nicht auf eine feste Anstellung festlegen, weil ich so lange durch das Studium gebunden war. Ich denke immer, ich hätte viel versäumt, und ich würde gern einen Job als Kellnerin annehmen oder so was in der Art, einfach reisen und Leute kennenlernen und Erfahrungen machen. Ich möchte das Leben noch kennenlernen, bevor der Alltag mich einholt.«

Millie stand der Ehe skeptisch gegenüber, meinte aber, sie würde wahrscheinlich irgendwann heiraten. »Ich kann mir nicht gut vorstellen, vierzig und unverheiratet zu sein, aber im Augenblick kann ich mir keine Ehe vorstellen. Ich kann mir vorstellen, jemanden zu lieben oder mit jemandem zusammenzuleben, aber wenn es um rechtliche Bindungen geht, also wenn ich mir vorstelle, daß das alles immer so bleiben muß, dann kriege ich Angst.«

Über Kinder sagte sie: »Ich möchte nicht, daß Kinder mein ganzes Leben in Anspruch nehmen. Ich will ein eigenes Leben. Ich habe zu viele Eltern erlebt - wie meine - die ihr ganzes Leben in ihre Kinder gesteckt haben, und wenn die Kinder dann gegangen sind, bleibt nichts übrig. Man muß sich von Anfang an klarmachen, daß sie irgendwann weggehen.«

Millie war sehr streng katholisch erzogen, war sich aber der »Scheinheiligkeit« der Kirche zunehmend bewußter geworden. Als sie merkte, daß viele Leute nur zur Kirche gingen, um die Kleidung der anderen zu begutachten, ging sie nicht mehr hin. »Meine Eltern wollten, daß ich zur Kirche gehe, und ich hätte ihnen auch gerne den Gefallen getan, aber ich konnte es nicht, weil das geheuchelt gewesen wäre. Ich hätte damit so getan, als sei ich wieder ein braves katholisches Mädchen, obwohl ich es doch nicht bin.« Sie wußte aber noch nicht, woran sie statt dessen glauben sollte: »Ich möchte gerne an etwas glauben, weil es nicht schön ist, wenn man einfach an die Realität glaubt. Es gibt so vieles in der Realität, was gar nicht schön ist.« Sie versuchte, sich ein persönliches Moralsystem aufzubauen, aber das scheiterte an der Frage, wie sie Kinder erziehen würde: »Ich habe eine katholische Schulbildung, und das steckt einfach in mir drin. Ich kann die Kirche kritisieren, aber wenn ich mitkriege, daß jemand anderes das tut, dann verteidige ich sie.«

Politisch hat sich Millie intensiv mit den Antikriegsprotesten beschäftigt: »Ich habe das wirklich alles geglaubt, ich habe geglaubt, daß man z.B. seine guten Noten ruhig aufgeben kann, wenn es darum geht, daß Leute in Vietnam sterben. Man soll ein Opfer für sie bringen, und ich hab geglaubt, 'ja klar, das mache ich'. Aber es macht keinen Sinn, wenn ich (während des Studentenstreiks) nicht ins Seminar gehe, weil in Vietnam gestorben wird; es gibt keinen Zusammenhang. Das hilft ihnen ja nicht. Ich war ganz durcheinander. Es ist ja auch nichts dabei rausgekommen. Die Sommerferien kamen, alle gingen nach Hause, und das war's. Und ich hatte drei Scheine nicht. Mittlerweile engagiere ich mich nicht mehr. Ich habe mich da wirklich hineingestürzt, aber es hat mich nur ganz durcheinander gebracht, und herausgekommen ist gar nichts. Ich weiß nicht, was ich heute tun würde. Es ist eben alles nicht so, wie ich mir das in einer idealen Gesellschaft vorstelle.«

Zum Frage des vorehelichen Geschlechtsverkehr hatte Millie klare Ansichten. Ihre Meinung war; »Wer zweiundzwanzig und noch Jungfrau ist, ist pervers«. Sie formulierte ihre eigenen Standards: »Man sollte nicht mit jemandem ins Bett gehen, nur um seine niedrigen Instinkte zu befriedigen.« Sie selbst hatte zum ersten Mal mit einem Mann geschlafen, den sie liebte und heiraten wollte. »Er hat meine Vorstellungen verändert, weil ich so verklemmt war. Er hat mein ganzes Lebens verändert, weil ich ungeheuer spießig und beschränkt war.« Sie definierte ihre neuen sexuellen Werte auf der Basis »meines Gefühls für einen Menschen«, machte sich aber Sorgen, »weil es eine Menge Männer gibt, die mit einer sexuellen Beziehung nicht umgehen können und einfach denken, das Mädchen ist eine Schlampe«. Die Vorstellung, »geradewegs in die Hölle zu kommen, wenn man vor der Ehe mit jemandem schläft«, hatte sie hinter sich gelassen, sagte aber auch, ihre Eltern würden »ausrasten«, wenn sie von ihrem sexuellen Verhalten wüßten.

Am Ende der Collegezeit war Millie immer noch in einem sehr konfliktreichen Moratorium. Millie steht beispielhaft für ein reines Moratorium, war sich in allen Bereichen (Beruf, Religion, politische und sexuelle Werte) unsicher. Sie war auf keinen der Aspekte festgelegt, die für die Identität relevant sind, sondern kämpfte noch darum, probierte aus, versuchte etwas, verwarf es wieder, dachte nach.

Bei der Aufforderung zur Selbstbeschreibung thematisierte Millie direkt ihren anhaltenden Konflikt im Hinblick auf die Frage, ob sie sich noch als Kind oder schon als Erwachsene sehen sollte: »Ich glaube nicht, daß ich mich meinem Alter entsprechend verhalte. Ich glaube, ich verhalte mich wie ein Kind. Vielleicht verhalte ich mich auch einfach nicht so, wie ich mich früher in diesem Alter verhalten wollte. Ich habe immer gedacht, wenn ich zwanzig wäre, dann würde ich, na ja, dauernd über Platon diskutieren oder so ähnlich.« Das Gefühl, ihr gegenwärtiges Leben, vor allem aber sie selbst, entspräche nicht ihren Hoffnungen und Erwartungen, zog sich leitmotivisch durch ihre Selbstreflexion. Bereits in einer ihrer frühen Erinnerungen manifestierte sich dieser Wunsch nach den Privilegien des nächsten Stadiums und gleichzeitig die Angst davor: »Das war der Tag, bevor ich in den Kindergarten kam. Ich hatte mich wirklich auf den Kindergarten gefreut - ich war sehr ängstlich, aber auch sehr gespannt darauf, endlich 'ein großes Mädchen' zu werden. Und meine Mutter sagte, ich müßte um sieben Uhr aufstehen, und da fand ich das alles nicht mehr so toll.« Selbst in ihren Kindheitserinnerungen wird also der Wunsch nach den Vorteilen des Heranwachsens und die Furcht vor den Pflichten deutlich.

Ein Teil dieses Konflikts entstand aus Millies Bedürfnis, das Richtige zu tun. Über ihre Kindheit konnte sie nicht viel mehr sagen, als daß sie immer ein braves Mädchen war. In ihrer Erinnerung war ihr Zuhause eine harmonische, geborgene Welt, in der sie so war wie ihre Eltern, die wiederum wie alle anderen Eltern waren, und alle anderen Kinder waren genauso wie sie. Der Erfolg fiel ihr in den Schoß. Die komplexere Welt des Colleges erschreckte sie, weil dort die selbstverständliche, generelle soziale Übereinstimmung fehlte, nach der sie selbst immer das Richtige tat. Sie drückte das so aus: »Es fängt an, wenn man klein ist. Man glaubt, die Eltern sind Götter. Dann findet man heraus, daß sie nur Menschen sind, aber man glaubt immer noch, was sie sagen, weil es die Eltern sind. ... Je mehr ich lerne, desto gemäßigter werde ich, und das fällt mir schwer, weil ich klare Lösungen will. Aber so ist das wohl: man kann nicht einfach sagen, was richtig und was falsch ist.«

Millie sagte, ihre Eltern seien liebevoll und großzügig. Sie glaubte, ihre Mutter habe ihr oft mehr gegeben, als sie verdient habe, und fühlte sich schuldig wegen dieser Großzügigkeit. »Sie ist eine gute Mutter. Sie kocht mir tolles Essen und kauft mir Kleider, auch wenn sie sie nötiger braucht als ich.« Ihren Vater beschrieb sie als stark, ruhig und stabil; er war die Autorität im Haus, und sie hatte Angst vor ihm. Er setzte ihr definitive Grenzen; sie war ihm gegenüber nie zu Ungehorsam fähig. Es scheint in ihrem Elternhaus eine Atmosphäre gegeben zu haben, in der man relativ stringenten inneren und äußeren Anforderungen einfach zu entsprechen hatte. »Ich will immer weglaufen, aber ich tue es nie. Meine Mutter hat mir mal gesagt, wenn man einmal vor der Verantwortung ausweicht, dann tut man das immer, und deshalb tue ich es nie.« Aber die Verantwortung lastete schwer auf ihr, vor allem wenn es um Dinge ging, die sie sich noch nicht zu eigen gemacht hatte.

Durch diese inneren und äußeren Belastungen hat sich Millie immer nach Struktur gesehnt, nach etwas, an dem sie sich reiben konnte, um auszuprobieren, ob sie recht hatte oder nicht. In der Schule wurde sie von den Jungen abhängig, mit denen sie ausging und versuchte, so zu werden, wie sie sie haben wollten. Wenn sie dann mit ihr brachen, wurde sie depressiv.

Als sie ins College kam, machte sie der Mangel an Struktur hilflos, und sie verliebte sich in einen jungen Mann, der in den nächsten drei Jahren den Mittelpunkt ihres Lebens bildete. Er war stark und autoritär wie ihr Vater, wollte sie formen und erziehen, ging dabei aber sehr sadistisch vor, machte sich über ihre bürgerliche Einstellung lustig, schlug sie manchmal und verließ sie oft. Es machte ihm Spaß, sie mit seiner unflätigen Sprache, Drogen und zunehmend »ausgeflippten« Freunden zu schockieren. Millie beschrieb ihn als »Freak«, und ihre Eltern lehnten ihn auf den ersten Blick ab. So war sie in einem komplexen Kampf zwischen ihren Eltern und ihrem Freund gefangen und konnte sich aus ihrer Abhängigkeit von allen beteiligten Seiten nicht lösen. »Ich war hin- und hergerissen zwischen ihm und meinen Eltern, ich konnte ihnen nichts vorwerfen, weil sie nur das Beste für mich wollten; alles, was ich machte, war falsch, alle waren sie sauer auf mich, und ich stand in der Mitte.« Sie war zwar ihrem Freund dankbar dafür, daß sie jetzt offener für neue Gedanken und nicht mehr ganz so abhängig von ihren Eltern war, aber im Grunde hatte sie ihre konfliktreichen Abhängigkeitkeitsbedürfnisse einfach auf ihn verschoben. Sie idealisierte ihn, so wie sie früher ihre Eltern idealisiert hatte, und tat alles, um seinen Beifall zu finden. Kurz vor dem Interview hatte er sie wieder verlassen, diesmal endgültig, und Millie stellte fest, daß sie sich nach ihm sehnte oder zumindest doch »jemanden ganz und gar lieben und Menschen nahe sein wollte, die mir viel bedeuten«. Aber sie hatte sich zu weit von zu Hause entfernt, um einfach zurückgehen zu können. Sie sehnte sich danach, daß ihr jemand die Entscheidung abnahm und ihr Lösungen anbot. Und sie glaubte wieder, sie hätte versagt, weil sie die Erwartungen ihres Freundes nicht erfüllen konnte.

Zu Ende ihres Studiums hatte Millie mit der drohenden Trennung von ihren Freunden zu kämpfen, die in verschiedene Richtungen gingen. Sie wußte nicht genau, was sie tun sollte. Wenn sie über ihre Zukunft nachdachte, mußte sie sich mit dem Abstand konfrontieren, den sie zu ihrer Vergangenheit gewonnen hatte. Sie sagte: »Ich habe eine andere Einstellung zum Leben. Es ist komisch, denn je mehr ich darüber nachdenke, desto weniger ist mir klar, was ich mit mir anfangen oder wohin ich gehen will. Einerseits ist das beängstigend, aber andererseits ist es auch gut, weil ich nicht einfach ein vorfabriziertes Leben lebe - ich verfalle nicht einfach in einen Trott, den ich nie in Frage gestellt habe - also aufs College gehen, heiraten, in der Vorstadt leben, Hausfrau sein und natürlich bis zur Ehe Jungfrau gewesen sein.« Auf die Frage, wie sie sich ihr Leben in fünf Jahren vorstellt, antwortete sie: »Dann habe ich hoffentlich die Antworten auf viele Fragen, die ich mir jetzt stelle, wie 'Was ist das Leben?' und 'Wer sind die Menschen?'.«

Am Ende des Studiums gab Millie Anlaß zur Sorge. Ihr Kampf um Individuation war anscheinend zum Scheitern verurteilt. Sie hatte nicht gelernt, Autoritäten überflüssig zu machen und realistisch begründete Entscheidungen zu treffen, sondern suchte immer noch nach Autoritäten, mit denen sie konform gehen oder gegen die sie rebellieren konnte. Sie hatte es zwar geschafft, sich von den Inhalten der internalisierten Forderungen ihrer Kindheit zu lösen, aber sie suchte weiterhin nach neuen Zielen, die sie in dem selben absoluten Ton formulierte. Bei dem Versuch, sich von den Eltern zu lösen, suchte sie sich unbewußt jemanden, der mit der gleichen Stärke die entgegengesetzten Anforderungen an sie stellte, die sie früher von ihrem Vater kannte. Daran erinnert z.B. die totalistische Aussage zur Rechtfertigung ihres sexuellen Verhaltens: Wer anders war als sie, war »pervers«.

Auch ihren eigenen Erwartungen konnte Millie nicht gerecht werden; sie war nicht fähig, das »große Mädchen« zu sein, das sie sein wollte. Sie war so unsicher und konnte ihre eigenen Fähigkeiten und Leistungen so wenig einschätzen, daß sie sich selbst nicht als Individuum begreifen konnte. Im Mittelpunkt ihres Leben stand die Frage, wie andere auf sie reagierten, während sie schwankte, ob sie ihnen gefallen oder ob sie sie schockieren wollte. Ihre Selbstachtung hing von der Zustimmung anderer ab, sie hatte kein Gespür für ihre eigene Kompetenz. Weil sie sich selbst nicht traute und ihre eigenen Impulse fürchtete, brauchte sie jemanden, der sie im Zaum hielt und eine Person aus ihr machte. Aber der Wunsch, sie selbst zu werden, verhinderte gleichzeitig, daß sie wirklich so wurde, wie jemand anderes sie haben wollte.

Millie mit vierunddreißig. Bei dem Nachfolge-Interview war Millie schwanger, entspannt und gesprächig. Die intensiven Konflikte und inneren Auseinandersetzungen ihrer Studienzeit waren kaum noch spürbar. Im Augenblick war sie im wesentlichen auf ihre Familie, d.h. auf ihre drei Jahre alte Tochter und ihren Mann konzentriert. In diese Lebensumstände war sie auf vielen Umwegen geraten.

Im Rückblick glaubt Millie, sie sei im College eine junge Frau mit einem Ziel gewesen: Krebsforschung. Aber ihre erste Stelle war »furchtbar«. Sie arbeitete in einem kleinen Laboratorium, verdiente wenig Geld und war Asbeststaub ausgesetzt. Als sie sich beschwerte, bekam sie zu hören, sie sei »eine hysterische Frau«; daraufhin kündigte sie. Die Erfahrung hatte sie entmutigt; sie lebte eine Zeitlang von Arbeitslosenunterstützung und zog dann spontan mit einer Freundin nach Florida. Dort nahm sie alle möglichen Arbeiten an, um Geld zu verdienen, aber die Gegend, in der sie lebte, war sehr gewalttätig und machte ihr allmählich so viel Angst, daß sie abrupt nach Long Island zurückkehrte. Danach arbeitete sie vier Jahre lang als Taxifahrerin. Die Arbeit machte ihr Spaß, sie mochte die damit verbundene Kameradschaft, das Geld und die Freiheit.

Nach und nach wurde sie das Taxifahren aber doch leid und begann eine Ausbildung als medizinische Assistentin, denn die Biologie faszinierte sie immer noch. Sie stellte jedoch fest, daß ihr die Arbeit, für die sie sich qualifizieren wollte, doch zu fordernd und restriktiv war. »Ich erkundige mich einfach nicht richtig, bevor ich etwas anfange«, sagt sie.

Durch »Glück« fand sie einen Posten in einer Krankenhausverwaltung; und diese Arbeit machte ihr Freude: »Die Arbeit hat mich fasziniert, auch wenn ich intellektuell gesehen dafür überqualifiziert war.« Sie arbeitete dort einige Jahre und besuchte nebenbei Computerkurse in der Hoffnung, dadurch in verantwortungsvollere Positionen zu kommen, was sich aber aufgrund des fehlenden Stellenangebots in dieser Klinik als Irrtum herausstellte. Die Stelle, die sie dann in einem anderen Bereich annahm, enttäuschte sie wieder. Die Arbeitsumgebung war »bedrückend«, sie mochte ihre Kolleginnen und Kollegen nicht, und ihre Tätigkeit war nicht besonders verantwortungsvoll. Diese letzte berufliche Krise endete, als sie schwanger wurde; sie wollte sich nur noch dem Kind widmen. Seitdem arbeitete sie hin und wieder als Kellnerin, um zusätzliches Geld zu verdienen.

In bezug auf ihre berufliche Identität steckt Millie nach wie vor in einem Konflikt: Sie vermißt die Arbeit, will immer noch eine für die Allgemeinheit relevante Tätigkeit ausüben, möchte Verantwortung übernehmen und ein anständiges Gehalt bekommen. Medizin fasziniert sie nach wie vor, aber sie weiß nicht, wie sie in diesen Bereich hineinkommen könnte, und ist auch nicht bereit, Seminare zu besuchen oder größere Anstrengungen für eine entsprechende Ausbildung in Kauf zu nehmen.

Im Bereich der Religion hält sich Millie weiterhin für katholisch. Sie hat emotional nicht besonders viel mit Religion zu tun, beabsichtigt aber, ihre Kinder so zu erziehen, wie sie selbst erzogen wurde: »Religion ist eine gute Sache in Notzeiten - eine Stärke, auf die man zurückgreifen kann.« Sie glaubt nicht, daß sich ihre religiösen Ansichten in den letzten zehn Jahren sehr verändert haben, aber die früheren Daten aus den College-Interviews zeigen, daß das nicht stimmt. Ihre jetzige Glaubenshaltung hat größere Ähnlichkeiten mit der ihrer frühen Adoleszenz als mit der am Ende des Studiums.

Das Thema Politik ruft viel Ärger bei Millie hervor: »Ich glaube, das sind alles Betrüger; sie lügen, um eine Stimme zu bekommen, und tun dann, was sie sowieso vorhatten.« Sie erinnert sich an ihre Desillusionierung nach ihren politischen Protesten im College und ist seitdem immer überzeugt geblieben, den politischen Prozeß kaum beeinflussen zu können: »Die Leute in Washington - die interessieren sich nun wirklich nicht für mich.« Auch hier hat Millie wieder das Gefühl, sie hätte nichts verändert, könne nur sehr wenig Einfluß auf ihre Welt nehmen. Millie hält sich jetzt für sehr viel konservativer als damals im College, weil sie mittlerweile weiß, wie viel die Regierung sich von ihrem Gehalt nimmt, wieviel verschwendet wird. Sie ist gegen Steuererhöhungen und Sozialhilfe: »Früher war ich idealistisch. Früher war ich naiv.«

Millies sexuelle Standards und Werte sind ihrer Ansicht nach »ziemlich dieselben geblieben. Vorehelicher Geschlechtsverkehr ist in Ordnung. Außerehelicher Geschlechtsverkehr nicht.« Auf die Frage, was sie ihrer Tochter in bezug auf Sexualität raten würde, antwortet sie: »Ich hätte gerne, daß sie in einer Beziehung selbstsicher ist, daß sie keine flüchtigen Beziehungen hat. Ich möchte, daß sie in einer anständigen Welt lebt.« Hier finden sich Anklänge an ihre frühere idealistische Sehnsucht nach der heilen Welt.

Millies Identitätsstatus im Alter von 34 Jahren erscheint als einer der diffusen Identität, der mit Elementen der Rückkehr zur übernommenen Identität durchsetzt ist. Die Person, die sie heute ist, ist sie überwiegend durch negative Entscheidungen geworden: Sie hat sich entschieden, das, was ihr geschah, zu akzeptieren und sich anzupassen, weil sie nicht wußte, was sie sonst tun oder glauben sollte. Zweifellos ist sie enttäuscht, daß sie nicht mehr arbeitet, rationalisiert aber tapfer, daß Mutterschaft ja auch ein Beruf sei. Weil sie kein eigenes Glaubenssystem finden konnte, erzieht sie ihre Kinder in dem Katholizismus, dem sie selbst entfliehen wollte. Das Gefühl, die Welt sei vielleicht nicht so heil, wie sie geglaubt hatte, und es gäbe für sie vielleicht gar keinen sinnvollen Platz darin, ist immer stärker geworden. Jetzt hofft sie, ihren Kindern irgendwie eine heile Welt schaffen zu können.

Auch bei diesem Interview sprach Millie wieder von der Frau, die an Krebs starb und ihr Interesse an Krebsforschung geweckt hatte. Und wie damals traten ihr die Tränen in die Augen, als sie die Geschichte erzählte: »Das hat mir ein Ziel gegeben.« Aber dieses Ziel scheint jetzt unerreichbar. Durch die psychologische Brille gesehen, bekommt man angesichts von Millies frustrierter beruflicher Suche den Eindruck, daß in ihrer Kindheit eine Illusion der eigenen Größe begonnen hat, die ihr emotional nach wie vor wichtig ist, aber in der Realität nicht eingelöst werden konnte. Bei Millies Suche nach einem Beruf scheint immer wieder die Phantasie durch, in eine extrem verantwortungsvolle Position mit sehr wichtigen Tätigkeiten zu kommen, ohne jedoch dafür notwendige Vorarbeiten leisten zu müssen, wie etwa Ausbildung oder den Aufstieg über die hierarchische Stufenleiter. Wenn ihre Arbeit ihr den antizipierten Glorienschein nicht bot, wurde sie desillusioniert und unzufrieden. In diesem Sinne waren ihre Ziele, auch wenn sie sich im College realistisch anhörten, eher von ihrem illusionären Ich als von ihrem realen Ich dominiert.

Gleichzeitig suchte sie in ihrer Arbeit Beziehungen zu Menschen, über die sie ihr Selbstwertgefühl stärken konnte. Alle Beschreibungen ihrer beruflichen Erfahrungen hatten mehr die Qualität der Beziehung zu ihren Kolleginnen und Kollegen im Blick als die Arbeit selbst. Sie war auch mit niedrigen Arbeiten zufrieden, solange ihre Kolleginnen und Kollegen ihr Selbstbewußtsein stärkten, sie mochten und bewunderten.

Auch in ihren Freundschaften spielte Enttäuschung eine wichtige Rolle. Sie wollte ihre Freundinnen und Freunde quasi zu Familienmitgliedern machen und war enttäuscht, wenn diese ihre eigenen Interessen in den

Mittelpunkt stellten. Deshalb traute sie auch Philipp zunächst nicht, als sie ihn kennenlernte. Als er sie aufforderte, mit ihm zu leben, hatte sie Angst: »Ich fühlte mich abhängig und unbehaglich, als ich mich auf sein Gebiet begeben sollte. Was wäre, wenn wir uns auf die Nerven gegangen wären? Ich hatte keinen Ort, wohin ich hätte gehen können.« Als die Beziehung immer fester wurde, hatte sie Angst, sich formal zu binden; der Gedanke an das »immer und ewig« machte sie nervös. Aber mit 28 Jahren spürte sie, daß ihre biologische Uhr ablief, der Gedanke an Kinder wurde immer stärker, und sie heirateten sehr schnell. »Ich war verrückt nach ihm. Ich hatte das Gefühl, wir seien psychisch verbunden, wie zwei Hälften eines Ganzen.«

Philipp hat keine Collegeausbildung; er ist Zimmermann. Millie beschreibt ihn als »sehr soliden Kerl«. Beide sind familienorientiert. »Ich habe emotional mehr Schwung, er ist ein stabilisierender Mensch.« Aber er geht auch sehr impulsiv mit Geld um und ist eher ein Träumer, der in ihren Augen ziemlich wilde Vorstellungen über geschäftliche Unternehmungen hat. Streit gibt es über Geld, das oft genug knapp ist; aber sie verbringen auch ruhige, liebevolle Abende zu Hause.

Millie glaubt, sie sei durch die Ehe verantwortungsvoller und zukunftsorientierter geworden. Gegenwärtig hat sie damit zu kämpfen, daß sie sich von Philipp abhängig fühlt. Sie hat Schwierigkeiten, ihr Selbstgefühl zu bewahren, vor allem, seit sie Mutter ist. Weil sie nicht mehr berufstätig ist, fühlt sie sich weniger »gleichberechtigt«, und sie findet, sie scheue jetzt vor Verantwortung und Entscheidungen zurück, weil sie kein Geld mehr verdiene. »Ich habe das Gefühl, mich als ganze, eigenständige Person mehr schützen zu müssen.« Sie empfindet sich neben Philipp nicht mehr als gleichgestellt, weil er das Geld verdient, und sie fühlt sich ihrem Kind untergeordnet, dessen Bedürfnisse an erster Stelle stehen. Sie weiß, daß alles leichter wäre, wenn sie wieder arbeiten ginge, aber sie will ihre Kinder selbst erziehen. Vor kurzem gab es eine Ehekrise, weil Philipp in eine andere Gegend ziehen und dort beruflich neu anfangen wollte. Millie aber wollte in ihrer Situation, also mit einem Kind und erneut schwanger, in ihrer vertrauten Umgebung und in der Nähe ihrer Ursprungsfamilie bleiben. Beim Gedanken an einen Umzug verfiel sie in Panik; es erschreckte sie, wie hilflos sie geworden war. »Ich fühlte mich herumgestoßen, gefesselt an die Launen und Pläne eines anderen.«

Es paßt zu der impulsiven Art, die ihr Leben seit der Collegezeit beherrscht hatte, daß beide Schwangerschaften ungeplant waren. Beim ersten Mal war sie sich nicht sicher, ob sie schon reif für die Mutterschaft sei, aber sie hatte schon zwei Abtreibungen hinter sich und wollte keine dritte. Also wurde sie Mutter: »Ich hätte es vorher nie geglaubt, wie glücklich mich das machen würde. Ich bin völlig überrascht, wie tief und stark meine Gefühle sind.« Sie wollte eigentlich nach sechs Wochen weiterarbeiten, aber: »Als meine Tochter erst da war, war die Vorstellung, sie einfach an irgend jemanden abzugeben - ich konnte es einfach nicht.«

Sie ist sehr gerne mit ihrer dreijährigen Tochter zusammen, aber jedes neue Entwicklungsstadium kommt für sie überraschend und macht ihr Angst. Ähnlich wie schon in der Beschreibung ihrer Ehe sagt Millie auch hier, daß sie durch die Mutterschaft mehr Verantwortungsgefühl bekommen habe. Sie ist sich ihrer Vorbildrolle bewußt und glaubt, sie müsse jetzt auf ihre Sprache und ihre Manieren achten. Sie blickt zwar sehnsüchtig auf ihre Berufsziele zurück, die jetzt in weite Ferne gerückt sind, fühlt sich aber durch die Mutterschaft auch sehr befriedigt. »Ich war ungeheuer verliebt in Philipp. Ich bin ungeheuer verliebt in meine Tochter. Es beruhigt mich, daß ich so starker Gefühle fähig bin. Ich finde, nur ein guter Mensch kann solche Gefühle haben.«

Ihre Vorstellungen von Kindererziehung ähneln stark denen ihrer Eltern, vor allem in dem Wunsch, den Kindern ein starkes Gefühl dafür zu geben, was richtig und was falsch sei. »Ich möchte, daß sie sich in irgendeiner Weise hervortut. Sie ist sehr intelligent, und ich glaube, sie könnte wirklich etwas tun, etwas Wichtiges leisten in dem, was sie später einmal tun will.« Hier zeigt sich die Projektion ihres eigenen unbefriedigten Ehrgeizes auf ihre Tochter.

Mit 34 Jahren sucht Millie immer noch nach einem Selbstwertgefühl, das sie jetzt in der Mutterschaft zu finden hofft. Die Diskrepanz zwischen ihren ehrgeizigen Träumen und ihrer realen Leistungsfähigkeit ist zum Teil ein Grund dafür, daß sie nie ein Gefühl für ihren eigenen Wert verinnerlichen konnte. Dieser Konflikt zeigt sich in ihrer frühesten Erinnerung im zweiten Interview: »Das war im Kindergarten. Wir schnitten Kleeblätter aus. Die Kindergärtnerin forderte mich auf, das Kleeblatt auszuschneiden, und ich war ungeheuer beeindruckt, daß sie mich aufgefordert hatte. Ich wollte das schönste Kleeblatt ausschneiden, das die Welt je gesehen hatte. Ich gab mir soviel Mühe, daß ich zu langsam war, und am Schluß kam sie zu mir, nahm es mir aus der Hand und sagte: 'Gut, wir lassen das jemand anderen machen.' Ich war völlig am Boden zerstört.« In dieser prägnanten Erinnerung zeigt sich Millies lebenslanger psychischer Konflikt. Das Motiv des »besten, was die Welt je gesehen hat« durchzieht ihr psychisches Leben seit der Kindheit, und sie hat nie wirklich einen Weg gefunden, auf dem sie ihr

Handeln und ihre Erwartungen hätte zusammenbringen können. Sie träumt von idealer Größe und ist ständig enttäuscht, weil sie immer feststellen muß, daß auch sie nur ein Mensch ist.

Auch die zweite frühe Erinnerung zeigt ein wichtiges, verwandtes Motiv in Millies Entwicklung: den Wunsch, erwachsen zu werden. »Ich war im ersten Schuljahr. Meine Mutter hatte mir einen kleinen Ring mit einem Monatsstein gekauft, einem echten Stein, mein erster Schmuck. Ich dachte: 'Toll! Jetzt bin ich ein richtig großes Mädchen.' Aber irgendwie rutschte er mir vom Finger und war weg. Ich war wirklich todunglücklich. Er war mein kostbarster Besitz. Ich versuchte, ihn wiederzufinden, und meine Freundin glaubte mir nicht, daß es wirklich mein Ring war, weil er doch zu groß war. Es ging mir ganz schlecht, weil ich den Ring verloren hatte, meine Mutter hatte ihn mir anvertraut, und ich fühlte mich für den Verlust verantwortlich. Sie hatte geglaubt, ich sei alt genug, und ich hatte ihn verloren. Und mir ging's auch schlecht, weil meine Freundin das gesagt hatte.«

Diese Ängste bilden immer noch die Grundlage für Millies Probleme. Selbst mit 34 Jahren hat sie Schwierigkeiten, sich wirklich als Erwachsene zu fühlen. Sie hatte Angst vor der Ehe, die sie gleichzeitig wollte, weil damit der Status der Erwachsenen assoziiert ist, konnte sich aber nicht zu der Entscheidung durchringen, ein Kind zu bekommen. Jetzt ist sie Mutter und hat Angst davor, mit den einzelnen Entwicklungsstadien ihrer Tochter nicht richtig umgehen zu können, so als sei sie irgendwie für soviel Verantwortung doch noch nicht erwachsen genug.

Millie selbst führt ihre Enttäuschung über das Leben auf ihre Erkenntnis zurück, daß es auch schlechte Menschen in der Welt gebe. Sie erinnert sich ans College als eine glückliche Zeit, in der sie tun und sagen konnte, was sie wollte. Damals fühlte sie sich »im Einklang mit mir selbst«, frei, sich auszudrücken, und wenn sie wollte, auch verrückt zu sein. Diese Zeit endete, als sie beim Taxifahren lernte, daß es Leute gab, die bereit waren, sie zu betrügen, zu verletzen und zu bedrohen: »Ich konnte mich nicht mehr nach dem Motto wahrnehmen: 'alle Menschen sind so wie ich'«. So begann sie, sich als potentielles Opfer zu sehen. Sie fühlte sich ungeschützt, und diesen Aspekt ihrer Kindheit, also das Gefühl, beschützt zu sein, in einer Welt zu leben, in der immer jemand für ein Happy End sorgen wird, wollte sie nicht aufgeben.

Millie findet, ihre Enttäuschung über Arbeitsstellen, Freunde, ja über die Menschheit hätten ihr viel zu oft »den Wind aus den Segeln« genommen. Dem liegt anscheinend die Phantasie zugrunde, sie sei das gute, unschuldige, immer wohlmeinende Wesen in einer bösen und bedrohlichen Welt. Infolgedessen hat sich Millie wieder ihrer Ursprungsfamilie angenähert und ist ihr jetzt dankbar. Hier kann sie auf die Liebe und Geborgenheit zählen, die sie in der weiten Welt erwartet, aber nicht gefunden hat. Sie fühlt sich ihrer Familie jetzt verbunden, auch wenn sie sie nur einige Male im Jahr sieht. Wichtig ist, daß sie sich ihr innerlich angenähert hat, daß sie glaubt, ihre Werte und ihre Erziehung seien letztendlich doch die richtigen gewesen. Die Eltern sind für sie mittlerweile zum Erbe und zum Ursprung geworden, und sie zählt sie zu den wichtigsten Personen ihres Lebens. Sie glaubt, sie sei in ihrer Familie immer schon das schwarze Schaf gewesen, weil sie sich loslösen wollte und so wild entschlossen versuchte, unabhängig zu werden. Ihre Eltern haben immer noch ein wenig Angst davor, sie könnte sich wieder von ihnen lösen. Und sie fühlt sich weiterhin hin- und hergerissen zwischen ihrer Abenteuerlust und ihrem Bedürfnis nach Stabilität. Im Augenblick hat sie sich für die Stabilität entschieden.

Millies Enttäuschung über ihre Freundinnen und Freunde war ein weiterer Grund für die Rückkehr zu ihrer Familie. Sie waren nicht für sie da, wenn sie sie emotional brauchte, und nun hält sie sich bei Freundschaften zurück. Die Menschen, denen sie sich jetzt am nächsten fühlt, sind Familienmitglieder. »Ich habe einige Freundinnen«, sagt sie, »aber sie sind nicht wesentlich für mein Leben.« Sie kontrastiert diese Situation mit ihrer Erfahrung im College, wo Freundinnen und Freunde wie eine erweiterte Familie für sie waren. Wieder entsteht hier das Gefühl eines willkommenen Rückzugs in die sichere Welt der Familie; Millie fühlt sich von der Außenwelt verletzt.

Enttäuscht über ihre Arbeit, hoffnungslos in bezug auf Freundschaften, definiert sie den Kern ihres Selbst jetzt über ihre emotionalen Fähigkeit: »Wenn ich das Gefühl habe, mein Leben ist beschissen und ich halte es nicht mehr aus, denke ich, solange ich noch fühlen kann, ist alles noch in Ordnung mit mir. Ich bin immer noch ein Mensch, ich funktioniere noch. Ich habe noch Kraftreserven zur Verfügung; es gibt Zeiten, da weiß man, daß man stark sein muß.« Im Augenblick ist die Hauptquelle ihrer Identität ihre Fähigkeit, Liebe und Freude zu empfinden; diese Fähigkeit gibt ihr das Gefühl, ein ganzer Mensch zu sein.

Wenn sie über die Zukunft nachdenkt, will sie mehr Zeit für sich selbst haben und sich nicht ausschließlich ihrer Familie widmen müssen. Sie vergißt dabei, wie verloren und hilflos sie sich gefühlt hat, als sie Zeit für sich selbst hatte. Sie denkt darüber nach, was passiert, wenn die Kinder größer werden, und kann sich nur schwer vorstellen, sich je von ihnen lösen zu können.

Bei Millie zeigen sich Motive, die zwar zum Teil individuell, zum Teil aber auch typisch für Frauen mit einem verlängerten Moratorium sind. Eins davon ist im College-Alter die Konzentration auf die Gefühlswelt. Frauen im Moratorium leben durch ihre Gefühle und schwelgen darin. Millie ist dafür ein extremes Beispiel, weil sie sich über ihre Gefühle definiert. Durch diesen Fokus sind Frauen mit Moratorium intensiven und oft unlösbaren Ambivalenzen ausgesetzt; ihr Leben wird zum Prozeß, in dem sie sich zwischen zwei Extremen bewegen. Bei Millie bestehen sie in ihrer Abenteuerlust einerseits und ihrem Bedürfnis nach Wurzeln andererseits. Sie kann sich für keine der beiden Seiten entscheiden und diese Aspekte ihres Selbst nicht integrieren. Deshalb vermeidet sie Entscheidungen und reagiert einfach auf das, was ihr widerfährt. Alle wichtigen Entscheidungen ihres Lebens, der Umzug nach Florida, ihre Rückkehr nach Hause, ihre Arbeitsstellen, ihre Ehe, ihre Schwangerschaften, sind spontane Augenblicksentscheidungen, die sie später rationalisiert und an die sie sich anpaßt. In ihren Worten: Sie erkundigt sich einfach nicht richtig, bevor sie etwas anfängt.

Im College hatten alle Frauen im Moratorium grandiose Phantasien und das Gefühl, die Realität sei im Vergleich dazu trocken und langweilig. Für diese Dynamik ist Millie ein gutes Beispiel. Schon als Kind wollte sie die Beste sein, etwas ganz Besonderes, war völlig damit beschäftigt, diesen glorifizierten Ich-Zustand immer wieder zu erleben. Ihr Leben bestand aus einer kontinuierlichen Serie von Enttäuschungen, weil sich diese Träume nicht verwirklichen ließen, aber ihre realen Erfahrungen konnten ihrem grundlegenden Bedürfnis nach Ruhm und Ehre nichts anhaben. Ihre Größenphantasien, vom Kleeblatt der Kinderzeit bis zum Heilmittel gegen Krebs in der Adoleszenz, zentrieren sich jetzt um ihre Tochter, die, wie sie (ziemlich bewußt) hofft, das erreichen soll, was sie selbst nicht geschafft hat. Ihr narzißtisches Ideal hat jetzt die Richtung gewechselt, ist aber unverändert geblieben.

Millie hat also ihre Enttäuschungen nicht nutzbar machen können, um ihre Ziele zu modifizieren und realisierbarer zu gestalten, aber sie hat viel Wut angestaut, weil sie ihre Träume nicht verwirklichen konnte. Sie wendet diese Wut ausschließlich nach außen und ärgert sich immer mehr über die Welt, die sie in ihren Augen daran gehindert hat, all die großartigen Taten ihrer Phantasie auszuführen.

Auch wenn sie immer noch mit denselben Entwicklungsproblemen kämpft, so ist Millie doch innerlich gewachsen und reifer geworden. Eine Individuation hat stattgefunden. Sie selbst bezeichnet diese Veränderung als ihren Kampf gegen Egozentrik. Damit meint sie, daß sie sich selbst zunehmend als von anderen losgelöst erlebt. Durch ihre Lebenserfahrungen hat sie begriffen, daß andere keine Verlängerung von ihr und sie selbst keine Verlängerung anderer ist; das ist das hart erarbeitete Ergebnis eines langsamen Wachstumsprozessses. Aber es gibt einen Anteil bei ihr, der immer noch das Bedürfnis nach Verschmelzung hat. Sie glaubt, dieses Bedürfnis durch ihren Mann, mit dem sie sich »psychisch verbunden« fühlt, und durch ihre Tochter befriedigen zu können, die sie nicht verlassen kann und deren Bedürfnisse nie unerfüllt bleiben dürfen, wie hoch auch der Preis für sie selbst sein mag. Millie hat sich also ein wenig vom Rest der Welt differenziert, aber sie braucht immer noch eine intensive, grenzüberschreitende Verbundenheit mit anderen.

Sobald sie diese Verbundenheit jedoch hergestellt hat, fürchtet sie sofort um ihre Unabhängigkeit. So gesehen, spielt sie ihre adoleszenten Auseinandersetzungen weiter durch, nur auf der Ebene der Erwachsenen. Einzigartig ist bei ihr die mangelnde Regulierung der beiden Extreme ihres Kampfs um Unabhängigkeit bzw. Verschmelzung. Wenn sie unabhängig ist, muß sie »sich radikal lösen«, »verrückt sein«; wenn sie jemandem nah ist, muß sie sich »eins mit ihm« fühlen oder als »zwei Hälften eines Ganzen«.

Millie versucht im wesentlichen, wieder nach Hause zurückzufinden. Sie läßt sich nicht präzise einem Identitätsstatus zuordnen, aber es sieht so aus, als versuche sie, zum Status übernommener Identität zurückzukehren. Vielleicht sind all die alten Werte doch die richtigen gewesen, denkt sie sich, während sie versucht, ihr Leben so ähnlich zu gestalten wie das Leben ihrer Mutter, also Kinder und Haus zu versorgen, sich in der Kirche zu engagieren und Handarbeiten zu machen. Bei der Entwicklung eines eigenen Lebensstils ist sie gescheitert aber sie hat etwas internalisiert, auf das sie zurückgreifen kann. Wie viele andere Frauen aus dieser Gruppe hat sie diese Möglichkeit dankbar ergriffen.

Meredith

Das Phänomen der »Heimkehr« ist bei Meredith noch sehr viel deutlicher. Sie hat sich nicht so lange und schmerzhaft wie Millie um ihre Selbstdefinition bemüht, sondern ihr Erbe sehr viel früher zurückgefordert.

Meredith wuchs in einer ländlichen Gegend in Maine auf. Ihr Vater war Hummerfischer, ihre Mutter (einfach nur) seine Frau. Sie hatten beide keinen Highschool-Abschluß, wollten aber ihren Töchtern eine gute Erziehung bieten. Meredith wollte Grundschullehrerin werden. Ihre Eltern waren nicht religiös, schickten sie aber zur örtlichen lutherischen Kirche, weil sie glaubten, das gehöre sich so. Merediths Moratoriumsstatus im College entstand aus ihren Konflikten über sexuelle Werte. Sie bewertete ihre Erziehung als puritanisch und kam deshalb angesichts des alltäglichen Sexualverhaltens ihrer Kommilitoninnen an ihrem kleinen Mädchencollege in Schwierigkeiten. Die sexuellen Standards bildeten so die Basis für ihre Differenzierung von ihrem Elternhaus, aber ihre sexuelle Beziehung zu ihrem Verlobten war von enormen Schuldgefühlen belastet. Sie fühlte sich unfähig, diese Frage für sich zu lösen, und konnte es nicht allen, also ihrem Verlobten und ihrer Familie, gleichzeitig recht machen. Ihre Entscheidung, »ab und zu« mit ihrem Verlobten zu schlafen, wirkte damals wie ein Schritt in Richtung auf eine gewissen Autonomie, trotz der Schuldgefühle, die daraus entstanden.

Im College-Interview schilderte Meredith eine glückliche Kindheit, trotz einer strengen, strafenden Mutter, deren feste Einstellungen ihr immer noch wichtig waren, auch wenn sie versuchte, sich eine eigene Meinung zu bilden. Als Kind war Meredith fast immer mit ihrer Mutter zusammengewesen, und sie konnte sich in der späten Adoleszenz nur schwer von ihrem Einfluß freimachen. Ihr Vater arbeitete schwer und hatte außerhalb seiner Familie keinerlei Interessen. Er verübelte ihr ihre Freunde und hielt die jungen Männer für eine Bedrohung seiner intakten Familie, weil sie ihm die Tochter wegnehmen könnten. Er war ein sehr fordernder Mann, daran gewöhnt, daß alles nach seinem Willen lief.

Sich selbst beschrieb Meredith als ein schüchternes und gehemmtes Kind, dem schulischer Erfolg sehr wichtig war. Sie war glücklich, wenn die Lehrerin oder der Lehrer sie bat, noch etwas zu bleiben und die Tafel zu putzen, und sie war stolz auf die Aufmerksamkeit, die sie wegen ihrer Intelligenz bekam.

Die neue Umgebung und das College »öffneten ihr die Augen«; sie war auf so unterschiedliche Vorgeschichten und Werte, wie sie ihr jetzt begegneten, nicht vorbereitet. John, ihr Verlobter, den sie im ersten Collegejahr kennenlernte, bot ihr Stabilität und Trost angesichts des Drucks, dem sie ausgeliefert war. Ihre Mutter hatte sie immer gewarnt, daß Männer sie ausnutzen würden, und bei John wußte sie sich in diesem Punkt sicher.

Obwohl sie nicht in ihn verliebt war und sie keine romantische Beziehung führten, glaubte sie doch, in ihrer Wahl realistisch gewesen zu sein. Sie hielt ihn für einen Mann, den sie ihren Wünschen entsprechend verändern und dem sie seine konservativen Ansichten über die Rolle der Frau ausreden könnte.

Am Ende der Collegezeit hatte sich Meredith ein wenig von ihrem im wesentlichen übernommenen Identitätsmuster entfernt; sie experimentierte mit eigenen Gedanken und Verhaltensweisen und bezahlte dafür mit Schuldgefühlen.

Ein Jahr später hatte sie geheiratet und begonnen, ein traditionelles Leben zu zweit aufzubauen; der Konflikt, der zu einer Entwicklung hätte führen können, war abgeflacht. Mit 32 Jahren hatte Meredith sich und ihren Mann sozusagen »heimgebracht«. Sie war Lehrerin geworden, hatte den Magisterabschluß gemacht, den John bei Frauen überflüssig fand, und strukturierte ihr Leben um ihre Ehe und ihren Beruf. Sie wollen Kinder, aber bis jetzt hat es nicht geklappt. Sie führen ein sehr aktives Leben, voller sportlicher Aktivitäten, voller Zuneigung und Kameradschaft, trotz ihres gelegentlichen Unmuts über Johns Passivität bei Haushaltspflichten.

Das einzige Überbleibsel ihrer Bemühungen im College, einen anderen Standpunkt als den der internalisierten Eltern zu finden, ist ihre Entschlossenheit, in ihrem Beruf als Frau ernstgenommen zu werden. In diesem Punkt ist sie sehr sensibel und streitbar. Ansonsten hat sie sich kaum von den Eltern entfernt, weder im Alltag noch in den Werten. Sie sagt (nicht ganz aufrichtig), sie sei genauso wie ihre Eltern. Mit ihrer Betonung von Verantwortung und Folgsamkeit ähnelt Meredith also den Frauen mit übernommener Identität; sie hat keinen Bezug zu sich selbst. Sie hat wenig Freundinnen und Freunde und ist lieber mit ihrem Mann und ihrer Familie zusammen. Die Erfahrungen im College, die ihr »die Augen öffneten«, wirken jetzt wie ein halbvergessener Traum.

Andere Frauen im Moratorium

Wie Meredith kehrten noch drei andere Frauen, die im College in den Moratoriumsstatus und als Erwachsene in den Status der übernommenen erarbeiteten Identität eingruppiert worden waren, über eine frühe Ehe nach Hause zurück. Die Ehe war für sie im wörtlichen und symbolischen Sinne der Weg zurück zur Mutter. So betonte eine dieser Frauen nach zehnjähriger

Ehe während des ganzen Interviews voller Stolz, daß ihre Mutter ihre beste Freundin sei und immer die wichtigste Person in ihrem Leben gewesen sei, die weiterhin großen Einfluß habe.

Eine andere Frau, deren Mutter psychisch schwer krank ist, hat ihren Mann zum Muttterersatz gemacht: »Ich kann mir nicht vorstellen, daß ich mir von einer Ehe mehr wünschen könnte, als ich bereits habe. Ken ist ein fürsorglicher, zärtlicher, unterstützender Mann. Er gehört zu allen Bereichen meines Lebens, hat an allem teil. Mir fällt nichts ein, was unerfüllt geblieben wäre oder besser sein könnte. Wir sind offen und ehrlich miteinander. Wenn es etwas gibt, über das wir reden müssen, worüber wir uns Sorgen machen oder wovor wir Angst haben, können wir uns immer aneinander wenden und darüber sprechen. Wir brüllen uns nicht an oder kritisieren uns; es gab zwischen uns nie die Schroffheit wie in manchen anderen Ehen. Wir respektieren uns, und das trägt sehr stark dazu bei, daß wir so eine gute Ehe führen können. Ken ist mein bester Freund, und ich denke, das wäre auch ein Rezept für andere. Ich glaube, wir sorgen für unsere gegenseitigen Bedürfnisse, weil wir es wollen, nicht weil wir es müssen, nicht weil irgendein Stück Papier sagt, man müsse für den anderen da sein. Die einzige Änderung, die ich mir wünschen könnte, wäre höchstens, daß unsere Berufe uns mehr Zeit füreinander lassen würden. Nach den Ferien, in denen wir so viel Zeit miteinander verbringen, ziehen wir uns immer beide zurück. Ich bin unglücklich, daß ich nicht die ganze Zeit mit ihm zusammensein kann, und ihm geht es genauso.« Diese Frau hat gemeinsam mit ihrem Mann beschlossen, keine Kinder zu bekommen, weil sie den größeren Abstand voneinander nicht ertragen könnten, der durch Kinder verursacht wird: »Wir sind unsere eigenen Kinder, wir verwöhnen uns gegenseitig. Wenn immer ein anderer dabei wäre, könnten wir nicht ständig füreinander da sein.«

»Ständig füreinander da sein«, das ist die Phantasie vollkommener, kontinuierlicher Einheit, die die Psyche der Frauen mit übernommener Identität so offensichtlich beherrscht. Aber die Frauen, die nach dem Moratorium zum Status der übernommenen Identität zurückkehren, haben ihre Kindheitsbindungen während der Adoleszenz ein wenig gelockert. Als Teenager waren sie erfolgreicher, geselliger, beliebter und selbstsicherer im zwischenmenschlichen Bereich. Daraus läßt sich schließen, daß die Bemühungen um Ablösung Frauen im Moratorium erschrecken. Sie sind in ihrem Kampf um Loslösung sehr ambivalent, und sie wehren sich gegen diese intensive Ambivalenz, indem sie sich an jemand anderen zu klammern versuchen. Alle sechs Frauen dieser Gruppe sprechen davon, daß sie im

College Optionen gesucht und die Möglichkeiten sie schockiert und angezogen hätten, aber keine konnte von diesen Möglichkeiten Gebrauch machen. Am Ende wählten sie die Sicherheit. Mit Ausnahme von Millie bereuen sie ihre Entscheidung nicht. Ähnlich wie die Frauen mit übernommener Identität sind sie mit ihrem Leben zufrieden und sehen optimistisch in die Zukunft.

Vom Moratorium zur erarbeiteten Identität

Sechs von den zehn Frauen im Moratorium haben wie Millie und Meredith Identitäten auf der Basis ihrer Kindheitswerte entwickelt, drei haben sich eine klar definierte Identität erarbeitet, und eine ist auch mit 34 Jahren noch in der Krise. Wie steinig und furchteinflößend die Erarbeitung einer Identität aus dem Moratorium sein kann, zeigt der folgende Lebensweg von Marlene.

Marlene

Marlene im College. Marlene ist in einer Kleinstadt nahe bei Philadelphia aufgewachsen und entschied sich unter dem Einfluß älterer Freundinnen für ein kleines Mädchencollege. Sie studierte Soziologie im Hauptfach, wollte aber Erfahrungen sammeln und sich verschiedene Bereiche ansehen, bevor sie sich für ihre Berufsziele entschied. Sie hatte Soziologie gewählt, weil sie die Leute aus diesem Fachbereich mochte.

Marlene war im jüdischen Glauben erzogen worden, hatte aber keine starken religiösen Gefühle. Sie besaß jedoch ein starkes Bewußtsein für Wurzeln, und die jüdische Kultur und ihre jüdisches Erbe waren ihr wichtig. Ihre Überzeugungen bestanden hauptsächlich aus einem vage definierten Humanismus, aber sie sagte, sie sei in keiner Richtung je besonders engagiert gewesen.

Politisch hatte sie mit der Linken kokettiert, bis sie die Leute in der Bewegung nicht mehr leiden konnte. Danach engagierte sie sich ein wenig in der Frauenbewegung, war sich aber noch nicht klar, wie sie wirklich dazu stand. Für sie waren es die Umstände, die sie zu Überzeugungen drängten.

Ihre sexuellen Werte waren etwas deutlicher als ihre politischen; sie hatte sich für eine sexuelle Beziehung zu ihrem Freund entschieden, den sie seit vier Jahren kannte, obwohl sie wußte, daß ihre Eltern dieses Verhalten nicht billigten. Sie konnte diese Entscheidung jedoch nicht als Standard definieren und war unsicher, wie sie reagieren würde, wenn es um einen anderen Mann ginge, weil sie noch nie in diese Situation gekommen war. In anderen Worten: Sie reagierte mit ihrem Verhalten auf eine bestimmte Beziehung, hatte aber keine generellen sexuellen Normen und Werte ausgebildet.

Klinisch betrachtet, wirkte Marlene außengeleitet; sie war sensibel für Eigenschaften, Bedürfnisse und Ansichten anderer und paßte sich deren Vorlieben an. Während des ganzen Interviews betonte sie die Bedeutung ihrer Beziehungen für ihre eigenen Überzeugungen und Gefühle. Aber dieses Muster galt nicht für die Beziehung zu ihren Eltern. Marlenes Eltern hatten den Holocaust überlebt, sie waren sehr viel älter als die Eltern ihrer Freundinnen; durch ihre ganz andere Vorgeschichte hatte Marlene sehr stark das Gefühl, ihre Einstellungen und Werte hätten wenig mit ihr selbst zu tun. Die Pläne, die die Eltern für sie hatten, sahen vor, daß sie zum College ging, heiratete und eine Familie gründete, und das hatte sie auch internalisiert. Aber sie glaubte, sich die Modelle und Optionen für alles, was darüber hinaus ging, außerhalb ihres Elternhauses suchen zu müssen.

Das wichtigste während ihres ganzen Studiums war für Marlene die Beziehung zu anderen, insbesondere die Gelegenheit, über verschiedene Seins- und Denkweisen zu diskutieren und nachzudenken. Eine Freundin aus der Frauenbewegung zum Beispiel brachte sie dazu, darüber nachzudenken, was es bedeutet, eine Frau zu sein; diese Frage war in ihrer bisherigen Erfahrung noch nicht aufgetaucht. So mußte sie plötzlich rechtfertigen, warum sie die Hemden ihres Freundes bügelte, und es beunruhigte sie, daß sie keine vernünftige Erklärung für dieses Verhalten finden konnte, die die anderen akzeptiert hätten.

Ihr Freund Larry war der wichtigste Mensch für Marlene. Sie lernte ihn während ihres ersten Collegejahres kennen und sah in ihm jemanden, der ihr helfen würde, Erfahrungen zu machen. Sie hielt ihn für intelligent, sensibel und geduldig, und wie ein guter Vater drängte er sie, unabhängiger von ihm zu werden.

Marlene, ein Einzelkind, hatte sehr stark den Eindruck, ihr Leben hätte erst mit dem College richtig angefangen. Vorher hatte sie sich als naiv und unbewußt erlebt. Sie hatte eine kurze Phase gehabt, in der sie ihre Eltern dafür haßte, daß sie so anders waren, daß sie ihr nicht beigebracht hatten, mit anderen zu kommunizieren, und ihr Komplexe vermittelt hatten. Noch in ihrer Collegezeit konnte sie sich nur schwer mit ihnen verständigen und glaubte, sie könnten nicht verstehen, wer sie sei oder wie sie sich verändert habe.

Obwohl Marlene eine herausragende Schülerin mit großem Einfluß auf ihre Kameradinnen gewesen war, hatte sie sich aber auch immer klar als anders empfunden. Über die religiösen Unterschiede hinaus konnte sie sich nicht einmal als Amerikanerin begreifen, weil ihre Eltern immigriert waren. Gleichzeitig machte es die Lebensgeschichte der Eltern unmöglich, sich ein Leben zu wünschen, das dem ihren ähnlich wäre. So war sie also im College auf der Suche nach Möglichkeiten und Alternativen; sie war neugierig auf andere und interessierte sich für deren Entscheidungen, klammerte sich aber gleichzeitig an ihren Freund als einen Elternersatz und strukturierte ihr Leben um das seine.

Bei der Untersuchung des Materials zur Verdeutlichung unbewußter Persönlichkeitsaspekte zeigte sich, daß Marlene starke Phantasien über Männer als Retter hatte. Ihre früheste Erinnerung handelte davon, wie sie mit vier Jahren »mit einem dreijährigen Jungen spielte, und er war Mickey Mouse und ich war Minnie Mouse; und im Fernsehen wurde Minnie immer entführt und an einen Baum gefesselt, und Mickey kam und hat sie gerettet.«

Auch unbewußte, intensive oedipale Motive waren stark vorhanden, wie der folgende Traum beispielhaft zeigt: »Es war ein sexueller Traum über einen Professor. Wir waren in einem Seminar, und wir zogen uns aus. Es war keine große Sache, es hatte einfach niemand etwas an. Und dann war da noch was, daß ich eine Affäre mit dem Professor hatte, und andere Professoren hatten das rausgekriegt; und die Leute sagten, wie schrecklich das doch wäre und wie sehr sie das alles ablehnten, und ich erinnere mich besonders an das Gefühl, daß ich diesen Menschen so ungeheuer liebte, aber er war verheiratet und würde seine Frau nicht verlassen, und es war einfach sinnlos - so ein Gefühl von Verzweiflung und Frustration, es war wirklich intensiv.«

Marlene war mit ihrem Vater aufgrund seiner Arbeitszeit nie regelmäßig zusammen gewesen, aber sie erinnert sich, daß er sie verwöhnt und vor der Strenge der Mutter bewahrt hat. Die Phantasie des starken Mannes als Retter war zur Zeit des College-Interviews ein wichtiger Bestandteil ihrer psychischen Dynamik. Trotz ihres Engagements in der Frauenbewegung erwartete Marlene am Ende der Adoleszenz, daß ihr Leben von einem Mann gelenkt würde.

Marlene mit 34 Jahren. Nach einiger Überlegung war sich Marlene bewußt, daß sie im College keinen Beruf gewählt hatte, zum Teil deswegen, weil sie sich nicht für ein spezielles Gebiet berufen fühlte. Sie hatte fast ihr ganzes Leben in Larry investiert und in das Bemühen, ihn zur Heirat zu bewegen.

Sie ging mit ihm nach New York und verdiente Geld mit unqualifizierten Arbeiten, während er weiter studierte. Er wurde zunehmend distanzierter, und sie begriff schließlich, daß er sie nicht heiraten wollte. Sie war darüber ziemlich verzweifelt und faßte schließlich den spontanen Entschluß, zusammen mit einer Freundin eine Ausbildung als Rechtspflegerin zu beginnen. Das machte einen Umzug nach Boston erforderlich, wo sie ein recht ereignisloses Jahr verbrachte und sich auf ihre Prüfung vorbereitete, nur um anschließend feststellen zu müssen, daß es keine Stellen gab. Mit einer anderen Freundin zog sie nach Kalifornien, dachte darüber nach, was sie tun sollte, und verdiente sich in der Zwischenzeit ihr Geld mit allen möglichen Jobs. In dieser Zeit belebte sich durch eine Freundin ihr Interesse an Frauenthemen wieder, und sie begann, zunächst unentgeltlich in einem Frauengesundheitszentrum mitzuarbeiten. Dadurch kam sie auf den Gedanken, eine Ausbildung als Arzthelferin zu machen, und sechs Monate später hatte sie eine Halbtagsstellung in der Klinik, koordinierte, machte Krisenberatung und leistete medizinische Hilfestellungen.

Während all dieser Jahre hatte sie sich immer weiter für jüdische Kultur interessiert. Bei einer Veranstaltung in der Synagoge traf sie Ben; er gehörte zu einer Gruppe von Leuten, die nach Israel auswandern wollten. Er wirkte sehr entschlußfreudig, was sie faszinierte, und sie zogen zusammen. Sie beteiligte sich an dem Projekt seiner Gruppe, die in Israel eine Schule für behinderte Kinder gründen wollte, und blieb diesem Projekt in der nächsten Phase ihres Lebens verpflichtet. Aber zu ihrer großen Enttäuschung mußte sie nach ihrer Ankunft in Israel feststellen, daß sich die großen Pläne nicht verwirklichen ließen. Nach einem anstrengenden und frustrierenden Jahr des Wartens und der vergeblichen Verhandlungen mit den Behörden gingen sie schließlich zurück nach Amerika.

Marlene hatte in das Israel-Abenteuer ihre bislang größten Hoffnungen gesetzt. Einerseits fand sie, daß »es hier nicht so war, wie ich wollte«, andererseits war die Auswanderung nach Israel für sie auch eine Möglichkeit, Kontakt zu ihren Verwandten zu bekommen, die überwiegend dort lebten. Sie hatte Israel für einen Ort gehalten, an dem sie sich niederlassen könnte. Bevor sie nach Israel gingen, hatte sie Ben geheiratet, und ihr Kind wurde dort geboren. Aber ihr Leben dort war sehr schwierig. Das Scheitern ihrer Pläne und die Schwierigkeiten bei der Arbeitssuche hatten sie entmutigt, und Marlene hatte damit zu kämpfen, ihr Kind ihren eigenen Bedürfnissen und Ansprüchen entsprechend in einer fremden Kultur zu bekommen und aufzuziehen. Diese Belastungen begannen allmählich ihre Ehe zu beeinträchtigen.

Als sie wieder in den Staaten waren, wußten sie nicht recht, was sie tun sollten. Zunächst lebten sie bei Verwandten und besuchten Freunde. Als sie in einer Kleinstadt in Colorado eine alte Freundin besuchten, beschlossen sie spontan, dort zu bleiben. Die Gegend gefiel ihnen und sie sagten sich: »Warum versuchen wir es nicht hier?« Beide arbeiteten halbtags und teilten sich die Versorgung des Kindes. Marlene fand eine Stelle in einem Anwaltsbüro, wurde aber ein Jahr später entlassen. Danach arbeitete sie einige Stunden in der Woche wieder in einem Frauengesundheitszentrum. Ben dagegen konnte sich nicht recht für einen Berufsweg entscheiden, und Marlene ärgerte sich immer mehr über seine recht erfolglose Berufslaufbahn und seine häufige Arbeitslosigkeit. Sie überredete ihn dazu, weiter zu studieren, und erhöhte ihre Arbeitszeit im Gesundheitszentrum und damit auch ihre Verantwortung und ihr Engagement.

Während sich Marlene ernsthaft im Berufsleben etablierte, wuchsen die Eheprobleme. Ben hatte eine Affaire mit einer anderen Frau, die er auf der Universität kennengelernt hatte. Er war immer seltener zu Hause, und allmählich hatte sie das Gefühl, sie hätten nur noch die Sorge für das Kind gemeinsam: »Ich hatte das Gefühl, es wäre alles auseinandergefallen. Ich wollte mich an meine Familie klammern, oder was ich dafür gehalten hatte, aber es lief einfach nicht so, wie ich wollte.«

Zu der Zeit war sie schon ein Jahr lang in einer Selbsterfahrungsgruppe von Frauen, und die half ihr jetzt, ihre Gefühle einigermaßen zu ordnen und den Gedanken an eine Trennung von Ben zu akzeptieren. Nach einiger Zeit wurde klar, daß keiner von beiden die Beziehung noch wollte, auch wenn es ihr weh tat, die Hoffnung auf ein Familienleben aufzugeben: »Ich mußte lernen, mich zu fragen: 'Was mache ich jetzt?', mußte als einzelne Person klar kommen.« Zum ersten Mal dachte sie ernsthaft über einen Beruf nach. Sie erkannte, daß die Arbeit in der Klinik sie am meisten befriedigt hatte, und entschloß sich schließlich zu einer Ausbildung als Hebamme. Dabei ging sie sehr systematisch vor, prüfte Ausbildungsprogramme und Möglichkeiten und fand heraus, daß die für ihre Bedürfnisse ideale Ausbildungsstätte in einem 2.000 Kilometer entfernten Ort lag. Die Entscheidungsphase war quälend, aber schließlich entschied sie sich doch, schrieb sich ein und ließ ihren Sohn in der Obhut seines Vaters zurück. Für Marlene war diese Entscheidung ein Durchbruch: »Zum ersten Mal hatte ich das Gefühl, ich weiß, was ich will. Ich erinnere mich, wie neidisch ich im College auf Leute war, die eine Richtung hatten und wußten, was sie tun wollten. Dann hatte ich plötzlich mit 32 Jahren selbst das Gefühl einer Richtung, und das war toll. Plötzlich paßte alles zusammen.«

Bei dem zweiten Interview war Marlene voller Begeisterung mit ihrer fordernden und prestigeträchtigen Ausbildung beschäftigt, die harte Arbeit machte ihr Freude. Aber sie hatte auch Schuldgefühle und machte sich Sorgen um die Beziehung zu ihrem Sohn. Doch sie weiß, daß es unmöglich ist, gleichzeitig für ihren Sohn zu sorgen und die Ausbildung zu machen. Sie sieht ihn in den Ferien. Kurz nachdem sie in New York ihre Ausbildung begonnen hatte, lernte sie den Mann kennen, mit dem sie jetzt zusammenlebt. Sie hält die Beziehung für vielversprechend. Abgesehen davon, daß sie ihren Sohn vermißt, ist sie im Augenblick optimistisch und in Einklang mit sich selbst.

Rückblickend sagte Marlene, das einzige, worüber sie sich im College wirklich klar gewesen wäre, sei ihr Wunsch nach einer eigenen Familie gewesen. Sie glaubt, sie hätte sich selbst in der Schwebe gehalten, um für Ehe und Familie offen zu bleiben. Tatsächlich hingen ihre sämtlichen Entscheidungen mit Ausnahme der letzten von dem jeweiligen Mann ab, auf den sie sich festgelegt hatte. Jetzt erkennt sie, daß sie das Bedürfnis hatte, »sich vor allem an etwas Sicherem festzuhalten.« Sie bereut heute, daß sie sich nicht früher ernsthaft mit ihrer beruflichen Laufbahn auseinandergesetzt hat. Sie hätte Ärztin werden können. »Ich schwebte mal hierhin und mal dorthin und sprang auf das an, was ich von anderen Leuten kriegen konnte. Ich dachte immer: Warum nicht? Ich hatte nie das Gefühl: Das will ich machen.« Es war für sie wichtig zu entdecken, daß sie eine Familie und gleichzeitig einen Beruf haben konnte. Ihre Phantasien über eine Familie ließen ihr solange keinen Raum, über einen Beruf nachzudenken, bis sie feststellte, daß die beiden Bereiche sich nicht gegenseitig ausschlossen. (Sie hofft, ihren Sohn zu sich holen zu können, wenn sie mit der Ausbildung fertig ist.)

Im Augenblick ist Marlene auch in Bezug auf ihre aktuelle Beziehung sehr optimistisch. Sie glaubt, sie hätte viel aus ihren Fehlern gelernt. Sie findet heute, ihr früherer Verlobter sei sehr dominierend gewesen und sie hätte damals jemanden gebraucht, der für sie verantwortlich sei. In der Beziehung mit Ben habe sie zu sehr die Rolle der Versorgerin gehabt, und sie wisse jetzt, daß ihre Ehe größtenteils auf Annahmen - bzw. falschen Annahmen - basiert habe, über die sie nie miteinander gesprochen hätten. Diesmal ist sie wieder verliebt, aber erlebt die Beziehung als viel kommunikativer und offener. Sie möchte wieder eine Familie haben, aber diesmal »soll alles klappen«.

Ihre Eltern sind in der Zwischenzeit gestorben, und darauf beruht wohl ihr starkes Bedürfnis, selbst wieder eine Familie zu gründen. Trotz ihres wachsenden Interesses an ihrem Beruf sind Beziehungen für sie immer noch von zentraler Bedeutung.

Marlene hält ihre Frauengruppe für einen wichtigen Faktor bei ihrer Veränderung in den letzten zwei Jahre. Sie spricht von dieser Zeit als einer Phase des »Auftauchens« und glaubt, sie hätte das alles ohne die Unterstützung ihrer Freundinnen nicht geschafft. »Wenn ich wahrnehmen kann, wie mich jemand anders wahrnimmt, hilft mir das, die Dinge auf die Reihe zu bekommen«. Trotz der großen Entfernung hat sie die Gruppe stark internalisiert und fühlt ihre kontinuierliche Präsenz. Psychologisch ausgedrückt, hat sie in diesen Frauen einen Ersatz für internalisierte andere Personen gefunden und kann darauf ihr Selbstwertgefühl gründen.

Von diesem günstigen Punkt ihrer Entwicklung aus betrachtet, meint Marlene, sie habe immer ein stabiles Leben und die Art von Familie gewollt, die sie als Kind nicht hatte, »ungefähr so wie im Fernsehen«. Sie erkennt, daß viele ihrer Entscheidungen diese Hoffnung realisieren sollten, weiß aber auch, daß sie dieses Leben wohl nicht wirklich wollte, weil sie so vieles in Gang setzte, was sie auf einen anderen Weg brachte. Marlene hat viel Einsicht und Reflexionsvermögen in Hinblick auf ihre eigene Person; sie weiß mittlerweile, daß sie vieles aus falschen oder ungeprüft übernommenen Gründen getan hat, und sie glaubt, sie sei jetzt mehr in Kontakt mit sich und optimistischer als je zuvor.

Die Gruppe der Frauen im Moratorium

Marlene steht beispielhaft für eine Moratoriums-Odyssee, die zumindest für den Augenblick erfolgreich gewesen zu sein scheint. Ihr Lebenslauf hat ihr mehr Wissen und Klarheit über sich selbst und ihre Ziele gebracht. Wie Millie hat auch Marlene im College die Bindungen an ihre Kindheit zerschnitten. Beide fanden einen Freund, der als Elternersatz fungierte, und meinten, sie hätten eine neue Richtung eingeschlagen. Beide erlebten das Scheitern ihrer Hoffnungen, die sie sich für das Leben nach dem Studium gemnacht hatten. Trotzdem hat sich Marlene zu einer erarbeiteten Identität durchgekämpft, während Millie sich zurückgezogen hat.

Die Untersuchung der Unterschiede zwischen Marlene und Millie wirft ein Licht auf einige Faktoren, die für das Ergebnis der Moratoriumsphase von Frauen entscheidend sind. Wo Millie angesichts ihrer Frustration aufgab, bemühte sich Marlene weiter. Millie externalisierte sämtliche Ursachen für ihr Scheitern, sie machte die Außenwelt für ihre Fehlschläge verantwortlich. Damit blieb sie zwar von Selbstvorwürfen verschont, gleichzeitig aber auch hilflos im Angesicht einer unkontrollierbaren Welt. Anders Marlene: Sie lernte, ihr Scheitern zu internalisieren, ohne ihr Selbstwertgefühl zu zerstören. Sie besaß die Fähigkeit, die Verantwortung für ihre Fehler zu übernehmen und mit Schuldgefühlen leben zu lernen.

Es sieht so aus, als sei die Fähigkeit, Schuldgefühle zu ertragen und zu integrieren, das zentrale Element für die erfolgreiche Verwandlung des Moratoriums in eine erarbeitete Identität. Sich von der Familie zu lösen, ja sogar, sich auf der Basis einer eigenen Entscheidung nicht von der Familie zu lösen, führt im Prozeß der Ablösung des Selbst von den alten, aber beharrlichen Kriterien für das Bild des »braven Mädchens« zwangsläufig zu Schuldgefühlen.

Ingesamt gesehen, sind Schuldgefühle bei all diesen Frauen im College-Alter das zentrale Thema. Zu diesem Zeitpunkt versuchen sie, ihre familiären Bindungen zu entwirren; sie tun Dinge, von denen sie wissen, daß ihre Familie sie ablehnt, und entwickeln unterschiedliche Möglichkeiten des Umgangs mit den daraus resultierenden Schuldgefühlen. Eine dieser Möglichkeiten ist die Suche nach einem Mann, der Unterstützung oder ein neues Wertesystem bieten kann. Diese Männer kontrollieren sie oft stärker als die Eltern, aber weil sie eben nicht die Eltern sind, ist die Kontrolle erträglich oder sogar willkommen. Zum Teil können sie aus Zuwiderhandlungen gegen die Eltern entstehende Schuldgefühle dadurch verringern, daß sie versuchen, den Freund zufriedenzustellen

Den Aussagen der im Collegealter befragten Frauen zufolge hatten diese alle überbehütende Mütter, die sie verwöhnten und ihre Fähigkeiten zu hoch einschätzten. Eine Frau sagte: »Ich bin alles, was sie hat, und jetzt hat sie nichts mehr.« Auf dem Höhepunkt des Kampfes um Loslösung fühlen sie sich wie Abtrünnige, die die Liebe ihrer Mutter verraten haben. Viele wollten ganz bewußt nicht so werden wie ihre Mütter; das Bemühen, die Abhängigkeit zu verleugnen, garantiert, daß dies gelang; sich von der Mutter zu unterscheiden, war wiederum ein Weg, die Abhängigkeit von ihr zu leugnen.

Hand in Hand mit der Ablehnung der Identifikation mit der Mutter ging bei dieser Gruppe die Idealisierung der Väter, wodurch sie die Mütter ein zweites Mal betrogen. Die Väter wurden als stark und autoritär, aber gleichzeitig warmherzig und liebevoll gesehen und repräsentierten ein romantisiertes Ideal von Stärke und Erfolg. In dieser Gruppe waren Tagträume von phantastischen Erfolgen häufig von Kind an sehr viel stärker vorhanden als bei den anderen Gruppen. In ihren Kindheitsphantasien waren sie Primadonnen, Botschafterinnen in Rußland oder Wissenschaftlerinnen, die den Krebs besiegten (dagegen waren die Tagträume aus der Gruppe mit erarbeiteter Identität viel unspezifischer und lange nicht so individuell). Meist stellten die Väter die atmosphärische, wenn auch nicht die inhaltliche Quelle dar, aus der diese Frauen ihre glorifizierten Ambitionen bezogen. »Im Recht« zu sein, war ihnen sehr wichtig. Weil diese Ambitionen für Frauen im Moratorium notwendig für irgendeine Art von idealisierter Vollkommenheit waren, entstanden aber neue Schuldgefühle, diesmal, weil sie ihre eigenen Hoffnungen nicht erfüllen konnten.

Das also war das Dilemma dieser Frauen am Ende des Colleges: Sie hatten Schuldgefühle, weil sie die (überwiegend sexuellen) Verbote der Mutter übertreten hatten und dem väterlichen Ideal nicht gerecht geworden waren; und sie fanden keine neutrale Zuflucht, die ihnen Halt gegeben hätte.

Am Ende des Studiums formulierten sie ihre zukünftigen Ziele meist zwingend und absolut. Sie suchten »die Lösung«. Von Kind an speisten sich Befriedigung und Selbstwertgefühl für sie daraus, »im Recht« zu sein; in der Adoleszenz blieben sie weiterhin davon überzeugt, daß sie selbst, ihre Familie und ihre Werte grundlegend »richtig« seien. Ihr Moratorium wurde durch den Schock über die Erkenntnis ausgelöst, daß für andere Menschen ganz andere Sachen »richtig« seien, was die »Richtigkeit« der eigenen Position natürlich in Frage stellt. Wie bei Millie verursacht oder fördert diese Erkenntnis das Bemühen um Autonomie von den Eltern. Anstatt die fordernden Ideale von ihrem einschränkenden Charakter zu befreien (was Frauen mit erarbeiteter Identität nach und nach tun), begeben sie sich auf eine Art Kreuzzug, entschlossen, das wirklich »Richtige« zu finden. Solange sie nichts finden, was sie sich zu eigen machen könnten, oder die Suche nach dem Richtigen nicht aufgeben, können sie keine Entscheidungen treffen, auf die sich eine Identität aufbauen ließe.

Sich von den Eltern und ihren vertrauten, »richtigen« Standards loszulösen und zu individuieren ist gleichbedeutend mit Schuldgefühlen. Wer wie Marlene einen Weg findet, diese Schuldgefühle zu ertragen, erarbeitet sich allmählich eine Identität. Wer wie Meredith und Millie die Schuldgefühle nicht ertragen kann, trifft Entscheidungen, die die Schuldgefühle ersticken. Auffallend war, daß gerade diese Gruppe, die im College die kritischste Haltung ihren Müttern gegenüber eingenommen hatte, 12 Jahre später den Müttern am nächsten stand. Die Bindung an die Mutter war für diese Frauen anscheinend so intensiv, daß sie sich nur schwer lösen konnten. Sie versuchten es, indem sie (zumindest innerlich) weit weggingen, sich entfernten.

Aber dieser Weg führte am Ende wieder zur Mutter zurück. Was sie nicht erfolgreich bekämpfen konnten, dem schlossen die Frauen im Moratorium sich an.

Eine weitere auffällige Gemeinsamkeit bei den Frauen dieser Gruppe war deren beharrliche Konzentration auf das Bedürfnis nach Beziehungen. Anders als die Frauen mit erarbeiteter Identität, die ihr Selbstwertgefühl gleichermaßen auf ihre eigenen Fähigkeiten und ihre signifikanten Beziehungen stützen, investieren die Frauen im Moratorium kaum in ihre persönliche Leistung, und wenn, dann nicht zielstrebig. In den Collegejahren erfuhren sie sich selbst überwiegend in Beziehung zu anderen. Sie gewannen Zustimmung, Achtung oder Liebe, wurden ausgenutzt, verlassen oder belehrt. Typische Beschreibungen ihrer Collegeerfahrungen lauteten z.B.: »Ich glaube, ich unterwerfe mich Leuten leicht. Aber ich habe so unterschiedliche Freunde, daß ich immer mit viel Opposition konfrontiert werde.« - »Ich habe neue Leute kennengelernt, die mich in anderer Weise geprägt haben. Das war verwirrend, weil ich nicht sicher war, ob ich zu ihnen paßte, und dann habe ich gemerkt, daß ich so wie sie wurde.« - »Ich wollte so sein wie das Mädchen im Zimmer gegenüber, die war so selbstsicher und mußte nicht ständig gesagt bekommen, daß man sie mag.« - »Mich ziehen selbstbewußte Menschen an, Menschen, die mir das Gefühl geben, sie täten das richtige.«

Anders als die Frauen mit erarbeiteter Identität, die nach Menschen suchten, die ihnen das verlorengegangene Sicherheitsgefühl ersetzen konnten, brauchten die Frauen im Moratorium während der Collegezeit Menschen, die ihnen Identifikationsangebote lieferten. Im Gespräch über ihren jeweiligen Freund z.B. ging es ihnen nie um Sicherheit, er sollte ihnen vielmehr zeigen, wie sie sein sollten, und ihnen Beifall spenden. Auch das Interesse an ihren Freundinnen bestand überwiegend in der Suche nach Modellen, nach Lebensentwürfen. Marlene ging nicht mit Larry und Ben, weil sie versorgt werden wollte, sondern weil sie auf eine Struktur hoffte, auf die sie ihr Leben aufbauen konnte. Meredith hatte eigentlich die Hoffnung gehabt, ihr Ehemann würde alternative Möglichkeiten für sie schaffen, wählte sich aber einen Mann, der genauso konservativ wie sie und ihre Familie war. Da niemand ihr voranschritt, dem sie auf dem Weg zu einer anderen Daseinsweise hätte folgen können, wählte sie den vertrauten Weg.

Auch die Frauen mit erarbeiteter Identität haben vor dem Collegeabschluß an irgendeinem Punkt eine Krise durchlebt, eine solche Krise gehört ja auch per Definition zu diesem Status. Von daher sollte es eigentlich viele Ähnlichkeiten zwischen den beiden Gruppen geben, und das ist bei Männern ja auch tatsächlich der Fall. Woher stammen also die Unterschiede zwischen diesen Gruppen bei Frauen in der Collegezeit und warum ist es so wichtig, ob eine Frau eine Krise vor dem letzen Collegejahr erlebt oder ob sie im Abschlußjahr noch in der Krise steckt?

Eine Antwort könnte sein, daß am Ende des Studiums der gesellschaftliche Druck, Probleme zu lösen, einen Plan für die Zukunft zu entwerfen, einen tiefen Einfluß auf diejenigen hat, die dazu bereit sind und es auch ohne große Schwierigkeiten können. Keinen Lebensplan zu haben, ist für Frauen sehr beunruhigend und führt zu Angst und Schuldgefühlen. Die Frauen, die am Ende des Colleges die Konfliktlösung in Angriff nehmen, vermitteln den Eindruck, daß sie über genügend innere Ressourcen verfügen, um auf die äußere Notwendigkeit zur Entscheidungsfindung reagieren zu können. Diejenigen, die im Moratorium verharren, erscheinen als im Konflikt gefangen und können nicht über ihn hinausgehen. Die Identitätskrise an sich wird also innerhalb dieser unterschiedlichen Persönlichkeitsstrukturen anders erlebt. In der Gruppe mit andauerndem Moratorium gab es Frauen, die sich höhere Ziele gesteckt hatten als die Gruppe mit erarbeiteter Identität, und es gab Frauen, deren Ziele niedriger angesetzt waren. Erstere stellten alle Aspekte ihres Lebens in Frage, blieben offen für alle Möglichkeiten und nahmen nichts als selbstverständlich hin. Die Erarbeitung einer Identität dauerte wie bei Marlene viele Jahre. Sie brauchten mehr Zeit und Erfahrung, um sich zu entscheiden.

Die Frauen, deren Ziele nicht so hoch angesiedelt waren, erlebten wie Meredith nur in einem eingegrenzten Bereich ihres Lebens eine Krise. Möglicherweise wußten sie die ganze Zeit, daß sie Werte und Lebensform ihrer Familie übernehmen würden, benutzten aber die Studienjahre, um kurzfristig Urlaub von ihrem wahren Selbst zu nehmen. Weil sie den Weg, den ihr Leben nehmen würde, im Grunde ihres Herzens kannten, konnten sie ihre Unabhängigkeit im College dazu einsetzen, sich ein wenig zu verändern, neue Lebensformen auszuprobieren, ohne Gefahr zu laufen, sich als die Person, als die sie sich kannten, grundlegend zu verändern. Diese Frauen hatten folglich große Angst und Schuldgefühle im College, wie es dem Moratorium entspricht, aber bei ihnen steckte die Furcht dahinter, durchschaut zu werden. Sie hatten furchtbare Angst, ihre Eltern könnten von ihrem sexuellen Verhalten oder ihrem Marihuana-Rauchen erfahren; indem sie es vor den Eltern verbargen, verbargen sie ihr Verhalten vor sich selbst.

Die tieferliegende Dimension bei den Frauen im Moratorium scheint also darin zu bestehen, inwieweit sie zulassen, daß neue Erfahrungen eine besondere Bedeutung bekommen. Es gibt viele Augenblicke im Leben, in denen sich jemand untypisch verhält. Manche Leute spielen die Bedeutung solcher Verhaltensweisen herunter und sagen: »Ich war eben in Ferien« - »Ich war betrunken« - »Das habe ich doch nicht so gemeint«. Andere denken über solche Erfahrungen gründlich nach und korrigieren ihr Selbstbild so, daß auch diese Verhaltensweisen als Teil des Selbst begriffen werden können. Die Frage, wie weit man etwas wirklich »so meint«, bildet den Kern des Moratoriums; häufig genug weiß man erst sehr viel später, ob man es genau so gemeint hat oder nicht.

Der Prozeß des Wachstums besteht aus minimalen Veränderungen, die man aber in der Situation selbst als ungeheure Risiken erleben kann. Entwicklung vollzieht sich in kleinen Einheiten, wobei man immer wieder sicherstellen muß, daß man nicht die Brücken hinter sich abbricht. Häufig sorgt man unbewußt dafür, daß jemand da ist, den man als eine Art Sparkonto benutzt, also ein oder mehrere Menschen, die das alte Selbst sicher verwahren und denen man vertrauen kann, daß sie es aufbewahren, bis man es zurückfordert. Dieser Prozeß wurde in den Berichten vieler Frauen im Moratorium deutlich. Wenn sie beschrieben, was ihre Eltern ihrer Meinung nach von ihnen erwarteten, beschrieben sie ihr altes Selbst, also Identitäten, die sie einst hatten. Dann konnten sie sich den Luxus leisten, ihr Wachstum als äußeren Kampf zwischen sich und den Eltern zu erleben anstatt als innere Auseinandersetzung. Und darüber hinaus wußten sie, daß ihr altes Selbst bei den Eltern sicher verwahrt lag für den Fall, daß sie sich zur Rückkehr entschließen würden. Genau das haben dann auch viele aus dieser Gruppe getan.

Frauen im Moratorium brauchen offenbar die Anwesenheit stützender anderer Personen, um eine unabhängige Identität konsolidieren zu können. Im College hat die Suche dieser Frauen nach Beziehungen eine fast verzweifelte Qualität; sie sind auf Menschen angewiesen, mit deren Hilfe sie sich definieren und von denen sie sich abgrenzen können, Menschen, die sie zur Unterstützung ihrer entstehenden Identität in die Pflicht nehmen können. Jede Beziehung liefert das Rohmaterial für die endlose Introspektion, die für diese Gruppe charakteristisch ist; in ihrem Bemühen, sich selbst zu finden, denken sie viel darüber nach, was sie »wirklich« gefühlt haben oder inwieweit sie ihren Bekannten ähnlich oder unähnlich sind. Aber wenn sie das College verlassen, zerfällt diese eingebaute Unterstützergruppe, und die noch nicht formulierte Identität gerät ins Schwimmen. Wenn der Identitätsbildungsprozeß (zumindest in seinen ersten Schritten) mit dem Ende der

Collegezeit noch nicht abgeschlossen ist, stehen diese Frauen extrem unter dem Druck, zu der gesicherten Befriedigung zurückzukehren, die sie in der Kindheit erlebt haben.

Dieser Prozeß läßt sich bei Meredith deutlich beobachten, deren knospende Moratoriumsphase die Collegeumgebung nicht überlebt hat. Millie suchte einige Jahre vergebens nach Freundinnen, die ihr weiterhin helfen würden, sich zu definieren und ihre Moratoriumsphase abzuschließen. Am Ende aber verzweifelte sie und kehrte, psychologisch betrachtet, nach Hause zurück.

Marlene übernahm endgültig die Verantwortung für sich selbst, als ihre Freundinnen aus der Selbsthilfegruppe sie ermutigten, ihr Leben selbst zu strukturieren. Auch die zwei anderen Frauen, die sich über das Moratorium eine Identität erarbeitet haben, hatten Menschen gefunden, die ihnen nicht durch Fürsorge sondern durch emotionale Unterstützung und Bestätigung halfen, mit Schuldgefühlen und Unsicherheit umzugehen.

Frauen im Moratorium haben mehr innere Einsicht, mehr Bezug zu sich selbst und mehr innere Sensibilität als die Frauen der anderen Gruppen. In vieler Hinsicht sind sie die anrührendsten, weil sie sehr intensive emotionale Erfahrungen machen und fähig zur Selbstanalyse sind. Sie sind die Frauen, über die in Frauenzeitschriften geschrieben wird, weil sie sich mit Themen auseinandersetzen und über ihr Leben und ihre Gefühle sprechen können. Sie sind aber auch permanent im Konflikt. Offensichtlich kann man die Ambivalenz nur mit großen Schwierigkeiten zum Schweigen bringen, wenn man sich einmal auf die Moratoriumsphase eingelassen hat. Manche Frauen aus dieser Gruppe haben wie Meredith ihre Ambivalenz dadurch überwunden, daß sie ihre Träume in eheliche und familiäre Harmonie umsetzen. Aber die meisten sind anfällig für innere Konflikte geblieben, auch wenn sie Entscheidungen getroffen haben. Millie, Marlene und andere haben - nicht immer gern - gewählt, die Person zu sein, die sie geworden sind, aber sie leiden noch immer an den »Selbsten«, die sie nicht realisiert haben, auch wenn das nicht immer auf den ersten Blick erkennbar ist.

[1] Marcia (1976) fand in seiner Nachfolge-Untersuchung bei Männern dasselbe Phänomen. Er nimmt an, daß es sich hier eventuell um Menschen handele, die zur Zeit der College-Interviews mit Entscheidungen beschäftigt waren, sich aber nie ernsthaft vom Status der übernommenen Identität entfernt hatten.

7. Kapitel

Verloren und manchmal gefunden: Diffuse Identität

»'Was soll ich jetzt tun? Was soll ich tun?
Ich geh hinaus, wie ich bin, geh auf die Straße
So, mit offenem Haar. Was tun wir morgen?
Was sollen wir je tun?'«

T. S. Eliot, »Das wüste Land«

Bei der College-Untersuchung zeichnete sich die Gruppe der Frauen mit diffuser Identität durch Variantenreichtum und Komplexität aus. Dazu muß man sich ins Gedächtnis rufen, daß es gerade die Abwesenheit von Eigenschaften ist, die die diffuse Identität kennzeichnet: keine Krise, keine Festlegung. Es gibt sehr viel mehr Ursachen für fehlende als für erbrachte Entwicklungsleistungen; folglich ist die Gruppe der Frauen mit diffuser Identität uneinheitlicher und insgesamt schwieriger zu begreifen als die anderen Gruppen. Alle Frauen dieser Gruppe waren halt- und richtungslos, aber die Gründe dafür waren sehr unterschiedlich.

In sämtlichen Untersuchungen haben die Frauen dieser Gruppe durchgängig die niedrigsten Werte bei allen für die gesunde Psyche wichtigen Funktionen. Ihre Ich-Entwicklung ist insgesamt gering (Hopkins 1982), sie haben größere Schwierigkeiten, intime Beziehungen einzugehen (Kacerguis, Adams 1980). Die Meßwerte zeigen, daß es in dieser Gruppe die meiste Angst (Schenkel, Marcia 1972), die geringste Differenzierung in der Orientierung auf die Geschlechtsrolle (Orlofsky 1977) und die größte Feldabhängigkeit (Schenkel 1975) gibt. Eine kritische Auswertung von ca. 30 Identitäts-Status-Untersuchungen ergab, daß bei Frauen mit diffuser Identität eigentlich nur ihre Tendenz zum Rückzug (Bourne 1978b) wirklich erwiesen ist. Wir wissen also, daß Frauen mit diffuser Identität am Ende des Entwicklungskontinuums der späten Adoleszenz stehen, haben aber wenig Kenntnisse über die Gründe für ihre Schwierigkeiten oder darüber, was aus ihnen als Erwachsenen wird.

Erikson hielt den Status der diffusen Identität für einen instabilen Zustand, denn in der Regel stellt die Gesellschaft eine Identität zur Verfügung, wenn jemand es nicht schafft, Anspruch auf eine eigene Identität zu erheben. Häufig führt diese fehlende Entscheidung dazu, daß solche Menschen als »abweichend« definiert werden, und diese Abweichung kann dann zur passiv akzeptierten, negativen Identität werden. Erikson erkannte die Gefahren dieses Zustandes, hielt die diffuse Identität aber für eine vorübergehende Krise, die zwar ungebührlich verlängert oder pathologisch zugespitzt sein kann, sich aber trotzdem als Episode innerhalb einer normativen Entwicklungsphase begreifen läßt.

Bei der vorliegenden Auswahl waren die Frauen mit diffuser Identität im College sehr verschiedenartig. Die Identität war zwar bei allen diffus, aber in der Diffusion zeigten sich deutliche Unterschiede, die die Einteilung in vier verschiedene Muster oder Untergruppen der diffusen Identität nötig machte: schwere Psychopathologien, vorangegangene Entwicklungsdefizite, anhaltende Diffusion/Moratorium und anhaltende Diffusion/übernommene Identität.

In die ersten beiden Untergruppen, schwere Psychopathologien und vorangegangene Entwicklungsdefizite, wurden acht Frauen (von sechzehn in der gesamten Gruppe) eingeordnet, deren Persönlichkeitsstruktur aus dem Bereich des Normativen herausfiel. Vom Standpunkt klinischer Psychologie oder Psychiatrie aus müßte man ihnen Borderline-Störungen bescheinigen. Für sie war die Frage der Identitätsbildung zweitrangig, sie hatten mit grundlegenderen, früheren und primitiveren psychischen Bereichen zu kämpfen, trugen die Narben früher, schwerer psychischer Traumata, unter denen sie auch in der späten Adoleszenz noch litten. Bei ihnen hatte etwa der Verlust eines geliebten Elternteils oder die Erfahrung früher emotionaler Vernachlässigung zu einem Grundgefühl von Sinnlosigkeit und Instabilität geführt, das ernsthafte Investitionen in die Aufgabe der Identitätsbildung ausschloß. Diese Frauen hatten sich mit ihren Eltern meist nicht dauerhaft und positiv identifizieren können. Die Abwesenheit einer Identitätskrise läßt sich in dieser Gruppe darauf zurückführen, daß ihnen eine stabile, psychische Struktur nicht zur Verfügung stand, die sie hätten neu organisieren können. Bezeichnend für sie war vielmehr die Suche nach einem Mittel zur

Verringerung der durch frühe, weitreichende psychische Störungen verursachten Ich-Defizite. Sie versuchten alles mögliche, aber nichts schien ihnen wirklich zu helfen. Sie waren triebgeleitet und vermieden Schuldgefühle um jeden Preis; sie konnten keine Identitätsverpflichtungen eingehen, weil sie nicht fähig waren, Erfahrungen auf einer stabilen und zuverlässigen Grundlage zu strukturieren und zu integrieren. Wenn sie überhaupt an die Zukunft dachten, ging es nicht um den Versuch, etwas aus sich zu machen, sondern um den Wunsch, etwas anderes aus sich zu machen. So sagte eine der Frauen in einem Augenblick der Hoffnung: »Man muß nicht unbedingt auf der Vergangenheit aufbauen. Man kann aus der Vergangenheit heraustreten und sich eine neue Vergangenheit schaffen.« Im College nahmen sie ihr Leben als Abfolge zusammenhangloser Ereignisse wahr, erlebten sich heute als eine Person und zwei Wochen später als eine völlig andere. Sie versuchten so, außerhalb ihrer eigenen Geschichte zu leben, und verleugneten eine Vergangenheit, mit der sie nicht zurechtkamen. Das macht die Integration von Identität unmöglich.

Die dritte Untergruppe, die Moratoriumsdiffusion, wurde gebildet, um drei der Frauen beschreiben zu können, die zwar eine Identitätskrise erlebten, allerdings nicht in den Bereichen, anhand derer eine psychosoziale Identität normalerweise definiert wird. Sie waren in einem extremen und aktiven Entscheidungskonflikt gefangen, aber ihre Fragen waren umfassender, tiefer und beunruhigender als die der Frauen im Moratorium. Die philosophische Frage nach dem Sinn des Lebens quälte sie sehr viel stärker. Sie waren experimentierfreudiger in bezug auf neue Modi der Erfahrung, seien es Drogen, Sex oder Sekten. Sie wechselten oft zwischen Moratorium (aktiver Suche) und Diffusion (aufgeben, sich treiben lassen). Zwar gab es bei ihnen nicht die passive Resignation angesichts ihrer Impulsivität und ihres Chaos wie bei den anderen Untergruppen dieses Identitätsstatus, aber ihre Krisen waren weniger zielgerichtet, weniger auf Entwicklungsziele fokussiert als bei der Gruppe der Frauen im Moratorium.

Die vierte Untergruppe, die der übernommenen Diffusion, bestand aus fünf Frauen ohne Merkmale von Festlegung, die sich einfach treiben ließen, weder in der Krise waren noch sich festlegen konnten. Ihr Handeln war ausschließlich situationsabhängig, sie konnten keine feste Richtung definieren und wirkten merkwürdig willenlos. Die Identität ihrer Eltern war offenbar ebenfalls diffus; bei den College-Interviews entstand der Eindruck, wenn die Eltern ihnen Identifikationsangebote gemacht hätten, wäre ihr Status der der übernommenen Identität gewesen. Die Eltern hatten ihnen sämtliche Entscheidungen selbst überlassen und sie nie zu etwas gedrängt oder ihnen etwas untersagt. Die Töchter schienen eine Gefühl dafür entwikkelt zu haben, daß es den Eltern dabei nicht um ihre Unabhängigkeit ging, sondern daß ihnen selbst Überzeugungen und Entscheidungskraft fehlten. Diese Unschlüssigkeit führte dazu, daß sich diese Frauen stärker an die Eltern klammerten, um wenigstens ein bißchen Sicherheit zu finden. Ihnen war eine Art fatalistischer Passivität gemeinsam, ein Gefühl, so wenig Einfluß auf ihr Leben nehmen zu können, daß jede Planung sinnlos war. So warteten sie einfach ab, was das Leben mit ihnen vorhatte, bereit zu übernehmen, wen oder was immer versprach, sich ihrer anzunehmen.

Für eine Langzeituntersuchung ist die Gruppe der diffusen Identität wohl die interessanteste. Bei allen anderen Gruppen waren relativ zuverlässige Aussagen über die Zukunftsperpektiven möglich. Aber die Unberechenbarkeit der Frauen mit diffuser Identität wirft jede Voraussage über den Haufen. Am Ende des Colleges hatten sie keinerlei Ziel; wo also gehen sie hin und wie kommen sie dort an? Auch aus der klinischen Perspektive ist diese Gruppe die interessanteste, weil die Hälfte psychische Störungen aufwies, die die Arbeit an der Identitätsbildung behinderte.

Bei dieser Gruppe waren also sehr verschiedene Ergebnisse zu erwarten. Bei den neun Frauen, die für die Nachfolge-Studie ausfindig gemacht wurden, zeigten sich vier Ergebnismuster: Drei Frauen waren allem Anschein nach in ihrer Identität diffus geblieben, unterbrochen von kurzzeitigen, regelmäßig gescheiterten Bemühungen um die Definition einer Identität.

Eine Frau, deren Identität diffus geblieben ist, befindet sich gegenwärtig in einer Phase, in der sie versucht, sich festzulegen und sich niederzulassen. Drei Frauen sind Identitätsverpflichtungen eingegangen, aber auf ganz andere Art als die Frauen der anderen Gruppen, wie wir sehen werden. Das vierte Muster ist tragisch: Zwei der Frauen starben, bevor sie dreißig wurden; die eine, eine der intelligentesten und nachdenklichsten Frauen der ersten Stichprobe, konnte keinen Lebensplan zu fassen bekommen. Sie geriet nach dem College in eine so tiefe Depression, daß sie sich umbrachte. Über die Todesursache der anderen Frau ist mir nichts bekannt.

Die Frauen dieser Gruppe sind die ungewöhnlichsten in der gesamten Stichprobe. Ihr Leben wirkt oft wie ein Schauerroman; sie treffen immer wieder aussichtslose Entscheidungen und versuchen, damit zu leben. Statistisch gesehen wechseln diese Frauen öfter als alle anderen Gruppen ihre Berufe und ihren Wohnort. Im ganzen haben sie mehr Erfahrungen gemacht und Veränderungen durchlebt.

Anhaltende Identitätsdiffusion

Drei Frauen konnten nur als anhaltend diffus klassifiziert werden. Zehn Jahre vorher waren sie bei der College-Untersuchung in die Untergruppe »schwere Psychopathologie oder vorangegangene Entwicklungsdefizite« eingruppiert worden. Der folgende Fall stellt beispielhaft eine für diese Untergruppe typische Lebensgeschichte vor.

Susan

Susan im College. Beim Interview am Ende der Collegezeit zeigte sich bei Susan die für Frauen mit »rein« diffuser Identität typische fragmentierte und desorganisierte Lebenseinstellung, d.h., sie war in allen Identitätskategorien diffus. Susan hatte Kunst studiert, wußte nicht, was sie nach dem Examen machen würde, und fand das auch nicht wichtig, solange sie überhaupt etwas tue. Heiraten wollte sie nicht: »Ich habe mehr Spaß, wenn ich nicht verheiratet bin, man kann sein ganzes Geld für sich selbst ausgeben und hat keine Verantwortung.«

Susan hatte im College keinerlei religiöse Überzeugungen. Ihr Vater hatte durchgesetzt, daß sie in die Kirche seiner Religionsgemeinschaft ging, ihre Mutter sie gedrängt, sich einer anderen anzuschließen, ihr aber schließlich geraten, sich erst nach der Heirat für eine Religion zu entscheiden. Eine Zeitlang hatte sich Susan mit östlichem Mystizismus beschäftigt: »... aber das wurde mir unheimlich. Ich bin da so reingekommen - nicht, daß ich daran geglaubt hätte oder so.«

Politisch hatte sie keinerlei Meinung: »Ich habe keine Lust, wählen zu gehen, und ich wüßte sowieso nicht, wo ich wählen gehen sollte.« Ihre Eltern hatten nie über Politik gesprochen, und es gab keine Themen, zu denen sie eine klare Position gehabt hätte.

Genauso diffus waren ihre sexuellen Standards. Ob sie mit jemandem ins Bett ging oder nicht, hing davon ab, ob sie den entsprechenden Mann mochte und ob er gut aussah. Beim Versuch, ihre Standards zu definieren, wurde sie immer verwirrter und sagte schließlich: »Ich weiß nicht - ich verstecke mich viel - denke an etwas anderes.«

Das Identitätsstatus-Interview ergab das Portrait einer zerstreuten jungen Frau, die sich in keinem Bereich definieren konnte, aber damit relativ wenig Probleme hatte.

Ihre Eltern, beide ohne Collegeausbildung, ließen sich scheiden, bevor Susan zwanzig wurde. Ihre Mutter beschrieb Susan als »wirklich nett - sie hilft mir, wenn ich es brauche«. Sie stand ihrer Mutter näher als ihrem Vater, vertraute ihr aber nicht genug, um über wichtige Dinge mit ihr zu sprechen, und sah sie folglich selten. Susan war die jüngste von drei Schwestern. Sie beschrieb eine Familiendynamik, in der die Mutter für das mittlere Kind sorgte, der Vater für das älteste und niemand für sie. Sie glaubte, ihre Mutter sei konservativ, vor allem in bezug auf Sexualität: »So habe ich auch gedacht. Wenn mir jemand vor einem Jahr gesagt hätte, ich würde heute mit einem Mann zusammenleben, hätte ich es nicht geglaubt. Im letzten Jahr ist da irgendetwas durcheinandergeraten.«

Zu ihrem Vater hatte Susan seit einigen Jahren »eine rein finanzielle Beziehung«. In ihrer Kindheit und Jugend war er meistens bei der Arbeit gewesen; sie hatte nicht das Gefühl, ihn gut zu kennen, wußte aber, daß sie in jeder Hinsicht möglichst anders sein wollte als er.

Susan bewunderte ihre zwei Schwestern, vor allem ihr Aussehen und ihre Kleidung. In ihrer Kindheit und Jugend waren ihre Idole Fotomodelle, Filmstars und Scarlet O'Hara aus »Vom Winde verweht« gewesen, weil »sie immer zuerst an sich dachte, immer an erster Stelle stand«.

Zum Zeitpunkt des Interviews konzentrierte sie sich emotional ganz auf die sehr ambivalente Beziehung zu ihrem Freund, den sie im ganzen Gespräch als »Blödmann« bezeichnete. Er behandelte sie in vielerlei Hinsicht schlecht; unter anderem machte er aus ihrer gemeinsamen Wohnung eine Art Kommune für seine Freunde, deren Hauptinteressen in Sex und Drogen bestanden. Sie versuchte sporadisch, genügend Energie aufzubringen, um ihn zu verlassen. Andere Erfahrungen mit Männern waren von Phantasien dominiert; sie war oft in unerreichbare Männer verliebt gewesen. Ihre wenigen ernsthafteren Beziehungen endeten abrupt, wenn der Mann »ging«.

Im ganzen präsentierte Susan ein Bild emotionaler Verarmung. Als früheste Erinnerung beschrieb sie: »Vielleicht, wie ich den Kühen vorgesungen habe. Da muß ich sechs oder sieben gewesen sein. Ich habe den Kühen immer alles gezeigt, was ich neu hatte, und ihnen vorgesungen.« Diese Erinnerung drückt ihre Beziehungsschwierigkeiten (mit Menschen) und ihren Narzißmus aus, der in ihren Phantasien über Filmstars offen zutage tritt.

Klinisch gesehen, war Susan psychisch schwer gestört, aber sie funktionierte. Sie hatte ihre triebhafte, zügellose und selbsterhaltende Art, mit dem Leben umzugehen, soweit unter Kontrolle, daß sie ohne psychotherapeutische Intervention das College zu Ende bringen konnte.

Susan mit 34 Jahren. Nach ihrem Examen besorgte ihr ihre Tante eine Stelle als Kunstlehrerein an einer alternativen Schule, die kein Pädagogik-Examen verlangte. Susan arbeitete gern dort, aber die Schule mußte nach kurzer Zeit wegen Finanzierungsschwierigkeiten schließen. Sie zog nach Arizona, wo sie einen Freund hatte, und versuchte erfolglos, wieder eine Arbeit als Lehrerin zu finden. Seitdem kam sie viel herum und versuchte sich in einer Vielzahl ziemlich unqualifizierter Jobs. In den letzten fünf Jahren arbeitete sie als Kassiererin in ihrer Heimatstadt.

Susan hatte auch weiterhin unkalkulierbare Beziehungen mit Männern, die sie in der einen oder anderen Weise schlecht behandelten. Aber vor zwei Jahren lernte sie einen Mann kennen, durch den, wie sie glaubte, alles anders werden würde und den sie heiraten wollte. Als Vorbereitung auf diese Ehe wollte sie katholisch werden, aber der Mann brach die Beziehung abrupt ab, als sie schwanger wurde. Sie entschloß sich, das Kind zu bekommen, obwohl sie es sich finanziell nicht leisten konnte. Tragischerweise kam das Kind mit schweren angeborenen Behinderungen zur Welt und lebte nur drei Monate. In dieser bedrückenden Zeit hatte sie ein mystisches religiöses Erlebnis mit Visionen; sie wurde eine überzeugte Katholikin.

Zumindest im Augenblick steht die Kirche im Mittelpunkt von Susans Leben. In dem Interview berief sie sich oft auf ihre religiösen Überzeugungen, als sei die Konversion für sie wirklich eine Wiedergeburt gewesen. Als wichtigste Personen in ihrem Leben nannte sie Christus und ihren Priester.

Susan lebt zur Zeit bei ihrer Mutter, weil sie durch ihre unregelmäßige Arbeit nicht genug verdient, um allein leben zu können. Ihre Mutter hilft ihr auch, mit Geld umgehen zu lernen, was sie bisher noch nie konnte. Sie möchte immer noch einen richtigen Beruf anstatt der »mageren Jobs«, hat aber keine Vorstellungen, wie sie das anstellen soll.

Trotz dieser ziemlich deprimierenden Situation wirkt Susan (zumindest oberflächlich) nicht depressiv. Sie hat Freundinnen und Freunde, mit denen sie viel unternimmt; ihre wichtigsten positiven Erfahrungen konzentrieren sich auf erfreuliche Begegnungen mit Freunden. Ihre gegenwärtigen Lebensziele faßt sie reflektierend zusammen: »Hier bin ich - ich überlege immer noch - ich werde einen Job finden, dann werde ich heiraten. Das ist schrecklich ... ich überlege immer noch ... das ist wirklich schrecklich.«

Susans romantische Phantasien haben sich nicht erfüllt. Der Gesamteindruck ist der einer sehr kindlichen Frau, die in den Fragmenten ihres Lebens herumirrt.

Andere Frauen mit anhaltend diffuser Identität

Wie Susan haben auch die beiden anderen Frauen dieser Untergruppe wenig Bezug zu ihrem Leben und können es nur schwer einschätzen. Sinn existiert nur für den Augenblick. Eine der beiden anderen Frauen ist gegenwärtig damit beschäftigt, sich über verschiedene Berufe zu informieren und dadurch herauszufinden, was sie tun möchte. Das hört sich vielversprechend an, schon wegen der Begeisterung, mit der sie sich in dieses Unternehmen stürzt, aber Nachfragen zeigen, daß sie solche Projekte schon früher erfolglos betrieben hat.

Die drei Frauen agieren triebhaft. Sie können viel Energie in eine Unternehmung investieren, die aber immer wieder scheitert, was sich zum Teil daraus erklärt, daß sie die jeweiligen Möglichkeiten nicht allzu gründlich prüfen und von jeder Chance, die sich ihnen bietet, das Heil erwarten. Trotzdem halten sie optimistisch daran fest, daß die nächsten Menschen oder Projekte, die ihnen über den Weg laufen, ihre Träume Wirklichkeit werden lassen.

Bei allen drei Frauen mit anhaltend diffuser Identität läßt sich ein Mangel an Persönlichkeitsstruktur feststellen, der sie von Menschen abhängig macht, die für sie die Realität prüfen oder an ihrer Stelle nachdenken. Sie haben Freunde oder Familienmitglieder gefunden, an denen sie sich innerlich orientieren können und die ihnen auch helfen, sich äußerlich zu organisieren. Die Defizite, die für ihre Identitätsdiffusion im College verantwortlich waren, sind geblieben. Wachstum oder Entwicklung ist bei ihnen kaum zu spüren. Die äußeren Umstände verändern sich; das Schicksal ist ihnen günstig oder ungünstig gesonnen, aber innerlich bleiben sie im wesentlichen unverändert.

Auffallend ist, daß diese drei Frauen die Interviews als einen äußeren Anstoß begrüßten, der sie zwang, über Dinge nachzudenken, mit denen sie sich sonst nicht beschäftigten. Interessanterweise waren zwei (darunter auch Susan) kurz (zwei bis drei Monate) in psychotherapeutischer Behandlung gewesen, was sie »hilfreich« fanden. Für sie war Psychotherapie ein weiterer Prozeß, der »ausprobiert« wurde.

Die Quelle der Ich-Stärke, die sie in Gang hält, ist bei diesen Frauen kaum aufzuspüren. Im großen und ganzen nehmen sie das Leben nicht allzu ernst und können sich in »Vergnügungen« verlieren. Eine dieser Frauen sagte: »Ich mache, was ich machen will«, hauptsächlich Sport, Freizeitaktivitäten, gemeinsame Unternehmungen mit Freunden; daß sie weit unter ihren Fähigkeiten arbeitet, macht ihr nichts aus.

Alle drei Frauen haben außergewöhnliche Erfahrungen gemacht, die sie in den Status persönlicher Mythen erheben (wie Susans detaillierte Schilderung des Verlusts ihres Kindes). Sie fallen aus dem Rahmen, allerdings in tragischer Weise, und gelten ihrer Umgebung zweifellos als liebenswerte Exzentrikerinnen. Sie sind risikobereit, aber die Risiken, die sie eingehen, sind eher impulsiv als entwicklungsfördernd. Das macht ihr Leben zu einem Prozeß, in dem sie mit den Konsequenzen übereilt getroffener Entscheidungen zurechtkommen müssen. Aber depressiv sind sie nicht, ganz unabhängig von dem Ausmaß der zugrundeliegenden Pathologien; sie haben ihre Höhen und Tiefen, kommen aber rasch wieder auf die Beine.

Alle drei Frauen mit anhaltend diffuser Identität hatten durchgängig Schwierigkeiten mit Männerbeziehungen. Anscheinend gibt es bei allen tiefsitzende Ängste vor Männern; alle wählten ungewöhnliche Partner, alle haben eine Geschichte wechselvoller und enttäuschender Erfahrungen hinter sich. Eine hat mittlerweile eine dauerhafte und stabile Beziehung zu einem weit entfernt lebenden Partner aufgebaut; das heißt, sie hat eine Möglichkeit gefunden, mit ihrer Angst vor Nähe umzugehen. Da diese Frauen kein Selbstgefühl definieren können, können sie sich auch nicht auf einen anderen festlegen, es sei denn, es gäbe bestimmte Garantien, z.B. Entfernung oder andere Hindernisse, die der so sehr gefürchteten Nähe und Verbindlichkeit vorbeugen. Keine von ihnen möchte heiraten oder Kinder haben, aber keine schließt aus, daß es »passieren« kann.

Wenn sie auf ihr Leben zurückschauen, ist nur die Gegenwart für sie real. Anders als die Frauen der anderen Gruppen sind sie nicht in der Lage, mehr als verschwommene Umrisse ihres Lebens bis hin zu den aktuellen Problemen und Themen zu zeichnen. Ihre Zukunft ist unvorstellbar, ihre Vergangenheit überwiegend verloren. Es handelt sich bei ihnen nicht um selbstanalytische Frauen; ihre Lebensfragen sind im wesentlichen konkrete: »Wie kann ich an mehr Geld oder einen sicheren Job kommen?« - »Soll ich allein leben oder in einer Wohngemeinschaft?«

Anhaltende Diffusion/Moratorium

Eine andere Form anhaltender Identitätsdiffusion zeigt sich in der Untergruppe *Anhaltende Diffusion/Moratorium.* Diese Frauen unterscheiden sich von den gerade beschriebenen, sie gehen den Dingen stärker auf den Grund, sind philosophischer orientiert und bewußter.

Debbie

Debbie im College. Debbie war bei den College-Interviews die artikulierteste Frau der gesamten Stichprobe. Als es um ihren zukünftigen Beruf ging, sagte sie: »Ich weiß nicht, was ich tun möchte - vielleicht mit einem Zirkus reisen, in ein Zigeunerlager gehen, ich weiß es nicht. Gestern habe ich mir überlegt, eine Tagesklinik in Vermont zu gründen. Ich glaube, ich meine es zu fünfzig Prozent ernst. Ich kann schrecklich schlecht planen. Bei langfristigen Sachen bin ich nicht gut. Wenn es soweit ist, dann tue ich etwas.« Über Religion: »Ich habe immer an Gott geglaubt, aber Gott hat sich verändert.« Über Politik: »Ich habe wie alle anderen Petitionen unterschrieben und demonstriert, dann fand ich das alles absurd, und jetzt kümmere ich mich nicht mehr darum.« Über sexuelle Standards: »Ich sehe jemanden zum ersten Mal, und wenn ich mit ihm schlafen möchte, dann verknalle ich mich sofort, das sind so Schwingungen, die von ihm ausgehen - ich verlasse mich da auf meinen Instinkt.«

Im Verlauf des Interview richtete Debbie den Blick durchgängig auf den Reiz des Möglichen, auf ihr Experimentieren mit veränderten Bewußtseinszuständen und neuen »Brillen« für die Realtitätswahrnehmung. Sie fühlte sich zu kosmischen Erfahrungen des Einsseins mit dem Universum hingezogen, die ihr das Gefühl gaben, alles sein zu können, was sie wollte. Gleichzeitig bewahrte sie sich aber einen zynischen Blick für ihre mystischen Höhenflüge und konnte sich nicht wirklich darauf festlegen, »den Kopf in den Wolken zu haben«.

> »Ich habe immer geglaubt, wenn ich Künstlerin wäre, hätte ich keine Probleme mehr. Dann könnte ich sagen: 'Ich bin eine Künstlerin und ich muß einfach diese Art von Kunst machen.' Aber ich bin keine. Ich bin ein ziemlich durchschnittlicher Mensch und - ich weiß nicht. Ich habe immer geglaubt, ich sei mystisch veranlagt und hätte ein kosmisches Bewußtsein. Ich glaubte, alle Menschen könnten sehen, aber ich könnte *wirklich* sehen. Als sei ich erleuchtet, so ungefähr, und das konnte man natürlich nicht erklären, das konnte man nur fühlen.
>
> Bis zu einem gewissen Alter habe ich alles geglaubt, was meine Eltern mir gesagt haben. Dann, im College, habe ich das ganze neue Denken mitgekriegt, und ich habe mir gesagt: 'Gut, ich glaube das ganze Zeug nicht mehr, daß ihr mir erzählt habt' und ich lehnte alles

ab und dachte: 'Jetzt mache ich eine neue Debbie, die nichts mit meiner Mutter und meinem Vater zu tun hat. Ich mache reinen Tisch, ich fange neu an, ich bin ein unbeschriebenes Blatt', und auf dieses Blatt habe ich nur noch neue Gedanken geschrieben, das Gegenteil von allem, was meine Eltern glaubten. Aber allmählich fühle ich mich unvollständig; ich habe erkannt, daß da eine Menge Dinge dabei sind, die ich von ihnen habe; die mache ich zu meiner Sache und jetzt komme ich ihnen wieder näher.

Als ich in England lebte, lernte ich eine Frau kennen, die war sehr mystisch. Sie war meine Mentorin. Das geht mir oft so, daß ich darauf achte, was die Leute mir beibringen können. Sie ging ganz selbstverständlich davon aus, daß ich auf gleicher Stufe stand wie sie; und weil ich ja den Eindruck hatte, sie sei eine so wunderbare begabte mystische Person, da hatte ich das Gefühl, wenn sie glaubt, ich sei ihr ebenbürtig, dann muß ich ja wohl so wie sie sein. Wir hatten es ja beide mit östlichen Religionen, alles ist eins und so, der Kosmos ist wunderbar und einheitlich und wir alle sind ein Teil davon und müssen uns nur gegenseitig alle lieben ... ich habe das wirklich gefühlt. Ich habe mich eins gefühlt mit den Bäumen. Ich habe dauernd meinen Namen gewechselt. Ich konnte alles sein, was ich wollte. Es war alles eins.

Dann kam ich nach Amerika zurück. In Amerika kann man es sich wohl wirklich nicht leisten, sich mit dem Kosmos zu beschäftigen, mit Mystik und so. In Indien, da gehen die Leute in die Berge und versuchen viele Jahre lang, ihr Bewußtsein zu erweitern und auf höhere Ebenen zu kommen. Und in Berkeley kann man für nur 149,95 Dollar zu Hause Biofeedback machen - der Alpha-Level steigt so hoch, wie es das eigene Potential zuläßt. Du gehst einfach jeden Samstag zum Seminar und bezahlst dein Geld, und schon gehst du ins Nirwana ein. Ich bin mir total blöd vorgekommen, daß ich an das alles geglaubt hatte. Ich bin einfach zynisch geworden.

Man muß sich entscheiden. Wenn man den Kopf in den Wolken haben will, muß man das ganz wollen und nicht doch noch einen Fuß auf dem Boden lassen für den Fall, daß es eben doch nur Wolken sind. Eine Zeitlang habe ich einfach geglaubt, was ich glauben wollte, und habe mir meine eigene Wirklichkeit geschaffen. Dann kam ich nach Hause zurück, und plötzlich hieß es: 'Debbie, hilfst du mir beim Staubwischen?'- 'Klar.'

Das war die Wirklichkeit. Ich konnte nicht mehr nur dasitzen und Schwingungen erleben. Ich war zynisch geworden.
Im Sommer vor dem College habe ich nur in dieser Ecke gesteckt. Für mich war das das Leben. Was wußte ich schon? Dann fing das College an, mit allen möglichen Leuten aus allen möglichen Orten, reiche Leute und intelligente Leute und verrückte Leute und Leute, die nicht an Gott glaubten; es waren so viele Sachen - Drogen, Sex, Hippies. Es war alles sehr verwirrend.
Ich habe keinerlei Vorstellung von der Zukunft. Mir stehen alle Möglichkeiten offen, aber das hat mich nur total verwirrt. Früher war das so einfach. Man hat entweder geheiratet oder nicht, wurde Lehrerin oder Krankenschwester. Aber jetzt kann man überall hin und kann alles tun, und es gibt so viele Möglichkeiten, daß - ich weiß nicht. Vielleicht tue ich ja etwas, dem ich jetzt noch gar keinen Namen geben kann, weil ich noch nicht weiß, daß es überhaupt existiert.«

Über ihre Eltern sagte sie, sie seien entgegengesetzte Charaktere. Ihre Mutter sei warm, sanft und still, ihr Vater laut, aggressiv und fordernd. Sie glaubte, in ihrem Charakter gäbe es Anteile von beiden. Obwohl sie sagte, die Familienmitglieder hätten sich immer sehr nahe gestanden, hatte sie emotional wenig in ihre Familie investiert. Mit 13 Jahren hatte sie ihren Eltern gesagt, sie brauche Eltern eigentlich nur noch für die Nahrung und damit sie ein Dach über dem Kopf habe. Debbie war immer in den Aktivitäten ihrer Cliquen engagiert gewesen und hatte gegen den Versuch der Eltern, Regeln für den Umgang mit Freunden oder Ausgangszeiten festzulegen, so lange gekämpft, bis sie nachgaben.

Sie hatte sich von klein auf für etwas Besonderes gehalten. Sie und ihre Schwestern waren die intelligentesten Schülerinnen der Schule; ihr Vater war sehr stolz auf seine Töchter und erwartete viel von ihnen. Sie hatte ihre Mutter immer bewundert aber sie fühlte sich anders als sie. Sie sah ihre Mutter als freundlich, selbstsicher, friedlich und ruhig, spürte aber in sich eine Aggressivität und Abenteuerlust, die sie mit sich selbst, ihren Freunden und ihrer Welt nie zufrieden sein ließ.

Für Debbie und die beiden anderen Frauen dieser Untergruppe war die Auseinandersetzung mit wichtigen Fragen zentral. Ihre Konflikte fokussierten zwar nicht speziell auf Themen der psychosozialen Identität, zumindest nicht auf die, über die der Identitätsstatus definiert wird, aber sie fügten sich keineswegs passiv dem Chaos. Ihr Leben pendelte zwischen

Moratorium und Diffusion: Sie probierten neue Seinsformen aus, suchten nach Antworten und Sinn, gaben dann eine Zeitlang auf und begannen wieder von vorne.

Der Kampf um Loslösung und Individuation, der für Frauen im Moratorium so wichtig ist, spielte bei diesen Frauen keine große Rolle. Sie hatten im Gegenteil ohne bewußte Konflikte ihre Eltern und deren Lebensstil abgelehnt, ihre Vergangenheit verworfen und sich entschieden, was sie nicht sein wollten. Konflikte bewältigten sie mit den Mechanismen Verdrängung und Verleugnung. Entscheidungen schienen von Teilen ihrer Person getroffen zu werden, gegen die dann die anderen Teile Einspruch erhoben. Debbie sagte in diesem Zusammenhang, sie fühle sich »unvollständig«. Diese Frauen wollten unbedingt etwas Besonderes sein, strebten aber unrealistische Ziele an, die das, was sie in der Vergangenheit gewesen waren, nicht berücksichtigten.

Bei allen drei Frauen gab es von seiten der Eltern hohe Erwartungen, vor allem von seiten der Väter, die aber durch die Betonung von Größe und Besonderheit einen verwirrenden Unterton hatten, so daß die Frauen nicht konkret wußten, was sie denn eigentlich hätten werden sollen. Da das Ideal so vage war, blieb es immun gegen die Erfahrungen der Realität, die normalerweise eine Revision erforderlich machen. Das wurde bei Debbie deutlich, als sie sagte, sie könne sich ihre eigene Realität schaffen, wenigstens für eine Weile. Sie führten eine Art Doppelleben, lebten in der Realität und bewältigten sie, investierten aber gleichzeitig viel in ihre eigene Welt. Wie Debbie suchten sie nach allumfassenden, romantisierten Erfahrungen auf dem Gipfel des Seins, herausgehoben aus dem gesellschaftlichen Bereich, der zu viele Kompromisse erforderte und nicht genug Möglichkeiten für emotionale Höhenflüge bot.

Im Verhältnis zu ihren Müttern tauchte bei allen drei Frauen ein interessantes Entwicklungsmotiv auf. Sie hatten ihre Mütter zunächst idealisiert, in der Latenzzeit aber entdeckt, daß sie sich grundlegend von ihnen unterschieden. Alle sagten, sie hätten immer so werden wollen wie ihre Mütter, also warmherzig, liebevoll, großzügig, hauswirtschaftlich oder künstlerisch sehr begabt. Als sich herausstellte, daß sie nicht so talentiert waren wie ihre Mütter, war die Enttäuschung groß. Wieder einmal fanden sie in der Wirklichkeit ihre Wünsche nicht erfüllt.

Das Verhältnis zu den Vätern war ambivalent; manche ihrer psychischen Schwierigkeiten ließen sich auf Konflikte in der Vaterbeziehung zurückführen. Sie konnten nicht so werden wie ihre Mütter und wünschten, sie wären ihren Vätern nicht so ähnlich. So blieb ihnen nichts anderes übrig, als zu versuchen, aus der Vielzahl von Möglichkeiten im größeren sozialen Rahmen eine völlig neue Daseinsform zutage zu fördern. Aber ohne internalisierte andere Personen, die diesen Frauen stabil und vertrauenswürdig vorkamen, und an denen sie hätten prüfen können, was sie wirklich sind, erwies sich dieses Unterfangen als sehr schwer.

Debbie mit 33. In den 12 Jahren nach dem Collegeabschluß realisierte Debbie ihre Phantasie, herumzukommen und alles mögliche zu tun. Im Moment glaubt sie rückblickend, sie sei damals »naiv« gewesen. Sie war nach dem Examen nicht an einem Beruf interessiert, sondern wollte ihr »eigenes Leben leben« bzw. sich »als Person entfalten«, um eine ihrer Lieblingsredewendungen zu zitieren. Sie nahm verschiedene Stellen an, bei denen es darum ging, »Menschen zu helfen«, denn daran war sie interessiert. Aber diese Tätigkeiten erfüllten ihre Erwartungen nicht: »Ich habe (als Sozialarbeiterin) ein Formular nach dem anderen ausgefüllt. Es war eine rein formale Arbeit, ohne Inhalt. Nach drei Monaten ging ich, als Kündigungsgrund gab ich an, die Arbeit sei uninteressant und irrelevant.«

Kurz darauf, ein Jahr nach dem Examen, lernte sie den Künstler Brett kennen, heiratete ihn und reiste mit ihm durch die Welt. Die Beziehung basierte auf einer häufig durch Drogen bewirkten Intensität: »Wir trafen uns, als wir auf LSD waren. Das war die Art von Beziehung, die wir hatten. Es war alles sehr magisch und voll Energie und high - es war wirklich alles drin - und es war alles sehr abenteuerlich und offen, die Funken flogen nur so, alle Nerven lagen bloß, wir lebten (tiefer Seufzer), und dann, glaube ich, fingen wir beide an zu wachsen. Ich wurde müde oder so ähnlich, ich wollte mein Ego wieder aufbauen. Ich wollte nicht in tausend Stücke zerschmettert werden ... Damals war alles sehr real und bedeutend für mich, wenn es nur intensiv war; intensiver Schmerz oder intensive Freude, das war dabei egal.« Sechs Jahre lang nahm diese zunehmend ambivalente Beziehung sie ganz in Anspruch. Sie wollte ihre ehelichen Gelübde nicht brechen und hatte das Gefühl, ihr Mann sei mittlerweile zu ihrer Familie geworden. Sie hatten übrigens ganz traditionell geheiratet, in der Kirche und mit großem Empfang.

In Debbies Ehe mit Brett wird die Fortsetzung zweier Muster deutlich, die bei ihr am Ende des Colleges feststellbar gewesen waren. Das eine ist der Versuch, die zwei Seiten ihrer Person zusammenzubringen: die traditionelle, in der Familie verwurzelte Hausfrauen-Debbie und Debbie, die mystische Abenteurerin. In ihrer Heirat und im Ernstnehmen der Ehe zeigt sich die traditionelle Seite, in der Wahl ihres Ehemanns ihre Sensationslust.

Das zweite Muster ist die Desillusionierung über Erfahrungen, die das Ich zerstören sollen. Schon im ersten Interview hatte sie ja ausführlich von ihren schmerzhaften Zusammenstößen mit der Realität im Anschluß an ihre Ausflüge in die »Wolken« erzählt, und damals schien es, als könnte sie diese Lektion integrieren. Mit ihrer Ehe hatte sie sich aber wieder einmal zum Gipfel der Erfahrung aufgemacht, und wieder war ihre Reaktion dieselbe: Ermüdung und der Wunsch nach Boden unter den Füßen.

Die Phase der Trennung und Scheidung von Brett tat weh. Debbie lebte damals weit weg von ihrer Familie und ihren früheren Freunden, aber sie wollte trotz allen Drängens ihrer Eltern nicht nach Hause zurück und fing an, sich »wieder neu enstehen zu lassen«. Sie suchte sich bewußt Teilzeitarbeiten mit wenig Verantwortung, um sich besser auf die innere Suche nach ihrem »wahren Selbst« konzentrieren zu können. Wie im College wandte sie sich wieder dem östlichen Mystizismus zu, verbrachte viel Zeit mit Meditieren und Tagebuchschreiben. »Ich habe mich leer gemacht, um den Kern in mir und meinem Leben zu finden und mich dann neu erschaffen zu können.«

In dieser Zeit freundete sie sich mit Bob näher an, einem Freund ihres Exmannes. Auch er war Künstler, aber stabiler, nicht so fragmentiert. Sie heiratete ihn nach einer etwas längeren Zeit des Kennenlernens als damals bei Brett, und sie findet immer noch, daß sie mit ihm ausgezeichnet kommunizieren kann: »Obwohl wir beide älter geworden sind und nicht mehr so radikale Ansichten haben, finden wir es immer noch wichtig, offen zu bleiben, zu fragen. Wir versuchen, uns zu betrachten, herauszufinden, wer wir sind, und in all das hineinzuwachsen, was wir vielleicht sein könnten.« Sie sind, wie Debbie das ausdrückt, beide auf dem »Lebenserforschungstrip«.

Ein Ergebnis von Debbies fast klösterlicher innerer Suche war die Entscheidung, Lehrerin in einer radikalen Schule zu werden, »die die Kinder zu ihrem wahren Selbst führen will«. Zum Zeitpunkt des Interviews unterrichtete sie seit einem Jahr dort und fand zum ersten Mal in ihrem beruflichen Leben die Arbeit befriedigend, fordernd und kreativ.

Im großen und ganzen macht Debbie im Augenblick den Eindruck, daß sie sich in bezug auf berufliche und eheliche Verpflichtungen festlegen will. Bob und sie wollen jetzt ein Kind, um »Familie ganz neu zu erleben«. Trotzdem klammert sie sich weiterhin an das Bewußtsein, daß alles möglich ist, auch wenn sie jetzt mehr an die Realität gebunden wirkt als früher. Auf die meisten Fragen über die Zukunft antwortet sie: »Ich weiß nicht, wie ich auf die Angebote des Lebens reagieren werde.« Und sie antwortet auf die Frage, was sie in Zukunft tun möchte: »Vielleicht schreibe ich eines Tages oder werde Rechtsanwältin oder mache etwas, das ich mir jetzt überhaupt nicht vorstellen kann«. Im wesentlichen also dasselbe, was sie schon im College gesagt hat.

Diese Zusammenfassung kann die Zerrissenheit von Debbies Leben vor ihrer Ehe mit Bob auch nicht ansatzweise wiedergeben. Unter anderem hat sie vier Abtreibungen hinter sich, hatte zahlreiche aus dem Rahmen fallende Beziehungen, war mit dem Tod von Menschen konfrontiert, die ihr nahestanden. In diesen Jahren wurde das Verhältnis zu ihrer Mutter und ihren beiden Schwestern wieder besser, aber die Beziehung zu ihrem Vater ist auch weiterhin ambivalent und schwierig.

Debbies bewahrt sich ihre vagen und fließenden Persönlichkeitsanteile, indem sie ihren präzisen Wahrnehmungen fast poetischen Ausdruck verleiht. Sie ist der Erfahrung an sich verpflichtet, wobei sie aber alles in eine höhere Sphäre hebt und nichts als selbstverständlich hinnimmt. Sie ist immer noch von der Vorstellung der Fusion fasziniert, von dem Wunsch, sich in einem anderen zu verlieren, wie früher in Brett und jetzt in geringerem Ausmaß in Bob. Aber nach der Verschmelzung muß sie sich zurückziehen, sich neu zusammensetzen, neue Grenzen ziehen. Debbies Paradox besteht darin, daß ihre Unbestimmtheit, ihre Suche nach erweiterten Bewußtseinszuständen, ihre Energie beim Spiel mit ihrer Psyche im Kontext einer fundamentalen Stärke steht, die sie im Augenblick der Grenzüberschreitung vor der Fragmentierung bewahrt. Sie definiert sich zwar über den Fokus auf ihr Innenleben, aber ihre Verbindung zur Realität liegt fast ausschließlich in ihren Beziehungen. Es wirkt, als würde sie ihre mangelnde innere Struktur dadurch ausgleichen, daß sie sich die Anteile, die ihr fehlen, bei anderen holt.

Der Erfolg von Debbies aktuellen Festlegungen läßt sich nicht voraussagen. Sie sind zu neu, und sie selbst ist zu impulsiv und ungreifbar. Sichtbar ist ihr seit dem College kontinuierlich gebliebenes Bemühen um einen festen Boden, in dem sie wurzeln kann, ohne ihre anderen Anteile zu verraten, ohne neue Möglichkeiten, Veränderungen und Wachstum auszuschließen. Debbie besitzt ein inneres Zentrum, anders als die oben beschriebenen Frauen mit anhaltend diffuser Identität. Dieses Zentrum ermöglicht ihr zwar nicht viel Einsicht, aber sie kann immerhin mit ihrer eigenen Formbarkeit experimentieren. Im Unterschied z.B. zu Susan, die einfach wieder aufsteht, wenn das Leben sie niedergeworfen hat, versucht Debbie durch den Blick nach innen ihr Leben zu begreifen und seinen Sinn zu finden.

Niedergelassen und verpflichtet

Drei der Frauen mit diffuser Identität sind Festlegungen eingegangen und leben heute mit klar definierten Zielen. Aber ihre Entscheidungen sind absolut, ohne Ambivalenz oder Auseinandersetzung, und beruhen alle auf einem äußeren Träger. Von diesen drei Frauen wurden zwei am Ende der Collegezeit in die Gruppe der diffusen/übernommenen Identität eingeordnet, die dritte als Diffusion/Moratorium, aber ihr Leben hat einen anderen Verlauf genommen.

Evelyn

Evelyn war bei dem College-Interview eine psychisch zutiefst verwundete junge Frau gewesen, die gefährlich nahe am Abgrund primitiver und schmerzhafter Gefühle lebte. Sie hatte gerade eine schwere Depression hinter sich, machte eine Psychotherapie und war dabei, sich aus der Drogenszene zu lösen. Sie hatte sich erfolglos bemüht, die Liebe und Achtung ihres distanzierten, kritischen aber von ihr verehrten Vaters zu gewinnen, und besaß deprimierend wenig Selbstwertgefühl. Aufgewachsen war sie im Schatten einer idealisierten, talentierten älteren Schwester; ihre Mutter war für sie emotional nicht zugänglich gewesen, wenn sie sie gebraucht hätte. Evelyn steckte so tief in der Durcharbeitung alter Familienkonflikte und Enttäuschungen, daß sie an den expansiven Aspekten des Colleges wenig teilhaben konnte. Sie war rebellisch und wütend, stürzte sich in sinnlose sexuelle Erfahrungen, durch Drogen ausgelöste Emotionen, Mystizismus und philosophische Fragen.

Sie hatte keinerlei Vorstellungen über ihren weiteren Lebensweg und wußte auch nicht, an was sie glauben sollte, schien aber zur Zeit der Interviews dabei, ihr Leben zu regeln: »Ich bin im zweiten Jahr vom College weggegangen. Ich hatte das Studium satt und ging arbeiten, aber das war so furchtbar, daß ich wieder zurückgegangen bin. Und dann war ich auf Drogen, bis ich auf einen wirklich schlimmen Trip kam und mein ganzes

Selbstbild in Trümmer zerfiel; ich erkannte, daß ich anders bin, als ich geglaubt hatte, daß ich in Wirklichkeit ganz allein bin und nie zugelassen habe, daß mich jemand kennenlernt. Ich hatte ein Bild von mir als willensstarker Frau, die alles korrekt tut. Und dann stand ich da - ein erschrecktes kleines Mädchen. Also habe ich mit den Drogen aufgehört und mit der Therapie angefangen. In meiner Erziehung hieß es immer, Probleme habe man nicht, und ich fange jetzt an, mich mit einigen zu konfrontieren.«

Bei der Nachfolge-Untersuchung zwölf Jahre später erschien eine ganz andere Frau. Diese Evelyn erkannte mich zwar vage wieder, aber sie war wachsam und distanziert, brauchte viel Zeit, bis sie sich entspannen und ungehemmmt sprechen konnte. Ihre Wunden waren geheilt, ihre Gefühle verschüttet. Im Gegensatz zu ihrer Collegezeit führte sie jetzt ein eingeschränktes und enges, aber offensichtlich befriedigendes Leben.

Sie hatte nach dem Examen beschlossen, den höchstbezahlten Job anzunehmen, den sie bekommen konnte. Das war eine Verwaltungsstelle in der Firma, in der ihre Mutter als Sekretärin arbeitete. Sie arbeitet heute noch dort und hat mittlerweile Karriere gemacht. Die hierarchische Organisation ihres Berufslebens hat ihr eine Struktur gegeben, an der sie sich bei der Planung ihrer Beförderung, der gründlichen Beschäftigung mit der Firmenpolitik und der Verbesserung ihrer beruflichen Fähigkeiten orientieren kann. »Nach oben kommen«, wie sie es nennt, ist das zentrale Element ihres Lebens. Politisch ist sie vorsichtig geworden, aber sie engagiert sich in lokalen Bereichen und hat feste Ansichten zu nationalen und internationalen Ereignissen. Sie liest viel und fühlt sich im ganzen als Teil der Gesellschaft.

Evelyn hatte eine enttäuschende Liebesbeziehung zu einem Mann, den sie kurz nach ihrem Examen kennenlernte. Die Beziehung dauerte fünf Jahre, aber er brach sie abrupt ab, weil sie sich über die Frage der Ehe nicht einigen konnten. Sie fühlte sich zutiefst persönlich abgelehnt. Seitdem hat sie keinen Mann mehr gefunden, für den sie so tiefe und ernsthafte Gefühle hätte entwickeln können. Über die Möglichkeit einer Ehe philosophiert sie: »Wenn es passiert, passiert's«, aber sie macht sich keine Sorgen deswegen und ist nicht aktiv auf der Suche nach einem Mann.

Ihr Vater ist vor vier Jahren gestorben, und seitdem lebt ihre Mutter bei ihr. Sie ist ihre beste Freundin geworden, sie stehen sich sehr nahe und ihre Beziehung beruht auf Gegenseitigkeit. Im Mittelpunkt ihrer Freizeit steht das Haus, das sie gekauft hat und mittlerweile selbst reparieren kann, außerdem Unternehmungen mit Bekannten (die eindeutig eher Bekannte als Freunde sind) und eine Reihe einsamer Hobbies und Interessen.

Im Gespräch über wichtige positive Erfahrungen der letzten zehn Jahre erwähnt sie überwiegend Dinge, die sie besitzt und auf deren Besitz sie stolz ist. Zu den negativen Erfahrungen gehören ihre Verluste von Beziehungen, d.h. ihres Freundes und ihres Vaters. Bei ihren Hoffnungen für die Zukunft geht es um Dinge, die sie gerne haben möchte.

Evelyn hat anscheinend vieles von dem, was sie während der Collegezeit in Aufruhr versetzte, abgespalten; sie schien beschlossen zu haben, es sei besser, das alles zu begraben, als sich davon überwältigen zu lassen. Sie spielt diese Erfahrungen als schlechte Phase herunter und findet rückblikkend, ihre Therapie hätte ihr nicht sehr geholfen (sie hatte auch nur ein paar Monate gedauert). »Ich mußte es allein hinkriegen«, sagt sie.

Gegenwärtig wirkt sie nicht depressiv. Im Rückblick auf die letzten zwölf Jahre ist sie stolz darauf, »daß ich es geschafft habe, die Person zu werden, die ich heute bin, daß ich in meinem Beruf so weit gekommen bin. Es war nicht leicht, und das habe ich ganz allein geschafft. Ich glaube, ich mache das wirklich nicht schlecht.«

Diese letzte Aussage ist wohl die beste Zusammenfassung ihres psychischen Zustandes. Der Schatten ihrer Krisenerfahrung ist nicht gewichen; sie war auf dem Tiefpunkt angelangt und hat ihrem Leben dann eine ganz andere Struktur gegeben. Die Erinnerung an den damaligen Aufruhr macht sie glücklich über die Ruhe, die sie heute erreicht hat. Mehr fordert sie nicht vom Leben.

Evelyn war im College in einem Identitätszustand von Diffusion/Moratorium und hat von da aus ein im Grunde übernommenes Identitätsmuster entwickelt. Auch wenn ihr Weg ungewöhnlich ist, hat sie doch viel mit den nicht festgelegten Frauen gemeinsam, die im College in die Untergruppe Übernommene/Diffuse Identität eingeordnet worden waren.

Darlene

Darlene wuchs an der Westküste auf; ihre Eltern gehörten den besten Kreisen an und waren dazu hochgebildete Intellektuelle, die über alles diskutierten und an nichts glaubten. Sie waren beruflich und sozial vielfach engagiert, deshalb wollte sie nach dem College eventuell an die Westküste zurückgehen und dort Arbeit finden.

Auf religiösem Gebiet waren die Eltern »sehr offen«; Darlene ist nicht in einem bestimmten religiösen Glauben erzogen worden. Sie glaubte an

»eine Art von Wesen, das zu jeder Religion passen könnte«, fand aber, sie hätte wie ihr Vater mehr Fragen als Antworten. Dasselbe galt für ihre politischen Überzeugungen.

Sie stritt vehement ab, daß Sexualität irgend etwas mit Moral zu tun haben könnte. Für sie waren ausschließlich die Gefühle der Beteiligten wichtig. Deshalb hatte sie keine festen Standards und tat, was sich »richtig anfühlte«. Ihre Eltern hatten ziemlich viel mit ihr über Sexualität gesprochen; sie fanden, eine Beziehung sollte vorhanden sein, bevor man mit jemandem schlief. Darlene sah in dieser Auffassung eine gewisse Vorsicht, die sie in ihrem eigenen Verhalten nicht umsetzen konnte, gab aber zu, nicht genau zu wissen, was die Eltern mit »Beziehung« meinten. Sie erzählte z.B., sie sei eine Woche zuvor mit einem flüchtigen Bekannten ins Bett gegangen: »Ich hatte ihn geküßt, und wenn ich schon so weit gegangen bin ...« Beim Nachdenken über dieses Verhalten befielen sie zunächst Zweifel, aber dann meinte sie, es wäre in dem Augenblick, als sie sich darauf eingelassen hätte, wohl richtig gewesen, weil sie sich sonst eben nicht darauf eingelassen hätte. Wenn es aber damals richtig gewesen war, dann müsse es immer noch richtig sein. Darlene ließ keinerlei Konflikte in bezug auf Sexualität für sich zu, denn ihr Vater hatte sie warnend darauf hingewiesen, daß manche Menschen durch Sex »ausrasten«, und zu denen wollte sie nicht gehören.

Darlene war ganz in der Gegenwart verwurzelt, wollte die Vergangenheit vergessen und konnte sich die Zukunft nicht vorstellen. Sie war ständig mit irgendeiner Kampagne, mit Gruppen und Freunden beschäftigt, was sie aber nur für den Augenblick fesselte und keine langfristigen Auswirkungen hatte. Sie blieb sehr vage, als es um ihre Lebensgeschichte ging. Nach Ansicht der Interviewerin war das kein Ausweichen; sie konnte sich tatsächlich kaum an etwas erinnern. Sie hatte vor dem College wenig Freundinnen und Freunde gehabt und ihre Familie und deren Freunde vorgezogen. Ein Großteil ihres Lebens in dieser Phase bestand aus gesellschaftlichen Auftritten; wie den anderen Familienmitgliedern war es ihr wichtig, mit den »richtigen« Leuten am »richtigen« Ort zu sein. Allerdings schwankten die Anlässe für solche Auftritte mit der jeweiligen Mode: es war immer wieder etwas anderes »in«.

Bei Darlene als Person und in ihrem Lebensbericht war eine emotionale Leere spürbar. Ihre Beziehungen wirkten klischeehaft und distanziert. Einer ihrer Träume machte deutlich, daß sie sich als Beobachterin des Lebens empfand und unbewußt zutiefst Angst hatte, verlassen zu werden: »Es war ein riesiges Stadion voller Leute, alle, die ich in meinem ganzen Leben kennengelernt habe. Es gab ein Galadiner. Mein Freund war bei mir, und meine Eltern waren auch da. Eine Hochzeit fand statt mit Gesellschaftstänzen, Walzer und so weiter. Überall hingen Trapeze, aber alle tanzten Walzer. Mein Freund tanzte, und ich saß am Rand und hatte das Gefühl, er würde mich ganz allein lassen.«

Darlene und andere aus der Untergruppe der übernommenen/diffusen Identität nahmen sich am Ende des Colleges als eine Art Blatt im Wind wahr. Ihr Wille war gelähmt, sie handelten nur für den Augenblick und konnten keine feste Richtung definieren.

Nach dem College kehrte Darlene wie beabsichtigt nach Hause zuück und sah sich nach einer Aufgabe um. Ihre Mutter besorgte ihr eine Stelle als Sozialarbeiterin in einer Behörde. Sie schrieb sich für Weiterbildungskurse in Sozialarbeit ein (machte aber nie ihr Diplom) und spezialisierte sich auf Gruppenarbeit. Sie hat wegen ihrer häufigen Umzüge ihre Stellen oft gewechselt. Sie sagte: »Meine Stärke liegt darin, daß ich andere befähigen kann, vollständig zu werden, und von solchen fördernden Beziehungen profitiere ich selbst auch.«

Die ersten fünf Jahre nach dem College hatte sie einen Freund, mit dem sie aber schließlich brach. Einen Monat später lernte sie einen anderen Mann kennen und heiratete ihn nur zwei Monate später. Ihr Mann ähnelt ihrer Beschreibung nach stark ihrem Vater, er hat auch denselben Beruf. Und Darlenes Beruf ähnelt stark dem der Mutter. Sie hat zwei kleine Kinder, die für sie im Augenblick Vorrang vor ihrem Beruf haben. Deshalb hat sie in der letzten Zeit nur noch fakultativ gearbeitet. Ihr Interesse und ihre Begeisterung für ihre Arbeit hat sie sich jedoch bewahrt und will wieder arbeiten gehen, sobald die Kinder sie nicht mehr so sehr in Anspruch nehmen.

Darlene ist in ihrem Beruf eine sehr kreative und effektive Frau, die bereits ein Buch veröffentlicht hat und an einem zweiten schreibt. Trotzdem hat sie ihr Leben auf den Beruf ihres Mannes ausgerichtet. Seine Karriere hat häufige Umzüge nötig gemacht, aber es gibt deswegen keinen erkennbaren Groll bei ihr. Belastet fühlt sie sich allerdings durch die ständigen Anforderungen ihrer Kinder und sehnt sich danach, Zeit für sich selbst zu haben. Es ist nicht ganz klar, warum sie in diesem Ausmaß auf ihre eigene berufliche Karriere zugunsten der Familie verzichtet hat; es mag sein, daß sie einfach glaubt, das müsse so sein. Das Zentrum ihres Lebens bilden ihre Beziehungen, vor allem die zu ihrem Mann und zu ihren Kindern. Auch ihre Arbeit dreht sich um Menschen; sie ist froh über die Möglichkeit, persönlich wichtige Themen diskutieren zu können.

Darlene ist glücklich und stolz darauf, wie sie und ihr Mann ihr Leben gemeistert haben. Es gab einige schwierige Übergangszeiten, die sie aber gut bewältigt haben. Darlene ist eine der glücklichsten Frauen der gesamten Stichprobe, sie hat an keinem Bereich ihres Lebens das geringste auszusetzen, ausgenommen die Klage, sie sei durch ihre Kinder zu gebunden, aber selbst das klingt noch gutgelaunt. Sie sagt: »Ich glaube, wir sind eine außergewöhnliche Familie«, und meint damit ihre Ursprungsfamilie genauso wie ihre eigene. Sie bewundert, achtet und liebt ihre Eltern, lebt mit ihrem Mann immer noch in einer ausgesprochen liebevollen Beziehung und hat einen großen Freundeskreis.

Einerseits wirkt Darlene glücklich und im Gleichgewicht, sie hat festen Fuß gefaßt, ohne ihre Lebendigkeit und ihre Entwicklungsfähigkeit einzubüßen. Sie gibt der Familie aus eigenen Stücken die Priorität vor ihrem Beruf, sucht aber gleichzeitig nach kreativen Lösungen, um beides verbinden zu können. Andererseits wirkt das Bild, das Darlene von ihrem Leben zeichnet, ein wenig zu rosig, die Beteuerungen ihres Glücks ein wenig zu stark.

Dennoch ist Darlene heute eindeutig integrierter als am Ende der Collegezeit. Die durch Zufall gefundene erste Anstellung hat ihr Erfolge gebracht und dazu beigetragen, daß sie sich beruflich festlegen konnte. Den anderen Bereichen ihres Lebens konnte sie durch die romantisierte, idealisierte Beziehung zu ihrem Mann eine Struktur geben. Aber wenn man ihr Leben aus der Distanz betrachtet, läßt sich deutlich erkennen, daß sie es dem Leben ihrer Eltern exakt nachgebildet hat. Sie und ihr Mann haben dieselben Berufe, identische Werte und Ideale wie ihre Mutter und ihr Vater. Sie ist sich dessen nicht bewußt, sagt aber, sie begreife sich »sehr stark als Produkt meiner Familie«. In diesem Sinne ist Darlene wie Evelyn wieder nach Hause zurückgekehrt. Für beide war das College eine Phase des Ausprobierens, aber ihr weiteres Leben ist nach dem Muster ihres früheren Selbst verlaufen.

Gretchen

Auch Gretchen war im College in die Untergruppe übernommene/diffuse Identität eingeordnet worden: Wie Darlene war sie eingebettet im Netzwerk ihrer Familie und unsicher in bezug auf eigene Ziele oder Überzeugungen, aber sie festigte sich über die Beziehung zu ihrem Freund. Sie suchte sich ihre erste Stelle am Wohnort ihres Freundes und fand bald heraus, daß sie eine begabte Photographin war. Sie heiratete ihren Freund, photographierte weiter und hatte Erfolg damit. Für sie stand der Beruf an erster Stelle, deshalb arbeitete sie auch in einer weiter entfernten Stadt als ihr Mann; die Ehe wurde zur Wochenendehe. Beide hatten damals außerehliche Beziehungen und experimentierten viel mit Drogen. Sie standen kurz vor der Scheidung, als sie im Rahmen einer östlich orientierten Sekte gemeinsam »wiedergeboren« wurden. Auf den Rat ihres geistigen Führers zog Gretchen wieder zu ihrem Mann, sie begannen ein neues Leben auf der Basis von Spiritualität und Meditation. Heute haben sie drei Kinder, aber Gretchen widmet immer noch einen Teil ihrer Zeit der Photograhie. Die meisten Entscheidungen in ihrem gegenwärtigen Leben, einschließlich der Entscheidung für sexuelle Enthaltsamkeit, trifft ihr geistiger Führer für sie, der jetzt, noch vor ihrem Mann, die wichtigste Person in ihrem Leben ist. Sie glaubt, ihren »wahren Weg« gefunden zu haben und richtet ihr Leben entsprechend aus.

Bei Gretchen zeigt sich eine andere Form übernommener Identität: sie hat nicht Aspekte ihrer Ursprungsfamilie übernommen, sondern ein totalistisches System, das auf alle Fragen eine Antwort weiß und an das sie sich voll und ganz anpassen kann. Sie hat zwar das Glück gehabt, ein Talent in sich zu entdecken, das sie zu einem erfolgreichen Beruf ausbauen konnte, aber die anderen Aspekte ihres Lebens konnte sie nicht bewältigen. Ihr Mangel an innerer Struktur hat seinen Preis gefordert. Sie brauchte anscheinend unbedingt eine äußere Struktur; sobald sie die gefunden hatte, war sie fähig, sich in einem zielgerichteten, wenn auch eingeschränkten Leben niederzulassen.

Die Gruppe der Frauen mit diffuser Identität

Bei allen Frauen mit diffuser Identität ist die Internalisierung, die Vereinnahmung von Beziehungs- und Erfahrungsaspekten, die dann als Teil des Selbst betrachtet werden, gescheitert. Sie machen Erfahrungen, aber sie lernen nichts daraus, verändern sich nicht durch ihre Erlebnisse und reichern ihr Selbst nicht damit an. Als Ergebnis bleibt die Persönlichkeit unstrukturiert; die Frauen wirken, als seien sie Charaktere aus einem Pirandello-Drama, die auf alles zu reagieren bereit sind, was die Situation verlangt. Sie sind zu spontanem Handeln fähig, haben aber keine Basis, um zu klären, ob diese Spontaneität vernünftig für sie ist. Ob sie dies oder das sind oder dies oder jenes glauben, macht für sie keinen Unterschied. Wer mit geringer innerer Bindung an ein Selbstkonzept sein Leben beginnt, fordert keine Konsistenz späterer Erfahrungen. Das Selbstgefühl fluktuiert stark, weil innere Erfahrungen nicht zu anderen inneren Erfahrungen passen; im Zustand diffuser Identität fehlt die innere Notwendigkeit, diese Erfahrungen zu integrieren, einen Sinn darin zu finden und sie zu verknüpfen. Kaum etwas wird als »nicht Ich« abgelehnt, alles ist möglich, mit dem Ergebnis, daß das Selbst Trieben und Umwelteinflüssen ausgeliefert ist. Diese Fragmentierung der Persönlichkeit findet sich sowohl bei den Frauen im Zustand anhaltend diffuser Identität als auch bei denen, die sich mittlerweile festgelegt haben, deren Identität aber trotzdem diffus geblieben ist.

Die Frauen, die sich festgelegt haben, waren die, die sich haben »berufen« lassen. Evelyn, Darlene und Gretchen benutzen, jede auf ihre Art, äußere Antriebskräfte, um sich intern zu strukturieren. Sie haben Einschränkungen und Grenzen akzeptiert, um so die Triebhaftigkeit und Verwirrung unter der Oberfläche zu kontrollieren. Sie haben erlebt, wie riskant es ist, sich selbst zu vertrauen oder sich an einer inneren Richtung zu orientieren, und gütige Wärter für ihr Gefängnis gefunden.

Trotz ihrer Beteuerungen von Zufriedenheit und trotz der Tatsache, daß sie viel optimistischer und emotional ausgeglichener seien als am Ende des Studiums, stellt sich die Frage, ob der Preis dafür nicht zu hoch war. Evelyn und Gretchen leisten auf beruflichem Gebiet viel, und auch bei Darlene läßt sich annehmen, daß sie ihren Beruf wieder aufnimmt. Gretchen und Darlene haben Kinder bekommen und die Anforderungen der Ehe mal besser (Darlene), mal schlechter (Gretchen) erfüllt. Aber bei diesen Frauen werden unterdrückte Aspekte spürbar. Es fragt sich, wie ihre Kinder sie als Mütter erleben werden.

Mehrere Frauen dieser Gruppe sagten, sie wollten anderen zu mehr Ganzheit verhelfen, was auf ein externalisiertes Bemühen deuten kann, das eigene Gefühl von Fragmentierung zu beheben. Mit Ausnahme von Debbie ist keine dazu fähig, sich zu überlegen, wie sie sich entwickeln will, auch wenn es Pläne für das gibt, was sie tun möchten. Debbie denkt darüber nach, wer sie als Person ist, tut dies aber nicht sehr klar. Die Lösung für das Dilemma der Identitätsdiffusion scheint also eben darin zu bestehen, es nicht wirklich zu lösen, nach dem Motto: Such dir etwas (einen Beruf oder eine Religion) oder jemanden (einen Mann), der dir sagt, wie du leben sollst, und akzeptiere diese Autorität. Durch diese »Lösung« können die Frauen funktionieren, aber sie führt nicht zu persönlichem Wachstum.

Erikson (1968) hat sich mit dem Hang zu »totalistischen« Lösungen beschäftigt, besonders bei Adoleszenten mit diffuser Identität. Er führte diese Neigung auf eine Über-Ich-Pathologie zurück, insbesondere auf ein Über-Ich, daß in seiner »kategorischen« Einstellung infantil und primitiv bleibt. Ein Aspekt, der diesen Frauen im College gemeinsam war, war das Bemühen, das Über-Ich zu verleugnen, ein Zeichen für die Unfähigkeit, Über-Ich-Funktionen zu modifizieren oder zu integrieren. Die Frauen mit festgelegt/diffuser Identität haben Frieden mit dem Über-Ich geschlossen, indem sie seine Forderung nach totalem »Bravsein« akzeptiert haben. Deshalb leiden sie weder unter Ambivalenz noch unter Schuldgefühlen. Wahrscheinlich ist es dieser Mangel an moralischer Uneindeutigkeit, an Über-Ich-Spannung, der sie so statisch wirken läßt.

Die Frauen mit anhaltend diffuser Identität hingegen sind gewissermaßen auf der Suche nach dem strukturierenden Prinzip, das die anderen gefunden haben; sie suchen nach einer Autorität. Susan versucht, religiös zu werden, was Gretchen bereits geschafft hat. Debbie bemüht sich, Erfahrung an sich zum strukturierenden Prinzip zu erheben. Warum die Frauen mit anhaltend diffuser Identität eine solche Autorität bis jetzt nicht haben finden können, bleibt ein Rätsel. Es mag sein, daß sie stärker fragmentiert sind als die anderen, daß ihnen nicht so viele Möglichkeiten zur Übernahme einer Identität offenstehen. Aber vorhersagen läßt sich dieser Weg aus den frühgeschichtlichen Daten nicht.

Die Versuchung ist groß, die generelle Aufweichung der Weiblichkeitsrollen mit dafür verantwortlich zu machen, daß diese Frauen sich nicht problemlos mit klaren Seinsweisen identifizieren können, da nach Erikson der Mangel an eindeutig definierten Ritualen und Übergängen ein schwaches Ich beim Versuch belastet, eine Identität zu formulieren. Diese Frauen wurden in einer Zeit erwachsen, in der die Frauenbewegung auf ihrem Höhepunkt war, aber wenn überhaupt, so sind sie nicht bewußt davon beeinflußt worden. Konflikte über Geschlechtsrollen stellten für sie einen eher individuell als sozial determinierten Problembereich dar.

Ihr Leben ist weit mehr von den gesellschaftlichen Kräften geprägt worden, die verkünden, daß alles möglich ist. Gerade der Mangel an gesellschaftlichen Tabus, das Gefühl, daß »alles erlaubt« sei, hat den Druck auf die Ich-Kapazitäten dieser Frauen durch die Erweiterung der Möglichkeiten verstärkt. Am Ende der Collegezeit hatten sie sich dem elterlichen Einfluß weitgehend entzogen, sie brauchten ihre Zustimmmung nicht mehr und konnten sich von den Normen befreien, mit denen sie aufgewachsen waren.

Für diese Gruppe von Frauen ist es normal, möglichst weit weg vom Elternhaus zu leben, was es z.B. jemandem wie Debbie möglich macht, sich neu zu erschaffen, ganz anders zu werden als die Person, die eine Geschichte hatte und als diese Person bekannt war und erkannt wurde.

Gretchen konnte mit einer Wochenendehe experimentieren, ein Experiment, das gesellschaftlich akzeptiert war, konnte sich aber in Abwesenheit der Grenzen, die ein geregeltes Eheleben setzt, nicht kontrollieren. Susan fand soziale Unterstützung, als sie ohne Mann und ohne Einkommen ein Kind erwartete, und auch Evelyns sehr unabhängiges Leben, in dem für intime Beziehungen kein Platz ist, stößt auf keine Kritik ihrer Umwelt.

Die gesellschaftliche Freiheit der letzten zehn Jahre forderte von diesen Frauen innere Strukturierung. Mehr Freiheit und geringe Restriktionen erschweren die Identitätsbildung. Die Frauen mit »erfolgreicher« diffuser Identität sind allem Anschein nach die, die soziale Verankerungen gefunden haben und somit, in den Worten von Erich Fromm (1941), »diesen Freiheiten entronnen sind«.

Das vorliegende Material hat eindeutig ergeben, daß diffuse Identität bei Frauen im Collegealter kein vorübergehender Zustand ist und als Signal eines bedrängten Ichs ernst genommen werden muß. Mehrere Frauen aus dieser Gruppe (z. B. Evelyn im College, Susan nach dem Tod ihres Kindes, Debbie beim Scheitern iher Ehe) waren kurz in psychotherapeutischer Behandlung, deren Aufmerksamkeit sich aber immer auf das aktuelle Symptom oder die aktuelle Krise und nicht auf die zugrundeliegende Ich-Struktur richtete.

Im Gespräch über ihre Collegeerfahrungen sagten die meisten Frauen dieser Gruppe, sie bereuten, daß sie damals so wenig zielgerichtet waren und ihr Studium oder ihre Berufsplanung nicht ernster genommen hätten. Bis auf Evelyn hielten alle die Collegejahre für eine anregende Zeit, in der sie sich entfalten konnten, und betonten die neuen Möglichkeiten, die ihnen dadurch eröffnet wurden. Aber wie wir gesehen haben, konnten sie diese Möglichkeiten und Gelegenheiten zum psychosozialen Wachstum aufgrund ihrer Persönlichkeitsstruktur nicht wirklich nutzen. Entweder wurden sie davon überwältigt, verloren sich im Meer der Möglichkeiten, nachdem sie ihre Ankertaue gelöst hatten, oder sie schwammen an das sichere Ufer, um nicht zu ertrinken.

Es gibt keinen brauchbaren theoretischen Maßstab, an dem sich das Leben dieser Frauen messen ließe. Alle haben sie Wege gefunden, die es ihnen ermöglichen, zu funktionieren, und eine gute, wenn nicht sogar optimale psychische Gesundheit widerspiegeln. Trotzdem fragt man sich, ob eine angemessene psychotherapeutische Intervention ihnen nicht zu flexibleren, frei gewählten Identitäten hätte verhelfen können.

Für die Hälfte der Frauen, die im College in die Gruppe der diffusen Identität eingeordnet worden waren, ist Identität kein zentrales Thema mehr. Ihr Leben ist auf die Durchführung ihrer Entscheidungen gerichtet. Für die andere Hälfte bleibt die Identitätsbildung auch zehn bis zwölf Jahre später noch eine ungelöste Lebensaufgabe; aber sie wirken genauso genauso weit von einer Lösung entfernt wie damals.

8. Kapitel

Schlußfolgerungen: Überlegungen zur weiblichen Identität

»'Weißt du, wer dich geschaffen hat?' 'Niemand, glaube ich', sagte das Kind und lachte... 'Ich nehme an, ich bin gewachsen.'«

(Harriet Beecher-Stowe, »Onkel Toms Hütte«)

Die Identitätsstruktur einer Frau am Ende der Adoleszenz bildet die Schablone für ihr Erwachsenenleben. Die Kenntnis der strukturellen Grundlagen der Identität sagt sehr viel mehr über ihre Psyche aus als das Wissen um die spezifischen Entscheidungen, die sie getroffen hat. Wenn man den Identitätsstatus einer Frau am Ende der Collegezeit kennt, kann man innerhalb vernünftiger Grenzen einigermaßen genau voraussagen, wie ihr Leben als junge Erwachsene verlaufen wird, und das läßt wieder Rückschlüsse auf das mittlere Erwachsenenleben zu. Bei allen vier Identitätstypen gibt es verheiratete und ledige Frauen, verheiratete Frauen mit Kindern, berufstätige Frauen und Hausfrauen. Trotzdem sind die vier Gruppen in sich kohärent und markieren verschiedene Wege zur Identitätsbildung.

Frauen, deren Identität am Ende des Colleges übernommen, erarbeitet oder diffus ist, behalten diesen Identitätszustand mit hoher Wahrscheinlichkeit ihr Leben lang, obwohl Frauen mit diffuser Identität das Glück haben können, eine wohlwollende, sie strukturierende Kraft zu finden. Frauen mit erarbeiteter Identität und Frauen im Moratorium sind zu originelleren und individuelleren Entscheidungen fähig, schaffen sich kreativere Lebensformen, die Platz für Überraschungen und Veränderungen lassen. Das Moratorium während der Collegezeit ist ein instabiler Zustand; diese Frauen tragen durch ihr Bemühen, ganz anders zu werden als früher, das größte Risiko. Sie haben sich so weit vom sicheren Hafen entfernt, daß sie ungeheuer verletzbar sind, und manche segeln aus Angst vor den Klippen einfach wieder nach Hause zurück.

Eine Überfülle von Möglichkeiten stand dieser Altersguppe von Frauen offen, was erwarten ließ, ihre Identitätsbildung sei von der Auswahl zwischen vielen potentiellen Identitäten und deren Integration bestimmt worden. Aber statt dessen hat sich gezeigt, daß sie sich zwischen den Anziehungskräften der Vergangenheit und relativ eingeschränkten Optionen auf die Zukunft entschieden haben. Die Welt, in die ein adoleszentes Mädchen an der Grenze zum Erwachsenenalter eintritt, ist nicht die exotische, außergewöhnliche Welt unserer Theorien, sondern eine Welt, die der einzelnen immer schon vertraut war. So ist es z.B. auffallend, daß viele dieser Frauen ihre erste Stelle durch Bekannte fanden oder ihren Mann über gemeinsame Freunde kennenlernten. Frauen bewegen sich in der Welt durch Beziehungen: Menschen, die sie kennen, haben viel damit zu tun, wer und wie sie werden.

Loslösung und Individuation bei Frauen

Durch das Leben aller Frauen dieser Untersuchung, unabhängig vom Identitätsstatus, zieht sich als roter Faden die Frage nach der Distanz zu ihrem Elternhaus. Im Prozeß der Identitätsbildung haben einige ihr Zuhause, psychologisch betrachtet, nie verlassen (Frauen mit übernommener Identität), manche sind wieder nach Hause zurückgekehrt, und andere haben unabhängige, individuelle Daseinsformen gefunden, die sie mit nach Hause nehmen können oder auch nicht. Die Entwicklungsunterschiede bei den Frauen der vier Gruppen stützen sich auf das Kontinuum von Loslösung und Individuation; ihre Identität reflektiert, in welchem Ausmaß Loslösung und Individuation versucht und erreicht worden sind.

Da die Theorie der Loslösung und Individuation überwiegend die männliche Entwicklung im Blick hatte, ist bei der Untersuchung dieses Prozesses bei Frauen Vorsicht angeraten. Der Begriff der eigenen Identität oder des eigenen Selbst bezeichnet für Frauen etwas anderes als für Männer.

Chodorow (1978) hat gezeigt, daß sich Frauen aufgrund ihrer frühen Entwicklungsgeschichte nie im selben Maße wie Männer loslösen und individuieren. Sie ist der Auffassung, daß das primäre Liebesobjekt der Tochter gleichzeitig auch die Person ist, mit der sie sich am stärksten identifiziert, weil Mutter und Tochter dasselbe Geschlecht haben. Der Sohn muß sich von seiner primären Bindung an die Mutter losreißen, um sich als männlich mit dem Vater identifizieren zu können, das Mädchen braucht diese drastische Loslösung nicht. Sie identifiziert sich mit der ersten Person, die sie liebt. Deshalb erleben sich Mädchen stärker in Kontinuität zu anderen und müssen keine so starken Barrieren von Differenzierung und Getrenntheit errichten wie Jungen. Die Ich-Grenzen sind bei Mädchen weniger starr als bei Jungen; das grundlegende weibliche Selbstgefühl ist fließend mit der Welt verbunden. Diese aus der weiblichen Entwicklung begründete Kontinuität mit anderen erklärt, warum Mädchen empathischer und stärker von Beziehungen zu anderen in Anspruch genommen sind.

Weil die Tochter dasselbe Geschlecht wie die Mutter hat und damit bis zu einem gewissen Grade immer eine narzißtische Verlängerung ihrer selbst darstellt, ist die primäre Beziehung der Mutter zur Tochter dauerhafter und intensiver als die Beziehung zu ihrem Sohn. Mutter und Tochter können sich nie ganz voneinander lösen, sie bleiben auf irgendeiner Ebene emotional aneinander gebunden, als ob sich keine von beiden je als wirklich eigenständige Person sieht.

In der Adoleszenz flackert der Kampf um den größeren Abstand zur Mutter und um weitere Individuation wieder auf. Aber die Loslösung wird durch die Jahre intensiver Bindung erschwert. Auch wenn die Mädchen sich auf genitale Heterosexualität zubewegen, verharren sie weiter in einer inneren emotionalen Dreiecksbeziehung und geben die Bindung an ihre primäre emotionale Versorgerin nie ganz auf: die Mutter. Die Erfahrung, daß das Ich mit der Welt verflochten ist, hält an und wird jetzt in einem sich erweiternden Beziehungskreis ausgespielt. Lieben, sich mit jemandem eins fühlen und so sein wie jemand anders sind also Teil eines ununterbrochenen Prozesses, dessen Wurzeln in die frühe Beziehung zwischen einem Mädchen und seiner Mutter zurückreichen (Chodorow 1978).

Douvan und Adelson (1966) haben in einer Untersuchung mit 3.000 Adoleszenten erstaunt festgestellt, wie durchgängig die Unterschiede zwischen Jungen und Mädchen waren. Die überwältigende Konzentration auf zwischenmenschliche Beziehungen bei den Mädchen stand in scharfem

Kontrast zum Drang nach Autonomie bei den Jungen. Für Mädchen bedeutete Identität, die innere Erfahrung des Selbst durch die Bindung an andere zu definieren. Gilligan (1982) kam zu ähnlichen Ergebnissen und zog daraus den Schluß, daß man den Identitätsbegriff für Frauen um die Erfahrung wechselseitiger Verbundenheit erweitern muß.

In der Literatur sind immer wieder zwei Grundlinien menschlicher Erfahrung postuliert worden, wobei zur einen Selbstbehauptung, Beherrschung, individuelle Differenzierung und Getrenntheit und zur anderen das Bedürfnis nach Kontakt, Einheit, Kooperation und Gemeinschaft gehören. Bakan (1966) hat diese Grundlinien *Urheberschaft* (agency) und *Teilhabe* (communion) genannt. Wenn man davon ausgeht, daß die psychische Entwicklung sich entlang dieser Linien vollzieht, stellt man fest, daß Loslösung und Individuation nur im Sinne der Urheberschaft konzeptualisiert worden sind, d.h., als Ziele der Entwicklung gelten zunehmende Loslösung und Individualität. Aber für Frauen ist Urheberschaft nur der eine und dazu der unwichtigere Teil. Diese Untersuchung hat gezeigt, daß die entscheidenden Themen für Frauen selten mit Urheberschaft in Verbindung stehen. Für die weibliche Entwicklung ist Teilhabe zentral, und Frauen optieren mit größerer Wahrscheinlichkeit für die Bewahrung der Bindung als für die Durchsetzung ihrer Bedürfnisse nach Urheberschaft. Für viele Frauen ist der Erfolg im Bereich der Teilhabe, also in zwischenmenschlichen Beziehungen, eigenständiger Ausdruck urheberschaftliche Bedürfnisse nach Selbstbehauptung und Beherrschung.

Das Problem der Loslösung besteht in dem Dilemma, daß man sich von anderen unterscheiden will, ohne dabei die Verbindung zu ihnen aufzugeben. Für das kleine Mädchen ist, geliebt zu werden gleichbedeutend damit, so zu sein wie das geliebte Objekt; Bindung impliziert Ähnlichkeit. Kennzeichnend für den Identifikationsprozeß beim kleinen Mädchen ist die Aussage: »Ich liebe meine Mutter, und wenn ich erwachsen bin, möchte ich genauso sein wie sie.« Indem es so wird wie die Mutter und ihr dadurch Freude macht, gewinnt es die Sicherheit einer dauerhafter Bindung.

Differenz und gleichzeitige Verbundenheit ist eine der großen Herausforderungen in menschlichen Beziehungen. Anderssein impliziert Auseinandersetzung, bedeutet, daß das eine gut und das andere schlecht ist, insbesondere auf niedrigeren Entwicklungsstufen der Reife. Für ein Mädchen in der Entwicklung stellt die Verwurzelung in der Familie, meist in der Mutter, eine sehr sichere Position des Selbst dar. Ein Mädchen, das die Werte und

Prioritäten der Familie zum Ausdruck bringt, weiß, daß es in den Augen der für das Mädchen bedeutsamen Personen wertvoll ist, und kann sich selbst achten. Sich von anderen zu unterscheiden, kann reale oder phantasierte Mißbilligung zur Folge haben. Weibliche Teenager werden sich zwar ihrer Optionen und Möglichkeiten zunehmend bewußter, aber sie heißen deshalb diese Wahlmöglichkeiten nicht als eigene Wahlmöglichkeiten willkommen: Andere Leute mögen anders werden, aber das ist nicht »unser« Weg. Anders zu sein heißt, sich dem »Wir« zu entziehen, und das tut weh.

Bei den Frauen, die in dieser Untersuchung vorgestellt wurden, sind die entscheidenden Bereiche,in denen sich Identität festmacht, meist nicht politischer oder beruflicher, sondern sozialer und religiöser Natur. Sie internalisieren die zentralen Prioritäten ihrer Mütter als die Themen, in denen sie mit der Mutter einig oder uneinig sind. Als Spätadoleszente im Collegealter beurteilen sie die Distanz zu ihrer Familie danach, ob und wie weit sie deren religiöse Traditionen weiterführen, welche Freundinnen und Freunde sie sich suchen, welche sexuellen Werte sie übernehmen, welche Kleidung sie tragen, ob, wann und wen sie heiraten wollen. Das sind für sie die Angelpunkte des Dramas der Loslösung und Individuation.

Die jungen Frauen, die über diese Bereiche selbst entscheiden wollen, suchen sich meist einen Freund, mit dessen Hilfe sie sich aus dem Nexus der Familie hinauskatapultieren. Betrachtet man diese Beziehungen eingehender, fällt auf, daß sie selten romantisch sind. Meist erhält der Freund Bedeutung über seine Funktion als Ersatzelternteil und kontrolliert die Frau in der Regel auch genauso streng. Wieder geht es um die zentralen Prioritäten - wie man sich verhält, was und wie lange man studiert, was man anzieht oder wieviel persönliche Freiheit zugestanden wird. Bei den Interviews mit den jungen Frauen, die die ständige Beschäftigung mit den Erwartungen und Wünschen ihrer Eltern in den ersten Collegejahren hinter sich gelassen haben, hat sich gezeigt, daß sich alle an den Erwartungen und Wünschen ihres Freundes orientieren. Meist akzeptieren sie freudig die Autorität ihres Freundes, so wie sie früher die Autorität der Eltern akzeptiert haben. Der Kampf, der hier ausgetragen wird, dreht sich darum, einander zu gleichen; die Partner versuchen, den anderen dahin zu bringen, daß er genauso wird wie man selbst: »Wenn du so bist wie ich, dann liebe ich dich. Wenn du mich liebst, dann sei so wie ich.« Bei diesem Kampf geht es nicht um Macht, sondern um Bindung. Und auch hier wieder sind Bindung und Gleichartigkeit wie in der frühesten Mutter-Tochter-Beziehung miteinander vermischt, wie Chodorow aufgezeigt hat.

Es ist verblüffend, daß so viele dieser Frauen im frühen Erwachsenenalter eine solche Ähnlichkeit zwischen sich und ihren Müttern wahrnehmen, wo sie doch, zumindest objektiv, so anders sind und z.B. im Unterschied zu ihren Müttern Berufs- und Familienarbeit verbinden. Aber dieser Unterschied ist offenbar für die betroffenen Frauen eher sekundär. In allen wichtigen Bereichen nämlich, d.h. in denen, die sie bei ihrer Mutter schätzen, sind sie ihr ähnlich geblieben: Sie geben Zuwendung, sind familien - orientiert und liebevoll. Sie haben dazu noch einen Beruf, aber das unterscheidet sie nicht wirklich von ihren Müttern; sie arbeiten einfach mehr. Sie versuchen, ihre Kinder so zu erziehen, wie sie selbst erzogen worden sind, und ein ebensolches Heim zu schaffen, wie es die Mütter ihnen gegeben haben.

Diese Frauen verleihen der Qualität der Identifikation mit der Mutter und ihrer anhaltenden Bedeutung dadurch Ausdruck, daß sie - mal stärker, mal schwächer - die Welt mit den Augen der Mutter betrachten. Die innere Präsenz der Mutter, ihre Wünsche und ihr zustimmendes Lächeln sind am Rande des Bewußtseins stets vorhanden, sie ist die immer gegenwärtige Andere, auf die die jungen Frauen kontinuierlich reagieren. Dabei kann es sich durchaus nur um ein flüchtiges Gefühl handeln, wie: »Das würde meiner Mutter gefallen« oder: »Das würde meine Mutter ablehnen.« Diese mütterliche Doppelgängerin bindet und begrenzt die Entscheidungen von Frauen, unabhängig davon, wie sie erfahren oder betrachtet wird. Bis zu einem gewissen Grad ist jede Frau dazu bestimmt, irgendeinen Teil der Mutter zu realisieren, sei es in der Häuslichkeit, der Zuwendung, der Kleidung oder in den Werten. Wird der mütterliche Anteil nicht integriert, entsteht die Gefahr der Identitätsdiffusion; irgendein Aspekt der Mutter muß in die Identität eingangen sein, damit sie Zusammenhang und Kohärenz bekommt.

Um diese Kontinuität sicherzustellen, waren 85 Prozent der Frauen in dieser Untersuchung ihren Müttern eng verbunden geblieben; bei der Frage nach den Menschen, die ihnen am nächsten stehen, lag sie bei fast der Hälfte der Frauen an erster oder zweiter Stelle (zum Vergleich: 48 Prozent behielten eine enge Beziehung zu ihrem Vater, aber nur für zwei Frauen war er die Person, die ihnen am nächsten oder zweitnächsten steht). Viele telefonieren täglich mit ihrer Mutter oder treffen sich täglich mit ihr, fragen sie in großen oder kleinen Dingen um Rat oder beteiligen sie zumindest an ihrem Entscheidungsfindungsprozeß. Das steht in radikalem Gegensatz zu dem zeitgenössischen Frauenbild der psychologischen Literatur oder der Presse, das postuliert, die heutige Frau habe ihre Mutter hinter sich gelassen, hielte sie für altmodisch und beachte sie nicht mehr. Aber für die Frauen dieser Untersuchung, wie alltäglich und unauffällig sie auch sein mögen, ist die Mutter eine wesentliche Quelle für emotionale und logistische Unterstützung.

Das interessanteste Beispiel dafür stellt die Gruppe der Frauen im Moratorium dar. In der späten Adoleszenz haben sie das Vorbild und die Kontrolle ihrer Mütter bekämpft, aber im frühen Erwachsenenalter ist die Wahrscheinlichkeit einer engen Mutterbeziehung bei ihnen sehr viel höher als bei allen anderen Gruppen. Die Rückkehr nach Hause bedeutet für sie die Rückkehr an einen psychischen Ort erneuter intensiver Bindung an die Mutter. Bei Frauen mit erarbeiteter Identität dagegen ist die Wahrscheinlichkeit für intensiven Kontakt und Nähe zur Mutter am geringsten. Ihr Kampf gegen die Mutter war in der Adoleszenz meist weniger dramatisch und intensiv und damit auch weniger schuldbesetzt. Frauen mit erarbeiteter Identität distanzieren sich psychisch schrittweise von der Mutter und verankern sich in der Regel über Freunde bzw. Ehemänner oder berufliches Engagement auf neue Weise.

Verankerung

Der Begriff der Verankerung ist vielleicht die beste Metapher zur Beschreibung des Aspekts der Teilhabe im Prozeß von Loslösung und Individuation nach der späten Adoleszenz. Es leuchtet ein, daß etwas Neues an die Stelle dessen treten muß, von dem man sich gelöst hat, so wie man auch individuierte Anteile bearbeiten muß, bis etwas anderes entsteht.

Das Moratorium ist eine Phase, in der die Ankertaue gelöst werden. Das College bietet eine Reihe neuer Möglichkeiten, an die man sich binden kann: Beziehungen, Engagement für eine gute Sache, berufliche Ziele. Frauen im Moratorium waren im College hauptsächlich auf der Suche nach Akzeptanz durch neue Freunde und neue Gruppen. Aber am Ende des Studiums zerstreute sich diese neue Gemeinschaft in alle Winde, und wer im Moratorium verblieb, war haltlos dem Schicksal preisgegeben. Manche suchten wie Millie weiter nach etwas, dem sie sich anschließen konnten, andere klammerten sich wie Marlene verzweifelt an den Freund aus dem Studium, und wieder andere fanden wie Meredith die große Welt einfach zu kalt und bedrohlich und kehrten rasch nach Hause zurück - im wörtlichen wie im übertragenen Sinne. Die Frauen, die sich aus dem Moratorium eine Identität erarbeitet haben, haben wie fast alle Frauen der Gruppe mit erarbeiteter Identität einen neuen Anker für den Übergang vom College zum Erwachsenenleben gefunden.

Der Prozeß der Verankerung ist für die weibliche Identitätsbildung entscheidend, weil das Selbst so stark in Beziehung zu anderen erlebt wird. In der Identität einer Frau spiegelt sich ihre Wahrnehmung dessen, was sie für andere bedeutet. Das ist keineswegs ein passiver Prozeß, denn laut Erikson kann sich jeder Mensch die Personen aussuchen, für die er oder sie wichtig sein will.

Die Frauen dieser Untersuchung haben sich in einem oder mehreren der folgenden vier Bereiche verankert: Ursprungsfamilie, Ehemann/Kinder, Beruf, Freundeskreis. Frauen mit Verankerung in ihrer Ursprungsfamilie haben sich entschieden, ihr Erbe anzutreten; das ist die Essenz der übernommenen Identitätslösung. Ihr Leben erscheint ihnen bedeutungsvoll und richtig, weil sie Traditionen fortsetzen, die für sie als als Kinder Sicherheit bedeutet haben und die immer noch eine Quelle des Trostes und des Glaubens für sie repräsentieren. Sie verleihen der Einbettung in ihre Ursprungsfamilie Ausdruck, indem sie Werte und Sitten an die nächste Familie weitergeben, und sind sich beneidenswert sicher, daß ihr Lebensstil der richtige sei. Für Frauen mit dieser Identitätsstruktur ist die Aussicht, nicht zu heiraten, deshalb so beunruhigend, weil damit der durchgängige Lebensplan unterbrochen wird. Wenn sie ihre sinngebende Zentrierung auf die Familie nicht in einer eigenen Familie fortsetzen können, gibt es für sie kaum Möglichkeiten, neue Verbindungen zu ihren alten Wurzeln herzustellen. Frauen mit übernommener Identität wählen ihre Ehemänner fast immer danach aus, ob diese sich mit ihren familienorientierten Werten in Einklang bringen lassen. Häufig berichten sie, daß sie gerade diesen Mann geheiratet hätten, weil sie sich mit seiner Familie gut verstünden oder weil er einen ähnlichen Hintergrund habe wie sie.

Die zweite Möglichkeit, die Verankerung in Ehemann und/oder Kindern unabhängig von der Ursprungsfamilie, findet sich überwiegend bei der Gruppe der Frauen mit erarbeiteter Identität. Ihr Identitätsgefühl basiert auf der Entwicklung neuer, familienunabhängiger Beziehungen. Sie haben sich Partner gesucht, die ihre Begabungen und Interessen unterstützen. Wenn sie berufstätig sind, dann ist ihr Beruf für sie zweitrangig; sie können sich genausogut über außerberufliche Interessen definieren, etwa Kunsthandwerk, Sport oder Freizeitaktivitäten. Sie haben ein intensives Interesse an der Planung und Einrichtung ihrer Häuser und am Aufbau von Freundschaften mit Paaren. Wenn sie Kinder haben, nehmen sie aktiv und kreativ an ihrer Entwicklung teil und denken über ihre Elternrolle nach, anstatt wie ihre eigenen Eltern automatisch zu reagieren. Ihr Anker ist das Beziehungsgeflecht, dessen Zentrum ihre neue Familie bildet.

Die dritte Möglichkeit, Verankerung im Beruf, haben nur wenige Frauen in dieser Untersuchung gewählt, obwohl viele von ihnen Akademikerinnen und fast alle ganztags berufstätig sind. Trotz der Entdeckung, daß sie zu produktiver Arbeit im außerhäuslichen Bereich fähig sind, ist für die meisten Frauen das berufsbezogene Selbst ein zweitrangiger (und oft entbehrlicher) Aspekt der Identität.

Die Frauen, die sich in ihrem Beruf verankert haben, hatten alle Mentorinnen oder Mentoren. Allem Anschein nach kommt es nur dann zu einer Verankerung im Beruf, wenn eine wichtige andere Person Interesse am Beruf einer Frau zeigt. Nur die Frauen mit Hochschulabschluß oder einer Handwerkslehre haben eine Mentorenbeziehung erlebt, die anscheinend den Einstieg in das entsprechende Berufsfeld und die Möglichkeit einer persönlichen Bindung daran herstellt. Frauen, die einen in ihrem Berufsfeld anerkannten Menschen finden, der sich um sie kümmert, an sie glaubt und sie ermutigt, sind kraft ihrer Bindung an diesen Menschen in der Lage, sich als Teil der neuen beruflichen Gemeinschaft zu fühlen und den ihnen bestimmten Platz darin einzunehmen.

Die Abwesenheit von Mentorinnen und Mentoren hat unerfreuliche Konsequenzen für die Investition einer Frau in ihren Beruf: Die Frauen sind zwar berufstätig, aber nicht in identitätsstiftender Weise an ihren Beruf gebunden. Vielen Berufstätige arbeiten, ohne sich als Teil einer größeren Gemeinschaft mit einer gemeinsamen Berufung zu fühlen. Trotz der emotionalen Befriedigung, die es mit sich bringt, wenn man z.B. eine gute Lehrerin ist und sich gut mit den Kindern versteht, und trotz der Möglichkeit, sich als Lehrerin seinen Lebensunterhalt zu verdienen, wird diese Erfahrung erst dann zu einem verankernden Bestandteil des Selbstgefühls, wenn es Anerkennung von außen in diesem Bereich gibt. Dasselbe gilt für Frauen im Geschäftsleben: Sie können durchaus an Macht und Geld interessiert sein, aber dieses Interesse ist nicht im Kern ihres Selbst angesiedelt. Ihre Arbeit bekommt auf dieser Ebene nur dann einen Sinn, wenn für sie wichtige Personen sie anspornen und ihnen modellhaft vorleben, wie man einen Sinn in der Arbeit finden kann.

Weil Frauen so selten Mentorinnen oder Mentoren finden, übernehmen häufig die Ehemänner diese Rolle. Es ist viel über Männer geschrieben worden, die die beruflichen Interessen ihrer Frauen nicht fördern, aber es gibt nur wenig Informationen über Männer, die ihren Frauen helfen, ihre Arbeit bedeutungsvoll zu finden. So hat z.B. eine der Frauen, die mit einem Schulleiter verheiratet und selbst Lehrerin ist, ein sehr persönliches und vitales Gefühl für ihr berufliches Selbst, weil ihr Mann ihre kreativen Bemühungen in ihrer Arbeit begeistert fördert. Ein anderes Beispiel ist der Mann einer Schriftstellerin, der sie nicht nur finanziell unterstützt, sondern sich auch kritisch mit ihrer Arbeit auseinandersetzt und immer ihr erster Leser ist.

Frauen können sich erst dann wirklich in ihrer Arbeit verankern, wenn diese Arbeit jemandem wichtig ist, der oder die eine entscheidende Rolle in ihrem Leben spielt. Wenn es so jemanden nicht gibt, suchen sie jenseits ihrer beruflichen Ziele nach Sinn. Schon ein einziger Mensch, der den Bedeutungsgehalt ihrer Arbeit schätzt, kann einen identitätsfernen Beruf in einen bereichernden und verankernden Aspekt weiblicher Existenz verwandeln.

Bei den Frauen dieser Untersuchung war die Desillusionierung über ihren Beruf ein durchgängiges Thema, und dieses Phänomen hat oft genug eine begabte Frau zurück zu den familiären Quellen der Zufriedenheit getrieben. Bei vielen kreisten die beruflichen Ziele um Hilfe für andere, ein Ideal, das angesichts der bürokratischen und sozioökonomischen Realität verblaßte. Sie entdeckten meist, daß sich der Wunsch, anderen zu helfen, eher zu Hause als in der Arbeit verwirklichen läßt.

Der letzte Ankerpunkt, die Freundschaft, wird meist dann gewählt, wenn die anderen abgelehnt wurden oder nicht erreichbar waren. Das soll nicht heißen, daß Freundschaft für Frauen unwichtig ist. Die meisten der befragten Frauen sagten, ihnen sei die Freundschaft mit anderen Frauen ungeheuer wichtig, Verankerungen indes sind sie für die meisten nicht. Freundschaften sind jedoch bedeutsame sekundäre Anker, die zwei Formen annehmen können: Einmal die alten Freundinnen; hier handelt es sich um Menschen, auf die man sich in Notzeiten verlassen kann, die immer für einen da sind und entfernte Verankerungen und damit Schutz vor totaler Einsamkeit bieten. Dann die neuen Freundinnen; sie bieten alltägliche logistische Hilfestellung und emotionale Unterstützung, Kameradschaft sowie die Möglichkeit, Probleme zu besprechen. Verheiratete Frauen mit Kindern sagen, sie hätten nicht genug Zeit für Freundschaften und würden diesen Aspekt ihres Lebens vermissen. Freundschaften binden Frauen auch an Aspekte der Außenwelt, die sie dann in ihre Identität einarbeiten können. Freundinnen bringen andere Interessen, Hobbies und Ideologien mit, die der kontinuierlichen Verfeinerung und Differenzierung der Identität dienen.

Durch Verankerung kann man sich zu Aspekten der Erwachsenenwelt in Beziehung setzen und sich einen Platz darin sichern. Bindung an die Welt, auch an die Arbeitswelt, beinhaltet für Frauen Beziehungen zu anderen Menschen. Verankerung ist für Frauen eine Art Wiederannäherungsprozeß, in dem Elemente der Außenwelt über Kommunikation mit wichtigen anderen Menschen integriert und zum Bestandteil des Selbst gemacht werden. Die Frauen dieser Untersuchung verfolgen nur selten Aktivitäten, die außerhalb einer wichtigen Beziehung Befriedigung bieten. Nur wenige Frauen z.B. joggen allein, und die, die es tun, reden über ihre Leistungen und teilen ihre Erfahrungen anderen mit. Bedeutung und Identität haben ihren Ort in sozialer Bezogenheit.

Identität besteht aus der Verschmelzung und Integration dieser Ankerpunkte. Wenn die Frauen beschreiben, was für sie am wichtigsten ist, benutzen sie fast alle dieselben Worte: Er oder sie oder es ist »da« oder: jemand ist »immer da«. Psychologisch betrachtet, spiegelt sich in diesem Ausdruck die Summe all dessen, worauf sie sich verlassen können. Das Gefühl, ein Mensch ist »für mich da«, bedeutet nichts anderes als die berechtigte Erwartung, daß dieser Mensch meine Bedürfnisse befriedigt. Die Anwesenheit eines anderen garantiert einer Frau, daß sie das Objekt von Hingabe und Aufmerksamkeit ist. Wenn ein Beruf »da« ist, ist sich eine Frau ihrer Fähigkeiten sicher, die sie einsetzen kann und die von anderen anerkannt und geschätzt werden.

Das Geflecht der sozialen Bezogenheit

Aus diesen Verankerungen und Geflechten entsteht bei Frauen ein Identitätsgefühl, das sich als facettenreiche Synthese vielfältiger Investitionen betrachten läßt. Jede einzelne dieser Investitionen ist wichtig und befindet sich in einem gewissen Gleichgewicht mit den anderen. Nach der Formulierung der Identität geht die Bearbeitung und Modifizierung weiter, aber der zentrale Kern bleibt und hält das System wie ein zuverlässiges Uhrwerk in Gang. Diese zentralen Identitätsaspekte lassen sich später nur mit großen Schwierigkeiten und innerem Aufruhr hinterfragen oder umarbeiten.

Während bei Männern häufig berufliche Krisen zu entscheidenden Entwicklungskrisen führen (Vaillant 1977; Levinson et al. 1978), markieren bei Frauen Beziehungskrisen solche Wendepunkte. Bei den Interviews am Ende der Collegezeit war allen Frauen eine Zukunftsvision gemeinsam, nämlich

Männer zu finden, die sie lieben und von denen sie wiedergeliebt werden und mit denen sie ein ideales Familienglück neu- oder wiedererschaffen, zu dem später auch Kinder gehören sollten. Es hat sich auch gezeigt, daß viele dieser adoleszenten Frauen durchaus großen beruflichen Ehrgeiz hatten oder doch zumindest eine Zeitlang außerhalb des häuslichen Bereichs produktiv tätig sein wollten. Aber im tiefsten Innern waren sie alle davon überzeugt, daß eine neue Familie ihrem Leben die zentrale Struktur geben und ihre emotionalen Energien in Anspruch nehmen würde.

Die Frauen, die zwischen zwanzig und dreißig Jahren einen Partner fanden, haben ihre anhaltende (oder fehlende) psychische Entwicklung mit dieser Schlüsselbeziehung verwoben. Im Endeffekt definierten sie sich im Zusammenhang mit der Person, mit der sie ihr Leben verbringen wollten. Sie balancierten ihre Bedürfnisse und Interessen auf dem Hintergrund eines wichtigen anderen Menschen aus, dessen Einstellungen und Vorlieben sie bei ihrer Entscheidungsfindung berücksichtigten. Es ist in vieler Hinsicht leichter - und für eine Weile sogar angenehmer - sich in jemand anderem zu verlieren. Sich selbst zu finden, ist harte Arbeit, durch die Angst vor Einsamkeit und Scheitern belastet. Je mehr sich eine Frau von jemandem umsorgt fühlt, um so weniger muß sie sich mit Selbstwertproblemen beschäftigen. Je mehr sie sich auf das Wohlergehen eines anderen verpflichtet hat, desto geringer ist die Notwendigkeit, darüber nachzudenken, wie sie sich selbst verwirklichen soll. Eine liebende Frau macht die Bedürfnisse und Wünsche der geliebten Menschen zum Teil ihrer eigenen Identität.

Es verwundert deshalb nicht, daß die dramatischsten Beispiele für Wachstum und Veränderung in dieser Untersuchung bei den Frauen zu finden sind, deren erste ernsthafte Beziehung scheiterte. Alice und Marlene mußten sich ernsthaft einen neuen Platz in der Welt erarbeiten, belastet vom Verlust einer wichtigen Beziehung. Die einzige Frau aus der Gruppe der übernommenen Identität, die Anzeichen für inneres Wachstum zeigte, war die, deren Ehe scheiterte und geschieden wurde.

Der Verlust einer Beziehung bedeutet mehr als den Verlust eines geliebten Menschen. Auf tiefer Ebene handelt es sich um den Verlust einer kostbaren Phantasie, nämlich der festen Überzeugung, es sei immer jemand da, der psychische Funktionen übernimmt, also Verzweiflung lindert, Zeit strukturiert, stabilisiert, beruhigt und das Gefühl persönlicher Bedeutung vermittelt. Es fördert das Wachstum von Frauen, wenn sie gezwungen sind, zu lernen, diese Funktionen selbst zu übernehmen.

Wachstum meint hier zunehmende Internalisierung, die zunehmende Fähigkeit, allein zu stehen, sich individuelle Ziele zu setzen, sich der eigenen Person bewußt zu werden.

Um Mißverständnissen vorzubeugen: Ich bin nicht der Meinung, daß die Ehe die persönliche Entwicklung von Frauen verhindert. Frauen, die in einer wechselseitig abhängigen Beziehung leben, sind psychisch nicht weniger gesund, ja in vielen Fällen zufriedener und verankerter als die anderen. Aber sie haben sich weniger ausprobiert und sich selbst nicht so genau definiert.

Zusammenfassend läßt sich also für die Rolle von Beziehungen im Leben von Frauen zunächst festhalten, daß es weniger wichtig ist, ob eine Frau eine primäre Beziehung hat, sondern welche psychischen Funktionen diese Beziehung einnimmt. Bei vielen Frauen, vor allem bei denen, die ihre Identität übernommen haben oder übernehmen, besteht die wichtigste Funktion der Primärbeziehung zu einem Mann in der Befriedigung ihres Sicherheitsbedürfnisses. Sie möchten, daß ihr Mann für sie sorgt und sie so liebt, wie es ihre Eltern taten, also bedingungslos und für alle Zeit. Sie suchen in der Ehe die Sicherheit, die sie in sich selbst nicht finden zu können glauben. Sie geraten durch jede Bedrohung ihrer Ehe in Panikzustände, weil dadurch die innere Basis ihrer Existenz gefährdet ist. Sie vertrauen darauf, daß immer jemand »für sie da ist«, und sie können sich absolut nicht vorstellen, allein zu leben oder sich auf sich selbst zu verlassen. Wenn sie in einer befriedigenden Beziehung leben, geht es ihnen in der Regel gut, und sie können sich authentisch und produktiv in ihrer Arbeit und anderen Aktivitäten verwirklichen. Aber es fragt sich, ob diese Strategie langfristig erfolgreich sein kann. Würden sie zum Beispiel den Tod ihres Mannes verkraften? Bauen sie auf ihrem Weg psychische Kraftreserven auf, die sie, falls nötig, einsetzen können?

Dieses sicherheitsorientierte Beziehungsmuster unterscheidet sich drastisch von dem typischen Muster der Frauen mit erarbeiteter Identität, deren Beziehungen eher der eigenen Bestätigung und Unterstützung dienen. Sie beziehen ihr Gefühl von Ganzheit und Differenzierung eher aus sich selbst und verbinden dieses definiertere Selbst mit einem anderen. Sie möchten, daß man sich über sie Gedanken macht, nicht, daß man sich um sie kümmert. Sie suchen Ermutigung und Bestätigung vom anderen, sind sich aber darüber im klaren, daß sie zumindest bis zu einem gewissen Grad selbst für sich sorgen müssen. Im Kontext einer Primärbeziehung können sie größere Risiken eingehen, freier mit ihren Eigenschaften und Fähigkeiten experimentieren und die Beziehung so gestalten, daß sie ihre individuellen Bedürfnisse befriedigt. Und sie können die Individualität ihres Partners leichter akzeptieren und besser darauf reagieren, lassen ihm mehr Raum für Erfahrung und Selbstausdruck. Sie empfinden Veränderung als sehr viel weniger bedrohlich als Frauen mit übernommener Identität.

Oberflächlich betrachtet unterscheiden sich diese verschiedenen Beziehungsmuster kaum. Aber sie werden sehr anders erfahren und wurzeln in ganz verschiedenen Aspekten der psychischen Entwicklung. Es hat ungeheure Auswirkungen auf die Identitätsbildung, wie stark eine Frau davon überzeugt ist, daß sie emotional für sich selbst sorgen kann.

Offenheit für Wachstum und Veränderung

Die meisten Frauen bei dieser Untersuchung waren nicht an Psychologie oder Introspektion interessiert. Viele von ihnen waren, in den Kategorien von Moriarty und Toussieng (1976) eher »Zensoren« als »Sensoren«, d.h. sie beschäftigten sich selten mit der Art ihrer Gefühle oder mit der Analyse ihrer Psyche. Sie waren mehr auf die Erhaltung der Harmonie ausgerichtet als auf die Verstärkung emotionaler Widersprüche. Die meisten bezeichneten sich als ganz glücklich, waren mit alltäglichem Glück zufrieden und verlangten nicht viel mehr vom Leben als einen treuen Ehemann, einen Beruf, der eine gewisse Befriedigung mit sich bringt, und Freude an ihren Kindern.

Es mag sein, daß die Fähigkeit, wirklich unabhängig zu denken und zu handeln, allein auf der Basis fundamentalen Selbstausdrucks, ein sehr seltenes Phänomen ist, auch wenn die gesamte Entwicklungspsychologie diesem Ideal huldigt. Das Bedürfnis nach Autorität ist im Erwachsenenleben allgegenwärtig, weil Erwachsene nicht weniger als Kinder bewunderte Menschen brauchen, die ihr Leben bestätigen und ihre Entscheidungen sanktionieren. Es gibt in dieser Untersuchung wie überhaupt im Leben nur wenige Avantgardistinnen. In Abwandlung eines Ausspruchs von Thoreau könnte man sagen, daß die Masse der Frauen ein Leben stiller Zufriedenheit führt.

Die Frauen, die durch Krise und Festlegung, durch Kampf um Unabhängigkeit und Selbstvertrauen ihre Identität selbst formuliert haben, sind in der Regel flexibler als Frauen, die die in der Kindheit zugeschriebene Identität beibehalten haben oder zu ihr zurückgekehrt sind, aber das Losreißen von den Wurzeln hat auch einen Verlust an Sicherheit zur Folge.

Frauen mit erarbeiteter Identität haben sich zu ihren eigenen Bedingungen festgelegt und aus dieser Erfahrung gelernt, daß Verpflichtungen aufgehoben und neuformuliert werden können. Deshalb haben sie auch größere Ängste als Frauen mit übernommener Identität, die überzeugt davon sind, sich an ihren unwiderruflich festgeschriebenen Lebensweg nur anpassen und ihm folgen müssen.

Die Fähigkeit, Unsicherheit auszuhalten, ist in der psychologischen Literatur bisher selten thematisiert worden, hat aber offenbar tiefen Einfluß auf die Identitätsbildung und die Strukturierung des Lebens. Wachstum beinhaltet zwangsläufig Risiken. Um etwas zu erreichen, muß man notwendig etwas von dem aufgeben, was man bereits besitzt, und das Risiko eingehen, daß man alles verliert - immer in dem Wissen, daß es keine Garantien gibt.

Hier bilden Frauen mit übernommener Identität das eine Extrem: Sie können Unsicherheit weder riskieren noch ertragen. In der Adoleszenz und im Erwachsenenalter organisieren sie ihr Leben so überschaubar wie möglich. Sie fürchten alles, was nicht kontrollierbar ist, deshalb beschwichtigen sie ihre Ängste mit Hilfe von Religion und leugnen, daß Glück oder Zufall irgendeine Rolle in ihrem Leben spielen könnten. Sie behalten die einmal aufgebaute Struktur ihres Lebens um jeden Preis bei, gehen Überraschungen und allem Unerwarteten aus dem Weg und lassen Veränderungen nur zu, wenn sie unbedingt nötig sind, und selbst dann nur zögernd.

Das andere Extrem bilden die Frauen mit diffuser Identität, die so mit der Ungewißheit vertraut sind, daß sie sich auf Passivität zurückziehen, sich vom Schicksal treiben lassen und alles hinnehmen, was auf sie zukommt. Sie sehen für sich keinerlei Kontrollmöglichkeiten und begreifen ihr Leben als eine Art Karnevalszug, bei dem hinter jeder Biegung etwas Neues kommt, auf das sie reagieren müssen.

Zwischen diesen beiden Polen stehen zum einen die Frauen im Moratorium, bei denen im Collegealter das Bemühen, mit der Ungewißheit zurecht zu kommen, am deutlichsten wird, und zum anderen die Frauen mit erarbeiteter Identität, bei denen sich im Erwachsenenalter die erreichte Balance zeigt. Frauen im Moratorium sprechen im College eloquent über ihre Bewußtheit der Ungewißheit, alles ist möglich. Wenn sie erwachsen werden, wissen sie, daß nicht alles möglich ist. Sie wissen, daß sie wählen müssen, was gleichzeitig heißt, auf das verzichten zu müssen, was sie nicht wählen. Und sie sind sich bewußt, daß ihre Entscheidungen, ihre Lebensstruktur, nur bis zu einem gewissen Grad endgültig sind. Sie lernen, Gewißheit im Kontext gewisser Zweifel zu erleben.

Das Leben von Frauen mit übernommener Identität gründet sich ihrer Meinung nach auf die einzig vernünftige Entscheidung und kann sich gar nicht anders entwickeln. Im Gegensatz dazu wissen erwachsene Frauen mit erarbeiteter Identität, daß sie sich entschieden haben und sich auch anders hätten entscheiden können. Sie wissen auch, daß der Boden, auf dem sie stehen, nicht unerschütterlich ist, daß Veränderungen möglich sind, was sie gleichermaßen begrüßen und fürchten. Trotzdem sind sie auf alles, was kommen mag, vorbereitet, denn sie haben ein Gefühl von Veränderbarkeit internalisiert und sind bereit für die nächste Herausforderung. Sie leben mit größerer innerer Unsicherheit als Frauen mit übernommener Identität, weil sie zutiefst, und sei es unbewußt, wissen, daß nichts ewig dauert und Leben Veränderung bedeutet.

Arbeit und Liebe

Allzuoft wird in der Wissenschaft scharf zwischen Frauen im Beruf und Frauen in Beziehungen unterschieden, so als ob es sich dabei tatsächlich um zwei getrennte Aspekte handeln würde, die unvermeidlich in Konflikt miteinander stehen. Smelser (1980) hat aufgezeigt, daß beide Bereiche, Arbeit und Liebe, von interpersonalen Beziehungen abhängig sind und es sich deshalb vielleicht einfach nur um verschiedene Bezeichnungen für dieselben Anpassungsprozesse handeln kann. Die Frauen dieser Untersuchung haben häufig betont, daß die erfolgreiche Fürsorge für andere und die Interaktion mit Kollegen, Kolleginnen und der Öffentlichkeit die Gründe dafür sind, daß ihre Arbeit ihnen Freude macht. Abgesehen von der Beherrschung eher technischer Fähigkeiten sind es gerade diese Interaktionen, die zu einem Gefühl der eigenen Kompetenz führen (vgl. Baruch, Barnett, Rivers 1983; Fiske 1980). Frauen lassen also ihr »Beziehungs«-Selbst nicht zurück, wenn sie zur Arbeit gehen, sondern integrieren vielmehr, wie Gilligan (1982) sagt, in ihre beruflichen Erwartungen die Grundsteine der sozialen Bezogenheit, also versorgende und fürsorgliche Eigenschaften.

Wenn Frauen soziale Bezogenheit in ihre Arbeit einbringen, dann bringen sie auch umgekehrt Arbeit in ihre Beziehungen ein. Im Gegensatz zu der stereotypen Darstellung, die zum Bestandteil unserer selbstverständlichen Annahmen geworden ist, sind Beziehungen keine passiven Angelegenheiten. Sie sind nicht mehr einfach eine Beschäftigung, die einem zugeschrieben wird, wenn man Ehefrau oder Mutter ist. Es gibt bis jetzt kaum Begriffe für die Komplexität umfassender, reifer Fürsorge (White 1985). Fürsorge ist aktiv, Ausdruck einer Anstrengung. Es bedarf des Nachdenkens, der Initiative und der Mühe, um mit einem anderen Menschen zurechtzukommen. Ein Großteil der Gespräche, die Frauen untereinander führen, exploriert und analysiert diesen Bereich. Die Diskussion über das, was andere tun und wie sie mit Problemen umgehen, der Austausch über den Umgang mit Schwierigkeiten und Gefühlen und taktvolles Verhalten bei Konfrontationen, das alles sind Aspekte von Arbeit, genauso wie die geschäftlichen Besprechungen der Männer. Sie zeigen dasselbe Bemühen um Bewältigung. Frauen bringen Kreativität, Erfindungsreichtum und Ideale in ihre Beziehungen ein, ob zu Hause oder am Arbeitsplatz. Geschick und Erfolg im Bereich der sozialen Bezogenheit werden von daher zu Eckpfeilern für die Identität. Frauen trennen nicht eindeutig zwischen Beziehung und Arbeit.

Es ist schwer, die Bedeutung oder die Rolle der Arbeit im Leben von Frauen theoretisch zu beschreiben. Untersuchungen bei Männern (Vaillant 1977; Levinson et al. 1978) haben ergeben, daß das berufliche Umfeld die psychische Welt dominiert. Beziehungen sind eindeutig vorhanden, bilden aber insgesamt ein Nebenthema, eine Art stetigen Kontrapunkt, der nicht im Vordergrund steht. Bei Frauen ist das genau umgekehrt: Wenn sie ihre Geschichte erzählen, ihr Leben in »Kapitel« oder Phasen einteilen, dann ist es die Beziehungsgeschichte, die den roten Faden und die Demarkationslinien bildet. Der Beruf taucht auch auf, steht aber eindeutig im Hintergrund, zumindest in den frühen Dreißigern.

Dieses Ergebnis mag für Feministinnen und Befürworterinnen gleicher Chancen für Frauen problematisch und peinlich sein; viele würden es wohl gerne übersehen. Aber Frauen sind nicht wie Männer, und für manche sind Unterschiede gleichbedeutend mit Ungleichheit. Swidler (1980) hat in einem Aufsatz mit dem Titel »Liebe und Erwachsensein in der amerikanischen Kultur« darauf hingewiesen, daß die US-amerikanische Kultur nie die Heroisierung der Leistungen erwachsener Treue, Verpflichtung, Intimität und Fürsorge zustandegebracht hat. Unsere Entwicklungspsychologie wie unsere gesamte Kultur hat Reife mit Unabhängigkeit und undurchdringlichen Persönlichkeitsgrenzen gleichgesetzt und so die gegenseitige Durchdringung von Selbsten in Beziehungen zu einer weniger reifen Daseinsform erklärt (Gutmann 1964; Notman et al. 1986).

Ob Frauen berufstätig sind, ob sie wichtige, statusträchtige, einfluß- und prestigereiche Positionen innehaben, ist etwas anderes als die Frage danach, wie eine Frau ihr Gefühl für ihr Selbst in der Welt aufbaut und welche Rolle der Beruf dabei spielt. Die weibliche Einbettung in soziale Bezogenheit tut den beruflichen Fähigkeiten von Frauen keinen Abbruch, und die Feststellung dieser Einbettung impliziert keineswegs, daß Frauen die berufliche Gleichberechtigung verwehrt werden sollte.

Das Ergebnis dieser Untersuchung, nach dem weniger beruflicher Ehrgeiz, sondern vielmehr soziale Bezogenheit für die weibliche Identität von zentraler Bedeutung ist, korreliert mit den klinischen Daten aus der Psychotherapie. Ich selbst habe mit vielen beruflich sehr erfolgreichen Frauen gearbeitet, die in zweijähriger intensiver Psychotherapie ihre Arbeit kaum erwähnten. Auf der Suche nach einer Quelle persönlicher, emotionaler Wertschätzung haben sie ihre emotionale Energie und ihre Konflikte in Beziehungen, meist zu Männern, investiert. Der berufliche Erfolg kann unerfüllte Bedürfnisse nach menschlichen Beziehungen nicht kompensieren.

Daß der Beruf kein zentraler Anker für weibliche Identität ist, erklärt bis zu einem gewissen Grad die problemlosen und raschen Wechsel in den Beschäftigungsverhältnissen von Frauen. Die Frauenbewegung war eine schnelle Revolution. Zwischen 1968 (als diese Frauen ins College kamen) und 1980 stieg der Prozentsatz von Frauen in der Arbeitswelt von 42 auf 52 Prozent (US-Arbeitsministerium 1985). Die Frauen dieser Untersuchung übernahmen die berufliche Identität insoweit ohne Ambivalenzen und Probleme, als kaum größere innere Konflikte bei der Frage auftauchten, ob sie berufstätig sein sollten oder nicht. Berufstätigkeit war für sie schlicht selbstverständlich, obwohl nur wenige ihrer Mütter berufstätig waren. Ökonomische Gründe spielten bei den meisten zwar auch eine Rolle, aber wichtiger war, daß das vorherrschende soziale Klima jetzt eine Berufstätigkeit für Frauen begünstigte. Es war nicht nötig, Feministin zu werden, um eine Anstellung zu finden oder Karriere zu machen. Und berufstätige Frauen mußten nicht länger wichtige Identifikationen mit ihren Müttern bearbeiten. Das Berufsleben wurde einfach aufgepfropft, war ein zusätzlicher Bereich mit individuell unterschiedlicher Bedeutung, aber keine Transformation, die die Psyche hätte zerreißen können.

Am Ende dieser Untersuchung stehen die Frauen in der Mitte ihres Lebens. In den letzten 10 Jahren mußten sie auf die eine oder andere Weise mit ihrer Möglichkeit, Mutter zu werden, zurechtkommen; die biologische Uhr war ein dominierender Schrittmacher ihres Lebens. Die Lösung dieser Frage bringt situationsbedingte Variablen mit sich, die einen gewissen Einfluß auf zukünftige Entscheidungen haben werden (Stewart 1980).

Trotzdem bleiben zusätzliche Wahlmöglichkeiten und genügend Zeit für die Realisierung schlummernder Ziele, die bewußt zunächst zurückgestellt wurden oder die sich erst in der Zukunft zeigen werden. Die Wahl, die sie bis jetzt getroffen haben, umreißt zwar die künftigen Wahlmöglichkeiten, aber bestimmt sie nicht.

Konsequenzen für die Forschung

Die Längsschnittdaten dieser Untersuchung haben gezeigt, daß die Phase von Loslösung und Individuation in der Adoleszenz entscheidend für die Identitätsbildung der Erwachsenen ist. Frauen individuieren sich generell weniger stark als Männer, aber innerhalb der weiblichen Individuation variiert das Ausmaß, in dem ein individuiertes Selbst gewollt wird. Den vier Kategorien des Identitätsstatus liegt ein Kontinuum von Loslösung und Individuation zugrunde; diese Kategorien sind unter Umständen tatsächlich nichts weiter als eine künstliche Trennung dieses Kontinuums. Das eine Ende dieses Kontinuums bilden die Frauen mit übernommener Identität, die sich kaum gelöst oder individuiert haben. Das zukünftige Leben der Frauen, die am Ende der Collegezeit in diesem Identitätsstatus verharren, ist weitgehend absehbar, es sei denn, unvorhergesehene Ereignisse blockierten den gewählten Weg und erzwängen eine Neuorientierung. Am anderen Ende stehen Frauen mit diffuser Identität, die sich zu stark und zu früh gelöst und individuiert haben. Die internalisierte identitätsbildende Struktur der Eltern war nicht ausreichend, um eine funktionierende Identität herauskristallisieren zu können. Frauen im Moratorium, die auf diesem Kontinuum den Frauen mit diffuser Identität näher stehen, haben ein stark internalisiertes Gefühl dafür, wer sie sein sollten, versuchen aber, allzu drastisch und leidvoll mit diesem Selbst zu brechen. Manche können den Schmerz aushalten und eine Identität erarbeiten. Andere werden überwältigt und kehren zur Position einer im wesentlichen übernommenen Identität zurück. Zwischen den Gruppen Übernommene Identität und Moratorium stehen die Frauen mit erarbeiteter Identität, die sich in der Regel allmählich und schrittweise von ihrem Kindheitsselbst lösen, aber bei jedem Schritt ihre Verbindung bewahren. Ihr Wachstum läßt sich am besten als kontinuierlicher Annäherungsprozeß beschreiben: ein bis ins Erwachsenenalter anhaltener Rhythmus, bei dem nach jedem Schritt nach vorne wieder eine Verbindung zur Vergangenheit hergestellt wird.

Welche Faktoren entscheiden nun darüber, wie eine Frau die Identitätsfrage löst? Auch wenn die Identitätsbildung letztlich ein ganz individueller Prozeß ist, gibt es in jeder der vier Gruppen genügend Ähnlichkeiten, um eine Verallgemeinerung gerechtfertigt erscheinen zu lassen. Ein Großteil der Unterschiede zwischen den Gruppen im College beruht darauf, ob sie in ihrer individuellen Geschichte positive Gefühle zu sich selbst erreicht haben oder nicht. Positive/belohnende und negative/bestrafende Transaktionen mit anderen werden internalisiert und dann als Über-Ich organisiert. Die internalisierten Eltern entscheiden von der Kindheit bis zur Adoleszenz darüber, ob das Kind gut oder böse ist. Es ist die Entwicklungsaufgabe der Adoleszenz, die innere psychische Balance so zu verschieben, daß das Über-Ich weniger und das Ich - das Realitätsprinzip - mehr Einfluß bekommt. Dieser Prozeß ist deckungsgleich mit dem Prozeß von Ablösung und Individuation, weil das Über-Ich die Hauptquelle für die Identifikationen und Erwartungen der Kindheit ist. Es beherbergt sowohl den internalisierten Polizisten wie den fürsorglichen, liebevollen Boten der Eltern.

Frauen mit übernommener Identität hatten als junge Mädchen harmonische, befriedigende Beziehungen zu ihren Familien. Sie waren »brave Mädchen«, die taten, was richtig war. Für sie stellt die Entwicklungsaufgabe der Adoleszenz eine Gefährdung der allzu harmonischen inneren Balance dar, die sie vermeiden, indem sie sich aufs neue eine Umwelt schaffen, die das alte Gleichgewicht bewahrt. Sie erleben keinen Anstoß zur Individuation und lehnen andere, die sich individuieren, unter Umständen scharf ab.

Frauen mit erarbeiteter Identität gehen von einer ähnlichen Ich-Über-Ich-Struktur aus, in der die Selbstachtung allerdings nicht so ausschließlich vom Über-Ich bestimmt wird. Sie sind nicht begabter, aber ihnen ist Kompetenz an sich wichtig, nicht nur als Mittel, anderen zu gefallen. Außerdem können sie die Angst und die Schuldgefühle besser ertragen, die entstehen, wenn sie anderen mißfallen oder ihren eigenen inneren Maßstäben nicht gerecht werden. Sie sind stärkeren, schmerzlicheren Belastungen ausgesetzt als Frauen mit übernommener Identität, gewinnen dafür aber an Flexibilität.

Frauen im Moratorium wollen ihr Über-Ich direkt bekämpfen, bis hin zur zeitweiligen Verleugnung seiner Existenz. Gleichzeitig schaffen sie es nicht, die Erfahrung des »Bravseins« wirklich aufzugeben. Als Ergebnis fallen sie als Adolezente von einem Extrem ins andere, halten mit der einen Hand an den liebevollen Funktionen des Über-Ichs fest und wollen es mit der anderen Hand abschaffen. Die extreme Identitätsverwirrung bei Frauen im Moratorium im College ist äußeres Anzeichen für die Intensität des inneren Kampfes um Loslösung und Individuation, auch wenn sie ihn bewußt verleugnen und externalisieren. Dieser Kampf kann unterschiedlich ausgehen, wie die Nachfolge-Untersuchung gezeigt hat, und der jeweilige Ausgang hängt zum Teil von äußeren Umständen ab.

Frauen mit diffuser Identität stehen im Collegealter einem anderen Problem gegenüber. Die Bausteine, die die anderen Identitätsstatus-Gruppen neu zusammensetzen wollen, fehlen bei ihnen. Deshalb suchen sie nach den Teilen des Selbst, die sie in früheren Perioden ihres Lebens nicht entwickeln konnten.

Die Frage, ob die Daten etwas darüber aussagen, wie man diese verschiedenen Identitätszustände bei Frauen initiieren kann, läßt sich nur mit größter Vorsicht beantworten. Natürlich ist alles, was der heranwachsenden jungen Frau hilft, sich durch ihre eigenen Fähigkeiten, unabhängig von äußerem Lob, kompetent zu fühlen, eine Hilfe für die Erarbeitung ihrer Identität. Was immer dazu beiträgt, ihre inneren Erfahrungen, ihre Wünsche, ihren Geschmack, ihre Reaktionen, ja ihr Selbstsein zu identifizieren und wertzuschätzen, leistet ihr gute Dienste bei der Formulierung der individuellen Person, die sie werden wird. Und sie braucht einen Menschen, der sie unterstützt und schätzt, anstatt ihr Anweisungen zu geben oder sie allzu festzuhalten. Der für die Identitätsbildung so entscheidende Prozeß von Loslösung und Individuation ist bis jetzt noch zu wenig erfaßt und läuft so sehr im Inneren ab, daß sich nur schwer sagen läßt, welche äußeren Bedingungen seine Entfaltung fördern oder behindern können. Loslösung und Individuation beinhaltet den Ausgleich zwischen dem Selbst und den anderen in kontinuierlicher Bezogenheit aufeinander, ebenso wie das Ausmaß von Freiheit, das sich eine Frau zur Erkundung der Grenzen ihrer Möglichkeiten zugesteht.

Aber selbst wenn man wüßte, wie sich Frauen mit diesem oder jenem Identitätsbild entwickeln ließen, bleibt die Frage, ob man dieses Wissen umsetzen wollte. Natürlich ist die Identitätsdiffusion kein wünschenswerter Zustand, und es ist wichtig, ihn frühzeitig zu identifizieren und therapeutisch beheben zu lernen. Aber die anderen Identitätszustände repräsentieren unterschiedliche Arten, Werte und Zugänge in der Suche nach dem Sinn des Lebens. Frauen mit übernommener Identität sind zwar starr, aber gleichzeitig solide, verläßlich und zufrieden. Frauen mit erarbeiteter Identität haben mehr Ängste, sind unzufriedener, aber auch kreativer und abenteuerlustiger. Frauen, die im College ein Moratorium erlebten, haben die Krise fast alle in der einen oder anderen Richtung gelöst, dabei aber sowohl ihre größere psychische Bewußtheit und Fähigkeit zur Selbstreflexion als auch ihre größere existentielle Angst und Unzufriedenheit bewahrt. Diese Identitätsbilder beschreiben also verschiedene Wege durch das Labyrinth der Identitätsbildung. Der endgültige Erfolg der einen oder anderen Lösung wird vielleicht erst sehr viel später im Erwachsenenleben deutlich[1].

Die Untersuchung von Loslösung und Individuation bei Frauen ist verwirrend, weil Frauen nicht so sehr aus Beziehungen herauswachsen, als vielmehr innerhalb von Beziehungen wachsen. Das Leben einer Frau repräsentiert häufig Loslösung und wechselseitige Bezogenheit gleichzeitig. Es hat sich in dieser Untersuchung z.B. herausgestellt, daß sich adoleszente Frauen manchmal von Einfluß ihrer Mutter lösen, indem sie sich dem Einfluß ihres Freundes unterordnen. Hier muß man fragen, ob sich das als Loslösung und Individuation bezeichnen läßt. Die Antwort kann wohl nur lauten, daß es sich dabei um eine spezifisch weibliche Art der Loslösung und Individuation handelt.

Die Entwicklungsgeschichte von Loslösung und Individuation verläuft bei Frauen und Männern unterschiedlich. Den männlichen »Traum« (Levinson et al. 1978), d.h. eine Vision des zukünftigen Selbst, die in den Begriffen Beruf und Urheberschaft dokumentiert ist, gibt es in dieser Weise bei Frauen nicht. Das Vokabular des weiblichen »Traums« ist das Vokabular von Beziehung: Wer werde ich für andere sein und wer wird zu meinem Netzwerk gehören? Weibliche Entwicklung basiert auf einem kontinuierlichen Ausgleich zwischen dem Selbst-in-der-Welt und dem Selbst-in-Beziehung. Eine Entwicklungspsychologie für Frauen muß Autonomie und Verbundensein sowie den Bogen, der dazwischen geschlagen wird, beschreiben. Auch hier handelt es sich wieder um ein Problem der Sprache. Wir haben keine Worte für den Diskurs von Intimität und Gegenseitigkeit; es läßt sich sehr viel leichter beschreiben, was jemand tut, als welchen Wert eine Person anderen zumißt und wie diese anderen mit dem Selbst verknüpft werden. Genausowenig lassen sich die Nuancen in den Beziehungen zu den Menschen definieren, die als Hilfestellung zur Selbstdefinition internalisiert wurden, auf die man zurückgreifen kann, auch wenn sie nicht da sind.

Eine psychologische Theorie, die auf der Bedeutung der Loslösung von Frauen von der Mutter basiert, ist fehlgeleitet und falsch. Eine Theorie des Prozesses von Loslösung und Individuation als Basis weiblicher Identitätsbildung muß berücksichtigen, daß sich Frauen nie völlig von der Mutter lösen. Diese Beziehung ist von entscheidender Bedeutung für Frauen, zumindest im frühen Erwachsenenalter. Die Mütter spielen weiterhin eine wichtige Rolle für die Frauen dieser Untersuchung, nicht nur innerlich, sondern auch äußerlich (vgl. auch Fischer 1986; Cohler, Grunebaum 1981). Die Identität einer Frau steht immer sowohl im Gegensatz zur Identität der Mutter als auch in diesem Kontext.

Aber man muß auch berücksichtigen, daß die Mütter dieser Frauen selten eine Berufsausbildung hatten oder arbeiten gingen, als ihre Töchter Kinder waren. Die Konkurrenz zur Mutter konnte deshalb nur auf der Ebene der Beziehung ablaufen. Das Schicksal weiblichen Ehrgeizes kann sich verändern, wenn Mütter für ihre Töchter auch in der Arbeitswelt ein Rollenmodell sind, an dem sie sich messen können.

In der gegenwärtigen Arbeitswelt gibt es für die meisten Frauen keine Mentorinnen oder Mentoren. Diese soziologische Beobachtung ist für alle wichtig, die talentierte Frauen in die öffentliche Arbeitssphäre einbinden wollen. Die ehrgeizigsten Frauen dieser Untersuchung, die, die am deutlichsten nach beruflichen Leistungen strebten, haben über ihre Hochschulausbildung eine Mentorin oder einen Mentor gewonnen. Für die anderen Frauen, selbst für die, die eine Berufsausbildung z.B. als Grundschullehrerin, Krankenschwester oder Krankengymnastin abgeschlossen hatten, hat die Erwerbsarbeit nur aufgrund persönlicher Befriedigung durch Hilfe für andere oder Zusammenarbeit mit Kolleginnen und Kollegen Bedeutung gewonnen. Ihre Selbstachtung basiert überwiegend auf ihren Erfolgen im Familienleben, die berufliche Identität ist marginal. Hoffnungen und Träume konzentrieren sich auf die Familie, Erwerbsarbeit stellt keine geistige Herausforderung dar. Wir alle als Teil der Gesellschaft sollten uns fragen, warum es so wenige Mentorinnen oder Mentoren für Frauen gibt.

Weibliche Lebensentscheidungen, zu denen die Entscheidung über berufliche Ziele gehören kann, werden auf der Basis dessen getroffen, was emotional befriedigend ist, also wiederum auf der Basis sozialer Bezogenheit. Zufriedenheit und Glück bleiben wichtiger als Ehrgeiz. Zur Messung dieser banal klingenden, aber für Frauen dennoch zentralen strukturierenden Elemente hat die Psychologie noch kein Instrumentarium gefunden, genausowenig übrigens wie für religiöse Aspekte, die ebenfalls für viele Frauen sehr bedeutsam sind. Politik definiert die Identität von Frauen selten, es sei denn, ein Thema hat direkten Bezug zu ihrem Leben. Ideologie ist bei Frauen im wesentlichen eine interpersonale Angelegenheit.

Man kann also sagen, daß die wissenschaftliche Psychologie, die Unabhängigkeit und Autonomie als Gütesiegel des Erwachsenenalters betrachtet, die herausragendsten Aspekte weiblicher Identitätsbildung bis heute übersehen hat. Teilhabe, Verbundenheit, Einbettung in Beziehungen, Spiritualität, Zugehörigkeit sind die Elemente, aus denen Frauen eine Identität bilden. Das soll nicht heißen, daß Frauen nicht genau wie Männer Erfolg haben, Macht ausüben oder Staaten regieren könnten. Sie können es nicht nur, sie tun es auch. Es soll einfach heißen, daß solche Aktivitäten ihren Ort in einer einzigartig weiblichen Identität haben.

[1] Die Stilgegensätze bei Frauen mit übernommener und erarbeiteter Identität und im Moratorium entsprechen den Ergebnissen von Lowenthal et al. (1975), nach denen Menschen mit einfacherer psychischer Struktur glücklicher sind als solche mit komplexerer, vor allem im späteren Leben.

Anhang A

Untersuchung weiblicher Identität: Methoden und Auswahlkriterien

Ziel der Auswahl war ein repräsentativer Querschnitt von College-Studentinnen im letzten Studienjahr. Diese Gruppe wurde aufgrund der theoretisch abgeleiteten Annahme eines relativ stabilen Identitätsbildes nach drei Jahren College ausgewählt, da in dieser Zeit Alternativen überlegt und wichtige Entscheidungen für die Zukunft getroffen werden müssen.

Die einzelnen Samples

Sample I: 1971 wurden willkürlich die Namen von Abschlußstudentinnen aus den Listen dreier Institutionen ausgesucht. Bei der ersten handelte es sich um eine große, koedukative Privatuniversität, bei der zweiten um eine große, koedukative staatliche Universität und bei der dritten um ein kleines, privates, relativ exklusives Frauencollege. Das Sample sollte 48 Frauen umfassen, also 12 Frauen in jeder der vier Identitätsstatus-Gruppen. Interviews wurden so lange durchgeführt, bis das Kriterium von 12 Versuchspersonen in jeder Gruppe erfüllt war.

Weil Universitäten und Colleges oft ein identifizierbares Profil haben und von daher eine bestimmte Art von Studentinnen anziehen, nahmen wir drei in die Untersuchung auf, um rein lokal bedingte oder sonstwie typische Effekte auszuschließen. So leben z.B. die meisten Studentinnen staatlicher Universität bei ihren Eltern, während Studentinnen privater Frauencolleges in der Regel auf dem Campus wohnen. Studentinnen der großen privaten Universitäten arbeiten häufiger neben dem Studium und finanzieren dadurch ganz oder teilweise die Studiengebühren. Durch die Aufnahme dieser drei Einrichtungen konnte sichergestellt werden, daß all diese Lebensstile in der Auswahl vertreten waren.

Sample II: 1973 wurden zwölf weitere Frauen interviewt, die willkürlich aus den Listen einer anderen großen staatlichen Universität ausgewählt worden waren. Sie waren eigentlich für eine andere Untersuchung vorgesehen, die aber nicht zu Ende gebracht wurde.

Sample III: Die Nachfolge-Untersuchung. 1983 bemühten wir uns, möglichst alle sechzig Frauen wieder zu kontaktieren. Da viele in der Zwischenzeit durch Heirat ihren Namen geändert hatten und/oder weggezogen waren, konnten nur noch vierzig ausfindig gemacht werden. Sie wurden, wenn möglich, über Adressenlisten der ehemaligen Studentinnen der Universität ausfindig gemacht, oder durch Familienmitglieder, soweit sich deren Adresse nicht geändert hatten. Wir gingen die Telefonbücher in den Herkunftsstädten durch, um Menschen gleichen Namens zu finden, die uns eventuell zu den Versuchspersonen hätten führen können. Von den vierzig, die für die Nachfolge-Untersuchung ausfindig gemacht werden konnten, waren zwei gestorben; bei einer der beiden lieferte ein Interview mit den Familienangehörigen zusätzliche Informationen. Fünf Frauen weigerten sich, an der Nachfolge-Untersuchung teilzunehmen. Von daher setzt sich Sample III aus nur 34 Versuchspersonenn zusammen, von denen in der ersten Untersuchung jeweils acht in die Kategorien übernommene, erarbeitete und diffuse Identität und zehn in die Kategorie des Moratoriums eingeordnet worden waren.

Es gab bei den Frauen, die sich an der Nachfolge-Untersuchung beteiligten, keine sichtbaren systematischen Verzerrungen. Da es sich hier um eine beschreibende Untersuchung handelt, repräsentiert das Sample wohl einen ausreichenden Querschnitt.

Die Interviews der Nachfolge-Untersuchung wurden zwischen 1983 und 1985 durchgeführt.

Methode

Erste Datenerhebung. Die Versuchspersonen wurden schriftlich kontaktiert, sie erhielten einen Brief, der die Studie als Untersuchung der weiblichen Psyche beschrieb. Einige Tage später wurden sie angerufen und zur Teilnahme eingeladen; 75 % der Frauen akzeptierten. Der Termin der Interviews stand im Belieben der Versuchspersonen; außerdem bekamen sie einen relativ geringen Geldbetrag für ihre Teilnahme.

Jede Versuchsperson wurde anhand des von Marcia entwickelten Identitätsstatus-Interviews befragt (vgl. Anhang B); der Zeitaufwand lag bei 30 bis 60 Minuten. Die Interviews wurden auf Tonband aufgenommen und später von einer graduierten Psychologiestudentin ausgewertet. Dreißig Interviews wurden zusätzlich von einer Zweitgutachterin, ebenfalls im Graduiertenstudium, ausgewertet, um die Zuverlässigkeit zu garantieren. Bei der generellen Status-Beurteilung gab es Übereinstimmung bei 27 Interviews, d.h. die Zuverlässigkeit lag bei 90 %. Die verbleibenden drei Tonbandprotokolle wurden dann von einer dritten Gutachterin ausgewertet. Sie wurden in die Statusgruppe eingeordnet, die zwei der drei Gutachterinnen gewählt hatten. Bei der Arbeit nach einem zwei-von-drei-Kriterium, wie es Marcia zum Teil benutzt hat, wäre die Zuverlässigkeit der Untersuchung auf 100 % gestiegen. Bei vier Tonbandprotokollen, die nicht in die Zuverlässigkeitsprüfung aufgenommen worden waren, war sich die Gutachterin über die entsprechende Kategorie nicht sicher; auch hier wurden Zweitbewertungen vorgenommen.

Im Anschluß an das Identitätsstatus-Interview wurden die Versuchspersonen eineinhalb bis zwei Stunden anhand eines offenen, semistrukturierten Interviewleitfadens befragt (vgl. Anhang B). Zweck dieses Interviews war es, durch ein assoziatives und introspektives Gespräch aussagekräftiges und detailliertes Material über Entwicklungsprozesse zu erhalten. Der Interviewleitfaden enthielt eine Reihe möglicher Themen als Anleitung für die Interviewerinnen. Die Interviews selbst waren klinischer Natur, unstruktiert, aber vertiefend und den jeweiligen Affekten folgend, wie wir hofften.

Jedes Tonband wurde anschließend von mir und einer anderen klinischen Psychologin anhand von Notizen und Kommentaren ausgewertet. Der Fokus lag auf biographischen Informationen, auf zentralen Konflikten und dem Umgang damit, Objektbeziehungen, Abwehrstrukturen, Identifikationsprozessen, Beschreibungen von Familienmitgliedern, wichtigen psychischen Kräften, Affekten und Phantasiematerial. Träume und Erinnerungen wurden wörtlich aufgenommen.

Die Methode bei Sample II war im wesentlichen dieselbe, abgesehen davon, daß die Interviews länger dauerten, damit verstärkt frühe Erinnerungen einbezogen werden konnten. Den Teilnehmerinnen wurden außerdem Testkarten zum Thematischen Apperzeptionstest (TAT) vorgelegt.

Die zweite Datenerhebung. 1983 waren die Frauen im ganzen Land verstreut, was einigen Erfindungsreichtum für die Datenerhebung nötig machte. Die Versuchspersonen wurden wieder brieflich kontaktiert und an ihre frühere Teilnahme an der Untersuchung erinnert. Außerdem wurde ihnen ein Fragebogen angekündigt. Zusammen mit dem Fragebogen erhielten sie eine leere Tonbandkassette, falls sie ihre Antworten lieber aufsprechen als aufschreiben wollten. Nach dieser Briefsendung riefen wir sie an. Die Datensammlung dauerte ungefähr zwei Jahre. Einige Teilnehmerinnen waren bereit, sich persönlich interviewen zu lassen, fanden aber nie die Zeit, den Fragebogen vollständig auszufüllen. In diesen Fällen hielten sich die persönlichen Interviews an den Fragebogen. Einige Frauen schickten sehr skizzenhafte Fragebögen zurück, ließen sich aber telefonisch oder persönlich weiter befragen, um das Material zu vertiefen. Andere sandten umfangreiche Tonbänder mit stundenlangen Aufzeichnungen zurück. Da die Beantwortung eines solch umfangreichen und tiefgehenden Fragebogens sehr viel Zeit in Anspruch nimmt, haben wir uns bei der Datenerhebung weitmöglichst nach den Möglichkeiten der Teilnehmerinnen gerichtet. Die persönlichen Interviews dauerten im Schnitt drei bis vier Stunden. Telefonische Interviews zur Klärung dessen, was ich in den ausgefüllten Fragebögen nicht verstanden hatte, dauerten im Durchschnitt ein bis zwei Stunden.

Bei der zweiten Datenerhebung ging es darum, die Parameter und Entscheidungen im Leben einer Frau nach dem College so gründlich wie möglich zu untersuchen. Die Versuchspersonen wurden wieder gebeten, die Frage des Identitätsstatus-Interviews zu beantworten. Der Identitätsstatus wurde bei dem Nachfolge-Material nicht mehr formal beurteilt, weil das Identitätsstatus-Interview für erwachsene Frauen keine Validität hat. Die Kriterien, die zur Beurteilung der Kategorien verwendet werden, haben mit steigendem Altersabstand zur Adoleszenz weniger Bedeutung. Statt eine formale Beurteilungsmethode zu entwickeln, habe ich mich entschieden, meine Eindrücke der gegenwärtigen Identitätskonstellation darzulegen und meine Schlußfolgerungen anhand des Fallmaterials zu dokumentieren.

Neben den Fragen zum Identitätsstatus deckte der Fragebogen bzw. das Interviewprotokoll die Bereiche Berufsentwicklung, Zufriedenheit/Unzufriedenheit mit dem Beruf, Beziehungsentwicklung und Augenblicke wichtiger Entscheidungen ab, enthielt aber auch offene Fragen, die die Versuchspersonen aufforderten, über ihr Leben nachzudenken.

Die Forschungsassistenz meiner Studentinnen war sehr hilfreich; sie haben auch zwei Interviews durchgeführt. Davon abgesehen habe ich die meisten Interviews selbst übernommen und bin eng an den Daten geblieben und an den Frauen, die sie zur Verfügung gestellt haben. Bei dieser Datenerhebung habe ich mich nicht so sehr an einen starren Leitfaden gehalten, sondern versucht, die interviewten Frauen mit den verfügbaren Mitteln so gründlich wie möglich kennenzulernen.

Datennanalyse und Falldarstellung

Weil jede Frau ihre Identität aus ganz individuellen Einzelteilen zusammensetzt, wurden die Fälle einzeln analysiert; das Portrait bezog alles relevante Material ein, das die Versuchsperson anbot. Art und Tiefe dieses Materials waren von Frau zu Frau unterschiedlich. Einige gaben nur allgemeine Beschreibungen ihres früheren Lebens, andere gingen sehr ins Detail. Auch die Erinnerungen variierten: bei einigen gab es vielfältige und komplexe Kindheitserinnerungen, andere wußten kaum noch etwas von ihrer Kindheit. Die Anzahl der Erfahrungen, die die Frauen als Erwachsene gemacht hatten, war ebenfalls sehr unterschiedlich. Für einige gab es differenzierte und abgegrenzte Perioden in ihrem Erwachsenenleben, bei anderen herrschte Kontinuität vor. Bei der Präsentation einzelner Fälle in diesem Buch habe ich irrelevante Antworten ausgelassen, aber versucht, die Themen und Ereignisse mit hineinzunehmen, die für die einzelne Frau wichtig schienen. Durch die Individualität der Frauen ist jede Falldarstellung anders.

Nach Fertigstellung der einzelnen Portraits habe ich die Frauen in jeder der vier Gruppen zusammenhängend analysiert, um Gemeinsamkeiten feststellen zu können. Wo es sinnvoll schien, wurden statistische Analysen durchgeführt. Die allgemeinen Bemerkungen über die einzelnen Gruppen sind aus diesen Analysen abgeleitet.

Anhang B

Interviews

Identitätsstatus-Interview

Einführung:

- Wo kommen Sie her? Wo leben Sie jetzt?
- Wie sind Sie gerade an diese Universität gekommen?
- Ist Ihr Vater zum College gegangen? Wo? Was macht er jetzt?
- Ist Ihre Mutter zum College gegangen? Wo? Was macht sie jetzt?

Beruf:

- Was ist Ihr Hauptfach? Was wollen Sie damit anfangen?
- Wann haben Sie sich für ... entschieden? Haben Sie sich je etwas anderes überlegt?
- Was gefällt Ihnen an ... ?
- Die meisten Eltern machen Pläne für ihre Kinder, haben Vorstellungen darüber, womit sie sich ihrer Meinung nach beschäftigen oder was sie werden sollten. Haben Ihre Eltern solche Pläne für Sie?
- Was denken Ihre Eltern jetzt über Ihre Pläne?
- Inwieweit wären Sie bereit, sich zu verändern, wenn Ihnen etwas Besseres angeboten würde? (Und was wäre für Sie »etwas Besseres«?)
- Haben Sie vor, zu heiraten? Wollen Sie nach der Heirat weiter berufstätig sein? Warum bzw. warum nicht?
- Haben Sie vor, Kinder zu bekommen? Weiter berufstätig zu sein, wenn Sie Kinder haben? Warum oder warum nicht?
- Rechnen Sie damit, eine Zeitlang mit Ihrer Arbeit aufzuhören, wenn Sie Kinder haben?
- Wie wollen Sie Beruf, Ehe und Kinder verbinden? Welche Probleme sehen Sie dabei? Wie ließen sie sich lösen? Haben Sie darüber auch schon anders gedacht? Was meint der Mann in Ihrem Leben dazu? Wie wichtig ist Ihnen seine Zustimmung bei diesen Fragen?

Religion:

- Gehören Sie irgendeiner bestimmten Religion an oder stehen Sie einer nahe?
- Und Ihre Eltern?
- Waren Sie jemals in einer Kirche aktiv? Wie ist das jetzt? Diskutieren Sie viel über Religion?
- Was halten Ihre Eltern von Ihren heutigen Überzeugungen?
- Unterscheiden sich ihre Überzeugungen von denen Ihrer Eltern?
- Hat es je eine Zeit gegeben, in der Sie an einigen oder allen Ihrer religiösen Überzeugungen gezweifelt haben? Wann?
- Wie ist es dazu gekommen? Wie haben Sie diese Fragen gelöst? Wie ist es heute?

Politik:

- Geben Sie irgendeiner politischen Richtung den Vorzug?
- Ihre Eltern?
- Haben Sie sich in irgendeiner Weise politisch engagiert? In Gruppen, durch Briefaktionen, Teilnahme an Demonstrationen usw.?
- Gibt es Themen, die Ihnen wichtig sind?
- Gab es eine bestimmte Zeit, in der Sie sich für Ihre politische Überzeugung entschieden haben?

Sexualität:

- Was halten Sie von vorehelichem Geschlechtsverkehr? Anhand welcher Kriterien entscheiden Sie sich?
- Hatten Sie diese Meinung immer schon? Hatten Sie jemals Zweifel? Wie haben Sie das Problem gelöst?
- Was würden Ihre Eltern zu Ihren sexuellen Standards und Verhaltensweisen sagen?
- Gibt es Konflikte zwischen Ihren Gedanken, Gefühlen und Verhaltensweisen?
- Könnten Sie ein Beispiel dazu geben? Wie gehen Sie mit den Konflikten um? Wie oft treten Sie auf?

Klinisches Identitätsinterview

1. Wenn es einen Menschen gibt, von dem Sie gerne gekannt werden wollen, was würden Sie ihm über sich erzählen?
2. Was hat in den letzten zwei oder drei Jahren am meisten dazu beigetragen, daß Sie so geworden sind, wie Sie heute sind? Und davor, z.B. in der Schule? Und davor, z.B. in der Grundschule?
3. Wen haben Sie in den letzten drei Jahren von allen Leuten, die Sie kennengelernt haben, am meisten gemocht? Und davor? (Sie haben von Ihrem Freund und Ihren Kameradinnen gesprochen. Gibt es jemand, den Sie auf andere Weise mochten?)
4. Wem von all diesen Menschen wollten Sie am ähnlichsten sein? Sind Sie ihm oder ihr ähnlich geworden? Wem möchten Sie am ähnlichsten sein von den Leuten, die Sie heute kennen?
5. Was würden Sie im Moment am liebsten tun? Wenn Sie ganz viel freie Zeit hätten, wozu würden Sie sie verwenden? (Würden Sie dazu auch ihr Leben verwenden?) (Im allgemeineren Sinne, wozu würden Sie Ihr Leben verwenden, wenn Sie alles so machen könnten, wie Sie wollten?) (Was würden Sie tun? Ist es etwas, was Sie ernsthaft für Ihr Leben in Betracht gezogen haben?) Wie weit würden Sie dafür gehen? Wieviel Mühe würden Sie wirklich dafür auf sich nehmen? Würden Sie dafür Status, Ehe, Geld zurückstellen und Risiken eingehen?
6. Wie stellen Sie sich Ihre Zukunft im nächsten Jahr vor? In fünf Jahren? In zehn?
7. Jeder Mensch hat Tagträume, auch wenn man sie nicht unbedingt ernst nimmt. Worum drehen sich Ihre Tagträume? Gibt es einen Tagtraum, der immer wiederkommt, etwas, an das Sie denken, wenn Sie Musik hören oder allein sind?
8. Was ist der letzte Nachttraum, an den Sie sich erinnern können?
9. Was ist das früheste Ereignis, an das Sie sich erinnern können, gleich jetzt, ohne groß nachzudenken?

Zusatz für Sample II:
Die früheste Erinnerung an Ihre Mutter? Vater? Die früheste Erinnerung, bei der Sie glücklich waren? Die früheste Erinnerung, bei der Sie unglücklich waren?

Längsschnitt Nachfolge-Fragebogen und Interviewformat

Teil I: Identität:

Die folgenden Fragen sind denen ähnlich, die Sie in der ersten Untersuchung beantwortet haben. Wir möchten gerne verstehen, ob und wie sich Ihre Ansichten und Entscheidungen in den letzten 10 Jahren verändert haben.

A. Beruf:

- Sind Sie in dem Beruf geblieben, den Sie im College gewählt hatten? Wenn ja, hat er Ihre Erwartungen erfüllt? Beschreiben Sie es bitte. Wenn nicht, warum? Wie sind Sie dazu gekommen, einen anderen Beruf zu wählen?
- Wie haben sich Ihre beruflichen Ziele oder Erwartungen seit 1971 geändert, falls sie sich geändert haben?
- Für wie wahrscheinlich halten Sie es, daß Sie in ihrem gegenwärtigen Beruf bleiben? Welche Alternativen überlegen Sie sich?

B. Religion:

- Welche Religion praktizieren Sie?
- Wie verpflichtet sind Sie dieser Religion? Was gehört zu dieser Verpflichtung?
- Haben sich Ihre religiösen Überzeugungen oder Praktiken in den letzten 10 Jahren verändert? Wenn ja, wodurch?

C. Politik:

- Wie weit sind Sie politisch engagiert? Welche politischen Themen sind für Sie am wichtigsten?
- Haben Sie bei der letzten Präsidentschaftswahl gewählt?
- Sind Sie in lokaler, Gemeinde- oder nationaler Politik aktiv? Was tun/taten Sie?
- Haben sich Ihre politischen Präferenzen in den letzten 10 Jahren geändert? Wenn ja, wie?

D. Sexualität:

- Wie haben sich Ihre Ansichten über sexuelle Moral - vorehelicher, ehelicher oder außerehelicher Geschlechtsverkehr - in den letzten 10 Jahren verändert?

- Mit welcher Aussage würden Sie Ihre Prinzipien in bezug auf Ihr eigenes Sexualverhalten beschreiben?
- An welche Prinzipien sollte sich Ihrer Meinung nach Ihre Tochter in bezug auf sexuelle Moral halten? (Bitte beantworten Sie diese Frage auch, wenn Sie keine Tochter haben.)

Teil II: Ausbildung und Beruf:

A. Ausbildung:

Bitte beschreiben Sie Ihre Ausbildung nach der Highschool:

	Institution	Programm (Studienverlauf)	Abschluß	Daten
1.				
2.				
3.				

Planen Sie weitere Ausbildungen? Bitte beschreiben Sie Ihre Pläne.

B: Beruf:

- Haben Sie seit dem Collegeabschluß außer Haus gearbeitet?
- Bitte nennen Sie Ihre Titel und die Daten Ihrer Arbeit:

Position (Titel)	Aufgaben (Was tun Sie/haben Sie getan?)	Daten

- Wie haben Sie Ihre erste Stelle gewählt? Wenn Sie nicht in den Bereich Ihres Hauptfaches fällt, erläutern Sie bitte, warum Sie sich dazu entschieden haben.
- Bitte erläutern Sie Ihre Gründe für alle folgenden beruflichen Veränderungen. Warum haben Sie eine Stelle zugunsten einer anderen aufgegeben?
- Wenn es in den letzten 10 Jahren Zeiten gab, in denen Sie keine Arbeit hatten, beschreiben Sie bitte, womit Sie sich beschäftigt haben.
- Beschreiben Sie Ihre gegenwärtige Arbeitsstelle: Was tun Sie? Was ist daran für Sie befriedigend? Was unbefriedigend? Was ist die wichtigste Befriedigung bei Ihrer Arbeit? Welche Aspekte Ihrer Arbeit sind für Sie am schwierigsten?
- Hat es Menschen (oder einen bestimmten Menschen) gegeben, die Ihre berufliche Richtung oder Ziele wesentlich beeinflußt haben? Wenn ja, bitte beschreiben Sie sie und die Art, in der sie Sie beeinflußt oder geleitet haben.

- Welche berufliche Richtung sehen Sie für ihr weiteres Leben? Was hoffen Sie, in zehn Jahren zu tun?

Teil III: Persönliche Geschichte

A. Familie:

- Ledig, nie verheiratet. Bitte beginnen Sie mit Frage 1.
- Verheiratet. Bitte beginnen Sie mit Frage 7.
- Getrennt oder geschieden. Bitte beginnen Sie mit Frage 1.
- Wiederverheiratet. Bitte beginnen Sie mit Frage 7. Beantworten Sie die Fragen 7-12 für die zweite Ehe, 13-15 für die erste Ehe, und alle verbleibenden Fragen.

1. Möchten Sie ledig bleiben? Bitte erläutern Sie das.
2. Beschreiben Sie das Muster ihrer gegenwärtigen Männerbekanntschaften. Wie wichtig ist es Ihnen, sich mit Männern zu verabreden?
3. Haben Sie im Augenblick eine Liebesbeziehung? Bitte beschreiben Sie deren Rolle in Ihrem Leben.
4. Wenn Sie verlobt sind oder mit jemandem zusammenleben, möchten Sie diesen Menschen heiraten? Bitte erläutern Sie Ihre Situation in bezug auf die damit zusammenhängenden Entscheidungen.

Wenn Sie getrennt leben oder geschieden sind, gehen Sie bitte zu Frage 7. Wenn Sie ledig sind und nie verheiratet waren, machen Sie bitte weiter.

5. Bitte beschreiben Sie eine andere Liebesbeziehung, die in den letzten 10 Jahren für Sie wichtig gewesen sind. Wie lange hat Sie gedauert? Was hat zu ihrem Ende geführt?
6. Was wünschen Sie sich von einer Liebesbeziehung am meisten?

Bitte machen Sie bei Frage 16 weiter.

7. Wann haben Sie geheiratet? Bitte beschreiben Sie die Umstände, die zu der Heirat führten: Wie haben Sie sich kennengelernt? Wie lange kannten Sie sich vor der Hochzeit? Wie haben Sie geheiratet? Was hat Sie dazu bewogen, gerade diesen Mann zu heiraten?

Wenn sie getrennt leben oder geschieden sind, gehen Sie bitte zu Frage 13. Wenn Sie verheiratet oder wieder verheiratet sind, machen Sie bitte weiter.

8. Alter, Beruf und Ausbildung Ihres Mannes?
9. Wie passen Sie als Paar zusammen? Wie ergänzen Sie sich? Wo kollidieren Sie miteinander?
10. In welcher Weise hat die Ehe Sie verändert?

11. Welche Bedürfnisse hat Ihre Ehe befriedigt? Welche nicht? Was möchten Sie gerne verändern?
12. Hatten Sie jemals schwere Eheprobleme? Haben Sie ernsthaft an Trennung gedacht? Wenn ja, beschreiben Sie bitte das Gebiet, auf dem es Schwierigkeiten gegeben hat.
13. Wenn Sie sich seit 1971 getrennt haben oder geschieden wurden, sagen Sie bitte etwas über die Entscheidung, die Ehe zu beenden.

Wenn Sie seit 1971 nicht getrennt leben oder geschieden wurden, machen Sie bitte bei Frage 16 weiter.

14. Wie haben Sie sich durch Ihre Ehe verändert?
15. Wie haben Trennung oder Scheidung Sie selbst oder Ihr Leben verändert? Bitte beschreiben Sie Ihre Erfahrungen nach der Trennung oder Scheidung.
16. Haben Sie Kinder? Wenn nicht, gehen Sie zu Frage 22.

Name	Geschlecht	Alter

Gab es spezifische Altersstufen in der Entwicklung Ihrer Kinder, die sie besonders genossen haben oder besonders frustrierend fanden? Warum?

17. Bitte erläutern Sie Ihre Entscheidung, Ihr erstes Kind gerade zu diesem Zeitpunkt zu bekommen. Wie haben Sie den Zeitpunkt der Geburt der anderen Kinder geplant?
18. Möchten Sie noch mehr Kinder? Wenn ja, wann und unter welchen Umständen? Wenn nein, warum nicht?
19. Wie haben Sie sich durch Ihre Kinder verändert? Welche Aspekte Ihres Lebens (Selbst, Liebesbeziehung, Beruf) wurden durch die Mutterschaft bereichert, welche haben darunter gelitten?
20. Inwieweit unterscheiden sich Ihre Ansichten über Kindererziehung von denen, nach denen Sie selbst erzogen wurden, inwieweit sind es dieselben?
21. Was war für Sie das schwierigste am Muttersein? An was konnten Sie sich am schwersten anpassen? Was hätten Sie gerne anders?

Machen Sie bei Frage 23 weiter.

22. Wenn Sie keine Kinder haben, wollen Sie dann noch welche? Bitte erläutern Sie, warum oder warum nicht.
23. Hatten Sie Fehlgeburt(en), Abtreibung(en) oder Todgeburt(en)? Welche Auswirkungen hatte das für Sie?

B. Allgemeines:

1. Wie war Ihre finanzielle Situation in den letzten zehn Jahren? Mußten Sie finanziell kämpfen oder waren Sie finanziell abgesichert?
2. Beschreiben Sie Ihren Gesundheitszustand in den letzen 10 Jahren. Genuß von Alkohol, Tabak, Drogen?
3. Haben Sie in den letzten 10 Jahren im städtischen oder im ländlichen Raum gelebt?
4. Wie oft sind Sie in den letzten 10 Jahren umgezogen?
5. Waren Sie je in psychotherapeutischer Behandlung oder Beratung? Wenn ja, wann?

Wenn bestimmte Faktoren in Teil B. in Ihrem Leben eine besondere Bedeutung hatten, erläutern Sie das bitte.

Teil IV: Persönliches Wachstum:

1. Was ist das früheste Ereignis Ihres Lebens, an das Sie sich erinnern können? Bitte beschreiben Sie detailliert die allererste Erinnerung.
2. Was ist das zweitfrüheste Ereignis, an das sie sich erinnern können?
3. Versuchen Sie, Ihr Leben, soweit Sie sich erinnern können, als eine Reihe von Kapiteln zu sehen. Diese Kapitel sollten Jahre umfassen, die Ihrer Meinung nach zusammengehören. Was wären die Hauptmotive in jedem Kapitel in bezug auf das, was Ihnen am wichtigsten war, was Sie sich am meisten wünschten oder am stärksten zu erreichen versuchten? Was waren die wichtigsten Ereignisse in jedem Kapitel?
4. Was sind für Sie die wichtigsten positiven Erfahrungen in den letzten 10 Jahren gewesen?
5. Was sind für Sie die wichtigsten negativen Erfahrungen in den letzten 10 Jahren gewesen?
6. Was sind für Sie die wichtigsten Wendepunkte in den letzten 10 Jahren gewesen? Was waren Ihre wichtigsten Entscheidungen?
7. Hat Glück - oder der Zufall - eine wichtige Rolle in Ihrem Leben gespielt? Wie weit haben Sie das Gefühl, Ihres Glückes Schmied gewesen zu sein?
8. Wer waren, rückblickend betrachtet, die wichtigsten Menschen für Sie? Warum?

Stellen Sie eine Rangfolge der Menschen auf, denen Sie sich am nächsten fühlen:

	Name	Beziehung zu Ihnen	Wie lange kennen Sie diesen Menschen?
1.			
2.			
3.			
4.			
5.			
6.			
7.			
8.			
9.			
10.			

Setzen Sie bitte ein Sternchen neben die Menschen, denen Sie sich sehr nahe fühlen. Setzen Sie einen Kreis neben die Menschen, an die Sie sich in einer Notsituation um Hilfe wenden würden.

9. Wie würden Sie Ihre Collegejahre beschreiben? Welche Erfahrungen aus der Collegezeit haben Ihr Leben am meisten verändert?
10. Wenn Sie noch einmal studieren müßten, was würden Sie im College anders machen?
11. Beschreiben Sie Ihre gegenwärtige Beziehung zu Ihren Eltern und Geschwistern. Wie haben Sich diese Beziehungen in den letzten 10 Jahren verändert?
12. Wenn Sie zurückblicken, inwieweit halten Sie sich dann für ein Produkt Ihrer Familie? Wie unterscheiden Sie sich?
13. Wie vielen Ihrer Freundinnen vom College stehen Sie noch nahe?
14. Wie wichtig waren für Sie Freundschaften? Wie hat sich die Erfahrung der Freundschaft im Lauf der Jahre verändert?
15. Was sind Ihre hauptsächlichen Hobbies oder Interessen, und wie wichtig sind sie für Sie?
16. Wie gehen Sie mit Schwierigkeiten um? Wie bewältigen Sie Belastungen?
17. Welche Hoffnungen, Träume und Pläne haben Sie für Ihre Zukunft? Wie soll sich Ihr Leben in der Zukunft verändern? Inwieweit hoffen Sie, sich in der Zukunft selbst zu verändern?
18. Was fürchten Sie für die Zukunft am meisten?
19. Stellen Sie sich vor, Sie wären achtzig und blickten auf Ihr Leben zurück. Welche Leistungen oder Erfahrungen fänden Sie dann am

befriedigsten? Auf welche Leistungen sind Sie heute am stolzesten?

20. Wenn es noch irgendetwas individuell Bedeutendes in Ihrem Leben gibt, Einflüsse, Erfahrungen oder Beziehungen, beschreiben Sie es bitte hier.

Literatur

Adelson, J. und Doehrmann, M.: The Psychodynamic Approach to Adolescence. In: J.Adelson (Hrsg.): Handbook of Adolescent Psychology. Wiley, New York 1980.

Aries, F./Olver, R.: Sex Differences in the Development of a Seperate Sense of Self During Infancy: Directions for Future Research. In: Psychology of Women Quarterly 9(1985), S. 515-532.

Bakan, D.: The Duality of Human Existence. Beacon, Boston 1966.

Balser, B. H. (Hrsg.): Psychotherapy of the Adolescent. International Universities Press, New York 1957.

Baruch, G./Barnett, R./Rivers, C.: Lifeprints. Signet, New York 1983.

Belenky, M. u.a.: Women's Ways of Knowing. Basic Books, New York 1986.

Bernard, J.: Sex Differences: An Overview. MSS Modular Publications, New York 1974 (=Modul. 26).

Bilsker, D./Schiedel, D./Marcia, J.E.: Sex Differences in Identity Formation. Unveröffentl. MS.1987

Blos, P.: The Second Individuation Process of Adolescence. In: Psychoanalytic Study of the Child 22(1967), S. 162-186.

-,: On Adolescense. Free Press, New York 1962.

Bourne, E.: The State of Research on Ego Identity: A Review and Appraisal. Part II. In: Journal of Youth and Adolescence 7(1978b), S. 371-392.

Chodorow, N.: The Reproduction of Mothering. University of California Press, Berkeley 1978.

Cohler, B./Grunebaum, H.: Mothers, Grandmothers, and Daughters. Wiley, New York 1978.

Coleman, J.: The Adolescent Society. Free Press, New York 1961.

Douvan, E./Adelson, J.: The Adolescent Experience. Wiley, New York 1966.

Eichenbaum, L./Orbach, S.: Understanding Women. Basic Books, New York 1983; dt.: Feministische Psychotherapie. Kösel Verlag, München 1984.

Erikson, E.H.: The Problem of Ego Identity. In: Journal of the American Psychoanalytic Association 4(1956), S. 56-121.

Fairbairn, W.R.D.: Psychoanalytic Studies of the Personality. Tavistock, London 1952.

Ferree, M.: Class, Housework, and Happiness: Women's Work and Life Satisfaction. In: Sex Roles 11(1984), S. 1057-1074.

Fischer, L.R.: Linked Lifes. Harper & Row, New York 1986.

Fiske, M.: Changing Hierarchies of Commitment in Adulthood. In: N.J. Smelser/E. Erikson (Hrsg.): Themes of Work and Love in Adulthood. Harvard University Press, Cambridge, Mass. 1980.

Fountain, G.: Adolescent into Adult: An Inquiry. In: Journal of the American Psychoanalytic Association 9(1961), S. 417-433.

Freud, A.: Adolescence. In: Psychoanalytic Study of the Child 16 (1958), S. 225-278.

Fromm, E.: Escape from Freedom. Holt, New York 1941; dt.: Die Furcht vor der Freiheit, Deutsche Verlagsanstalt, Stuttgart 1983.

Gilligan, C.: In an Different Voice. Harvard University Press, Cambridge, Mass. 1982; dt.: Die andere Stimme, Lebenskonflikte und Moral der Frau. Piper Verlag, München 1984.

Ginsburg, S.D./Orlofsky, J.L.: Ego Identity Status, Ego Development, and Locus of Control in College Women. In: Journal of Youth and Adolescence 10(1981), S. 297-307.

Gutmann, D.: An Exploration of Ego Configurations in Middle and Later Life. In: B. Neugarten (Hrsg.): Personality in Middle and Later Life. Atherton, New York 1964.

Hall, D./Gordon, F.: Career Choices of Married Women: Effects on Conflict, Role Behavior and Satisfaction. In: Journal of Applied Psychology 58 (1973) H.10., S. 42-48.

Hodgson, J./Fischer, J.: Pathways of Identity Development in College Women. In: Sex Roles 7 (1981), S. 681-690.

Hopkins, L.: Assessment of Identity Status in College Women Using Outer Space and Inner Space Interviews. In: Sex Roles 8(1982), S. 557-565.

Johnson, M. u.a.: Sexual Preference, Feminism and Women's Perception of the Parents. In: Sex Roles 7 (1981), S. 1-18.

Josselson, R.: Psychodynamic Aspects of Identity Formation in College Women. In: Journal of Youth and Adolescence 2(1973), S. 3-52.

-,: Ego Development in Adolescence. In: J. Adelson (Hrsg.): Handbook of Adolescent Psychology. Wiley, New York 1980.

-,: Personality Structure and Identity Status in Women as Viewed Through Early Memories. In: Journal of Youth and Adolescence 11 (1982), H. 4, S.293-299.

Josselson, R./Greenberger, E./McConochie, D.: Phenomenological Aspects of Psychosocial Maturity in Adolescence. Part II: Girls. In: Journal of Youth and Adolescence 6(1977). S. 145-167.

Josselyn, I.M.: The Adolescent an His World. Family Service Association of America, New York 1952.

-,: The Ego in Adolescence. In: American Journal of Orthopsychiatry 24 (1954), S. 223-237.

Kacerguis, M.A. und Adams, G.R.: Erikson Stage Resolution: The Relationship Between Identity and Intimacy. In: Journal of Youth and Adolescence 9(1980), S. 117-126.

Kaplan, A.: The 'Self-in-Relation': Implications for Depression in Women. In: Psychotherapy 23 (1986), S. 234-242.

Kaplan, A./Klein, R.: The relational Self in Late Adolescent Women. In: Work in Prigress. Stone Center for Developmental Services and Studies, Wellesley, Mass. 1985.

Kernberg, O.F.: Object Relations Theory and Clinical Psychoanalysis. Aronson, New York 1976; dt.: Objektbeziehungen und Praxis der Psychoanalyse. Klett-Cotta, Stuttgart 1989.

Lerman, H.: From Freud to Feminist Personality Theory: Getting Here from There. In: Psychology of Women Quarterly 10 (1986), S. 1-18.

Levinson, D. u.a.: The Seasons of a Man's Life. Knopf, New York 1978.

Lortie-Lussier, M./Schwab, C./de Koninck, J.: Working Mothers Versus Homemakers: Do Dreams Reflect the Changing Roles of Women? In: Sex Roles 12 (1985), H. 1/2, S.1009-1021.

Lowenthal, M.F. u.a.: Four Stages of Life. Jossey-Bass, San Francisco 1975.

Maccoby, E.E. und Jacklin, C.N.: The Psychology of Sex Differences. Stanford Univerity Press, Stanford, Calif. 1974.

Mahler, M./Pine, F./Bergman, A.: The Psychological Birth of the Human Infant. Basic Books, New York 1975; dt.: Die psychische Geburt des Menschen. S.Fischer Verlag, Frankfurt/Main 1980.

Mallory; M.: Longitudinal Analysis of Ego Identity Status. Unveröffentl. Diss., Department of Psychology, University of California, Davis 1983.

Marcia, J.E.: Determination and Construct Validity of Ego Identity Status. unveröffentl. Diss., Ohio State University 1964.

-,: Development and Validation of Ego Identity Status. In: Journal of Personality and Social Psychology 3(1966), S. 551-558.

-,: Identity Six Years After: A Follow-Up Study. In: Journal of Youth and Adolescence 5 (1976), S. 145-160.

-,: Identity in Adolescence. In: J. Adelson (Hrsg.): Handbook of Adolescent Psychology. Wiley, New York 1980.

Marcia, J.E./Friedman, M.: Ego Identity Status in College Women. In: Journal of Personality 38 (1970), S. 249-263.

May, R.: Sex and Fantasy. Norton, New York 1980.

-,: Love and Will, Norton, New York 1969; dt.: Liebe und Wille (Übers. v. B. Stein). Edition Humanistische Psychologie, Köln 1988.

Mellinger, J. und Erdwins, C.: Personality Correlates of Age and Life Roles in Adult Women. In: Psychology of Women Quarterly 9 (1985), S. 503-514.

Miller, J.B.: The Development of Women's Sense od Self. In: Work in Progress. Stone Center for Development Services and Studies, Wellesley, Mass. 1984.

Morgan, E.: Toward a Reformulation of the Eriksonian Model of Female Identity Development. In: Adolescence 17 (1982), S. 199-211.

Moriarty, A.E./Toussieng, P.W.: Adolescent Coping. Grune & Stratton, New York 1976.

Neugarten, B./Datan, N.: Sociological Perspectives on the Life Cycle. In: P.B. Baltes/K.W. Schaie (Hrsg.): Life-Span Developmental Psychology: Personality and Socialization. Academic Press, New York 1973.

Notman, M.T. u.a.: Themes in Psychoanalytic Understanding of Women: Some Reconsiderations of Autonomy and Affiliation. In: Journal of the American Academy of Psychoanalysis 12 (1986), S. 241-253.

Oberstone, A.: Psychological Adjustment and Life Style of Single Lesbians and Single Heterosexual Women. In: Psychology of Women Quarterly 1 (1976), H. 2., S. 172-188.

Offer, D.: The Psychological World of the Teenager. Basic Books, New York 1969.

Offer, D./Ostrov, E./Howard, K.I.: The Adolescent: A Psychological Self-Portrait. Basic Books, New York 1981.

Orlofsky, J.: Sex Role Orientation, Identity Formation, and self-Esteem in College Men and Women. In: Sex Roles 6 (1977), S. 561-575.

-,: Identity Formation, Achievement and Fear of Success in College Men and Women. In: Journal of Youth and Adolescence 7 (1978), S. 49-62.

Orlofsky, J./Frank, M.: Personality Structure as Viewed Through Early Memories and Identity Status in College Men and Women. In: Journal of Personality and Social Psychology 50 (1986), H. 3., S. 580-586.

Peck, T.: Women's Self-Definition in Adulthood: from a Different Model? In: Psychology of Women Quarterly 10 (1986), S. 274-284.

Prager, K.: Identity Development and Self-Esteem in Young Women. In: Journal of Genetic Psychology 141(1982), S. 177-182.

Rossi, A.: Life Span Theories and Women's Lives. In: Signs 6 (1980), H.1., S. 4-32.

Schafer, R.: Concepts of Self and Identity and the Experience of Separation-Individuation in Adolescence. In: Psychoanalytic Quarterly 42 (1973), S. 42-60.

Schenkel, S.: Relationship Among Ego Identity Status, Field-Independence, and Traditional Femininity. In: Journal of Youth and Adolescence 4 (1975), H. 1., S. 73-82.

Schenkel S./Marcia, J.E.: Attitudes Toward Premarital Intercourse in Determining Ego Identity Status in College Women. In: Journal of Personality 40 (1972), S. 472-482.

Smelser, N.J.: Issues in the Study of Work and Love in Adulthood. In: N.J. Smelser/E.Erikson (Hrsg.): Themes of Love and Work in Adulthood. Harvard University Press, Cambridge, Mass. 1980.

Spiegel, L.A.: Comments on the Psychoanalytic Psychology of Adolescence. In : Psychoanalytic Study of the Child 13 (1958), S. 296-308.

Stewart, A.: Personality and Situation in the Prediction of Women's Life Patterns. In : Psychology Women Quarterly 5 (1980), H. 2, S. 195-206.

Stiver, I.: The Meaning of 'Dependency' in Female-Male Relationship. In: Work in Progress. Stone Center for Developmental Services and Studies, Wellesley, Mass. 1984.

Surrey, J.: The Self-in-Relation. In: Work in Progress. Stone Center for Developmental Services and Studies, Cambridge, Mass. 1984.

Swidler, A.: Love and Adulthood in American Culture. In: N.J. Smelser und E. Erikson (Hrsg.): Themes of Work and Love in Adulthood. Harvard University Press, Cambridge, Mass. 1980.

Toder, N. und Marcia, J.E.: Ego Identity Status Response to Conformity Pressure in College Women. In: Journal of Personality and Social Psychology 26(1973), S. 287-294.

Unger, R.: Through the Looking Glass: No Wonderland Yet! (The Reciprocal Relationship Between Methodology and Models of Reality). In: Psychology of Women Quarterly 8 (1983), S. 9-32.
U.S. Department of Labor: Handbook of Labor Statistics. Bulletin 2217. U.S. Government Printing Office, Washington, D.C. 1985.
Vaillant, G.: Adaptation to Life. Little, Brown, Boston 1977.
Waterman, A.S.: Identity Development from Adolescence to Adulthood: An Extension of Theory and a Review of Research. In: Developmental Psychology 18(1971), H. 3., S. 341-358.
Waterman, A.S./Waterman, C.K.: A Longitudinal Study of Changes in Ego Identity Status During the Freshman Year at College. In: Developmental Psychology 5 (1971), S. 167-173.
Waterman, C.K./Waterman, A.S.: Ego Identity Status and Decision Styles. In: Journal of Youth and Adolescence 3 (1974), S. 1-6.
White, M.S.: Ego Development in Adult Women. In: Journal of Personality 53 (1985), H. 4., S. 561-574.
Winnicott, D.: Collected Papers: Through Pediatrics to Psychoanalysis. Basic Books, New York 1958.

Personen- und Sachregister

Laura Perls

Leben an der Grenze
Herausgeber Milan Sreckovic
Übertragung aus dem Amerikanischen und fachliche Textbearbeitung von Reinhard Fuhr und Anna Sreckovic

Zum ersten Mal werden hiermit ausgewählte Schriften der Mitbegründerin der Gestalttherapie in Buchform präsentiert. In prägnanter Weise dokumentiert dieses Buch die Entwicklung von Psychoanalyse zu Gestalttherapie und den eigenständigen Beitrag der Autorin zur Theorie und Praxis der Gestalttherapie.

»Dieses Buch ist absolute Pflichtlektüre für alle ernsthaft an der Gestalttherapie Interessierten!« Daniel Rosenblatt, Ph. D. Fellow des New York Institute for Gestalt Therapy.

Zur Autorin:

Laura Perls, geb. 1905, Studium der Psychologie (u.a. bei Wertheimer, Gelb und Goldstein) und Promotion 1932 in Frankfurt a.M. Psychoanalytische Ausbildung in Frankfurt, Berlin und Amsterdam und Mitbegründung des ersten psychoanalytischen Instituts in Johannesburg (Südafrika), wo sie von 1933 bis 1947 eine psychoanalytische Praxis unterhielt. Mitbegründerin der Gestalttherapie und des New Yorker Institute for Gestalt Therapy. Seit 1947 lebt und arbeitet Laura Perls in ihrer psychotherapeutischen Praxis in New York und lehrt Gestalttherapie in den USA und Europa.

Rollo May

Liebe und Wille

aus dem Amerikanischen von Brigitte Stein

Das »Meisterwerk« eines der Pioniere der Humanistischen Psychologie endlich in deutscher Sprache erhältlich!

»Das Bemerkenswerte in bezug auf Liebe und Wille in unserer Zeit ist, daß diese beiden Phänomene, die uns in der Vergangenheit immer als die *Lösung* für die Schwierigkeiten des Lebens vor Augen geführt wurden, inzwischen selbst zum *Problem* geworden sind. Es ist zwar immer richtig, daß Liebe und menschliches Wollen in einer Periode der Veränderung schwieriger werden; und wir leben in einer Ära des radikalen Umbruchs. Die alten Mythen und Symbole, an denen wir uns orientierten, sind verschwunden, Angst beherrscht die Szene; wir klammern uns aneinander und versuchen uns einzureden, daß das, was wir empfinden, Liebe sei. Wir üben unseren Willen nicht aus, weil wir fürchten, daß wir, wenn wir uns für *eine* Sache oder *eine* Person entscheiden, die andere verlieren werden, und wir fühlen uns zu unsicher, um dieses Risiko einzugehen. Dadurch sind die verbindenden Emotionen und Prozesse — deren herausragendste Beispiele Liebe und Wille sind — ihrer Grundlage beraubt.«

Rollo May

Zum Autor:

Rollo May ist Begründer der Existentialpsychotherapie in den USA und Mitbegründer der American Association for Humanistic Psychology. Er ist Verfasser zahlreicher Publikationen zu psychotherapeutischen Fragen, Gastprofessor an mehreren amerikanischen Universitäten und praktiziert heute als Psychotherapeut in Tiburon, Kalifornien.

Irvin D. Yalom

Existentielle Psychotherapie

aus dem Amerikanischen
von Reinhard Fuhr und Martina Gremmler-Fuhr

»Ich glaube, daß dieses exzellente Buch ein Klassiker für Studierende der existenziellen Psychotherapie und erst recht für alle im psychosozialen Bereich Tätige wird. Es wäre allerdings sicherlich ein Fehler, dieses Buch nur Psychiatern und Psychologen zu empfehlen, denn jede Person, die sich für Motive des menschlichen Daseins interessiert, wird in diesem Buch hilfreiche Anregungen finden. Ich fand dieses Buch derart lesenswert, daß es mir kaum möglich war, es beiseite zu legen, bevor ich es nicht beendet hatte.«

Rollo May

»Diese bemerkenswerte Abhandlung untersucht die Psychotherapie im Kontext ihrer Relevanz in bezug auf die Grundprobleme der menschlichen Existenz. Als Ergebnis umfassender klinischer Erfahrung, ausgewertet und integriert durch eine sensible und gut informierte Person, stellt dieses Buch eine beeindruckende Leistung dar.«

Jerome D. Frank

Zum Autor:

Dr. Irvin D. Yalom, Professor für Psychiatrie an der Standford University in den USA, ist Autor zahlreicher Aufsätze und Bücher zu psychotherapeutischen Fragen.

James I. Kepner

Körperprozesse

Ein gestalttherapeutischer Ansatz

»Ich empfehle Jim Kepners Werk als einen bedeutenden Beitrag zur Psychotherapie und zur Gestalttherapie im Besonderen.« — Joseph C. Zinker

»James Kepner, den ich seit seiner Kindheit kenne, hat ein Buch geschrieben, welches für Studierende ein Lehrbuch und für praktizierende Psychotherapeuten ein anregendes Nachschlagewerk zu werden verspricht.« — Laura Perls

Im traditionellen Sinne betont die Psychotherapie den »psycho« Aspekt der Therapie-Gedanken, Ideen, Erinnerungen, Assoziationen, Träume ... — und vernachlässigt den »körperlich / leiblichen« Aspekt, was zwangsläufig zur cartesianischen Spaltung des Menschen zurückführt. James Kepner geht von dem holistischen Ganzheitsbild des Menschen aus und formuliert eine umfassende Darstellung der Integration sogenannter Bewußtseins-orientierter Therapien und verschiedener Körper-orientierter Ansätze, wobei ihm die Gestalttherapie als theoretische, methodische und philosophische Grundlage dient. Für alle, die ihre Arbeit hauptsächlich im Bereich der »Psyche« sehen, eröffnet dieses Buch neue Perspektiven der Einbeziehung leiblicher Existenz in den therapeutischen Bezugsrahmen; für jene, die bereits das Körperlich / Leibliche in ihrer Arbeit berücksichtigen, bietet Kepners ganzheitlicher Ansatz eine Basis sowohl für neue Erkenntnisse als auch für weitere Forschung.

Zum Autor:
Dr. James I. Kepner hat umfangreiche Ausbildung in mehreren Körper-orientierten Ansätzen genossen und seit 15 Jahren praktiziert und lehrt er Gestalttherapie. Dr. Kepner ist Mitglied des Ausbilderteams am »Gestalt Institute of Cleveland« und in privater Praxis als klinischer Psychologe und Psychotherapeut tätig.